INNOCENCE

Eva Ionesco est née en 1965. Après une carrière de modèle, elle fait des études théâtrales avec Patrice Chéreau, joue dans plusieurs longs métrages et pièces avant de passer à la réalisation avec *My little princess*, en 2011, et *Une jeunesse dorée*, en 2019. *Innocence* est son premier roman.

EVA IONESCO

Innocence

ROMAN

GRASSET

P. 375 : Bob Dylan, *Knockin' On Heaven's Door*
(Bob Dylan).
P. 382 : Édith Piaf, *Mon légionnaire*
(Raymond Asso/Marguerite Monnot).

ISBN : 978-2-253-07421-2 – 1re publication LGF

PREMIÈRE PARTIE

I

1967

Je ne me souviens pas de grand-chose de ma toute petite enfance, sinon que j'habitais avec mes parents en face du parc Monceau. Mon père travaillait comme représentant chez IBM et ma mère, Irène, tenait un restaurant iranien du côté de Saint-Augustin. Mon arrière-grand-mère, dite Mamie, s'occupait de moi, comme elle l'a fait jusqu'à sa mort. Peu après mes trois ans, nous avons déménagé, sans mon père, pour retourner vivre boulevard Soult, dans un de ces immeubles des années 1930, en brique rouge et beige, typiques de la petite ceinture de Paris. Nous occupions un deux pièces cuisine avec parquet. Une grande entrée ouverte par des portes vitrées donnait sur un salon. Un long couloir conduisait tout de suite à une chambre à coucher et à la salle de bain. La cuisine avait une vue magnifique extra-large sur toutes les tombes du cimetière de Saint-Mandé, le lycée Élisa-Lemonnier, le périphérique, le Bois et le rocher du zoo de Vincennes. La fenêtre de la salle de bain et celle des toilettes plongeaient aussi sur le cimetière. Le salon comme la chambre à coucher donnaient sur un immeuble en proche vis-à-vis. En bas de ces fenêtres se trouvait un carré de verdure fermé à tous sauf au couple de concierges et aux chats errants. Sur le palier, un petit ascenseur en bois et fer forgé desservait les huit étages. Nous étions au sixième, les escaliers étaient tendus d'un tapis rouge. C'est dans ce modeste appartement qu'avaient vécu dès l'entre-deux-guerres trois générations de femmes. D'abord Margareth, ma grand-mère, puis Mamie et ensuite Irène et moi. Enfin, je n'habitais pas vraiment dans cet appartement, disons plutôt que ma mère avait décidé de s'y installer toute seule pour y être bien à son aise et qu'elle préféra nous loger, Mamie et moi, dans une chambre de bonne située non pas au 16 mais au 14 du boulevard Soult. Notre fenêtre donnait sur des troènes odorants qui nous cachaient à peine du boulevard. Face à nous, après la grille, se trouvaient l'arrêt du bus PC, souvent bondé, puis l'école de boucherie et ses garçons bouchers, fumant cigarettes sur cigarettes sur la chaussée, à chaque pose, toutes les deux heures. Un pressing, un café jauni par le temps et souvent désert. À droite l'immense lycée Paul-Valéry qu'on surnommait Orly, en face une pompe à essence Total, une petite épicerie arabe et un coiffeur où Irène et moi allions nous faire peroxyder les cheveux. À la lisère du quartier Bel-Air, après la voie ferrée, la piscine olympique Roger Le Gall. J'aimais y aller pour frimer devant les garçons en maillot de bain, faire le salto arrière et manger des glaces. En remontant le boulevard de ceinture vers le métro Porte Dorée, la place Édouard-Renard avec au centre une grande fontaine 1930 bordée de palmiers, et s'élevant en proue, toute dorée avec sa lance et son bouclier, la statue d'Athéna qui représente la France apportant paix et prospérité aux colonies. Derrière la déesse, l'orée du bois de Vincennes, quelques putes qui n'étaient pas encore devenues des travestis et le merveilleux musée des Colonies rempli de statuettes, de fétiches, de masques africains, de poissons des quatre mers et d'une fosse enfermant de vieux alligators très méchants et tout racornis. À l'opposé de la place, la grande avenue Daumesnil empruntée par les automobilistes avec d'un côté un simple café et de l'autre, le grand tabac PMU de la porte Dorée, rouge et crème 1950, orné de néons, agrémenté d'un juke-box et de flippers dernier cri toujours pris d'assaut. À côté du PMU, le cinéma Zoo Palace où j'ai vu le film *Rocky* en boucle, un dimanche pluvieux avec Mamie. Il deviendra un centre évangélique pour Africains. Après le cinéma, un magasin de chaussures pour pieds sensibles aux modèles ternes. Les souliers, couleur caillou, m'évoquaient les héroïnes de Buñuel et surtout Tristana. Face au magasin et au cinéma, une cabine téléphonique dans laquelle j'ai donné mes premiers rendez-vous amoureux puis le boulevard Poniatowski et la Foire du Trône avec ses manèges virevoltant dans les airs, invariablement tous les printemps. Voilà le décor principal de mon enfance. Mes souvenirs vont et viennent dans ma mémoire entre réalité, rêves, cauchemars, fantasmes et mythomanie. Parfois ils se retirent dangereusement pour ne faire place qu'à l'angoisse. Il m'est difficile de savoir ce qui s'est passé avant ma quatrième année, avant que nous nous séparions de papa. J'ai des intuitions mais il me semble que les mots sont désordonnés, hors de moi, enfermés dans une zone infranchissable. Faute de pouvoir en référer aux parents, à des proches, je peux regarder des photographies, des films, des livres, des journaux, consulter divers documents d'époque, c'est tout.

II

Il fait beau, très beau, mes petits pieds boudinés sortent de l'eau. J'ai chaud, c'est normal, je transpire, c'est le plein été. J'ai un chapeau rouge, j'ai toujours su qu'il était de cette couleur. À côté de moi, à hauteur de mes yeux, il y a un tablier à fleurs moutarde, blanc et vert, celui de ma Mamie. Elle m'emmène vers une maison, je crie, je ne sais plus pourquoi j'émets cette alerte stridente. Mamie est à côté de moi et en même temps je la vois allongée sur un transat, elle porte des lunettes de la Sécurité sociale mais noires comme celles de Jean-Pierre Melville à la sortie de son film *L'Armée des ombres*. Je sens très fort le roman noir ou bien le film noir, je ne sais pas pourquoi. Peut-être à cause de la confusion et de l'affolement de ce moment que j'ai gardé en moi, associé à un affolement plus grand encore, un mouvement de folie. Il cache une vérité que je ne peux pas saisir lorsque je rentre dans cette maison de Saint-Tropez avec Mamie. La maison est noire, à l'intérieur tout est sombre tandis qu'à l'extérieur, elle se détache sur un ciel bleu, limpide et un champ de roseaux sauvages. Mes yeux ne voient pas au-delà, je suis toute petite. Je cours pour monter sur le lit, je crie, c'est épouvantable, la maison est infestée de fourmis rouges, ou bien est-ce les tomettes, je ne sais plus. La maison, qui n'était pas un cabanon, est très proche de la mer, dans un endroit où nous sommes seules, c'est curieux de penser qu'on pouvait vivre isolé à Saint-Tropez. Il y a un drame, pas seulement les fourmis ou les coups de soleil qui me donnent chaud, mais la vente de cette maison que j'adore. Je déteste l'idée que nous nous en séparions et cette nouvelle est arrivée le même jour que l'invasion des fourmis rouges, le jour aussi où j'ai rendez-vous avec mon père. J'ai peur. Nous devons le retrouver pour déjeuner chez Sénéquier. Depuis le début des vacances il n'a pas dormi avec nous ou alors il est venu durant mon sommeil. Parfois il me semble entendre sa voix et son accent hongrois derrière mes paupières fermées. Difficile de savoir depuis combien de temps nous ne vivons plus avec lui. Papa n'est pas dans la maison et pourtant nous nous sommes baignés ensemble dans la mer. Il a acheté cette maison, elle est à lui. Je ne sais plus comment cette information m'est arrivée. J'ai un souvenir plus exact d'*Œdipe roi*, lorsque le jeune garçon part sur les chemins pour aller consulter l'oracle de Delphes, afin de savoir si ses parents sont bien ses vrais parents. L'oracle ne répond pas à sa question mais lui répète ce qu'il lui a déjà dit : qu'il tuerait son père. J'ai revu le film de Pasolini, les pas du jeune homme sur la terre, lui aussi traverse des nuages de poussière. Au bout de la route, dans le flamboiement de la matinée déjà si chaude, la décapotable de ma mère, une Simca gris éléphant intérieur cuir rouge, un cadeau de mon père. Pour y arriver il faut traverser des vignes au sol caverneux et mou, c'est loin, c'est long. La route, la mer, le bleu du ciel. Ma mère porte une robe de plage ouverte sur le côté, forme caducée, elle a un brushing, son nez est refait depuis longtemps en patinoire. À cette époque, elle ressemble à cette fille qu'on dit sortie de chez Madame Claude, Mireille Darc. Bien plus tard, j'irai en internat Sports Études avec une parente de Mireille Darc, quelque part dans les Yvelines. Elle se hissait sur les barres parallèles haut dans les airs et pas moi, à cause de l'héroïne que je m'injectais dans les veines pour trouver le calme.

Je devais avoir un siège ou un gros coussin dans l'auto car je n'étais pas dans les bras de Mamie. Je ne sais pas où dort mon père, je l'ai su plus tard, grâce à une photo qu'un ami avait prise de lui dans son hôtel à Saint-Tropez. Il porte une chemise jaune pâle et un foulard vert autour du cou, derrière lui, la piscine, petite, jolie, des murs en grosses pierres plates irrégulières, un escalier avec une rambarde en fer forgé décorée de plantes grasses, c'est le Byblos je crois. Mon père a dû donner cette photo à ma mère. Je sais qu'il l'a donnée pour moi, elle est dans un cahier de moleskine marron. Je n'ai pas toujours pu garder avec moi ce cher cahier de moleskine marron où aucune photo n'est datée, moi-même j'ai du mal à savoir si j'ai deux ou trois ans. Un pédiatre le dirait, mais pour l'instant c'est resté dans le dossier « recherches à approfondir autour de mon père ». Le cahier de moleskine, ma mère me l'a confisqué, puis rendu, puis repris à nouveau. C'est le seul bien matériel que j'ai hérité de papa avec deux lettres, deux cartes postales, quelques pierres et une lithographie encadrée de Picasso, *La Colombe*.

Un matin brumeux du printemps 2013, je me promenais dans la forêt de Retz, le long d'un chemin sablonneux et blanc bordé de hautes fougères vertes, mon cahier de moleskine marron avec moi. Je me suis arrêtée à un croisement devant deux panneaux. Sur l'un était écrit : Château Fée, sur l'autre : Route du Pendu. Je n'ai pris aucun des deux sentiers, il y avait un grand charme, je me suis assise à ses pieds et j'ai ouvert le cahier pour le regarder encore. J'avais fait ce geste des centaines de fois. J'ai découvert quarante ans plus tard que tous les clichés ou presque avaient été pris par ma mère, jusque-là je ne m'en étais pas rendu compte. Elle a savamment composé le livre des *photos souvenirs* de mon père à mon intention. On y voit : la petite maison blanche de Saint-Tropez au bord de l'eau, un chemin dans les vignes, je danse devant la Simca ; papa à la montagne dans la neige ; au restaurant iranien, assise sur ses genoux je mange une soupe de poissons un bavoir autour du cou ; je suis accroupie sur un canapé beige dans la chambre de ma mère, derrière moi est tendu un papier peint tout neuf à motif cachemire, cela doit dater de notre séparation avec papa, je suis très joufflue et entourée de peluches – je ne garde aucun souvenir de ces peluches, elles ont dû être mises en place exprès pour la photo ; sur la plage en Bretagne, dans les rues sombres de Monceau je marche vers la voiture de papa l'air déterminée ; papa et moi au jardin du Luxembourg, un matin d'hiver. Parfois ma mère apparaît sur les clichés, ou c'est mon père qui photographie ou bien quelqu'un que je n'identifie pas. Certainement il a dû exister des photos de mon père datant de sa jeunesse, en Hongrie ou pendant la guerre, ainsi que des lettres de lui à mon intention mais elles ne sont pas dans le cahier. Irène les a détruites, cachées, perdues ou pire, elle a prétendu ne jamais les avoir eues en main afin que j'en sache le moins possible sur mon père. Mais sans ce cahier je serais incapable de me souvenir de ce qui a pu se passer avant mes quatre ans : ce serait le black-out.

Papa, maman et moi ce jour de plein été sur le port de Saint-Tropez. Nous sommes à la terrasse de chez Sénéquier, je suis dans les bras de mon père, je fais la coquette, je suis heureuse, je suis la fille à papa que je ne serai jamais. Je lui ressemble, blonde aux yeux verts, long nez pointu. Sur un des clichés, j'ai la culotte baissée, je montre mon cul à l'objectif, mon père semble avoir disparu comme dans le jeu des sept erreurs. Il y a son briquet, son verre de pastis et ma poupée sur la table mais papa manque. En fermant les yeux, il me revient en mémoire un brouhaha de plages, de radios et de chansons françaises… un goût de glace à la vanille, de coups de soleil et de crème solaire. « Montre tes fesses, fais Coppertone. » On voit bien la marque de mon maillot de bain sur la petite photo souvenir à bordure raviolis. « Fais Coppertone ! » La publicité pour la crème solaire avec Jodie Foster, âgée de trois ans, un chien lui mord le slip et le baisse découvrant ses fesses blanches et rebondies sur un corps joliment hâlé grâce à la crème Coppertone. Cette image dénote si fortement des autres, elle aurait pu être retirée de l'album. J'ai l'intime conviction que ma mère l'a volontairement collée au milieu d'une page blanche pour attirer mon attention sur la signification de son geste. Par là, elle me prouve que dès mon plus jeune âge, elle porte un fort intérêt à ma sexualité enfantine mais aussi qu'elle a le pouvoir de faire ce qu'elle veut avec moi, sans que ni moi ni mon père ni même Mamie nous ne nous en apercevions. Elle peut agir tandis que je suis à demi consciente de l'appareil photo ou si « innocente », pour reprendre un de ses mots favoris qu'elle utilisera sans modération jusqu'à ma dixième année. Cette image de moi est, je crois, mais je n'en suis pas sûre, la toute première où je me dénude face à l'objectif. En l'observant encore, ce qui me paraît éclatant de vérité, c'est que nous sommes unis papa et moi au-delà du cliché, réunis hors de l'image pour toujours.

Quand mon père est parti, il a habité Lorient mais pas tout le temps puisqu'il était représentant de commerce. Sur une des photos, on rigole, on est assis sur le sable mouillé, il me serre dans ses bras, nous venons de faire un château de sable sur la plage à Quiberon, je crois. J'ai grandi, je n'arrive pas à savoir à quand remonte notre dernière rencontre. Sans doute ce déjeuner en terrasse chez Sénéquier sur le port de Saint-Tropez, là où je montre mon cul à maman. À Quiberon, nous étions descendues Irène et moi dans un petit hôtel avec balcon donnant sur une place, en se penchant sur le côté je pouvais voir la mer, ce devait être la fin du mois d'août. Je me souviens de collants qui grattent, d'un café à la mode près du port, les murs étaient tendus d'un tissu tartan bleu, jaune et rouge très scottish. Ma mère a pris un grog, mon père plusieurs. Il était grand et beau, il portait une chemise blanche ouverte sous un manteau gris foncé. Nous ne sommes pas restées longtemps, juste le temps d'un long week-end triste. Ma mère a acheté des gâteaux dans une pâtisserie en bas de notre hôtel.

Nous nous promenons en silence le long de grandes maisons en bois, elle avec ses gâteaux pur beurre, moi dans mon ciré vert. J'ai le cœur qui bat, nous allons rejoindre papa, il nous attend. Nous sommes en retard, ma mère n'arrivait pas à sortir de la chambre, comme d'habitude elle ne trouvait pas ses godasses. Le temps pourrait tourner à l'orage, le vent soulève les jupes des femmes, les papiers gras s'envolent, je ne vois pas encore papa, il est assis de dos dans ce café qui fait l'angle entre la place et le front de mer. Nous y entrons, il est seul à une table, je l'entends dire mon nom : « Eva. »

À chaque fois que je vois Maurice Ronet dans *Le Feu follet*, le film de Louis Malle, je pense à papa. Une promenade vers le suicide, une balle en plein cœur mais ce jour-là mon père n'a pas encore décidé de mourir. Je flanche, des indices me parviendront tout le long de ma vie pour me dire, c'est un meurtre, pas un suicide. Des gens dont je ne connais ni le visage ni l'identité l'ont tué. J'ai peut-être, durant toutes ces années, totalement divagué ou perdu la tête, je ne sais pas. Mon éloignement forcé, la tristesse de sa vie sentimentale, les dettes, l'usure, les déplacements, la boisson, les mauvaises fréquentations, un règlement de compte, mais qui ?

Papa serait paraît-il mort d'une cirrhose, tombé raide devant son frigo rempli de bouteilles d'alcool, c'est ce que m'a raconté Irène, un soir d'été 1975, j'avais dix ans. Selon elle, l'enterrement aurait été beaucoup trop triste pour moi, « ça m'aurait foutu la tronche en l'air », voilà pourquoi je n'ai pas eu le droit d'y assister. Après ma vingtième année, j'ai voulu aller sur sa tombe pour me recueillir, je n'ai pas pu non plus. Je n'avais pas ses papiers d'identité, je ne portais pas son nom et ma mère avait égaré l'adresse du cimetière, elle ne se souvenait plus du tout où était enterré papa.

Dans le café breton il y a de grands miroirs, je suis très sensible à leur teint, couleur du temps, ils retiennent toute mon attention, ils reflètent la mer, l'horizon lointain. Nous mangeons les gâteaux, je m'empiffre. Mon père regarde ma mère de ses yeux gris vert, mélancoliques. « Je voudrais voir Eva plus souvent, je pourrais prendre un appartement avec une chambre où je pourrais la recevoir, tu pourrais venir aussi. » Irène a répondu quelque chose comme « Pour quoi faire, elle a ses habitudes à Paris maintenant, on viendra, comme on fait là, c'est bien pendant les vacances ». Papa boit une gorgée de grog, il pose sa tasse, tire sur ses manches, joint les mains : « Je ne m'habitue pas à la Bretagne. » Ma mère fume nerveusement, elle exhale de grosses volutes de fumée qui masquent son regard : « Tu n'as qu'à voyager, comme tu l'as toujours fait, et toi quand tu passes à Paris tu viens nous dire bonjour. » Mon père tente de mesurer la situation, il est totalement désarmé. Dans leurs silences respectifs, je ressens la tristesse de mon père et la jouissance de ma mère.

Nous sommes sortis du café, je me suis agrippée à la main de mon père, le passage piéton était d'un jaune encore fluorescent, la chaussée venait d'être refaite. À ma droite il y avait la mer, quelques vacanciers au bord de l'eau et haut dans le ciel, des cerfs-volants multicolores. Derrière un rond-point joliment fleuri, une mairie et un drapeau français flottant au gré du vent. J'attire la main de mon père sur mes lèvres, mes yeux, j'entrevois à travers ses doigts le passage piéton, j'essaye de marcher uniquement sur les bandes jaunes, si j'en sors ce sont des serpents mortels. Cette main me guide, elle me conduit à la voûte céleste mais aussi aux jeux de chance et de hasard.

Mon père a tenu à ce que nous fassions une promenade en mer, alors nous prenons un bateau touristique pour longer la côte. Nous quittons le rivage à allure constante, le bateau tangue, tressaute, les embruns nous reviennent au visage. Je suis dans ses bras, c'est la première barbe que je rencontre, elle pique. Lui aussi a les cheveux blonds mais cendrés. Nous faisons toute la traversée enlacés dans les bras l'un de l'autre. Sa peau sent un parfum que je retrouverai plus tard, Habit Rouge de Guerlain. Sur une des photos de mon cahier marron, je suis assise à califourchon sur un canon, mon père est à côté de moi, il se tient bien droit comme un soldat. C'est peut-être le lendemain, papa m'a fait faire l'avion puis nous nous sommes assis sur le sable humide et il m'a mis un caillou dans la main. Je ne sais plus ce qui s'est passé après, c'est obscur et désagréablement confus. Ils se sont peut-être disputés ou je me suis endormie sur la plage ou seule dans la chambre humide de l'hôtel Beau Rivage, je ne sais plus.

Nous revenons à Paris maman et moi par le train du soir, le wagon est très enfumé, bondé de jeunes militaires en permission et de vacanciers bruyants. La nuit est tombée si rapidement, il n'y a plus que mon reflet d'enfant dans la vitre se détachant comme un spectre sur la nuit noire. Mon père est resté seul entre un appartement où je n'ai habité qu'en rêve, le café couleur du temps et la plage abandonnée.

À deux pas de chez nous, il y a le bois de Vincennes et son zoo mais aussi la Foire du Trône que j'aime par-dessus tout à cause de ses musiques populaires et stridentes, de ses néons fluorescents, des manèges qui me font virevolter haut dans les airs, des trains fantômes épouvantables, des cris d'enfants, des bandes de rockers, de la faune, des forains, de la tombée de la nuit, de la violence. J'aime les parcs d'attractions. Plus tard quand je n'aurais plus trois, quatre ou huit mais douze ans, je me plairais à me perdre seule dans Pigalle à regarder les néons des sex-shops clignoter tout en me souvenant de ceux de la Foire du Trône, puis lorsque j'aurais dix-huit ans, je marcherais longtemps et toute seule aussi dans les magasins, les supermarchés géants, une envie sans retenue de me promener dans les rayons des après-midi entiers, de regarder encore et encore les lumières, les néons, leurs reflets sur les vitrines qui protègent les étals de viandes, de poissons, de fromages, de bijoux, de vêtements de luxe. Je me souviendrais toujours des néons de Pigalle, des spots photo de ma mère, des lasers du Palace, des lumières de la Foire du Trône et de celles du boulevard périphérique ou encore des reflets des lumières de la ville qui courent sur le pare-brise de la voiture qui roule vite la nuit. Je me mettais à voler de façon anarchique, tout et n'importe quoi, des savons, des bas, des robes et je regardais toujours les lumières en face me tenant seule dans les cabines d'essayage, les bancs de métro, les aéroports, les magasins, les cantines d'école, la face tournée vers la lumière, j'attendais mais qu'est-ce que j'attendais ?

J'aimais marcher le long des plages pieds nus, le teint hâlé, les cheveux décolorés par le soleil, le corps vêtu d'un simple short et d'un tee-shirt trop court, délavé, que je portais durant des jours et qui sentait la sueur, les ongles sales. J'offrais mon visage à l'étendue liquide, au ciel. J'ai souvent pensé que la mer reflétait les pensées des hommes pour les projeter vers le ciel qui les capte à son tour et les retient. Qu'il n'y a dans ce recueillement ni passé ni présent ni futur, juste l'éternité. Les ciels que je préférais étaient des ciels lumineux et électriques, ceux d'avant l'orage ou bien ceux dont le soleil aveuglant et brûlant oblige le regard à se brider. Je me fondais dans la masse humaine des plages populaires, pour sentir tous ces gens allongés qui comme moi tournent leur face vers le ciel. Je me plaisais à montrer mon corps de nymphette, d'étudiante, de grosse, de droguée, de malade, de femme enceinte. Sur le sable, les galets, les rochers. Très vite, j'ai voulu apprendre à apprivoiser ma solitude dans toutes sortes de lieux. Devenue adulte, je les prenais au hasard, je les tirais au sort pour qu'ils décident à ma place. J'avais parfois le sentiment que j'avais été choisie et que le lieu serait celui de la rencontre afin que je me donne complètement à cet autre qui n'a pas toujours visage humain. Des hôtels, des cages d'escaliers, des parkings déserts. Des sentiers broussailleux, caillouteux, des usines délabrées. L'arrière-fond d'appartements de connaissances, de cafés, de voitures où je suis entrée par effraction, parfois très brutalement ou au point de me blesser, de saigner, de perdre connaissance, de rester inerte sur la chaussée. D'être emmenée en urgence à l'hôpital. Au commissariat, au dépôt. En psychiatrie, à Sainte-Anne. Je ne suis plus la même, j'entends autre chose, une voix qui me parle et que j'écoute, j'apprends à discerner, à faire la différence. J'aimais observer la trace des gens très pauvres dans des lieux abandonnés. Je glane partout, ils laissent derrière eux presque rien, quelques bricoles, des bouts de craies, des cailloux, un ticket de métro déchiré, une image découpée, un fil de fer tordu, une pièce de monnaie, un livre souligné, une publicité pour une marque de lessive, un titre de magazine. De tout, de rien, un lien. De tout pour voir. Je m'imaginais la main de l'homme comme une main immense faite de milliers d'autres mains, et les yeux des glaneurs qui font leurs chemins. Des yeux invisibles. Moi-même j'aimais déposer au pied des arbres, sur le capot des voitures, sur les chaises des bars, les comptoirs de bistrots, dans les cabines d'essayage, de piscines, les toilettes d'aéroports, divers objets dont j'avais fait l'acquisition et que je chérissais par-dessus tout.

Cher papa, tu m'as terriblement manqué et tu me manques encore. Tu m'as offert cette colombe et des pierres que tu mettais dans le creux de ma main. Tu m'en apportais toujours les très rares fois où on t'a autorisé à me voir. Au début je ne comprenais pas la signification de tes cadeaux, il m'a fallu un peu de temps.

III

Ma mère tenait un restaurant iranien, la Rose d'Ispahan, dans le VIIIe arrondissement, au 44 rue de Naples. Elle en était la gestionnaire, le restaurant appartenait à un homme d'affaires, un Iranien nommé Reza. Il ne fréquentait plus Paris depuis longtemps, mais ses hommes de main venaient de temps en temps à la Rose pour contrôler la situation. Elle n'était pas formidable, ma mère ne s'entendait ni avec les cuisiniers, ni avec les serveurs. Ils allaient et venaient, s'interchangeaient d'un jour à l'autre sans lui demander son avis. Reza s'en occupait depuis Téhéran. Irène n'avait pas son mot à dire et avait pour instructions de bien se tenir et surtout de se vêtir joliment, tailleur gris de laine, robe Céline ou Chanel, chignon banane, collier de perles, petits talons. La clientèle était composée d'hommes d'affaires, de personnalités du spectacle et de putes du quartier. Elles étaient souvent nues sous leur manteau et avaient la possibilité de se joindre à une table, avec l'aimable consentement d'Irène. Le restaurant était spacieux, des nappes blanches, des voilages aux fenêtres, des tapis persans, des colonnes dorées, du gris, de l'or, du blanc, de grands bouquets de glaïeuls sur le bar, une bonne cave, des amuse-gueules au safran. Dîner aux chandelles, après vingt et une heures, de la musique, harpe et cithare. Le restaurant avait un charme hors du commun.

Dans le *Paris snob*, un guide de Rosine Vidart et Claude Guilleminot paru en 1967, la Rose d'Ispahan est citée à la rubrique « Restaurants insolites » : « *Avec un sens certain du théâtre, Mme Ionesco, maîtresse de céans (aucune parenté avec le dramaturge), a su composer un décor agréable. Le public est souvent très choisi. On y a vu Soraya. La cuisine franco-persane (plus franco que persane) : brochette des pêcheurs persans et rognons flambés.*

La directrice est charmante. (35 F.) »

Irène avait fait la rencontre de Reza du temps de sa jeunesse, quand elle habitait Pigalle. Elle exerçait alors la profession de stripteaseuse, puis celle moins farouche et plus appliquée de danseuse nue à numéros au fameux cabaret le Tabarin puis au plus populaire Sphinx. Comme beaucoup de femmes frayant dans le milieu, elle cherchait un protecteur. Je n'ai jamais eu l'occasion de rencontrer son Reza qui l'avait emmenée, paraît-il, vivre en Iran bien avant ma naissance. Je sais que les très rares fois où il se rendait à Paris pour ses affaires, il descendait à l'hôtel Meurice.

Mamie, Irène et moi nous dînions à dix-neuf heures, en même temps que le personnel. Mon père venait régulièrement avant l'arrivée de la clientèle, pour aider ma mère à faire la caisse et surtout pour être avec moi. Il me découpait ma viande, il m'essuyait la bouche, on jouait aux petites voitures sur la table, il me prenait dans ses bras, on se promenait dans le restaurant. Il aurait pu s'enfuir avec moi, il n'avait que la porte à pousser.

Une fois que mon père a quitté définitivement Paris pour s'installer en Bretagne, ma mère a cessé d'aller au 44 rue de Naples, elle n'arrivait plus à tenir la gestion du restaurant. Les hommes de Reza lui ont demandé d'arrêter en échange de quoi elle toucherait un petit pécule pour elle et sa famille, le temps de se retirer et de voir venir des jours meilleurs. Mamie s'inquiétait de cette déroute, Irène prétextait que c'était à cause des serveurs et des cuisiniers, tous des voleurs, ils piquaient le vin et le caviar, pillaient la caisse. Reza ne payait plus leurs salaires et c'était pour cette raison qu'ils s'étaient mis à tout voler. Ce qui était sans doute vrai, au grand dam de Mamie qui s'était tellement plu à cette vie de femme entretenue et à se promener avec ma poussette entre Monceau et la Rose.

Irène était tombée en dépression. Elle nous avait logées Mamie et moi dans la chambre de bonne du 14 boulevard Soult et elle prit possession de l'appartement où vivait jadis sa mère qui était aussi sa sœur. Elle s'enferma durant des jours prétextant un état de fébrilité et d'insomnies dû au paludisme. Elle ne voulait plus me voir, ni s'occuper de moi. Elle ne m'emmenait plus à la petite maternelle, elle ne m'habillait plus, ne me faisait plus à manger. En somme, une fois que mon père eut disparu, elle décida de façon progressive et sournoise de m'abandonner à Mamie dans la chambre de bonne. Bien plus tard j'ai compris que Mamie avait accepté avec grand plaisir de tenir ce rôle de mère, elle l'avait déjà tenu pour sa fille Margareth et sa petite-fille Irène, Mamie notre mère à toutes ! Irène avait fait mettre le téléphone dans la chambre de bonne afin qu'on puisse communiquer entre « en haut » et « en bas » par un simple coup de fil, mais elle ne répondait pas souvent. À force d'attendre de la nourriture qui ne venait pas et de me laver avec un gant au lavabo, Mamie avait perdu un peu de sa patience. Un jour elle s'est décidée à prendre son courage à deux mains, nous avons traversé la cour, monté les six étages et sonné à la porte. Irène ne répondait toujours pas. Au bout d'un moment Mamie a crié, tambouriné, les voisins sont sortis furieux, Irène est enfin apparue, Mamie s'est agenouillée et Irène nous a laissées entrer. Je me souviens des mains de Mamie me frottant le dos et me savonnant la tête dans la baignoire, il n'y a jamais eu d'autres mains. Je me souviens aussi du sol de la salle de bain, trop froid selon elle, elle m'a couvert le corps d'une serviette et je suis vite montée sur le lit de ma mère, pour ne pas attraper mal. Je revois la tête d'Irène dans l'ombre, à demi nue, elle mange du halwa à la petite cuillère. Les murs sont tendus de papier peint à motif cachemire, il y a une bibliothèque où est posée une rose des sables, cadeau de mon père. Les fenêtres sont obstruées par de lourds rideaux de velours, si bien qu'on ne sait pas si c'est le jour ou encore la nuit. J'entends les enfants des voisins courir sur le parquet, leurs rires pointus. Ma mère assise dans son fauteuil crapaud me scrute comme une méchante enfant qu'on aurait abandonnée, une vilaine petite fille avec qui personne ne veut jouer, pendant que Mamie nettoie la baignoire elle me sourit et me tire la langue.

Après l'épisode du bain, Irène a gardé une certaine distance avec moi. Les rares fois où je la croisais dans la cour, elle m'ignorait, prétextait une urgence et se trimballait avec du matériel pour peindre ; toiles, tubes, térébenthine. Sans doute redoutait-elle de vivre seule dans l'appartement qu'avait habité Margareth du temps où elle faisait des strip-teases et vivait avec Mamie à Pigalle ou bien durant la guerre quand Margareth avait fui la Roumanie pour rompre la liaison amoureuse qu'elle entretenait avec un lanceur de couteaux rencontré dans un cirque.

À cette période où l'avenir, toujours incertain, angoissait déjà beaucoup Irène, il m'arrivait de l'accompagner au café le Bistroquet quai du Louvre. Nous attendions parfois longtemps un de ces anciens clients de la Rose d'Ispahan, son ami, Guermaz, un peintre abstrait algérien qui fréquentait la galerie l'Entremonde rue Mazarine et m'offrait des cartes postales avec des chats. Un jour, nous étions montées chez lui au 26 quai du Louvre. Il aimait Jean Dubuffet et expliquait à Irène qui voulait se lancer dans la peinture au couteau, combien il est précieux dans la vie de savoir suivre son inspiration.

Sur une des photos du cahier en moleskine, je suis de dos, engoncée dans un manteau, je marche vers une voiture, une Mercedes 190 grise. C'est celle de mon père. J'ai longtemps sillonné le quartier Monceau avant de trouver la bonne rue avec le même angle de bâtiment, on ne distingue pas le nom de la rue sur la photo, même avec une loupe. On voit seulement deux façades contiguës d'immeubles. À vingt-quatre ans j'ai marché là où je marchais enfant sur la photo, j'ai fini par trouver.

Je ferme les yeux, je tends les mains en avant comme une somnambule, j'imagine mon père en 1968, seul, juste après que ma mère et moi avons déménagé. Il tourne dans les rues, il n'y a pas de places, la voiture est enfumée, il pleure. Il a roulé vite, si vite qu'il a failli se faire arrêter par la police. Il est pressé de rentrer pour boire un verre de bon whiskey irlandais. Le ciel, la nuit, la chaussée est luisante, il pleut, il se gare rue de Prony, il se dépêche, il franchit le porche boulevard de Courcelles. Il entre, il fait sombre, il passe une entrée desservant un appartement en étoile. Il allume le lustre du salon mais les ampoules sont en grande partie cassées. Sur la table il y a encore les restes d'un repas passé seul la veille à regarder la télévision, des assiettes, des couverts sales, des journaux : *France-Soir*, *L'Équipe*, *Le Crapouillot*, un livre en hongrois. Remisés dans un coin, des machines à écrire IBM et des catalogues, des bons de commandes pour son travail. Une pile de chemises blanches pliées et amidonnées est posée sur un fauteuil, au sommet : des gants de pécari. Des boutons de manchettes dans une coupelle mêlés à des pièces de cinq francs. La plupart des meubles sont sous housse, sauf le canapé en cuir caramel dans lequel il s'assoit. Il enlève sa cravate, ses chaussures, sa montre, se sert un grand verre de whiskey. Il écoute la pluie, le bruit des voitures roulant sur le boulevard. Il se dirige vers la cuisine pour prendre des glaçons dans le freezer du frigo. Dans l'évier, la vaisselle sale s'est accumulée depuis plusieurs jours. Il revient dans le salon, il soulève le rideau de la fenêtre, il pleut à torrent. Il s'assoit, pose le verre glacé contre son front, il a de la fièvre, il est fatigué. Il doit voir son agent de liaison, il n'aime pas beaucoup cet homme, pourtant plus sympathique que les autres.

Il doit se changer pour son rendez-vous. Dans la salle de bain, tandis qu'il se rase, ses yeux glissent vers le sol où gisent encore, oubliés, un tablier fleuri de Mamie et une paire de chaussettes d'enfant. Il finit de se raser. Il jette le tablier dans la poubelle, hésite avec mes petites chaussettes qu'il tient dans ses mains. Il réfléchit, regarde le long couloir mal éclairé, tendu d'une moquette verte, usée.

Le café est enfumé, il y a de la buée sur les vitres, il ne pleut plus. Mon père boit un autre whiskey. Il regarde sa montre. Il marche lentement rue Lord-Byron, il est en avance, il aime flâner avant ces rendez-vous, penser à autre chose. Il voudrait s'acheter une Austin Maxi. Il regarde les devantures des magasins, sombres et brillantes, les vêtements, les objets, les soutiens-gorge, les mannequins de vitrines. Les ombres portées venant de la rue éclairent en rafales régulières les rideaux au fond des boutiques. Un homme de quarante ans aux larges épaules, les joues rouges, vêtu d'un imperméable le rejoint devant la bonneterie. C'est Gergely Boldizsar. Ils se disent bonjour en allemand, sans même s'effleurer. Ils se dirigent lentement vers la rue de Tilsitt, puis ils iront jusqu'à la rue La Boétie, la rue de Ponthieu, la rue du Colisée, ils évoqueront brièvement leurs séjours à Megève avant de se quitter. Mon père flâne encore galerie des Champs-Élysées jusqu'au magasin informatique Astroflash où l'après-midi il a tiré mon thème astrologique. Il s'appuie contre les parois en marbre et sort une Craven A qu'il allume, tout en fumant il regarde ses pieds et les revoit emballés de papier journal. Le jour où il a fait des photos de prisonniers allemands dans les camps russes de l'autre côté de la ligne de front, il a réussi à s'échapper et à repasser de nouveau le front mais ses pieds ont gelé et il s'est évanoui dans la neige. Il passe devant le drugstore où se trouve un groupe de filles en minijupe et retourne boulevard de Courcelles.

Le feu de cheminée crépite. Mon père s'est ouvert une boîte de thon à la sauce tomate qu'il a renversée sur de la graine de couscous molle. Il mange mécaniquement à l'aide d'une grosse cuillère tout en regardant une photo de vacances qu'Irène a faite de sa fille. Eva est dans les vignes de Saint-Tropez, elle danse gaiement devant la Simca. Eva porte le maillot de bain jupe-culotte qu'il lui a acheté dans un magasin du port. Ne plus voir sa fille lui paraît insurmontable, une douleur au-delà du réel. Eva, son visage souriant, il la revoit rue de Naples, il aurait dû s'enfuir avec elle, il n'avait que la porte du restaurant à pousser. Si seulement il n'y avait pas ces deux bonnes femmes ! Il s'est fait piquer sa gosse. Irène y a mis tous les moyens, il ne peut plus rien faire. Au fond c'est ce qu'elle voulait, garder la petite pour elle toute seule. Il n'y a plus de boulaouane, mais un flacon de parfum d'Irène dans la poubelle, il ne va quand même pas le déterrer pour le boire. Comment les choses ont pu en arriver là, en essayant de se remémorer encore une fois les événements dans le bon ordre, il pourra, peut-être, cerner la perfidie de cette femme. Comprendre les limites de sa propre défaillance ; redresser la situation, retourner les événements.

C'était au tout début du printemps 1964, il avait un rendez-vous de dernière minute avec Gergely Boldizsar dans un café de la rue de l'Université. Il ne voulait pas aller dans ce quartier. Il était en avance, il est rentré à La Hune pour s'acheter *La Sagesse des derviches tourneurs.* Il s'est installé pour le lire tranquillement aux Deux Magots. Derrière le livre, le visage d'Irène a surgi, ni jeune ni belle, un peu vulgaire, très blonde, avec un air d'Europe centrale. Les femmes mûres et solitaires aux cheveux clairs l'ont toujours attiré à la nuit tombée. Il est allé à sa table, elle s'est laissé faire. Il plaît aux femmes, il le sait. Ils se sont trouvé un point commun avec Irène, une aversion pour les communistes. Elle avait fui la Roumanie, les salauds de bolcheviques. Elle en parlait avec les yeux brillant de fièvre et l'air hautain des femmes entretenues. C'était un samedi, le café se remplissait de touristes, des Italiens, des Anglais, des Allemands, un vacarme, une vraie gare. Soudain il s'est souvenu, il l'avait déjà vue à la Ville de Petrograd, la cantine russe face à la cathédrale Alexandre Nevsky. Elle était accompagnée d'une vieille femme toute petite aux lunettes fumées. Mais ce n'était peut-être pas elle, il voulait savoir, son accent hongrois est devenu terrible.

— Vous nallier aglise rue darou ?

— Quoi ? Qu'est-ce que vous dites ?

— Je vous pris excouser moi…

Après une nouvelle gorgée de whiskey son français se répare.

— Est-ce que vous allez à l'église orthodoxe de la rue Daru ?

— Tous les dimanches, j'accompagne ma grand-mère, elle est très croyante.

Elle l'a regardé avec des yeux d'enfant martyre. Il s'est dit qu'il allait lui faire une cour modérée, elle lui a souri. En sortant, il lui a proposé de faire quelques pas sur le boulevard en direction de la place de l'Odéon. Elle s'est arrêtée et lui a dit, désemparée, « Nicolas, c'est un joli nom ! » Il lui a pris la main, elle s'est laissé faire, ils ont failli s'embrasser, il lui a mis le bras autour de ses épaules. Elle a eu envie de s'acheter un bouquet de crevettes grises rue de Buci puis non, finalement une tarte meringuée au citron pour son dîner chez Mady. Mady habitait au 16 du boulevard Soult, comme Irène mais au bâtiment C. C'était une belle rousse à la poitrine généreuse, yeux verts, chevilles et taille très fines. André, son jules, était directeur d'une usine de papier peint dans le Val-d'Oise. Son salon était tapissé d'un papier à fines rayures couleur feuilles mortes. Irène a invité Nicolas chez Mady, le dîner était arrosé et le canard aux navets excellent. À la fin du repas, Irène a levé la jambe en l'air pour la coller contre son oreille et Mady a fait pareil. Elles ont avoué avoir du métier, Nicolas ne comprenait pas ce qu'elles voulaient dire, Irène riait tellement que ses yeux marron disparaissaient dans sa chair.

— Nico, tu connais Rita Renoir ?

Il imaginait une femme dans une boîte de nuit le visage déformé par des lumières cinétiques au fur et à mesure qu'il s'avancerait vers elle.

— Quoi ?

Irène s'est redressée sur sa chaise, elle a secoué la tête pour remettre son carré blond en place.

— Dans notre jeunesse, Mady et moi on a fait des numéros de cabaret partout dans le monde.

Il a souri, elles riaient, Irène a dit « petit pont » et son buste s'est dangereusement cambré en arrière jusqu'à ce que sa tête disparaisse derrière son dos. Plus tard, il est venu la voir dans son appartement du boulevard Soult mais elle n'aimait pas recevoir porte Dorée, à cause de Mamie qui ne voulait pas bouger du salon. Il fallait supporter aussi Reza et ses hommes de main et puis il était toujours marié avec sa femme Odette même s'ils ne couchaient plus ensemble. Il aurait préféré cesser cette relation en cul-de-sac mais voilà, il était tombé amoureux. Irène insistait pour venir chez lui à Monceau l'après-midi, c'était plus pratique pour faire l'amour dans la chambre du fond, tandis qu'Odette s'usait les yeux à travailler sur des cartes à l'Institut océanographique. Il se souvient avoir été surpris du dévolu qu'Irène avait jeté sur lui. Surpris aussi du fait qu'elle mimait si bien l'extase au lit. Il lui a quand même demandé de venir s'installer avec lui à Monceau et Odette est partie vivre chez sa mère. Il ne lui a jamais parlé de sa vie, la guerre ne regarde que les hommes qui la font. La seule chose qu'elle ait sue, il la lui a dite dès le début un soir porte Dorée, il s'était engagé dans la Waffen-SS en 1944, il lui a montré les cicatrices de ses pieds gelés. Elle était curieuse, elle voulait savoir comment il s'était rendu aux Américains et par quels moyens il avait fui la Hongrie. Son long périple en Europe, son engagement dans la Légion étrangère, l'Algérie jusqu'à la fin de la guerre.

— Tu as eu beaucoup de femmes dans ta vie ? Tu peux tout me dire, je peux tout entendre...

Il avait seulement mentionné les deux dernières, Odette atteinte de la sclérose en plaques et une boulangère d'Oran avec laquelle il avait eu deux fils. Irène aussi avait bourlingué, au Maroc pour faire du cabaret devant des salles pleines de légionnaires et en Afrique noire où elle a suivi une mission d'aventuriers, des chasseurs de caïmans, des tueurs de panthères, son amoureux était exploitant en bois précieux mais malheureusement elle a attrapé la dengue et le palu et puis tous les gars de la mission ont trouvé une mort brutale. Elle-même a failli mourir dans l'avion qui l'a rapatriée en France.

— Mon beau légionnaire aux yeux verts, je t'aime !

— Moi aussi...

— Montre-moi des photos de toi jeune...

Il a sorti de son portefeuille une photo de lui prise en Hongrie en costume gris, elle le trouvait magnifique, d'une beauté rare et aristocratique, elle insistait pour en savoir davantage sur sa vie. Toutes ces crises qu'elle lui faisait avec cette voix qu'elle avait, on aurait dit que ce n'était pas la sienne, mais celle d'une actrice du début du cinéma parlant. Elle ne supportait plus l'Iranien, il voulait la virer du restaurant depuis que ses hommes les avaient surpris en train de faire l'amour sur le bar. Il l'a emmenée à Marbella à la Casa Luna Verde, un bel hôtel avec vue sur mer. Souvent il lui arrivait de sombrer dans une tristesse infinie, surtout quand elle repensait à la période où elle avait été infirmière à Vincennes. Elle voulait de la gaieté, se baigner, manger de la paella, voir du flamenco et faire l'amour. Elle a appris sa grossesse un mois après leur voyage, elle voulait à tout prix une fille. Elle serait belle, grande, blonde aux yeux vert-de-gris, comme lui.

Il a choisi un nom hongrois, classique et beau : Eva.

Il se souvient avec effroi de la maternité du XVe, des cris d'enfants et d'Eva qui avait avalé tout le placenta de sa mère. Irène jaune et transpirante ne regardait plus qu'Eva presque mourante dans la couveuse, bougeant les lèvres en même temps que l'enfant, elle ne parlait plus que dans un souffle, il n'était pas sûr d'avoir bien entendu, elle lui avait dit :

— Il vaut mieux pas que tu la reconnaisses maintenant.

Il en avait eu la voix coupée.

— Divorce d'abord d'Odette, c'est mieux pour la petite, je te jure…

Il n'avait jamais été question de divorcer d'Odette parce qu'Odette allait mourir et qu'il comptait épouser Irène. Il n'a jamais su si Irène était vraiment jalouse d'Odette ou si elle faisait semblant pour mieux l'évincer. Irène voulait une maison à Saint-Tropez pour pouvoir s'échapper de Paris avec la petite. Elle savait qu'il avait du temps libre en travaillant chez IBM et puis elle aimait Saint-Tropez, c'était gai et à la mode, elle pouvait rejoindre une partie de sa clientèle au Byblos, voir Brigitte Bardot et même Rita Renoir. Il ont pris la maison à Saint-Tropez mais très vite elle a eu peur qu'il ait un ascendant trop fort sur la petite. À chaque fois qu'il était bien avec sa fille, Irène devenait folle, elle le regardait avec des yeux de sorcière. La petite se mettait à pleurer et à crier quand sa mère s'approchait d'elle. Un soir, il faisait presque nuit, ils avaient joué tout l'après-midi sur la plage devant la maison à faire des châteaux de sable, Eva avait attrapé des coups de soleil dans le dos. Fatiguée, elle s'était endormie dans ses bras, il était allongé au pied des vagues. Irène est arrivée par le chemin des vignes, hirsute, elle voulait qu'il lui rende l'enfant. Il a refusé, il ne fallait surtout pas qu'on la réveille, il lui a demandé de se calmer. Irène s'est mise à crier, elle l'a traité de pourriture de SS, d'ordure de nazi, de sale flic, elle a exigé qu'il s'en aille sur-le-champ. Il s'est levé, il lui a rendu la petite, elle n'arrivait même pas à la tenir correctement dans ses bras. Il est rentré dans la maison, Mamie était tapie dans l'ombre. Il s'est assis sur les tomettes rouges et encore chaudes de soleil, grouillantes de fourmis. Irène est restée dehors avec Eva qui s'est mise à pleurer et à crier « papa ». Mamie est sortie, les deux femmes ont commencé à vociférer en roumain, vautrées sur la petite. Il a traversé les vignes, il a pris sa voiture, il est parti.

Les rayons de soleil traversent les persiennes de bois, zébrant différents types de machines à écrire de la marque IBM entassées le long du mur. Les poussières aux reflets argentés stagnent dans la lumière du matin. Il s'extirpe de son rêve, il allume une Craven A. Il crache la fumée de sa cigarette vers le mur vert qui s'est assombri. Tandis qu'il s'habille il aperçoit la marque d'un rectangle vert bien plus clair que le reste du mur. Le fantôme d'une affiche offerte par Gergely, *Le Chevalier, la Mort et le Diable* de Dürer. Quand Odette est repartie chez sa mère, elle a arraché l'affiche du mur, comme si elle ne voulait pas qu'Irène voie le chevalier. Il fume, il n'y a aucun bruit dans l'appartement. Il contemple les assiettes sales, les petites chaussettes, le tablier, il se souvient des Champs-Élysées et de l'Astroflash qu'il a fait pour Eva, il faut qu'il l'envoie, peut-être qu'Irène le lui remettra. Il s'allonge sur le canapé. Irène a décidé qu'il ne verrait plus sa fille. C'est impossible. Il pourrait téléphoner à Mady, elle pourrait intervenir mais pas maintenant, il n'est que sept heures du matin. Il n'a même pas pu dire au revoir à Eva. Il a un terrible sentiment d'impuissance. Il s'imagine être une voiture roulant très vite, il sait qu'il doit s'arrêter mais propulsé par la vitesse qui l'emporte il continuera encore sa trajectoire.

Station Monceau. Villiers. Rome. Place de Clichy. Blanche. Pigalle. Anvers. Barbès-Rochechouart. Il sort sur le boulevard parmi les baraques à frites, à glaces, celle pour les strip-teases, les stands de tirs, les belles enseignes lumineuses qui clignotent. Il croise des Arabes revenant du marché, des étudiants, des enfants, des bonnes sœurs, le Sacré-Cœur. Il boit du thé à la menthe dans une arrière-boutique, il veut s'acheter deux cantines. Un homme en djellaba s'assoit devant lui.

— J'ai besoin de deux cantines, Mohamed n'est pas là ?

Mohamed n'était jamais là le lundi, il vendait des pantalons et des vestes militaires aux puces de Clignancourt marché Paul Bert, il allait revenir. L'homme tend une belle série de billets de loteries des « gueules cassées » en faveur des aveugles, des trépanés, des amputés.

Il sort l'Astroflash de sa poche.

— Tu n'aurais pas plutôt une enveloppe et un crayon s'il te plaît ?

IV

Souvent je revenais toute frigorifiée du jardin d'enfants où nous aimions aller Mamie et moi en surplomb du périphérique. Nous passions devant la pelouse de Reuilly, lorsque les manèges n'y sont pas, il y a un vent terrible. Parfois nous faisions de la barque. J'aimais glisser sur l'eau tout autour du lac et de ses îles, dont l'une se termine en pointe par un rocher surmonté d'un kiosque 1900 entouré d'arbres et de fleurs, c'est le Rocher aux amours. Quand notre barque s'en approchait les battements de mon cœur s'accéléraient, j'aimais cette sensation qui s'accompagnait d'un courant d'air froid. Il y avait une ouverture peu visible, une cavité creuse ou une grotte qui devait permettre un appel d'air en bas du rocher, comme si des spectres venaient m'entourer de leurs bras. Pour monter en haut du kiosque, là où les amoureux s'embrassent et écrivent leurs noms, il fallait grimper un escalier tortueux, après avoir emprunté le pont métallique qui menait sur l'île où se trouve le Chalet des Îles. On y allait souvent Mamie et moi pour boire un verre en terrasse ou nous asseoir sous le grand saule. Dans le Bois, je regardais les hommes en costume, j'avais une mauvaise vue, je ne discernais leur visage que lorsqu'ils étaient proches de moi, quinze ou vingt mètres, pas plus. J'espérais reconnaître mon père. Je ne sais plus à quel moment j'ai commencé à l'attendre, il me semble l'avoir toujours attendu. À l'époque je posais beaucoup de questions sur lui, sa disparition m'inquiétait, exaspérée Irène a fini par me faire cette réponse :

— Arrête de me harceler, écoute-moi bien ma petite fille, ton père est en Allemagne, c'est un espion très dangereux, un sale espion, tu ne dois pas le chercher ni même essayer de rentrer en contact avec lui, sinon il va t'arriver des malheurs, les enfants d'espions, on les pourchasse et on les tue. C'est ça que tu veux ?... Ne demande jamais rien sur lui et si jamais quelqu'un t'en parle dis que tu ne sais pas...

Je ne suis jamais arrivée à situer dans le temps cette conversation tant le trouble qu'elle créa en moi fut grand. La seule chose dont je suis certaine, c'est que j'ai commencé à avoir peur d'être kidnappée. Le quartier était devenu dangereux, surtout la nuit tombée, à la sortie du Bois. Les hommes égarés dans la cour des immeubles rouges m'inquiétaient, ceux des passages cloutés aussi. En attendant de traverser, j'avais peu de temps pour les observer bien en face. Si l'un d'entre eux mettait la main dans la poche intérieure de sa veste, je pensais qu'il allait sortir une arme et me tuer. J'étais prête à mourir, affolée par le flou de ma myopie. Les hommes errants et solitaires me tourmentaient au moment où je m'y attendais le moins. Parfois l'angoisse se transformait en cauchemar.

La seule carte postale que j'ai de mon père se trouve dans mon cahier de moleskine marron, elle m'a été donnée par Mamie qui ne savait pas lire le français et l'a laissée passer par mégarde sans la montrer à ma mère. Sur la carte il a écrit :

« *Ma petite Eva, après un long voyage fatiguant je suis arrivé à Nuremberg ce soir. Je vais travailler beaucoup et durement pendant quelque temps. De toute façon je passerai à Paris dans dix jours, j'espère que ta maman m'autorisera à te revoir, je t'embrasse tendrement, ton père. Nicolas.* »

La carte représente une place avec une église, en bas de la carte il y a inscrit *Nürnberg Hauptmarkt*. Elle m'a été envoyée à l'époque du Chalet des Îles et des hommes aux poches revolver. Ma mère me disait toujours qu'il était en Allemagne. En fait il habitait rue du Port à Lorient.

V

Je me souviens de peu de choses de mai 1968, d'avoir couru engoncée dans un manteau blanc en peau de mouton retournée dans les rues de Saint-Germain avec ma mère en évitant les projections de gaz lacrymogène. Il me semble avoir été soulevée et emmenée par des hommes, puis être entrée dans une grande cour remplie de monde, sans doute la Sorbonne, mais je n'en suis pas sûre. En 1969 j'ai quatre ans. Cela fait des mois que je ne vois plus papa, une éternité. Un groupe de hippies marche rue Mazarine, ils portent des capes, des lunettes rondes, des tuniques pourpres, de grands chapeaux à plumes. Parmi eux, un clown blanc, il tient un bouquet de marguerites, il s'approche des gens, un sourire inquiétant aux lèvres.

— Love ! Love !

Dans ce petit groupe, Irène croit reconnaître le baron de Lima, qui n'est pas le comte de Saint-Germain, il porte des cuissardes et des bagues à chaque doigt, on l'appelle le sage des temps modernes, le dernier amuseur, il revient de Saint-Tropez. À sa suite, trois belles filles à moitié nues vêtues de bouts de brocards qu'elles ont dû assembler elles-mêmes sous l'influence de drogues. Une des femmes arrête les hommes dans la rue pour les embrasser. Le baron de Lima est un amateur d'art, on s'écarte pour le laisser passer, il y a un attroupement devant la galerie où plusieurs artistes sont exposés. Le clown blanc s'approche de moi, il trempe son index dans une fiole qu'il a sortie de sa poche pour me marquer le front. Irène porte une tenue en panne de velours et moi déjà du rouge à lèvres et une grande robe bouffante de baptême ou plutôt de première communiante, non, de poupée. Sur le mur du fond de la galerie, des projections d'huiles colorées se métamorphosent sous la chaleur des lampes. Des barbus ivres s'amusent à passer au travers des faisceaux multicolores tout en faisant des grimaces drolatiques. L'un d'entre eux a enfourché un vélo hollandais avec un téléphone rouge posé sur le guidon, il fait semblant d'avoir une conversation avec les Soviétiques. Irène expose ses toiles faites au couteau. La galerie est pleine de monde, de très belles jeunes femmes viennent d'arriver, elles ont des coiffures à la lionne et des plastrons en pièces d'argent coulent entre leurs seins, intriguée Irène pousse des petits cris d'extase.

— Salut, vous faites quoi ?

— Je bosse au Crazy.

Une d'entre elles est seins nus sous un foulard transparent. Irène en profite pour toucher son collier.

— C'est beau, c'est quoi ?

— Paco Rabanne, on fait des photos avec Clemmer et Paco nous a filé des bijoux.

— Clemmer ?

— Ouais, et toi tu fais quoi ?

Fière d'elle, Irène montre ses quatre toiles, un chat assis sur un fauteuil, un paravent et une pipe, un divan à fleurs, une fenêtre s'ouvrant sur la nature.

— Pas mal... on se barre, on va au Méphisto, tu nous rejoins ?

— Je ne sais pas, peut-être...

Guermaz vient d'arriver, il dégage une odeur de moisi et de patchouli. Il ferme à demi les yeux pour mieux nous apprécier ma mère et puis moi.

— J'ai trouvé dans un livre un tract de Buren, écoute Irène : « Tract du 1er janvier 1967 : Puisque peindre c'est un jeu. Puisque peindre c'est accorder ou désaccorder des couleurs. Puisque peindre c'est appliquer (consciemment ou non) des règles de composition. Puisque peindre c'est valoriser le geste. Puisque peindre c'est représenter l'extérieur (ou l'interpréter, ou se l'approprier, ou le contester, ou le présenter). Puisque peindre c'est proposer un tremplin pour l'imagination. Puisque peindre c'est illustrer l'intériorité. Puisque peindre c'est une justification. Puisque peindre sert à quelque chose. Puisque peindre c'est peindre en fonction de l'esthétisme, des fleurs, des femmes, de l'érotisme, de l'environnement quotidien, de l'art, de dada, de la psychanalyse, de la guerre au Viet-Nam. NOUS NE SOMMES PAS PEINTRES. » Tu en penses quoi ?

Irène se cambre.

— J'adore les manifestes !

— Aux Beaux-Arts, c'est la querelle des Anciens et des Modernes, ils sont comme des fous.

— J'ai rencontré Pinsson.

Guermaz n'en revient pas.

— À la Coupole, il m'a demandé de venir à sa table… il a dit qu'il allait m'aider pour la peinture…

— C'est qui Pinsson ?

— C'est pas tes oignons, Eva.

Je tire sur sa robe.

— Arrête, tu vas la déchirer…

— Mais c'est qui ?

— Un peintre très connu.

Je me suis assise dans la vitrine de la galerie et plus tard je me suis réveillée en boule sur deux chaises en paille collées l'une à l'autre à la terrasse de la Palette. Il y a beaucoup de monde. Certains ont le corps avachi par les drogues, d'autres sont tout simplement allongés par terre. Je grimpe sur les chaises, ma mère en profite pour prendre la parole.

— Ma petite chérie est un phénomène, la semaine dernière, elle a attiré l'attention de tout le monde au cinéma Boul'Mich. Elle est montée sur scène pendant la projection du film *Yellow Submarine* et elle a chanté à tue-tête « he ho he ho yellow submarine yellow submarine ! » et elle a fait un tel numéro qu'ils ont dû arrêter la projection. Hein mon petit Bibou ?

Le petit Bibou fait la gueule, j'ai faim, je suis retombée sur ma chaise. Une jeune étudiante à la longue chevelure a pris la parole pour parler du film

La Motocyclette, d'après Mandiargues. Je l'ai revue quelques années plus tard chez une professeur de philosophie qui s'appelait Jeannette, rue de Buci. Il paraît que cette Jeannette était une amie de Pierre Goldman. La jeune étudiante a parlé du film, elle avait adoré l'histoire de cette fille qui épouse un homme mais qui s'emmerde avec lui alors la nuit elle part en Harley-Davidson, nue sous une combinaison de cuir noir, et va rejoindre son amant en Allemagne. Avant de mourir dans un accident, la fille livre ses dernières pensées à propos d'un univers dionysiaque.

Plus tard on a déboulé, je ne sais plus comment, dans un appartement de la rue de la Huchette, les portes étaient dégondées et servaient de tables à manger, ils passaient sur un vieux tourne-disque Jefferson Airplane, on a retrouvé les filles aux bijoux Paco Rabanne, elles dansaient seins nus sous des peaux de bêtes à cornes. Ma mère et moi on a mangé du gâteau aux carottes, je ne savais plus où j'étais. Puis on est rentrées, Mady qui était venue voir les toiles d'Irène nous a rejointes dans la voiture, on aurait dit qu'elle revenait d'une station de ski du genre Megève, ses lèvres sentaient fort la pommade Rosat et leur blancheur irisée faisait ressortir son teint hâlé parsemé de taches de rousseur. À l'arrière je dormais à moitié, du moins je feignais un sommeil profond.

— Chapeau ! vraiment pour ton expo, je vais demander à André qu'il t'achète une toile.

— J'adorerais, j'ai vraiment plus un rond.

Mady s'est retournée pour vérifier si je dormais bien, elle a baissé la voix.

— Et son père, il ne t'aide pas ?

— C'est compliqué.

Ma mère a baissé la voix à son tour.

— Je ne veux pas qu'il m'aide sinon il va exiger de la voir.

J'ai tendu l'oreille, les yeux fermés. Mady s'est penchée vers Irène.

— Il m'a téléphoné, il est complètement perdu je te jure, il veut voir la petite, fais-le pour elle au moins.

Irène s'est arrêtée net de conduire au plein milieu du boulevard Saint-Michel, elle a poussé Mady hors de la voiture puis elle a redémarré, je suis restée les yeux fermés, j'aurais voulu ne plus les ouvrir. Il faisait si noir. Je suis rentrée chez Mamie en me faisant tout à fait idiote. Ma mère est montée se changer pour son dîner avec Pinsson, elle devait le rejoindre à la Coupole. Ni Mamie ni moi nous n'avions encore vu cet homme qui portait un nom d'oiseau, je sentais Mamie inquiète. Elle est allée à la fenêtre pour regarder la nuit, les phares jaunes des voitures sur le boulevard, je me suis approchée d'elle. Irène a franchi les grilles, vêtue d'une grande cape extravagante du siècle dernier. Mamie s'est agenouillée face à son icône et elle s'est mise à prier avec ferveur.

La voiture roulait à vive allure sur les boulevards de ceinture, en direction du nord. Il faisait un sale temps tout gris. Ma mère fumait cigarette sur cigarette, le cendrier était plein de mégots Benson and Hedges marqués de ses lèvres. Elle portait une robe noire avec des petits trous de mites aux poignets, une robe de « veuve de guerre », comme disent les fripiers, et un boa vert usé et bien serré autour du cou. La route était longue et pavée, c'était le chemin de Clignancourt. Sur la banquette arrière, dans un cabas ouvert, enroulé de collants noirs usagés et sentant son entrejambe, se trouvait un appareil photo Nikon F. Un cadeau de Pinsson offert lors du dîner à la Coupole, acheté à un marchand ambulant africain, vendeur de masques, de fétiches, de parapluies en plastique, de briquets et d'objets en tout genre. Les premiers temps, elle emmenait toujours son cadeau avec elle, elle ne voulait s'en séparer pour rien au monde, parfois elle le mettait autour du cou, bien en évidence sur sa poitrine, cet objet phallique lui donnait une certaine prestance qui ne lui déplaisait pas. Les puces de Clignancourt étaient vides, les rideaux métalliques des magasins tirés. C'était un jour de semaine, pas un jour de marché. L'atelier se trouvait dans une ancienne fabrique de biscuits, au fond d'une cour pavée toute de guingois. Sur les murs étaient collées de vieilles affiches jaunies datant de la Commune de Paris, des appels au peuple français au nom de la République. Lorsqu'on pénétrait dans l'usine, l'odeur des années passées vous soulevait le cœur à vous vomir dessus, un mélange de poussière, d'huile, de peinture, de vieux bois, de boîtes de conserve chauffées, de brasero, de ketchup, d'encens, de tissu trempé, de vieux papiers, de colle forte, d'urine. Je n'étais jamais allée chez son peintre. Dès que nous avons gravi les premières marches, des cris hystériques ont résonné dans tout le bâtiment, ils venaient du dernier étage. Une femme en sabots de bois, vêtue d'un kimono en lambeaux, le corps à moitié dénudé, a dévalé les escaliers, elle avait le visage peint en blanc comme pour une représentation de théâtre nô et hurlait tout en me regardant, un pinceau à la main. Pinsson est sorti de son atelier, il s'est excusé auprès d'Irène, il a raccompagné la Japonaise. Nous avons attendu sur le pas de la porte, nous n'osions pas entrer dans l'atelier. J'ai eu le temps de le détailler durant un long moment. Il y avait des centaines de masques et d'objets africains, des hamacs, des plantes tropicales, une femme à quatre pattes avec un plateau de verre posé sur son dos, en fait une table d'Allen Jones. Le sol était barbouillé de projections de peinture, il y avait des toiles un peu partout représentant des paradis artificiels d'un genre naïf. Un immense tapis modern art, un Chesterfield, beaucoup de livres, un coin cuisine. L'atelier était gigantesque, il devait faire deux cents mètres carrés, on aurait dit un magasin de curiosités. Une porte ouverte donnait sur un couloir allumé, c'était plus grand encore. Pinsson est descendu, il nous a fait entrer. J'ai enfin vu de plus près le visage de l'homme qui avait remplacé mon père auprès d'Irène. Il était plus âgé qu'elle, vif avec des yeux malins qu'il n'arrivait pas à fixer sur moi, un pull violet, une casquette Mao et une grosse montre dont on pouvait voir le mécanisme. Il n'avait pas l'air de m'apprécier. J'ai tout de suite senti que j'étais pour lui un élément hostile. Il m'a proposé des pistaches puis il m'a demandé de m'asseoir gentiment dans le hamac et m'a donné à regarder un livre d'images sur les peuples africains. Ils se sont éloignés, Pinsson a montré ses toiles à Irène. Elle poussait des petits cris d'extase. J'ai eu envie d'uriner, les toilettes étaient au fond du couloir allumé et sur les murs étaient accrochés des posters de femmes à poil comme on en trouvait dans *Playboy* ou *Penthouse*. Par terre et sur des étagères il y avait des chaussures à talons très hauts de mauvaise qualité. La lunette des toilettes était en plastique rose fluorescent, une couleur encore inhabituelle. Je suis sortie seule des toilettes, en face se trouvait une chambre avec un grand lit et des draps de satin bleu Klein, je me suis approchée pour voir, il y avait des piles et des piles de masques et de livres, de la poussière et toujours cette odeur d'ancien. En bas du lit, posé sur un tapis africain, tout un jeu de photographies de jeunes filles nues, perchées sur des hauts talons bon marché, elles posaient, sur le lit, le Chesterfield, le tapis modern art, le hamac. Elles avaient un côté drolatique et bricolage, on aurait dit des photographies 1900 interdites, de celles qu'on achetait dans la rue sous le manteau, à la sauvette. Nous avons bu le thé, Pinsson nous a expliqué qu'il avait beaucoup de mal avec Katsuko, la femme peintre du dernier étage, parce qu'elle perdait complètement la boule et qu'elle venait de très loin, d'une ville du Japon, face à l'océan Pacifique. Il m'a déshabillée du regard, comme un homme et non comme aurait pu le faire mon père. Il m'a dit que j'étais une jolie petite fille, il m'a offert le livre sur les peuples africains, il m'a dit « c'est ton cadeau », je ne savais pas ce que je devais en penser. Il a pris son appareil photo, un Hasselblad, qui était posé sur la table Allen Jones, il s'est levé, il a écarté un peu les jambes sur le tapis modern art, il s'est dégourdi pour bien prendre son appui. Ma mère le regardait, subjuguée. Une fois l'appareil bien calé sous sa poitrine, il nous a photographiées Irène et moi. Ma mère a pris une pose 1900, comme celle des femmes au pied du lit bleu Klein.

Pinsson ne nous rendait pas souvent visite boulevard Soult, moins qu'André, le jules de Mady, qui venait tous les week-ends et le mardi soir, parfois il leur arrivait de se croiser devant les grilles des immeubles rouges, les deux taxis arrivaient en même temps, entre chien et loup. Pinsson ne restait pas plus de deux heures, et j'ai compris par la suite qu'il n'aimait pas l'appartement d'Irène qui lui foutait un cafard noir. La première chose qu'il a introduite chez elle sont les draps de satin, pas bleu Klein comme à l'atelier, mais crème façon Hollywood. Irène avait accroché au-dessus de son lit une carte postale qu'il lui avait envoyée lors d'une de ses virées new-yorkaises représentant Jean Harlow allongée sur des draps de satin crème. Pinsson ne portait que des pyjamas de satin. Un jour il m'en a parlé d'un ton mi-amusé mi-confident : « J'adore dormir dans des draps de satin et mettre des pyjamas de satin et quand je rentre dans les draps, je n'arrête pas de me casser la gueule, parce que satin sur satin ça glisse ! »

Mamie n'avait jamais vu le nouveau protecteur d'Irène mais comme il m'avait reçue chez lui, elle a exigé qu'il lui rende visite. Ma mère n'a pas pu se soustraire à sa demande. Un après-midi nous l'avons entendu. Mamie avait fait des boulettes à la roumaine à déjeuner et la chambre sentait fort l'oignon. Elle s'était faite jolie, je portais ma robe de poupée qui me grattait. J'ai immédiatement reconnu le bruit distinct des talons aiguilles de ma mère et un pas mou de semelles de crêpe. Ma mère a frappé à la porte, Mamie a ouvert, Pinsson était vêtu de sa veste et de sa casquette Mao, il nous a regardées puis il a soulevé le sourcil pour mieux détailler la chambre, il était à la fois gêné et ahuri, notre chambre de bonne devait vraiment être minable. Mamie l'a invité à s'asseoir mais il a refusé, prétextant un rendez-vous oublié à son atelier, il a regardé sa montre et il a filé comme le lapin retardataire d'*Alice au pays des merveilles*. Mamie n'a pas osé le contredire, ma mère a refermé vivement la porte. Il n'y a pas eu d'autre fois, Pinsson n'a jamais remis les pieds dans la chambre de bonne.

VI

Je suis dans le Bois, nous faisons le tour du lac. Je porte un pull qui gratte, c'est Mamie qui me l'a tricoté. En face de moi il y a une autre fille, elle doit avoir le même âge que moi, elle porte un harnais, sa mère la tient en laisse. Nous nous dévisageons, elle a de grands yeux bleus. Elle est bien plus belle que moi. Depuis que maman me met des robes, je m'admire devant la glace, je sais que je suis belle, pas trop et encore petite. Mamie et moi nous passons devant la pagode bouddhiste, c'est le chemin qu'on prend pour aller au pont métallique qui nous mène au Chalet des Îles. J'ai le cœur qui bat, il fait horriblement froid et encore plus sur le pont. J'ai rendez-vous avec papa, il doit nous rejoindre pour le thé au restaurant. Mes jambes sont marbrées, presque bleues. Je me suis empiffrée d'un mille-feuille et Mamie aussi, nous avons attendu jusqu'à la nuit tombée, mais papa n'est pas venu. Le soir il n'a pas téléphoné. Tous les jours de la semaine nous sommes retournées au Chalet des Îles pour attendre papa, mais il n'est pas venu.

Samedi soir est arrivé, ma mère est descendue pour avaler une boulette de viande symbolique avec nous. Mamie a sorti la table à manger, une table de jeu de cartes qu'elle plie sous son lit pour me laisser la place de jouer à mon gré dans la pièce après le dîner. Lorsque Irène descend avec ses grands costumes et que la table est mise, il n'y a plus beaucoup de place, il reste le coin cuisine en dessous de l'icône. Elles se sont parlé en roumain. Elles se parlent toujours en roumain quand elles ne veulent pas que je comprenne la conversation. Mais je comprends quand même, je ne suis pas aussi idiote qu'on croit. Ma mère a engueulé mon arrière-grand-mère, elles sont sorties dans le corridor. Mamie n'avait pas à m'emmener au Bois tous les jours à attendre mon père qui de toute façon ne viendrait pas parce qu'elle ne lui a pas donné l'autorisation. Mamie a joint les deux mains, implorantes. Irène m'a regardée, elle a sorti des vêtements bouffants d'un sac en plastique Félix Potin. Mamie s'est signée. Ma mère m'a dit :

— Viens, on sort de la chambre qui sent les oignons ?

Je n'ai pas voulu, elle a rétorqué :

— Tu ne veux pas aller dans le grand monde ?

Ça résonne à la Coupole comme ça résonnait à la Sorbonne mais en moins fort et avec bien plus de bruits de couverts et de mastication. À la table il y a pas mal de jeunes femmes, certaines dont je connais déjà le visage, l'étudiante aux cheveux longs qui nous a parlé de *La Motocyclette*, d'autres sont des amies de

Pinsson, deux filles à la peau couleur cacahuètes grillées et une grande Danoise. J'imagine qu'elles posent pour lui, elles ont l'air ouvertes. Je n'ai pas faim, je ne sais pas pourquoi ma mère m'a mis cette robe ridicule, ancienne, avec des baleines de fer qui me rentrent dans les côtes et des nœuds dans les cheveux. Je n'ai envie de rien, si ce n'est de me rouler par terre et de crier. Je regarde à peine sur le côté, je vois Pinsson et des auréoles de transpiration dans le dos de ma mère.

— Bibou, sois gentille avec Pinsson, arrête de faire la tête, si tu es gentille avec lui, tu pourras bientôt l'appeler papa.

Ma mère a les seins presque nus, les gens s'arrêtent pour nous regarder. J'entends son rire, je devine sa tête de cheval. J'ai l'impression qu'elle porte un masque sous lequel se cache un travesti, je m'endors sur la banquette les yeux tournés vers le plafond de la Coupole et je pense coupole de fruits.

Tous les dimanches nous allons avec Mamie à l'église orthodoxe rue Daru. Quand Irène ne nous accompagne pas en voiture parce qu'elle a passé une nuit blanche, nous nous y rendons en métro. Je préfère parce que nous descendons à la station Monceau. Il est possible que je croise mon père, c'est son quartier et c'est un espion. Il va arriver, il me l'a promis, les espions sont malins et plus rusés que la moyenne des hommes.

À chaque fois que nous sortons de la station de métro je vois notre immeuble face au parc. Je me demande bien qui a pu habiter dans notre appartement après nous, peut-être personne, les voilages des fenêtres sont toujours tirés et les lumières éteintes. Les dimanches qui ont suivi les rendez-vous manqués avec papa, je n'ai pas arrêté de le chercher des yeux, à la Ville de Petrograd, à l'église, dans les rues alentour, aux feux rouges, chez le fleuriste de la place des Ternes, au drugstore des Champs-Élysées. À l'église, je n'ai pas le droit de prier, Mamie n'a pas l'autorisation de me donner une éducation religieuse. Ma mère a jeté à la poubelle la Bible illustrée que Mamie m'avait achetée chez le libraire boulevard Soult. Je prie quand même, en douce.

Un jour, ma mère est venue déjeuner, elle portait son manteau noir sur lequel elle avait accroché des badges.

— Qu'est-ce qu'il y a marqué ?

— C'est de l'américain, ça c'est « Black is beautiful », les Noirs sont beaux… et c'est vrai ils sont plus chics que nous quand ils s'habillent, ils ont de la classe. Écoute-moi bien j'ai une grande nouvelle, tu vas partir vivre aux États-Unis avec Mamie chez ma mère…

— Longtemps ?

— Un an, peut-être deux, et moi je viendrai vous rendre visite, vous serez bien là-bas, il y a un grand jardin… Mamie et moi on ne te l'a pas dit avant, on voulait être sûres pour ne pas te décevoir.

— Et papa ?

— Papa ?

Irène s'avance vers moi, les narines dilatées, en regardant Mamie d'un air oblique.

— Eva sent la crasse, il faut qu'elle monte prendre un bain.

Il y a une photo dans mon cahier de moleskine, une petite photo Kodak couleur, il n'y en aura plus après de photo Kodak souvenir, c'est vraiment la toute dernière, elle date de ce jour-là. Je suis assise sur le canapé dans la chambre d'Irène, mes pieds ne touchent pas le sol, je n'ai pas quatre ans et je porte un turban autour de la tête et une serviette-éponge autour du corps, je sors de mon bain et je souris à ma mère. Plus tard, en pleine époque Coupole, avant de dîner on passait par Saint-Germain. J'attendais Irène dans une librairie appartenant à une éditrice rousse, Irène était enfermée dans le bureau à lui montrer des photos. Un couple a ouvert un portfolio et mon regard a glissé sur une image pornographique d'une enfant, au bout d'un moment j'ai compris que l'enfant c'était moi. Mes jambes écartées ouvertes montraient ma vulve. Il me semble que je sors du bain mais je n'ai pas la serviette. Plus tard, quand j'ai pu récupérer le cahier de moleskine marron, j'ai observé la photo Kodak couleur et au bout de quelque temps j'ai compris qu'elles avaient été faites le même jour, à la différence qu'il y a un détail supplémentaire dans la photo pornographique qui n'est pas dans la photo souvenir, c'est un poster pop art offert par Pinsson qu'Irène a accroché sur le mur derrière moi, il représente une pomme croquée. L'année dernière en chinant aux puces j'ai trouvé une photo de moi, elle valait trois cents euros. C'est une photo sépia, je suis dans les bras d'un clown blanc, il porte un béret, des bretelles et des grandes chaussures de clown, je me souvenais de ma robe en dentelle de poupée mais j'avais oublié le clown blanc, ce devait être celui de la rue Mazarine. Peut-être l'avais-je déjà rencontré sans son maquillage et son gros nez, je ne saurai jamais qui c'était.

VII

Nous avons préparé nos valises, Mamie et moi, pour vivre chez Margareth et Arnold, son mari, à San Francisco. Je ne voulais pas partir sans voir mon père, ma mère m'avait promis qu'elle ferait tout pour que je puisse le voir avant. Je savais pertinemment qu'elle mentait, j'avais compris la conversation en roumain qu'elle avait eue avec Mamie au sujet de mon père, et celle dans la voiture avec notre voisine Mady, quand je faisais semblant de dormir. Je ne voulais pas déménager mais je n'avais pas le choix, Mamie voulait voir sa fille, Irène et Pinsson allaient faire un tour du monde en amoureux. Ils avaient l'intention de venir me voir entre Mexico et New York. Le jour du départ approchait et mon père ne venait pas, il ne me téléphonait pas. Des gens méchants l'avaient peut-être kidnappé.

L'exposition de Niki de Saint Phalle a ouvert ses portes la veille de notre départ. Pinsson et Irène m'y ont emmenée, ils pensaient que toutes ces grandes poupées un peu folles et multicolores m'amuseraient et qu'ils s'éviteraient par la même occasion des adieux trop pénibles. Sur le chemin ils n'ont pas arrêté de jacasser entre eux, Niki de Saint Phalle a affirmé que si les femmes et les Black Power s'unissaient, ça ferait des merveilles !

Dans l'exposition, je me suis promenée au milieu des grandes sculptures, des femmes obèses et colorées, flottantes et sans visage, aux corps fleuris. Tout le monde les regardait en buvant du gros rouge. Irène ne lâchait pas Pinsson, il connaissait beaucoup de monde et n'arrêtait pas de serrer des mains, ils ne faisaient pas attention à moi, alors je me suis débarrassée de mes vêtements pour rester en culotte. J'ai sorti tous mes feutres pour me dessiner des grosses fleurs sur tout le corps comme les poupées de Niki. Je me suis mise à danser comme je l'avais déjà fait sur la scène du Boul'Mich. Pinsson s'est arrêté de faire ses mondanités, ils m'ont enfin regardée, on a parlé de moi, les gens se demandaient à qui appartenait cette enfant à moitié sauvage, nue et gribouillée, qui courait partout en chantant. Irène a sorti son appareil, je l'entends dire « photo souvenir, mets-toi là ! » Je me suis allongée au pied d'une des sculptures de Niki, elle m'a photographiée. Ensuite nous avons pris un taxi, il nous a déposées devant le terre-plein du boulevard Soult. Pinsson a sorti de sa poche une boîte à musique en plastique transparente dont on voyait le mécanisme, comme sa montre. Il l'a remontée, elle s'est mise à jouer la « valse du petit chien » de Chopin.

— Si t'es triste et qu'on te manque, tu n'auras qu'à l'écouter et tu penseras à nous, m'a lancé Pinsson d'un ton mi-amusé mi-agacé.

Ma mère m'a mis de force la boîte a musique dans les mains puis ils sont partis sans même se retourner.

VIII

San Francisco

Dans le grand Boeing 747 les gens dorment, sirotent des drinks ou discutent debout, près du bar, sous de faibles halos de lumière. J'ai traversé les nuages, survolé l'océan Atlantique, mon corps et mes joues entièrement gribouillés de grosses marguerites multicolores. Mamie a eu beau frotter avec le gant, elle n'a pas réussi à faire partir l'encre sur ma peau. Arrivées à l'aéroport de San Francisco, nous nous sommes égarées dans un long couloir de transit désert, menant peut-être à Mexico. Mamie ne parlait qu'un français approximatif et pas un mot d'anglais. Quelques hommes pressés à chapeau de cow-boy ont pris le couloir, elle a essayé d'attirer leur attention mais elle n'est pas parvenue à se faire comprendre, elle était trop fatiguée par le voyage. Elle s'est assise par terre, dans le couloir, je me suis blottie contre elle. J'ai pensé à Katsuko, perdue et folle dans un pays dont elle ne parlait pas la langue.

J'ai pensé à mon père, son visage m'est apparu, il se superposait au mien, doux et souriant. Il n'était pas comme je le voyais d'habitude, on aurait dit une sérigraphie d'Elvis Presley que m'avait montrée Pinsson, l'image faite par Warhol se dédoublait en surimpression décalée. Dans le couloir à moquette grise de l'aéroport, cette vision me procurait une sensation de malaise et d'étouffement et ce qui me parvenait n'était plus Elvis mais une hallucination, j'avais le sentiment d'être au cœur d'un mensonge.

Nous sommes restées enfermées dans le boyau un bon moment et puis ils ont fini par dire nos noms dans des haut-parleurs ; Miss Ionesco & Mrs Allavena… Mon esprit s'est apaisé et deux hôtesses sont arrivées, elles nous ont menées vers la sortie où se trouvaient Arnold et Margareth. Ma grand-mère ressemblait à Barbara Stanwyck, le profil de la garce middle class américaine, et en même temps à ma mère mais en plus belle. Bien que ses traits se soient épaissis avec l'âge, on voyait encore sous la couche des années le jeune mannequin de cabine qu'elle avait dû être. Son port de tête était resté parfait, sa taille 36 dont elle était fière aussi. Un nez droit et des pommettes hautes lui donnaient des airs de chat. Ma mère disait toujours que lorsqu'elle avait seize ans, elle ne pouvait pas se comparer à Margareth, sa mère la surpassait en beauté et par ses tenues extravagantes de grands couturiers. Dans la rue, les hommes se retournaient sur Margareth et jamais sur Irène qui n'avait pas le droit d'appeler Margareth maman parce que ça la vieillissait. Dès mon plus jeune âge, bien avant mon départ aux États-Unis, je connaissais cette histoire sans en comprendre les raisons profondes, c'était comme une ritournelle qui revenait dans la chambre de bonne, la beauté et la vie fastueuse de Margareth faisaient partie du lot de reproches qu'Irène énumérait sans cesse à Mamie, répétant qu'elle n'avait pas eu de chance...

Arnold était massif, musclé, les cheveux blanc platine coupés en brosse, les yeux bleus d'un chien husky, fagoté comme un cow-boy, l'air dur et impassible. Dès que je l'ai vu, j'ai compris qu'avec lui, ce ne serait pas de la plaisanterie. On s'est embrassés. Arnold nous a réunis en rond, on a fait une boule comme au rugby.

— Welcome home ! a dit Arnold de sa grosse voix.

— Oh look at all this flowers on Eva... Oh my God...

Margareth a remarqué mes grosses marguerites. Nous nous sommes engouffrés dans une longue Cadillac bleue. Il faisait encore nuit, c'était l'été, l'air était chaud et doux. Comme dans un rêve, nous avons glissé le long de larges avenues où scintillaient des myriades de néons et nous avons pris le pont suspendu le plus grand du monde. Ma grand-mère a mis des lunettes noires, elle fumait, la vitre ouverte. Nous avons traversé Chinatown, la Cadillac a ralenti pour se mettre au niveau d'un vieux Chinois. Margareth s'est mise à parler le chinois et à rire, je ne comprenais rien, c'était mystérieux et palpitant. Elle a remonté sa vitre puis elle a embrassé Arnold qui lui a gentiment souri. On a roulé le long d'avenues bordées de maisons victoriennes. Les tramways presque vides, éclairés de l'intérieur et brinquebalants ressemblaient à des trains fantômes. Les buildings se reflétaient dans l'eau noire. L'odeur de ketchup, d'air marin gras, de cuir et d'encens me prenait la gorge. J'ai fermé les yeux. Nous nous sommes garés devant une large maison à un seul étage, tout en brique rouge, posée au milieu d'un grand jardin fleuri et odorant. Les chiens-loups ont aboyé. Il y en avait tant autour de moi que je n'arrivais pas à les compter. Mamie et moi nous nous sommes à nouveau blotties l'une contre l'autre. Arnold a dit de sa grosse voix « shut up dog ! sit down ! »

Margareth nous a fait traverser un double living-room dont la large baie vitrée donnait sur le jardin, des rues vallonnées, puis des tours ruisselantes de lumière. Au fond du living, la cheminée était allumée par de fausses bûches, il y avait un bar et une cuisine américaine. Margareth nous a conduites à notre chambre, nos fenêtres donnaient sur un chenil éclairé. Il y avait deux lits séparés par une tablette de nuit en bois sur laquelle était posé un portrait de Jésus-Christ en robe blanche sur un ciel bleu pâle. Nous dormions debout. Margareth nous a souhaité « good night » et elle a fermé la porte. Mamie a pris le Christ encadré pour l'embrasser dévotement mais en le bougeant elle a découvert qu'il était en relief, il ouvrait et fermait les bras. Elle a posé le cadre sur la tablette pour se signer et au bout de quelques secondes, l'heure matinale nous est apparue derrière Jésus, le jour se levait.

Le lendemain, après que Margareth m'eut frotté le corps au gant sans pour autant arriver à complètement effacer mes fleurs, nous nous sommes tous retrouvés pour le déjeuner. Arnold a béni le repas, il m'a demandé de répéter après lui les mots de la bénédiction. J'étais toute rouge et Mamie aussi. Nous avons entamé notre déjeuner dans le plus grand silence, un silence rempli d'émotion. J'ai craqué, je me suis mise à pleurer sans pouvoir m'arrêter. Mamie m'a emmenée dans ma chambre pour me calmer. Margareth est venue me voir pour me consoler, en vain. Elle m'a demandé pourquoi je pleurais.

— Je suis triste, je veux voir papa, je veux lui téléphoner, Irène ne veut pas…

Je l'ai regardée, je ne pouvais pas en dire davantage.

Elle a tourné les talons, elle est sortie de la chambre, furibonde. Il y a eu un conciliabule assez long. Le son était étouffé par la porte et quelques aboiements, je n'entendais pas la conversation. Au bout d'une demi-heure, Margareth est revenue dans la chambre, je pleurais toujours.

Elle m'a prise dans ses bras.

— Calme-toi, tu vas parler à ton papa, mais d'abord il faut que tu arrêtes de pleurer et que tu sois une good girl, promis ?

— Promis.

— Say I'm gonna be a good girl Marga.

— I'm gonna be a good girl Marga.

— Give me a kiss.

On s'est embrassées, son étreinte solide et franche m'a réconfortée, je me suis calmée immédiatement. J'ai compris que je pourrais obtenir de Margareth ce que je n'obtiendrais jamais de ma mère et qu'elle me traiterait correctement.

Tous les samedis nous avions pour habitude d'aller déjeuner en famille à Chinatown dans un des restaurants tenus par Jimmy Wong, l'ami chinois de Margareth, rencontré à Shanghai. Ma mère adorait raconter que quand Margareth était jeune elle devait épouser un riche Chinois, fils de casinotier, Mr Shu. Elle l'avait dragué à la sortie des Hautes Études internationales et politiques de Paris, elle voulait refaire sa vie à l'autre bout du monde, échapper à sa mère et surtout à sa fille. Tous les soirs, à Shanghai, elle sortait avec son amant chinois dans les cercles de jeu et les dancings, faisant la java, et le jour elle se faisait servir par ses boys en livrée. Mr Shu voulait épouser Margareth et la famille d'abord réticente finit par accepter cette union, à la condition que Margareth leur donne un enfant. Durant deux ans Margareth et Mr Shu partagèrent la même chambre sans être officiellement mariés. Un jour Mme Shu décida d'intervenir et demanda à Margareth de consulter le médecin pour vérifier son état de fertilité. Margareth prétexta une foule d'empêchements, à commencer par un long voyage au nord du pays en passant par la mer Jaune. De retour à Shanghai après des mois d'absence, elle ne pouvait plus se dérober et finit par avouer qu'elle s'était fait ligaturer les trompes. Cette découverte plongea Mr Shu dans la stupéfaction et Margareth dans la honte et la détresse. La famille outrée la répudia mais ils étaient riches, puissants et magnanimes et la dédommagèrent généreusement avec une forte somme d'argent, des vases Ming et toutes sortes de bijoux. Toujours obsédé par cette passion, Mr Shu lui demanda de ne plus se montrer dans les cercles de jeu et les fumeries d'opium afin d'éviter de voir son visage, alors Margareth s'est installée dans la concession française et a occupé la plus grande partie de ses journées à faire du tennis, c'est comme ça qu'elle a rencontré Arnold. Arnold et Margareth ont eu un coup de foudre et ils sont montés dans un bateau pour la Californie. À San Francisco, ils ont investi l'argent de ma grand-mère dans un élevage de poules en batteries, mais les poules sont toutes mortes empoisonnées. Puis ils se sont lancés dans la vente par correspondance de livres de mécanique moderne et de bibles, mais une fois de plus les affaires ont périclité. Jimmy Wong était très lié avec ma grand-mère, il avait émigré à San Francisco pour investir dans la restauration. Il lui a trouvé une combine dans un de ses restaurants, le steak house à quelques blocs de chez elle. Quant à Arnold, il dû se faire à l'idée de travailler dans une compagnie d'assurances.

Jimmy habitait toujours Chinatown et j'adorais traverser le Golden Gate Bridge pour aller dans de vieilles pagodes remplies de Chinois. On restait des heures autour d'une grande table ronde à manger toutes sortes de plats délicieux avec Jimmy et d'autres amis chinois. Arrivés au dessert il me donnait toujours des gâteaux de soja et de coco avec, à l'intérieur, un petit rouleau de papier blanc. C'était un vœu de bonheur, Jimmy le déroulait pour me prédire un avenir, à chaque fois différent.

IX

Mes jambes s'élançaient vers le ciel bleu. Les cinq chiens-loups tournicotaient nerveusement sur la pelouse, la truffe au vent, on leur avait ôté leurs muselières, certains avaient la langue bien pendue et bien baveuse, d'autres aboyaient ou grognaient, j'étais sur ma nouvelle balançoire, au milieu du jardin. J'essayais d'aller le plus haut possible, chaque fois un peu plus fort, afin de dépasser avec la pointe de mes pieds la haute grille du jardin.

Assise en retrait sur un rocking-chair dans le patio, Mamie attendait que je finisse de jouer pour me donner mon « fresh fruit juice ». Margareth est descendue de la Cadillac, les bras chargés de paquets, tandis qu'Arnold nettoyait le chenil au fond du jardin. Autour de chez nous, bien que ce fût un quartier résidentiel, il y avait beaucoup de prostituées et de crimes, d'émeutes raciales et de manifestations en tout genre, c'est pourquoi mes grands-parents avaient électrifié la grille de notre maison et dressé les chiens-loups. Arnold possédait des armes en cas d'attaque soudaine. Margareth avait eu des soucis au steak house le printemps avant mon arrivée, deux types armés avaient déchargé leurs fusils sur le mur, en prenant soin de dessiner le contour de ma grand-mère, elle avait failli y rester, heureusement qu'elle était « a very strong woman », comme disait Arnold.

Margareth a tapé dans ses mains.

— Come on darling, Eva darling, your fresh juice !

J'ai arrêté de me balancer, j'ai bondi pour traverser en zigzaguant comme un gros insecte le jardin où se trouvait une partie de mes jouets :

Un ballon sauteur.
Un stick sauteur.
Un hula hoop.
Un frisbee.
Un toboggan jaune.
Mes crayons de couleur.
Une licorne en peluche bleue.
Mon bâton de majorette.
Mon chapeau de majorette.
Un mini-trampoline.
Mickey Mouse.
Le Journal de Mickey.
Minnie Mouse.
Un banjo.
Mes Barbie (quatre).
Un déguisement de pirate.
Un déguisement Flintstones.
Un tricycle.
De la pâte à modeler en pots.

J'ai pris mon bâton de majorette, je savais très bien le faire virevolter, de la main gauche et même de la main droite et aussi le faire rebondir par ses bouts de caoutchouc fluorescent. Un de mes objectifs était de me préparer pour faire partie de la grande parade que j'avais vue défiler, je voulais être majorette sur un char lumineux, et un jour, pom pom girl dans un stade immense.

J'ai atterri le visage dans le tablier de Mamie, en nage, puis j'ai bu tout mon cocktail de jus de fruit d'un trait. Mon excitation était à son comble, j'étais invitée à une partie chez Freddy, un garçon de la maternelle. Le bruit courait qu'il allait y avoir des magiciens, c'est ce qui était inscrit sur la carte d'invitation qui précisait « Venez costumés en fée, sorcier, sorcière, magicien ou magicienne ». La maternelle ne parlait plus que de ça, l'anniversaire avait lieu dans dix jours, notre classe était dans tous ses états.

— Come on darling you're gonna be late, Grampa is waiting for you !

Je ne voulais pas aller avec Grampa à mon cours de poney mais rentrer dans la maison pour surveiller l'avancement de mon déguisement de fée, Mamie et Margareth s'étaient mis en tête de le fabriquer elles-mêmes. Arnold était déjà devant la porte à m'attendre avec mon sac de sport. Je me suis assise sur la banquette arrière, il m'impressionnait avec son cou large et rouge, ses gros bras musclés et sa conduite nerveuse. Nous avons descendu des monts et traversé les avenues bordées de maisons victoriennes. Au parc, nous avons rejoint un groupe d'enfants qui chahutaient au milieu de grands arbres majestueux. Dès mon arrivée à San Francisco, Arnold avait décidé de me faire monter sur un poney, une fois par semaine. Il m'avait dit droit dans les yeux : « Si tu veux devenir un jour une vraie jeune fille, tu dois savoir monter à cheval. » Il savait de quoi il parlait, ses frères et lui avaient grandi dans un ranch au Texas.

Il m'a soulevée pour m'asseoir sur la selle du poney, puis le professeur m'a demandé de ne pas trop tirer sur le harnais et d'écarter les jambes tout en tapant légèrement avec mes talons les flancs de l'animal. Autour de moi d'autres enfants allaient et venaient sur leur poney, eux aussi étaient accompagnés d'un entraîneur.

La présence d'un homme me rassurait. Arnold était plus petit que mon père, il était autoritaire, j'aimais lorsqu'il me regardait prendre ma leçon, assis sur une chaise les bras croisés à côté des autres parents. J'espérais ce coup de téléphone de papa si intensément promis, mais il n'y avait toujours rien. Je n'en parlais plus à mes grands-parents, inutile de devenir une « bad girl », aucune envie de leur faire de la peine. Secrètement j'étais inquiète à l'idée que cette fois mon père ait vraiment disparu. Je ne comprenais pas quels étaient les véritables motifs de cette disparition. Je l'assimilais à un danger mortel. Il était lui-même un danger pris dans un danger plus grand encore, mais quels étaient donc ces dangers ?

J'aimais fermer les yeux et les rouvrir, avant il m'arrivait de voir son visage en moi, ses yeux gris vert, ses moustaches, son sourire. Depuis mon arrivée, je le voyais mais taché de peinture, pire, je ne le visualisais plus du tout, terrorisée à l'idée qu'il puisse s'effacer de ma mémoire. J'étais fière de pouvoir contenir mon inquiétude, je souriais à Arnold mais j'avais peur que la fêlure en moi ne s'agrandisse et finisse par me briser. Mon père avait un pouvoir que je n'avais pas, celui de me voir sans que moi je ne puisse le voir, n'était-il pas un espion ? Mais moi je pouvais sentir sa présence et le voir avec le cœur. Papa pouvait être à la fois ici et là-bas au café couleur du temps, c'était fou mais absolument possible. Des milliers de feuilles d'arbres frissonnaient dans le vent d'automne, j'en avais la chair de poule. Le parc était traversé par une longue route sinueuse qui me semblait sans fin, elle m'apparaissait identique à celle que j'avais vue quelques jours auparavant dans *Le Magicien d'Oz*, notre maison ressemblait à celle du film, elle pourrait elle aussi être aspirée par un cyclone, emmenée dans un pays inconnu et enchanté ; *Somewhere over the rainbow*. Ce soir-là je regardais la télévision en compagnie des cinq chiens-loups, Mamie, Margareth et Arnold étaient sortis pour s'amuser à Chinatown et Arnold avait oublié de leur mettre les muselières. Au bout d'un moment ils se sont mis à grogner et à tirailler mon pyjama qui s'est déchiré. Je suis restée pétrifiée, si je bougeais ils me mangeraient, j'ai continué à regarder Judy Garland tuer la vilaine sorcière, elle se liquéfiait dans des vapeurs vertes au fond de son château. Les chiens ont dévoré mes pastels. À leur retour, Arnold les a battus jusqu'à ce qu'ils soient tout aplatis au sol.

Au loin j'entends des pas, c'est sûrement mon père, il fait encore plus froid qu'au bois de Vincennes lorsque je l'attends sans bouger sur le pont métallique et qu'il ne vient pas…

— Eva ? Eva ?

J'étais à deux doigts de tomber de sommeil du poney quand Arnold m'a rattrapée dans ses bras. Lorsque nous avons repris la route du retour, la nuit est doucement tombée, l'air marin s'est corsé de sel, les buildings se sont allumés, on voyait leurs reflets dans l'eau veloutée de la baie. Arnold a mis sa station préférée diffusant de vieux rocks, la voix suave et grave de Fats Domino chantait *Blueberry Hill* et j'ai fermé les yeux. Nous avons mis un temps infini pour rentrer, il y avait des hippies et des policiers courant dans les rues, des embouteillages et des cris sauvages. Je me suis endormie sur la banquette arrière. Les chiens aboyaient, Arnold m'a portée jusqu'à la maison. Il y a eu encore un conciliabule, les cinq chiens-loups se sont mis à me lécher le visage et les oreilles si bien que je n'ai rien entendu. Margareth et Mamie portaient de nouvelles robes de chambre identiques toutes roses. Elles m'ont emmenée dans la chambre, pour me mettre mon nouveau pyjama, une combinaison en éponge orange avec les trois petits cochons imprimés sur le poitrail. Le chenil était allumé, Arnold n'arrivait pas à faire rentrer les chiens, il leur criait dessus.

— Shut up dog, sit down !

— Eva, ton père a téléphoné pendant que tu étais à ton cours de poney...

J'ai regardé Margareth en silence.

— Tu entends Eva, il t'embrasse, il va te rappeler.

Je me suis allongée sur le lit, j'ai fermé les yeux. Margareth et Mamie sont sorties. Je me suis forcée, je voyais à présent une silhouette d'homme fantôme dans un appartement faiblement éclairé. L'homme avait une chemise comme celle de Clark Gable dans *The Misfits*, et un paquet de Craven A à la main, il marchait avec des chaussures à bouts ferrés vers un lit bas recouvert d'une couverture tartan, il regardait la mer tout en fumant, une main dans la poche de son pantalon, il devait se rendre à Londres le lendemain où on lui donnerait un nouveau passeport.

La propriété était immense, tout comme la table autour de laquelle nous nous restaurions. J'avais ma robe et mon chapeau de fée et ma baguette. Il devait y avoir une dizaine de magiciens et de magiciennes. Ils opéraient simultanément, apparitions et disparitions d'animaux, de cartes, de nourriture, numéros de divination et de lévitation. C'était merveilleux. Il me semblait que nous étions beaucoup plus nombreux que notre simple classe de maternelle, il y avait la famille de Freddy et des baby-sitters. Beaucoup d'enfants pleuraient de fatigue dans les allées du jardin taillées à la française. Freddy avait une cape de super-héros, je suis sûre qu'il avait dû répéter avec les magiciens, notamment le numéro des lapins dans le chapeau. Derrière lui se dressait la propriété, quand j'y repense à présent, ce devait être une copie réduite d'un château français des bords de Loire. Des mimes imitaient notre fatigue, nos rires, nos pleurs. J'ai mangé, chanté et dansé. J'ai fait des roulades à répétition dans l'herbe verte. Je suis rentrée pour faire pipi dans la propriété, on aurait dit une maison de porcelaine à cause de la profusion d'objets Wedgwood. Il y avait des enfants couchés un peu partout, des confettis, des serpentins et des gâteaux écrasés. Je ne sais pas pourquoi j'ai suivi les magiciens jusqu'aux chambres du premier étage qui leur servaient de loges. Je me suis assise dans le couloir et je les ai regardés, il m'ont souri. L'un d'entre eux s'est approché avec sa baguette.

— Ça te plairait de devenir magicienne ?

— Bien sûr.

— Tu serais prête à tout donner pour faire de la magie ?

— Pourquoi tout donner ?

Ils ont ricané. Des voitures se sont mises à klaxonner, je me suis précipitée à la fenêtre, Arnold était dans la Cadillac.

Nous sommes passés par le quartier des affaires, des buildings et encore des buildings, en face de nous se trouvait la prison d'Alcatraz. Un jour j'irais en prison. J'avais du gâteau écrasé sur ma robe déchirée, j'aurais voulu chanter de l'opéra et que tout le monde m'applaudisse. Mais j'étais seule à l'arrière de la voiture. En arrivant Margareth était en pyjama devant la cheminée du salon, elle m'a tendu le combiné.

— C'est ton papa.

J'ai pris le téléphone, j'ai collé le combiné à mon oreille, mon cœur s'est mis à battre la chamade.

— Eva ?

— Oui papa.

La voix de mon père me paraissait lointaine, comme engloutie sous le flot des mers, la tête me tournait si fort.

— Tu me manques ma chérie, je t'aime, tu me manques.

— Toi aussi, tu me manques.

— Je vais essayer de venir te voir.

— À Noël ?

— Oui, je t'embrasse.

Mon père n'est pas venu pour fêter Noël avec nous ou peut-être que si, finalement, il est venu. J'ai le souvenir de l'avoir vu assis à notre table à manger, sur le mur derrière lui étaient accrochées de grandes bottes de Père Noël et des bâtons en sucre d'orge que nous avions choisis Arnold et moi au supermarché. J'avais appris à chanter *Jingle Bells*. Tout était blanc et feutré. Papa a bu beaucoup de vodka puis il a versé le fond de son verre dans son œil, et m'a regardée tout en jetant le verre qui s'est brisé contre le mur. Arnold était furieux. Papa m'avait déjà fait le coup de se rincer l'œil, un soir à la Rose d'Ispahan.

En fait je ne suis pas sûre qu'il soit venu me voir à Noël, je ne me souviens pas qu'il m'ait donné en cadeau des pierres ni même un caillou.

X

— Je ne veux pas qu'elle rentre dans la maison, c'est une beatnik, elle est coiffée comme une négresse, elle a des cloches de vache autour du cou, va te changer, va-t'en !

Mamie s'est signée tandis que Margareth et moi, cachées derrière la porte moustiquaire du salon, nous regardions ma mère et Pinsson qui venaient de franchir la grille électrifiée du jardin. Ils étaient devenus hippies et s'apprêtaient à monter pieds nus et hagards les marches du perron.

— Je ne veux pas, tu entends Irène, tu ne rentres pas chez moi dans cette tenue !

— Laisse-moi voir Eva, je te la ramène en fin de journée, je te promets ! a crié ma mère.

Margareth m'a poussée dehors. J'ai franchi la porte dans le flamboiement de l'après-midi. Ma mère et Pinsson ne marchaient pas droit. Nous avons pris un taxi jaune.

Effarée, je me promenais pieds nus derrière Pinsson et Irène dans un grand parc peuplé de centaines de hippies, je ne savais pas qu'il y en avait autant à San Francisco. Par terre, dans les allées et même dans les arbres, à jouer de la guitare et à chanter.

Pinsson et Irène s'avançaient vers un homme qui vociférait dans un haut-parleur. À nouveau il y eut cette odeur d'encens et de viande brûlée. Beaucoup de femmes chantaient et offraient des fleurs, d'autres prêchaient ou citaient des poèmes, d'autres très grosses dormaient par terre. Il y avait beaucoup de poussière. Ma mère est restée distante avec moi, elle me tenait juste par la main comme une poupée de chiffon qu'on traîne mollement. On a pris un autre taxi jaune. On a traversé des quartiers délabrés que je ne connaissais pas, on s'est rapprochés des tours baignées de lumière que je pouvais voir depuis ma balançoire dans le jardin de Margareth. C'étaient des grandes tours métalliques au bord d'une eau saumâtre le long des docks. Il y avait là quelques boutiques de guingois. Irène s'est arrêtée devant des vitrines dont la façade de bois peinte en jaune et vert s'écaillait de partout. Elle voulait rentrer et Pinsson faisait une moue sur laquelle je pouvais lire « oh non pas là ! ».

En poussant la porte nous avons fait tinter une petite cloche tibétaine. La boutique crasseuse était remplie jusqu'au plafond de vieilleries et de tas de chiffons, le soleil perçait à travers une vitre donnant sur les docks et la baie flamboyante et dorée de San Francisco. Il y avait tellement de poussière que je ne voyais pas bien le visage de ma mère. On aurait dit qu'elle était solarisée. Pinsson s'est allègrement allongé sur un tas de chiffons, il a poussé un long soupir, j'ai pu voir son ventre rond. Ma mère a longtemps farfouillé dans un panier en osier où se trouvaient des accessoires de théâtre, une épée, un bouclier, elle en a extirpé une couronne de reine ou de princesse.

— Tiens mets ça, c'est joli, allez mets-la !

J'ai mis la couronne, Pinsson avait piqué un roupillon, il ronflait, elle a crié pour le réveiller.

— Tu aimes ?

— Quoi ?

— La couronne sur elle, on lui offre ?

Il m'a regardée en plissant les yeux.

— C'est un joli cadeau que ta maman veut te faire dis donc !

Pinsson s'est levé d'un bond, il s'est avancé dans le magasin, je l'ai perdu de vue, j'entendais des cliquetis de ferraille. Je n'arrivais pas à regarder ma mère en face, elle me paraissait anormale, elle transpirait, sa bouche ouverte tremblotait.

Il a pris une cloche sur un bureau qu'il a fait tinter. Des pas ont dévalé un escalier de bois, une vieille femme coiffée d'une large casquette est arrivée.

— Hello Mam. How much for the crown ?

Elle a jeté un œil vers moi.

— Ten dollars, sir.

Pinsson a payé. Ils se sont assis sur des baluchons et m'ont regardée avec des yeux ronds, ils trouvaient que la couronne brillait joliment sur ma tête, ils voyaient le ciel à travers les strass et des angelots sortir de mes cheveux blonds, ils m'ont demandé de danser pour eux, ce que j'ai fait. J'ai tournoyé sur la pointe des pieds, ça leur plaisait.

— Tu es beautiful !

— Incroyable !

— So beautiful !

J'ai tiré ma mère par la manche.

— Tu viens ?

Irène s'est tournée vers Pinsson.

— Qu'est-ce qu'on fait avec elle ?

— Irène, Irène voyons… mets-la dans un taxi, renvoie-la chez ta mère !

Irène m'a traînée dehors, ça sentait le poisson pourri, l'huile et la crasse, le soleil nous éblouissait, elle rigolait. Pinsson s'est précipité pour arrêter un taxi jaune et s'est penché vers le chauffeur pour lui donner l'adresse. Ils m'ont poussée à l'intérieur, Pinsson m'a glissé dans les mains un billet de dix dollars et elle a claqué la portière.

— Bonne route mon ange.

Le taxi a démarré, ma couronne scintillait sous l'effet des rayons de soleil, elle irradiait de mille feux le plafond et les parois du taxi. Je me suis retournée, ils me faisaient des signes d'au revoir. Le taxi s'est éloigné, je les ai perdus de vue. Après les docks et les rues crasseuses et malodorantes bordant la baie de San Francisco, j'ai traversé un quartier avec de grands immeubles, sans doute des banques, puis longé des parcs avec des étudiants. J'avais chaud, je n'osais pas enlever ma couronne ni bouger.

C'était la première fois que je voyageais seule, la ville me paraissait flotter et se soulever hors de ses bords, comme posée devant un épais cristal. Nous roulions depuis un bon moment, j'ai eu l'impression que nous avions mis beaucoup moins de temps pour arriver que je n'en mettais pour rentrer. Le taxi semblait sortir de la ville, il passait par des avenues que je n'avais jamais vues, désertes avec des bâtiments d'entrepôts. Les deux tours ruisselantes de lumière devaient être très loin, je ne les voyais plus du tout.

— Fulton Street, miss ?

Je ne connaissais pas notre adresse. Il m'a regardée dans le rétroviseur, il m'a détaillée. Il faisait chaud, je ne reconnaissais rien. Les feux rouges étaient interminables. Je m'attardais sur les vieilles femmes seules, les clochardes et les prostituées qui défilaient devant moi. Le chauffeur s'est arrêté à une station-service, il est sorti, je l'ai entendu discuter avec d'autres hommes, c'était sûrement de l'argot et ils parlaient vite, je ne comprenais pas. Plus loin, près des poubelles, il y avait un chien-loup accroché à un poteau près d'un seau. J'avais envie de faire pipi mais je ne voulais pas bouger de peur de me perdre et de ne plus revenir chez moi. Le chauffeur s'est mis à laver la vitre avec du savon, ça sentait l'essence. Il est rentré dans la voiture et a repris sa route. Il y eut d'autres feux rouges, à l'un d'eux un garçon un peu plus grand que moi à l'arrière d'une grosse Chrysler m'a longuement regardée derrière sa vitre.

Le soleil allait bientôt disparaître et tout était doré, même les rires qui me parvenaient de la rue, j'essayais de me détendre quand j'ai reconnu notre avenue. Margareth était là à m'attendre devant le perron et elle a couru vers moi pour m'ouvrir la portière.

— Eva ma chérie !

J'ai vu son regard effrayé, son visage n'était plus celui de Barbara Stanwyck mais celui d'une femme ravagée.

— Où est-ce que vous étiez ?

Le chauffeur lui a répondu quelque chose que je n'ai pas compris.

— Mon Dieu !

Elle a récupéré la monnaie.

Je suis allée aux waters, la peluche bleu ciel du mur des toilettes ne me plaisait pas, mais j'étais contente de la retrouver. J'avais laissé la porte ouverte, je les voyais au bar.

— Je ne peux pas le croire, ils ont été aux docks et ils ont mis Eva toute seule dans un taxi avec dix dollars ?

Arnold était abattu.

Dans le salon, Margareth m'a retiré la couronne et Mamie s'est signée.

— Tu vas bien Eva, tu es sûre ?

— Oui.

— Il leur est peut-être arrivé quelque chose… a ânonné Arnold.

Ils m'ont regardée, inquiets, je ne savais pas quoi répondre.

Arnold a téléphoné à leur hôtel, ils n'étaient pas encore rentrés. Nous avons dîné sous la véranda d'un repas composé de sandwichs, de chips et de Coca-Cola dans une atmosphère baignée d'inquiétude, de bougies et de recueillement. Au bout d'un moment le téléphone a sonné. Arnold s'est précipité pour décrocher, c'était Irène.

— Je veux parler à Eva, elle est là ?

Elle parlait fort, j'étais assise et j'entendais sa voix atone, pâteuse, presque bégayante.

— Oui elle est là, nous avons tous été très choqués… la laisser partir toute seule dans un taxi à son âge !

— Dis à Margareth que je suis désolée mais on doit se lever tôt demain, je l'appellerai dès que je pourrai de New York, surtout qu'elle ne s'inquiète pas pour moi…

Quand elle a raccroché, la tension était grande, j'ai rejoint ma chambre, accompagnée de Mamie, elle s'est assise sur son lit, droite, comme figée, les yeux fermés, le réveil Jésus-Christ dans les mains. Je me demandais si Irène et Pinsson n'allaient pas revenir dans le jardin, pieds nus et hirsutes avec une horde de hippies hurlant derrière eux. Je me suis couchée sans pouvoir trouver le sommeil, j'écoutais le bruit des voitures rouler sur notre avenue, dans l'espoir fou qu'Irène vienne me serrer dans ses bras.

Les jours qui ont suivi, ma mère n'a pas donné signe de vie, elle n'a pas téléphoné de New York. Margareth, je le sentais bien, était peinée pour moi,

Mamie aussi, mais le plus peiné était Arnold. En tant que fils de pasteur, il devait se sentir investi d'une mission. Il a tenu à nous rassembler et nous nous sommes recueillis, nous avons prié Dieu afin qu'il vienne en aide à Irène qui s'était égarée par orgueil. Grâce à nos prières chaque soir répétées, nous allions laver ses péchés et empêcher qu'elle tombe dans les flammes, puis au bout d'une semaine les prières collectives se sont arrêtées.

Tous les matins, Arnold m'emmenait en Cadillac à la maternelle franco-américaine, ultra-moderne. Ce n'était pas tout près et il fallait traverser une bonne partie de la ville, que je connaissais maintenant. Margareth me faisait ma lunchbox, des sandwichs et du jus d'orange. J'aimais ma lunchbox Flintstones. D'autres avaient Bip Bip, le Coyote, Donald, Alice, Mickey et Daisy et toutes sortes de héros. Les fenêtres de notre classe donnaient sur une cour fermée et arborée derrière laquelle se dessinaient les grandes tours étincelantes. Nous passions la plus grande partie de notre temps sur des tapis à dormir et jouer. Nous avions de nombreux jeux, j'aimais les pots de pâte à modeler, à cause de leur odeur d'amande amère qui m'entêtait, je n'étais pas la seule à les apprécier et je partageais cette passion avec plusieurs de mes camarades. J'aimais aussi beaucoup les jouets Fisher-Price et les Lego aux couleurs fluorescentes. Il nous arrivait de jouer avec des View-Master, appareils de visionnage où l'on pose les yeux tout en faisant tourner une manette afin de faire défiler des images qui sont rendues en relief et en couleurs. Il y avait *Le Livre de la jungle* mais aussi New York et ses monuments, l'Empire State Building, Central Park, le Waldorf Astoria, la statue de la Liberté, ma mère et Pinsson étaient cachés quelque part là-dedans derrière une tour dans un des immeubles. Je ne pouvais m'empêcher de repenser à la journée passée avec ma mère. J'aurais préféré qu'elle soit plus douce et agréable et je ne comprenais toujours pas pourquoi elle avait été si brutale ni pourquoi elle m'avait abandonnée avec une couronne de princesse dans un taxi sans jamais me téléphoner ni de New York ni du Mexique ni de nulle part. Allongée le nez dans mon pot de pâte à modeler, en frottant ma main sur l'impression plastifiée de mon tee-shirt représentant un chien, il m'est parvenu un message prémonitoire, « méfie-toi d'elle », « c'est une méchante femme ».

Margareth avait imaginé pour mon anniversaire d'organiser une garden party, durant les préparatifs je l'ai suivie dans un endroit que je ne connaissais pas, le steak house, à quelques blocs de la maison. J'ai découvert qu'elle portait un chapeau de cow-boy pour travailler derrière le comptoir. Il y avait une scène pour des concerts de country, des machines à sous, un bar. Je cherchais où elle s'était fait attaquer mais je n'ai vu aucune trace d'impacts de balles ou alors quelqu'un les avaient fait disparaître ou c'est moi qui m'étais imaginé des choses invraisemblables. Le restaurant ouvrait sur une station-service remplie de motards en route pour je ne sais où. Margareth est allée en cuisine emprunter un énorme faitout et j'ai attendu derrière la porte vitrée que les bikers repartent. La Cadillac était garée sur l'avenue près d'un arbre chétif, plus loin des clochards, la tête protégée de sacs en papier troués, dormaient étendus par terre. Les motos ont disparu dans la brume de chaleur et ma grand-mère a remisé en silence le faitout dans la malle arrière. Le soir nous avons dressé les menus, Arnold avait prévu de s'occuper du barbecue, Margareth de cuisiner des plats chinois et Mamie des boulettes. Durant trois jours, la cuisine et le salon furent sens dessus dessous, il y avait des plats partout, Mamie et Margareth ne s'étaient jamais aussi bien entendues. Il faisait très chaud, le soleil aveuglant perçait les stores, les rais de lumière se jetaient sur les gâteaux au citron, au chocolat, aux noix, apple pie with cream, grandes chips au poivre (spécialité de Margareth) et boulettes à la roumaine (spécialité de Mamie), spare ribs sauce miel et aussi saucisses grillées sauce diable (spécialité d'Arnold), cheesecake, gâteaux de maïs et patates douces sucrées. Je n'avais jamais assisté à une si grande préparation de mets, assise dans différents angles de la maison j'estimais l'effet appétissant qu'ils produiraient sur l'assemblée de mes jeunes convives et je compris pour la première fois que j'aimais la cuisine, surtout lorsqu'on fait beaucoup de plats à l'avance pour une surprise. Il manquait toujours un ingrédient pour un plat, alors nous allions à Chinatown pour ceci ou cela et nous buvions le thé Margareth et moi dans la vieille pagode de bois de Jimmy

Wong. Le jour de mon anniversaire est enfin arrivé, il faisait très chaud, je m'étais habillée d'un short et ne voulais pas lâcher mon bâton de majorette, il me semble que j'avais des bottes blanches et une étoile collée sur mon chapeau en carton. Une bonne partie de la maternelle est venue avec des cadeaux et Freddy a déboulé en magicien avec deux filles plus âgées qui étaient ses sœurs, d'autres garçons encore sont arrivés, ils se sont présentés comme les frères des uns et des autres. Ils allaient et venaient partout, les endroits de prédilection étaient ma balançoire, le trampoline et la piscine gonflable, les grands ont monopolisé la balançoire. Tous les gâteaux ont été engloutis. Arnold a mis de la musique et nous avons dansé. J'avais si chaud et j'ai tellement couru et sauté partout que j'en ai oublié de manger. Il n'y avait plus de chips et Margareth en a refait. Mamie s'échinait à ramasser toutes les affaires jetées par terre. Je n'ai pu m'amuser avec personne en particulier et j'ai eu des plaques rouges, ils sont repartis en fin de journée. Je suis restée allongée dans l'herbe verte à contempler la splendeur de cette soirée, le soleil n'est tombé que très tard, les pétales des roses continuaient de s'ouvrir et à embaumer, leur odeur entêtante m'enivrait. Cet anniversaire est resté en moi car je n'ai jamais eu l'occasion avant bien des années d'inviter des camarades pour mon anniversaire.

J'adorais San Francisco, nos jours étaient souvent heureux et sereins, le soir en regardant les images noir et blanc à la télévision dans un demi-sommeil, je voyais mon père, son ombre immense flottait tandis qu'il traversait la pièce comme un fantôme. Il s'était mis à faire très chaud et nous étions souvent dans le jardin, Arnold assis sur les marches de la véranda sirotait une bière et Margareth s'éventait avec une feuille de palme naine. Mamie m'arrosait au jet tandis que je regardais les filles en short et tee-shirt moulant se promener le long de l'avenue, une glace à la main. J'aurais voulu rester aux États-Unis pour toujours et devenir une American Girl. Arnold et Margareth n'étaient pas contre l'idée de nous garder un an de plus et Mamie n'y voyait aucun inconvénient, mais Irène a téléphoné, exigeant que nous rentrions à Paris fin août. Après plusieurs mois d'absence, je lui manquais terriblement. Je reçus ma première carte postale d'elle en juillet. C'était une image de Shirley Temple entièrement remplie de marques de baisers au rouge à lèvres, « Ma chérie, my Love, maman qui t'aime et qui t'adore ». Une fois que j'ai su que nous allions rentrer mon humeur a tourné, j'évitais de me montrer dans le jardin et restais plus volontiers enfermée dans le salon à rêvasser sur le canapé. Mon père m'apparaissait souvent vêtu de son manteau brun, ses yeux vert-de-gris prenaient la teinte de la mer derrière lui, il me souriait. J'avais l'impression de voir un film super 8 piqué comme les films en accéléré de Charlot qu'on passe le soir chez soi pour faire cinéma. Mon père entrait dans son appartement, il se penchait sur la table, la couverture tartan sur les épaules et écrivait très vite au stylo une lettre pour moi puis une autre et il léchait les enveloppes à toute vitesse.

J'ai quitté San Francisco de nuit. Nous avons glissé avec la Cadillac le long des avenues victoriennes, nous sommes passés devant le parc où se trouvait mon poney, nous avons pris le Golden Gate Bridge. Margareth avait l'air saoule parce qu'elle était triste, elle pleurait derrière ses lunettes noires et Arnold lui tenait gentiment la main. Je ne l'ai jamais revue, elle s'est suicidée en 1976 la tête dans le four à gaz et Arnold a quitté San Francisco, c'était l'année de mes onze ans, la même année où ont éclaté tous ces scandales érotiques avec moi, les films pornographiques et toutes ces photographies dénudées où j'avais l'air d'être l'enfant du diable.

XI

Boulevards de ceinture

Irène est venue nous chercher à l'aéroport en lunettes noires et pantalon bouffant. Elle avait beaucoup grossi, elle nous a embrassées Mamie et moi de sorte que nous avions des marques de rouge à lèvres comme sur la carte postale de Shirley Temple qu'elle m'avait envoyée. Elle nous a raccompagnées dans notre chambre de bonne qui me paraissait rétrécie ou bien c'est moi qui avais trop grandi, les troènes sentaient fort. Une tristesse nous envahissait Mamie et moi au point de nous figer, Irène a donné une enveloppe à Mamie avec de l'argent, Margareth allait envoyer tous les mois un mandat et les trois cents francs d'Irène formeraient l'appoint et le strict nécessaire pour que Mamie puisse faire des courses et nous nourrir. Irène redoutait la chambre, cafardeuse, une chambre de vieux assombrie par des vitres salies par le temps qu'Irène ne s'était même pas donné la peine de nettoyer pour notre arrivée. Remplie de gêne je baissais la tête, son tour du monde avec Pinsson lui avait donné de l'assurance, elle avait gagné en humour, elle m'a lancé :

« Moua moua moua bye bye my love ! » puis elle est partie.

*

— Tu as faim, tu veux des pistaches ?

— Non merci.

Irène m'avait ramenée chez Pinsson pour prendre l'apéritif, lui aussi avait bien grossi.

Je me suis approchée de la table Allen Jones et j'ai vu une photo étrange.

— C'est ta mère au Chelsea Hotel, a dit fièrement Pinsson.

Irène portait une coiffure afro-américaine, elle était en bas résille, allongée sur un divan pelé, les jambes ouvertes, à poil sous un manteau de singe devant une des fenêtres du Chelsea Hotel. L'image était prise au grand angle et on voyait les immeubles derrière elle. Pinsson était fier de la photo, il en était visiblement l'auteur.

— Pinsson, pourquoi tu montres ça à Eva ?

— Tu m'embêtes avec elle, tu n'as qu'à pas laisser traîner tes affaires partout dans l'atelier !

Je les ai regardés et je leur ai demandé ce qu'ils avaient fait durant plus d'un an. Ils se sont mis à parler en même temps si bien que je n'ai pas compris tout de suite ce qu'ils me disaient. Ils avaient été au Brésil, au Mexique, à Los Angeles, à San Francisco, à La Nouvelle-Orléans, à New York, au Maroc et à Tanger où ils avaient fréquenté des écrivains et des nanas et s'étaient fait voler mes cadeaux et une partie de leurs valises.

J'ai dit :

— C'est triste.

Pinsson se caressait la barbe tout en fermant les yeux.

— Tu sais, Katsuko est morte, elle s'est pendue à un arbre du Japon.

Ils n'ont même pas attendu ma réaction et ils sont partis dans la chambre du fond, alors j'ai pris un des couteaux d'Irène et j'ai frappé une grande toile représentant un paradis artificiel. La pointe de la lame est entrée comme dans du beurre, la toile de Pinsson s'est fendue en deux, elle s'est écroulée mollement sur le tapis art-déco. Pinsson est revenu en peignoir de satin, il s'est mis à genoux le visage dans les mains, il a poussé un long cri de détresse. Il s'est brusquement emparé d'un *Plexus* ou un *Sexus*, bref, un pavé jaune Kodak de Henry Miller (un de ses auteurs préférés, une véritable bible pour lui) qu'il m'a lancé à la gueule. J'ai évité le pavé, je l'ai regardé, impavide. Il s'est fâché, ils nous a virées et a demandé à Irène de ne plus venir peindre au couteau ses toiles de merde dans son atelier. J'ai dévalé les escaliers quatre à quatre, j'ai pris les devants, on est montées dans la chignole.

À Saint-Ouen, il faisait le même sale temps tout gris. Rien n'avait changé. Il y avait toujours les mêmes clodos qui se traînaient rue des Rosiers, les mêmes gitanes qui lisent dans les mains. Les mêmes culs-de-jatte, les mêmes Arabes.

— Pourquoi tu as fait ça ? Pourquoi tu es allée lui déchirer sa toile ? Idiote que tu es ! Tu sais que c'est lui qui nous fait vivre !!

— Et alors ?!

— C'est très grave, il devait exposer son travail à Stockholm.

— J'en ai rien à foutre !

— C'est aux États-Unis que tu as appris tous ces mots grossiers ?

Les feux rouges défilaient, les hommes pressés marchaient à grands pas, s'agglutinaient dans les cafés.

— Tu sais, je ne t'aime pas.

— Comment tu peux dire une chose pareille ?... Répète...

J'ai fait comme si je n'avais pas parlé.

Dans la chambre de bonne, je revois ma mère, assise autour de la table de jeu, à nouveau elle ne descendait plus qu'en chemise de nuit pour déjeuner, elle devait continuer à fumer de la marijuana mexicaine, elle avait les yeux en demi-lune et la bouche pâteuse.

— Ton père vient te voir après-demain, il est de passage à Paris.

— Papa ?

— Tu m'as très bien entendue, profite bien de lui parce qu'il ne sera pas souvent là.

J'ai mis ma jupe et mes chaussures Kickers. Mamie m'a fait deux nattes, je lui ai demandé de recommencer des dizaines de fois, plus à droite, plus à gauche, à la russe en bretzel, avec des nœuds comme Aggie. Je me suis regardée dans le miroir, il me semblait l'avoir attendu toute ma vie. J'ai entendu ses pas dans le corridor, des chaussures à bouts ferrés, j'ai pensé il revient d'Allemagne, j'ai cru m'évanouir. Dès que la porte s'est ouverte, il m'a soulevée pour me serrer dans ses bras et puis il s'est installé à côté de moi. Mamie a mis ses lunettes noires et son long manteau de loutre.

— Je monte, a-t-elle dit.

Je n'ai même pas écouté la suite, je savais qu'elle allait chez Irène, Mamie est une cafteuse. Elle a balayé l'espace avec ses mains puis elle les a tordues près de sa bouche, son grand truc c'est le langage des gestes. Elle aurait fait fureur sous Louis XIV avec un éventail.

Papa a rigolé, en tant qu'espion il a dû en voir d'autres, des indicateurs de salon. Il s'est assis en face de moi, de l'autre côté de la table de jeu. Il n'y avait plus que lui et moi. Nous nous sommes longuement regardés. J'ai compris que je lui avais beaucoup manqué. Il a sorti de sa poche un mouchoir dans lequel étaient renfermées cinq grosses pierres mal dégrossies. Une aigue-marine, une agate, une aventurine, un jade, un œil-de-tigre.

— C'est pour toi, elles te porteront chance, tu les garderas précieusement.

— Oui papa.

Je les ai mises dans une boîte de crème Pond's vide que j'ai rangée dans mon coin, à droite du buffet. Je n'avais pas d'autre cachette valable. Je me suis sentie démunie, je manquais complètement d'expérience. J'aurais dû songer, oui, songer que lorsqu'on a un père espion, on doit multiplier les ruses et toutes sortes de cachettes.

— Donne-moi un radis et un oignon cru.

— Oui papa.

Il était incroyable que mon père ait deviné ce qu'il y avait dans le frigo, il devait forcément avoir un pouvoir de double vue. J'ai sorti les radis et les oignons crus que Mamie me donnait à grignoter tous les midis pour les poser sur la table.

— Les radis avec du beurre et du sel, Eva.

— Oui papa.

J'ai sorti du beurre et du sel. Nous avons grignoté des radis ensemble, leur craquement, en plein milieu de l'après-midi, était tout à fait irrésistible. C'était l'heure du thé et nous nous étions des excentriques, nous mangions des radis crus. Nous avons tant ri. Il m'a saisie dans ses bras et nous sommes descendus jusqu'au bord du lac, il a couru jusqu'au pont métallique, les arbres défilaient au-dessus de nos têtes. Nous sommes allés au Chalet des Îles. Il m'a semblé qu'il avait de la fièvre, il s'est regardé dans le miroir de la salle du restaurant, j'étais terriblement inquiète, j'avais peur qu'on vienne nous faire du mal.

— Tu vas venir en Bretagne pour les vacances, bien sûr ?

— Oui bien sûr.

— Et l'école ça va ?
— Ça va.
— Elle n'est pas trop chiante ?
Il a commandé au bar un pastis et tiré quelques tafs de sa Boyard, ses doigts étaient jaunes. Il m'a prise par la main, nous sommes sortis sur la terrasse. Un homme en imperméable se tenait à distance sous le saule pleureur, on aurait dit un ange gardien. Papa toussait et avait froid, le blond de ses cheveux devenait blanc à la racine et je me suis demandé s'il ne se faisait pas des colorettes au lavabo comme Mady la rousse. Irène courait sur le pont métallique, elle s'est précipitée vers lui pour le pousser de toutes ses forces, il y a eu un flottement, tout aurait pu arriver, même une crise de rire mais elle l'a tiré en avant pour parler à son aise sans que j'entende leur conversation.

Nous sommes montées Irène et moi dans un taxi pour rejoindre papa à la gare de Lyon, il devait aller à Marseille pour son travail, encore un bord de mer, un autre port. Avant son départ nous avons dîné au Train Bleu, presque vide ce soir-là. Les nappes étaient d'un blanc phosphorescent, comme sa chemise, je pouvais entendre le bruit du coton, il recouvrait celui des trains. Il m'a regardée, il souriait, il semblait confiant en l'avenir.
— Je t'attends en Bretagne, vous allez venir, hein ?
— Oui papa.
Assise sur le bout de la banquette, ma mère laissait deviner qu'elle ne portait pas de culotte. Il m'a prise par la main, nous avons marché en silence sur les

allées de moquette rouge du restaurant, vers la sortie pour regarder les trains en gare.

— On ne va pas rester avec toi à attendre ton train, il faut qu'elle dorme, a dit Irène.

Mon père m'a serrée fort dans ses bras et m'a embrassée, mes yeux se sont brouillés de larmes.

Les jours suivants, je suis restée avachie sur le lit à regarder les nuages défiler dans le ciel. Mamie tricotait dans son fauteuil.

— Qu'est-ce qui te ferait plaisir ?

— Un chat.

— Je suis trop vieille pour avoir un animal.

— Alors ne me demande pas ce que je veux si tu ne peux pas me le donner.

Un après-midi Irène a téléphoné, Mamie m'a tendu le combiné.

— Allô, est-ce que tu peux venir… je t'attends.

Je suis montée pour essayer des habits qu'elle avait chinés aux puces de Saint-Ouen pour moi, des robes anciennes en dentelle.

— Ça fait infante de Goya, tu connais ?

Je n'ai pas répondu, je n'avais pas envie de savoir, elle a tiré une longue bouffée sur son joint de marijuana. Il y avait eu quelques transformations remarquables, elle avait peint sa chambre en noir et mis des miroirs tout autour de son lit, ses draps n'étaient plus en satin crème mais en satin noir. Elle m'a dessiné les lèvres au rouge baiser. Elle m'a demandé d'aller devant ses fenêtres, à présent totalement obstruées de couches successives de dentelles et de velours sombres. Elle m'a regardée avec sa tête de cheval sous son carré blond qu'elle se faisait lisser à Saint-Germain-des-Prés.

— Montre, fais la séductrice.

Je n'ai pas compris ce qu'elle me disait.

— Comme ça, regarde…

Elle m'a montré une pose, une de celles que j'avais vues au pied du lit de Pinsson, une pose 1900. Un bras derrière la tête, une jambe écartée. J'ai fait comme elle.

— Bouge pas surtout, bouge pas han !

Elle a sorti son Nikon F de son cabas, elle a ôté les bas malodorants qui entouraient l'appareil pour le protéger, elle a branché deux lampes photo de 500 watts à bols dorés et brinquebalants, elle s'est approchée de moi et elle a fait le point à l'aide des bagues de son objectif.

— Regarde-moi oui sois très séductrice, Bibou à mort oui comme ça…

Elle a fait une petite tête, la bouche en cul de poule, les yeux renversés. On aurait dit un mime. J'avais l'impression d'avoir affaire à une inconnue.

— J'ai vu une robe à traîne, belle, toute brillante, je vais te l'acheter si tu es gentille.

J'ai imaginé une traînée de lumières électriques dans la nuit noire.

Elle m'a prise en photo, j'avais une crampe, j'ai changé de position.

J'ai fait plusieurs poses et chaque fois, j'étais séductrice.

— C'est presque fini mais avant je voudrais que tu me montres ton popo, relève un peu ta robe.

J'ai relevé ma robe.

— Oh le joli popo attention jolies les mains pas crispées, jolies mains de poupée, doigts bien écartés, écartés les doigts, encore, regarde-moi oh oui mmhh !

La tête me tournait, elle portait un parfum sucré, insupportable.

— Ce qu'on fait c'est un secret entre nous deux, surtout tu ne dis rien à Mamie, elle va se fâcher.

Elle m'a démaquillée pour que Mamie ne voie pas mes lèvres rouges et mon fond de teint blanc.

— Tu sauras redescendre sans moi et traverser la cour même s'il fait nuit ?

Je suis sortie, elle a appelé l'ascenseur. Je suis rentrée dans la cage en bois, la porte en fer forgé s'est refermée lourdement sur son visage graisseux.

— My love, Bibou, Bibou ?

On aurait dit une folle derrière les barreaux, son peignoir japonais s'est ouvert, j'ai vu ses seins et sa grosse touffe noire.

— Maman est barbue, moi c'est Mamita cafard…

J'en avais déjà marre de son cirque. Je suis descendue et j'ai fermé les yeux, je voyais le café couleur du temps et la mer, toute sombre.

Quelques jours plus tard, Irène et moi, nous sommes allées rue de Buci chez Jeannette pour rencontrer un modèle. Ce fut rapide et brutal, Irène s'est fait attaquer par le singe de Jeannette parce qu'elle portait sa veste en poil de singe, un jeune garçon est sorti de la cuisine et Jeannette perplexe m'a demandé de le suivre alors qu'Irène était encore en train de crier. La pièce était verte et sentait une forte odeur de fougères, les voilages fermés des fenêtres donnant sur une cour intérieure d'où émanait le bruit diffus d'une soufflerie ont fait battre mon cœur et j'ai eu peur de perdre connaissance. Le garçon assis en face de moi sur un lit jumeau me souriait mystérieusement depuis un moment.

— Tu regardes et tu ne bouges pas.

J'ai acquiescé, il est sorti de la pièce, il portait un costume sombre. Lentement, les franges du couvre-lit en velours vert à chenille ont tremblé et une paire de chaussures noires est apparue, elles glissaient doucement sur le parquet de la gauche vers la droite et puis en sens inverse. Saisie d'effroi, je transpirais. Ces souliers appartenaient à mon père, prisonnier de mes rêves, fallait-il que je l'en délivre pour le faire marcher ? Les chaussures se sont arrêtées de bouger, une dizaine de minutes se sont écoulées avant que le garçon ne revienne.

— Alors ? m'a-t-il demandé.

J'ai haussé les épaules d'un air détaché.

Deux à trois fois par semaine, j'allais aux cours de danse d'Irina et de Lala Grjebina, deux sœurs moscovites aux cheveux teints au henné. Irina Grjebina était professeur de caractère à l'Opéra de Paris. Petite femme autoritaire et colérique, son tempérament bien trempé s'accordait à merveille avec celui de Lala, mou et aphasique. Leurs studios de danse se trouvaient à Montparnasse, rue Jules-Chaplain, juste au-dessus des *Cahiers du cinéma*. Ma mère m'avait inscrite au cours. La salle de danse, grande avec un piano à queue et des rangées de chaises sous une large mezzanine, pouvait contenir jusqu'à soixante-dix élèves. Nous avions toujours un public, parents, grands-parents, accompagnateurs ou amis, la salle était bondée et la fin des cours très applaudie. Irina Grjebina et Lala saluaient volontiers et Irina ne se privait pas de dispenser ses louanges ou commentaires désobligeants à haute voix en nous interpellant parfois les unes après les autres tout en martelant le plancher de son bâton qui ne la quittait jamais et qu'elle utilisait aussi bien pour guider nos mouvements que scander la musique pendant les cours. Ma mère n'y assistait jamais, préférant passer son temps en terrasse du Select ou de la Coupole. Elle venait me chercher une fois que tout le monde était reparti. Elle ne désirait pas croiser d'autres parents ni que je me lie d'amitié avec les élèves, craignant qu'à leur contact je m'abîme. Je connaissais néanmoins certaines d'entre elles pour les avoir vues à l'église orthodoxe quand je m'y rendais avec Mamie pendant qu'Irène attendait que la messe soit finie dans la Volkswagen ou bien à la Ville de Petrograd. Mamie et moi nous nous tenions un peu à l'écart sur le côté près d'une des colonnes carmin et rarement sous la coupole ou devant l'autel où se regroupaient généralement les familles russes et les babouchkas. C'est durant la Pâque orthodoxe que j'entraperçus pour la première fois Natacha, Maïa, mais surtout

Katia. Katia priait avec ferveur et chantait en russe les bras tendus d'émotion vers le pope et j'aimais l'observer avec attention malgré son dédain à mon égard. Au cours, elle figurait parmi les meilleures élèves, elle exécutait seule des pas devant nous, à la demande d'Irina. Depuis peu de temps je montais sur les pointes et mes pieds blessés me faisaient souffrir. Un soir dans les vestiaires, Katia m'a donné un truc de danseuse pour ne pas avoir mal, il fallait simplement mettre de la viande de bœuf ou du foie de veau dans les chaussons. Mamie est allée m'acheter une tranche de foie de veau que j'ai coupée en deux et poussée au bout de mes chaussons. Au fur et à mesure que je dansais mes chaussons se teintaient de sang. Ne pouvant expliquer la raison à Irène, j'ai prétexté les avoir perdus alors qu'en fait je les avais jetés dans le caniveau le jour même. Irène ne m'a plus payé de chaussons et je suis retournée sur les demi-pointes. Je cherchais à comprendre pourquoi Katia m'avait incitée à mettre du foie de veau. Était-ce lié à l'église orthodoxe et à la foi ? Parce que Mamie et moi étions toujours un peu à l'écart ou bien était-ce par jalousie pour m'évincer parce que je ne dansais pas si mal que ça finalement la mort du cygne ? Peut-être pour figurer parmi les meilleures élèves fallait-il être un peu jalouse et malheureusement, comme j'étais d'un naturel vaniteux, cette jalousie de compétition m'était un sentiment étranger, je trouvais ça vulgaire. Après l'épisode des chaussons rouges, je restais à l'écart, j'observais en douce Natacha, Maïa et Katia se partageant leurs en-cas, les longues jambes de Katia, aux chevilles fines gainées d'une jambière rose qu'elle n'enlèverait qu'une fois rentrée chez elle pour ne pas prendre froid. J'allais me cacher dans les douches ou bien dans les toilettes pour attendre qu'elles partent. Un soir Fédora, la bonne du cours, m'a surprise à attendre dans l'obscurité, elle a allumé, elle avait des tiares perlées dans un panier.

— Qu'est-ce que c'est ?

— Des kokochniks, c'est moi qui les brode.

Irène était rentrée pieds nus dans les vestiaires sans faire de bruit.

— Il faudra venir chez moi un jour pour que je te photographie avec ton kokochnik sur la tête… Attends, je te file mon bigo.

Elle a gribouillé son numéro de téléphone sur un bout de papier qu'elle a donné à Fédora et nous sommes reparties.

Souvent j'essayais de la questionner sur la vie, surtout quand nous étions en voiture, mais elle avait la tête ailleurs.

— Ton père ne t'a pas reconnue parce que ce n'était pas facile et que c'est mieux pour toi de ne pas porter son nom.

— C'est quoi son nom ?

— Berényi comte d'Esterhazy !

— Je suis comtesse ?

— T'as du sang bleu.

— C'est quoi le sang bleu ?

— C'est du sang d'aristocrate.

Il faisait nuit, elle roulait à toute vitesse. Je sentais bien qu'elle ne voulait pas parler de mon père.

— Pourquoi je ne porte pas le nom de mon père, ni celui de ma grand-mère, ni celui de Mamie ?

— Ionesco c'est un nom qu'on m'a donné en fuyant la Roumanie à la fin de la guerre. On s'est cachés pour s'enfuir, on s'est enfermés dans des malles dans le train de Paris, on a failli mourir, c'était terrible.

Elle avait les yeux vitreux et une voix anormalement atone.

— Pourquoi tu t'es enfuie ?

— Parce qu'on avait pas le choix !

— On aurait pu te tuer ?

— Si tu veux…

Elle s'est arrêtée au carrefour porte Dorée, la statue d'Athéna était illuminée, les phares jaunes des voitures m'arrivaient droit dans les yeux. Un vieil homme s'est penché à la vitre pour regarder l'intérieur de la voiture, sans doute cherchait-il des putes. Irène n'a même pas fermé son corsage, elle est sortie dans la rue presque seins nus.

— Reste pas là, reste pas là, viens il faut que je m'achète des clopes.

Le café-tabac PMU de la porte Dorée, rouge et or, était encore plein. Je l'ai attendue près du flipper. Les hommes du bar la regardaient en rigolant, je me suis aperçue qu'elle éprouvait un plaisir malsain à faire du scandale. J'avais chaud. Derrière moi, un jeune homme avait tiré la molette du flipper, je me suis retournée pour me concentrer sur la boule en acier. Elle a glissé le long de la rampe, elle a rebondi plusieurs fois sur les bumpers, elle a tilté, marqué des points, puis elle est redescendue à pic dans le trou.

Le midi, chez Mamie, Irène était venue pour déjeuner mais elle n'avalait rien et fumait ses Benson and Hedges. Elle portait le même maquillage que la veille.

— J'ai fait du cabaret parce que... j'ai fait du cabaret et c'est Mamie qui brodait mes costumes du temps où elle et moi on habitait Pigalle.

Mamie a fait des grands gestes pour balayer l'espace puis elle a ramené sa petite main fripée vers sa bouche en faisant le signe de la fermer à clef mais Irène a haussé les épaules.

— Et Margareth, qu'est-ce qu'elle faisait ?

— Ma mère voyageait et quand elle voyageait pas elle était dans la maison de Joinville-le-Pont.

— On avait une maison à Joinville-le-Pont ?

— On l'a perdue.

— Pourquoi ?

— C'est compliqué.

Le passé était toujours compliqué.

— Un soir en Roumanie, Margareth est tombée du trapèze...

— Dans un cirque ?

Mamie avait les yeux brouillés de larmes.

— ... Oui, un grand cirque au bord de la mer Noire, à Mamaia, un de mes oncles avait des chevaux qu'on dressait.

— Mais… ?

— Qu'est-ce que tu veux savoir de ma vie ? Il n'y a rien à savoir, vis la tienne et on verra après… arrête de poser tout le temps des questions… je t'attends ce soir.

Mamie m'avait fait des papillotes sans savoir pourquoi. Le soir je suis montée dans la chambre noire pour notre rendez-vous secret, et plus je me maquillais dans la salle de bain face au cimetière, plus j'avais le vertige. Comme si quelque chose d'irréductible m'appelait au-delà de la mort. Les tombes étaient luisantes sous les halos verts et mauves qui bordent le périphérique, à les voir toutes alignées, on aurait pu croire que c'était une seule et même personne méticuleusement découpée en petits morceaux.

XII

Pinsson s'est assis sur le Chesterfield pour regarder les tirages d'Irène.

— Il y a beaucoup de grain, c'est sombre, c'est pas normal, on dirait qu'il y a un voile ?

— C'est comme un rêve.

— Je ne sais pas, c'est vraiment trop foncé.

J'étais allongée sur le tapis art-déco, sous la femme Allen Jones. Je les voyais par-dessus l'épaule du mannequin.

— Elle est inouïe Eva sur ces images, tu ne trouves pas ?

Il regardait la photo, à moitié convaincu. Irène lui en a montré une autre. Elle attendait son verdict, il ne disait rien…

— T'as vu sa croupe et ses seins à celle-là, c'est Fédora, elle est bonne dans son cours de danse et moi t'as vu ce que j'en fais, une déesse !

Les yeux lui sortaient de la tête.

— Ah oui ça, elle a un cul !

Ému, il s'est levé et a fait quelques pas sur le tapis modern art, j'ai entendu ses clefs et des pièces de monnaie cliqueter au fond de ses poches. Il est allé vers des grandes planches montées sur tréteaux. Il s'est penché pour atteindre une boîte de galettes hollandaises au miel, des « Stroopwafel », il en a extirpé une liasse de billets de cent francs qu'il a mise dans une enveloppe et il a écrit le nom d'Irène dessus à l'aide d'un pinceau. Elle se tenait en odalisque sur le Chesterfield, les yeux à demi clos, ses bas étaient filés, elle respirait lourdement comme si elle avait les poumons troués.

— Tiens, c'est ton mois.

Elle s'est redressée sur son séant en poussant un petit cri d'animal.

— Je vais t'offrir ton cadeau, ta belle robe toute brillante, t'es contente j'espère ?

Je n'ai rien répondu.

On est allés bouffer aux puces, Pinsson avait une envie subite de frites et de harengs de la Baltique. Ils se sont lancés dans un conciliabule sur Hans Hartung et l'art abstrait, sur sa jambe en moins puis la conversation a dérivé sur Alechinsky et le groupe Cobra dont faisait partie Pinsson, dans sa jeunesse. Il essayait d'expliquer l'importance du totem en art à Irène qui se dandinait sur sa chaise.

— Ce qui est magique et qui est art, c'est par exemple les dessins des enfants, des enfants malades mentaux, c'est magnifique, d'une force. C'est une écriture mentale, directe ! C'est important de savoir régresser consciemment pour aller vers ce qu'on appelle l'archétype. Jung ! Jung !... Il faut révéler l'inconscient ! Évidemment ! Évidemment !... L'inconscient révélé c'est le propre du surréalisme !

— Qu'est-ce que vous dites ?

Il avait englouti tous ses harengs, il m'a regardée intensément, il a plissé les yeux, il a pris une petite voix pointue.

— Moi ce que j'essaye de retrouver en peinture c'est le geste de l'enfant, l'enfant en nous, la vérité. Ce n'est pas facile, on peut mettre toute une vie à essayer de trouver l'intention pure, parfois on n'y arrive jamais.

Irène a applaudi. Au bout d'un moment des Africains sont arrivés d'un peu partout avec des babioles en tout genre dans leurs mains, des fétiches, des masques et des goulous goulous.

— Achète monsieur achète...

Pinsson a pointé son doigt sur l'un d'eux.

— Il est beau lui, t'as vu la tête qu'il a, comme une grande fève.

L'Africain s'est approché timidement pour s'asseoir. Pinsson a regardé les masques, il les a caressés en fermant les yeux, tandis que les autres Africains se tenaient en cercle autour de la table.

J'essayais de faire caca, j'avais ma couronne sur la tête et un nouveau sceptre africain offert par Pinsson, une belle tête de faucon recouverte de feuilles d'or se terminant par une vraie queue-de-cheval. Aux toilettes, il y avait des étagères avec des livres sur l'érotisme, aux murs étaient punaisées des affiches de femmes à poil 1900. Ma mère a ouvert la porte, elle s'est approchée de moi à petits pas…

— Un deux trois et voilà !

Elle a brandi son appareil photo qu'elle cachait derrière elle.

— Ma chérie regarde-moi gna gna gna !

Elle m'a prise en photo, j'ai crié, elle est partie en courant se cacher dans le salon. J'étais furieuse, je ne voulais pas qu'on me photographie dans cette position. Je lui ai couru après.

— Donne, donne-moi cette photo !

— Non non tu es la princesse sur le pot.

J'ai essayé de lui prendre son appareil photo, elle s'y agrippait de toutes ses forces.

— T'as pas le droit, donne !

— Tu n'as aucun humour, je suis une artiste, lâche-moi !

J'étais déjà grande pour six ans mais je n'avais pas assez de force pour lui prendre son appareil. Je suis retournée dans les toilettes pour tirer la chasse d'eau, j'ai regardé le cimetière, les tombes luisantes de crachin par le jour de souffrance. Des gouttes d'eau tombaient dans les assiettes ébréchées de la Rose d'Ispahan sur le rebord de la fenêtre. J'aurais voulu mourir. Je la sentais derrière la porte. Elle était là à me guetter, j'entendais sa respiration profonde, caverneuse.

— Sois gentille, je t'ai offert une belle robe toute brillante aux puces avec l'argent de Pinsson, viens poser, arrête de faire la tête, c'est pour rire on s'amuse !

— Non !

— S'il te plaît, va te préparer.

Je me suis maquillée avec du fond de teint Pan-Cake numéro 1 de chez Revlon, un fond de teint très couvrant que portent les danseurs mais aussi les travestis pour recouvrir leur peau épaisse, du rouge baiser couleur sang de bœuf, un rouge qui tient même après le baiser, j'avais aussi mis du fard gris et du rimmel noir Mary Quant, ramené de Londres par une étudiante. Je devais mollarder dans le rimmel puis frotter la pâte à l'aide d'une petite brosse que je posais alors délicatement sur le bout de mes cils. Le fond de teint compact s'étalait à l'aide d'une éponge qu'il fallait au préalable humecter d'eau avant de m'en tartiner le visage et le corps. Les bas étaient trop grands, j'avais fait un nœud au bout de mes pieds pour qu'ils ne plissent pas une fois que j'aurais enfilé mes talons hauts dans lesquels je mettais du coton. Je nouais mon porte-jarretelles, trop grand lui aussi, derrière ma taille. J'avais enlevé mes bigoudis chauffants, brossé mes cheveux devenus bouffants, mis des bracelets et des boucles d'oreilles de pacotille qu'elle avait disposés pour moi sur un plateau bleu offert par Reza.

— Je suis prête.

Elle est venue dans la salle de bain pour vérifier, elle m'a scrutée, derrière ses lunettes à verres grossissants.

— C'est bien, bravo, tu te prépares comme une vraie professionnelle, il faut que t'éblouisses Pinsson. Allez, viens te mettre là.

Je me suis allongée sur le lit. Elle s'est accroupie pour défroisser méticuleusement les dentelles autour de mon corps. Puis elle a assis joliment les petites poupées les unes après les autres sur des coussins devant moi. Elle a farfouillé dans un sac en plastique, elle en a sorti une tête de mort qu'elle m'a donnée, c'était léger, ça ne pesait pas grand-chose, je me suis demandé de quel sexe était la tête.

— C'est un homme ou une femme ?

— J'en sais rien, c'est un macchabée, pose pour voir.

Je l'ai approchée de mon visage pour la regarder bien en face.

— Pas mal, écarte un peu les jambes, pas trop. Joli le popo, plus joli encore.

Je me suis cambrée le plus possible.

— Imagine-toi que c'est ton fiancé et fais comme si tu voyais les enfers.

J'ai embrassé la tête de mort et j'ai regardé le sol. Elle transpirait tant qu'elle devait s'essuyer avec une serviette-éponge.

— Sois plus séductrice… les yeux comme la fille que tu aimes bien, tu sais bien…

— Theda Bara ?

— Oui, c'est ça, Theda Bara…

J'ai fait les yeux révulsés en l'air et j'ai glissé une jambe sur l'autre.

— Ça va comme ça, ou tu veux que j'ouvre plus les jambes ?

— Ouvre complètement !

J'ai relevé complètement la cuisse, je voyais mon pubis nu, je me suis inspectée dans les miroirs et elle s'y regardait après moi, avec une moue d'enfant. Elle n'arrêtait pas de me photographier.

J'ai cessé de poser quelques instants, je me suis détendue puis j'ai pris un large crucifix de métal que j'ai appuyé sur mon sexe et je me suis cambrée avec un doigt dans la bouche.

— La vache, ah ça c'est beau ! C'est fort ! Tu bouges plus.

J'ai fait comme si j'étais morte.

Elle m'a regardée, elle s'est mise à danser et à chanter : « La mort est une fête, la mort est une fête ah ah ah ! » puis elle s'est accroupie vite fait sur le tapis de laine blanc et m'a encore photographiée.

— J'ai volé des crucifix dans le cimetière, si je me fais piquer, c'est grave tu crois ?

Je ne savais pas quoi répondre. Elle s'est approchée de moi encore un peu plus, je l'ai regardée à travers l'objectif avec tout l'amour possible. L'amour avec lequel elle aurait voulu que je la voie.

On avait fini la séance, j'étais nue et en porte-jarretelles sur des talons hauts avec des boas de toutes les couleurs autour du cou à bouffer des crackers sur un pouf, la tête de mort à côté de moi. Elle rembobinait sa pellicule.

— Trente-six poses, c'est pas beaucoup, la prochaine fois on en fera le double.

Je suis allée dans la salle de bain, en me démaquillant j'ai regardé la rose des sables, elle était posée par terre derrière un tas de poupées mutilées et de fleurs de cimetière.

— J'ai envie de voir papa…

— C'est pas le moment…

— Je veux le voir, j'ai le droit !

Elle est venue se poser dans l'encadrement de la porte, un bras contre le chambranle, derrière elle les lumières des spots photo étaient encore allumées, si bien qu'on se serait cru dans des coulisses de cabaret.

— Ton père est un sale nazi !

— C'est quoi nazi ?

— Un nazi ? Hitler tu connais pas ? Hitler c'est un type qui a zigouillé tous le monde pendant la guerre.

Je suis restée bouche bée. Elle m'a repris d'office les porte-jarretelles et les bas pour les ranger dans une boîte.

— Je n'ai pas envie de parler de ça, j'ai mal au crâne, dépêche-toi Mamie t'attend.

— Mais papa…

— Qu'est-ce que tu crois… écoute-moi bien, tu n'as pas besoin de ton père, mets-toi ça dans la tête une fois pour toutes et arrête avec tes questions… je ne veux plus que tu me parles de lui sinon on va se fâcher très fort toutes les deux et ce sera terrible.

Je me suis rhabillée à toute vitesse. Elle a ouvert son peignoir pour se regarder nue dans ses miroirs en tirant sur son stick de marijuana.

— Tu ne dis rien à Mamie pour les photos, on est bien d'accord hein ?

Dans l'ascenseur, je voyais sa gueule de vieille derrière les barreaux de fer forgé, elle suait toujours.

J'ai traversé la grande cour vide. Je me suis allongée sur le gazon près du bassin. Derrière le mur de troènes sombres et denses, je pouvais voir le dernier étage du lycée Paul-Valéry, mon cœur battait la chamade. Le ciel était noir profond, les étoiles brillaient, l'herbe était fraîche et encore humide de pluie. Je suis restée à contempler la nuit quand Mamie est arrivée.

— Mon Dieu mon Dieu, qu'est-ce que tu fais, tu vas attraper froid !

Elle m'a prise par la main, on est rentrées presque en courant.

Dans la chambre, elle m'a frotté le corps avec de l'eau de Cologne, j'étais toute marbrée.

— Qu'est-ce que tu fabriques là-haut avec ta mère ?

— Rien.

Elle m'a fait mes nattes, elle a déplié mon lit de camp pendant que j'attrapais sur le buffet la boîte de gâteaux Pleyben achetée lors du dernier voyage en Bretagne. Mamie s'en servait pour ranger des photos, des images, des autocollants, des décalcomanies, des cartes postales. La maison de Saint-Tropez, mon jardin à San Francisco, papa et moi à la Rose d'Ispahan. Au fond de la boîte j'ai trouvé une photo d'une jeune femme aux seins nus, avec des grosses joues et un nez aux larges narines, de longs cheveux bruns et bouclés lui tombaient en cascade sur les épaules, elle souriait en se déhanchant, les deux mains posées sur la tête. Elle portait en guise de jupe un tissu drapé en lamé brodé de sequins et derrière elle se profilaient une rue et des bars ornés d'enseignes de néons, on voyait deux putes faisant le tapin sur le trottoir tout en discutant. Il y avait encore deux autres photos au fond de la boîte, la première c'était une femme nue sur un tabouret, en train de fumer une cigarette à l'aide d'un long fume-cigarette. Le visage était découpé aux ciseaux mais on reconnaissait la masse de cheveux bruns et bouclés, la même que la femme qui se déhanchait sur l'autre image. Sur la troisième photo, trois femmes en pantalons bouffants portaient un chapeau carré d'où partait un long voile descendant jusqu'au sol et retenu aux poignets par de gros bracelets en métal. La femme sur le côté droit n'avait pas de visage mais un trou à la place dans lequel je pouvais glisser mon doigt.

Mamie m'a arraché la boîte des mains.

— Qui c'est sur les photos ?

— Ta mère.

— Pourquoi le visage manque sur celles-là ?

— Parce que ta mère n'aimait pas son visage. Couche-toi, il est tard.

Je me suis couchée, elle a éteint le plafonnier. Nos deux têtes se touchaient presque, mon lit était contigu au sien. Les lumières du boulevard, des phares des voitures et des camions traversaient les troènes plantés devant la fenêtre pour strier régulièrement le coin cuisine. En regardant les fines rayures, j'aurais pu me croire au bord de la mer, derrière un bout de raphia, quelque part à Hawaii en 1950. Mamie est tombée dans un sommeil profond. J'ai pensé au passé, opaque, terrible, duquel on ne pouvait jamais sortir. Ma gorge se serrait si fort, comme si des mains humaines invisibles me serraient le cou et avaient le pouvoir de m'étouffer.

Peut-être que c'était ça, être à la fois ici et là-bas ?

Une forte fièvre m'a prise et j'ai dû garder le lit des jours durant. Le médecin est venu, il m'a prescrit des antibiotiques. Je n'allais plus à l'école ni au cours de danse et très certainement je ne pourrais plus reprendre la chorégraphie du *Lac des cygnes*. Ma mère m'avait fait promettre de faire des photos avec elle là-haut, une fois que je serais guérie, en échange de quoi j'aurais des Barbie. Mady est venue me voir avec un cake aux fruits, elle était habillée d'une robe turquoise. Mamie nous a fait du thé. Mady a coupé le cake en tranches puis elle est allée farfouiller dans la bibliothèque, elle y a trouvé *Gigi* qu'elle a commencé à lire à haute voix. Au bout d'un moment Mamie s'est mise à pleurer, du coup Mady a dû s'arrêter. Mamie pouvait être sentimentale et égoïste à souhait. Mady est revenue plusieurs fois pour nous apporter du cake aux fruits et nous lire *Gigi*, une lecture qu'elle n'a jamais terminée. Ma bronchite est passée, je suis retournée à l'école et j'ai posé le soir pour ma mère. Grimée, habillée et nue.

XIII

Ma mère avait acheté un bouquet de fleurs chez le fleuriste de l'avenue Daumesnil. J'avais mis mes Kickers et ma jupe Kickers, lâché mes cheveux, emporté ma nouvelle valise de poupées Barbie. Irène était particulièrement nerveuse, c'était la première fois qu'elle me laissait aller jouer chez une camarade d'école. J'avais réussi à la convaincre d'accepter cette invitation et même d'acheter un bouquet de fleurs, en échange de quoi, bien sûr, je devrais poser le lendemain soir.

— Tu es sûre que tu veux aller chez ces ploucs ?

— Oui.

— Tu vas pas tenir.

— Laisse-moi tranquille.

— Je t'aurai prévenue, c'est tout !

— Sonne !

Elle a sonné, des pas galopants se sont fait entendre. Marie-Amélie, une jeune fille en jupe et chaussures Kickers, est venue nous ouvrir.

— Eva !

Je me suis retournée vers Irène.

— C'est elle, c'est Marie-Amélie !

— Bah dis donc !

Son père est arrivé, il portait une moustache et un pull jacquard sur un pantalon de velours côtelé. J'ai tendu mon bouquet de fleurs.

— C'est gentil, il ne fallait pas, merci.

Il a regardé ma mère, d'un air goguenard, elle était seins nus sous une robe de crêpe noir mitée.

— Revenez vers quatre heures, le temps qu'elles jouent.

— D'accord, à tout à l'heure alors.

Marie-Amélie avait une chambre à elle avec une porte qui se fermait. Il y avait un papier à fleurs, un dessus-de-lit et des rideaux Liberty. J'ai ouvert ma boîte de Barbie.

— Wahoo ! a-t-elle dit.

J'avais les derniers modèles Barbie : Skipper, la petite sœur de Barbie ; Francie, la cousine de Barbie ; Ken, l'ami de Barbie.

Des accessoires, brosses à cheveux, sacs, ceintures, postiches, chaussures de verre, parfums, valise, chaise, miroir à main.

Des robes, du soir, de jour, de nuit, des maillots de bain, des vêtements de sport. Nous avons joué. Barbie embrassait Ken puis Barbie ne voulait plus de Ken parce que Ken travaillait trop et était malheureux mais il revenait quand même vers Barbie et Skipper, la petite pleurait et Barbie se changeait, elle mettait ses belles robes pour séduire Ken qui finalement restait parce qu'il l'aimait et tout se finissait bien parce que Francie avait fait la cuisine.

J'avais parlé à Marie-Amélie de Hitler à la récré, je savais qu'il avait tué des gens, j'espérais qu'elle pourrait me renseigner, je n'en savais pas plus.

Au déjeuner, il y avait un énorme rôti. Je n'en avais jamais mangé. À côté de moi, la sœur de Marie-Amélie n'arrêtait pas de discuter avec une copine, il y avait le frère du père de Marie-Amélie, des amis. Je pensais à Hitler, je ne me sentais pas bien, j'avais le sentiment d'étouffer comme l'autre soir où j'avais regardé les photos de ma mère au fond de la boîte à gâteaux Pleyben. La conversation tournait autour des actualités puis des publicités. Je n'ai pas trop aimé le rôti. Au moment du dessert glacé, Marie-Amélie s'est penchée vers mon oreille.

— On va faire radio-crochet.

Elle s'est levée pour chanter « comme un garçon j'ai les cheveux longs », sa sœur a enchaîné par « le lundi au soleil », puis ce devait être mon tour mais je ne connaissais rien à part ce qui passait à la télé mais ça allait si vite que je n'avais pas le temps de l'apprendre.

— Tu n'as pas de tourne-disque ?

— Non.

— Tu ne connais même pas « comme les Rois mages en Galilée » ?

Marie-Amélie, sa sœur et sa mère ont chanté « comme les Rois mages en Galilée ». J'ai essayé de suivre les paroles sur les lèvres des autres, j'étais rouge vif. Après le dessert j'ai aidé la mère de Marie-Amélie à desservir la table. Le père de Marie-Amélie est allé sur le balcon pour fumer une cigarette en chaussettes, nous l'avons rejoint avec Marie-Amélie.

— Mon père connaît l'Histoire, tu peux lui poser des questions si tu veux ?

— Non ça ira, arrête…

Marie-Amélie s'est agrippée à son père en sautillant et lui a chuchoté des mots à l'oreille que je n'ai pas entendus. Il s'est adressé à moi :

— Tes parents ne t'en ont pas parlé ?

— Non.

Il nous a regardées.

— C'est valable pour toi aussi Marie. Hitler est un chancelier allemand qui a dirigé l'Allemagne entre 1933 et 1945. Il s'est suicidé dans son bunker. Il est responsable de crimes contre l'humanité, il a tué des millions de juifs.

DEUXIÈME PARTIE

I

Lorient

Un matin clair, au loin une gloire sur une mer houleuse. Un port sale, des papiers gras mêlés à des journaux tourneboulent au sol, les filins sifflent dans le vent.

— Tu as les hot dogs ?

— On est perdues !

J'étais sûre que nous ne l'étions pas, perdues, j'ai toujours eu un grand sens de l'orientation. Elle m'a suivie dans un dédale de rues, jusqu'à l'hôtel. Nous avons grimpé un étroit escalier grinçant et tout tordu. La chambre jaune et vert pâle avait la même couleur que la boutique de fripier au bord des docks de San Francisco, la même intensité blafarde. La peinture des murs s'écaillait par endroits, elle se fissurait au plafond. J'ai mangé mon hot dog à la fenêtre tandis qu'elle se coiffait dans la salle de bain, assise sur le bidet. Ce devait être une vieille vitre, ses rebords biseautés faisaient un effet de loupe, si bien que le port s'allongeait sur les côtés et que certains bateaux semblaient se promener dans les nuages au milieu d'un halo aux couleurs de l'arc-en-ciel. C'était comme du cristal. Le convecteur était fixé sous la fenêtre, il me brûlait presque. La chaleur était alors le seul remède aux marbrures trop prononcées de mon corps. La moutarde du hot dog, au pain légèrement sucré, avait un goût de curry. Le port était désert, seul quelques rafiots sur la mer se perdaient dans la lumière aveuglante du soleil. Nous étions parties de Paris pendant les vacances et comme Irène ne prenait que des allers simples, je ne savais pas quand je retournerais à l'école – peut-être jamais. Je n'avais pas revu Marie-Amélie chez elle depuis le dimanche où nous avions joué ensemble dans sa chambre Liberty, ma mère m'avait interdit de la fréquenter sous prétexte qu'elle et ses parents étaient des « ploucs finis ». Elle ne voulait pas non plus que je fasse venir des camarades de mon âge pour jouer avec mes Barbie chez elle ou chez Mamie. Elle m'a quand même offert un tourne-disque, je pouvais écouter des chansons de variété et danser dans le corridor. J'ai eu deux disques de Sheila et un de Sylvie Vartan mais le diamant s'est cassé et personne chez nous ne savait comment le remplacer.

Elle buvait sans arrêt du thé, elle accumulait toutes sortes de sachets dans son sac et commandait des pots d'eau chaude partout où elle allait. Dans la chambre elle s'est mise à l'aise, elle m'a tourné le dos et s'est délectée de sa boisson préférée. Elle avait ses règles et elle avait laissé traîner des serviettes tachées de sang au sol. Elle a téléphoné à la réception pour demander une bouillotte bien chaude et s'est allongée sur le lit tandis qu'il se mettait à pleuvoir. Une femme de chambre est venue lui apporter la bouillotte, Irène l'a glissée sous ses draps. Nous étions arrivées tard la veille par le train du soir et j'étais levée depuis l'aurore. Le soleil est apparu avec la pluie, les gouttelettes d'eau sur la vitre sont devenues iridescentes. J'ai lu les *Aventures de Tarzan* devant la fenêtre, tandis qu'elle pionçait la gueule ouverte. Au bout d'un moment elle s'est levée, elle est encore allée se coiffer dans la salle de bain. J'ai entendu l'eau du bidet, elle est sortie pour s'habiller, se maquiller. Elle a étalé ses sous sur son lit, qu'elle a comptés plusieurs fois de suite, elle s'est appliquée du baume du tigre du bout des doigts sur les tempes. Enfin elle était prête. J'ai mis mon manteau et on est sorties. Dans la rue, il pleuvait encore un peu, l'asphalte était luisant et noir.

— Il faut aller au bout du port.

— C'est par là.

C'était encore loin, et nous avions le vent de face. Un jeune homme se promenait avec un seau rempli de petits poissons d'argent, il marchait avec une main dans la poche, lui aussi allait sûrement au bout du port. J'entendais le son cristallin de cloches. Le jeune homme s'est arrêté devant un café pour allumer une cigarette. J'ai jeté un œil vers l'intérieur, le café était rempli d'hommes en bleu de travail.

— C'est là tu crois ?

— J'en sais rien tu me fatigues, c'est le bout du port non ?

Face à nous il n'y avait plus que la mer et des bateaux. Je suis entrée la première dans le café, elle m'a suivie. Les murs gras au-dessus du comptoir où s'étaient agglutinés des hommes de toutes tailles étaient baignés de lumières de couleur, sans doute à cause des vitraux. J'ai détaillé les marins et les ouvriers, j'ai tourné la tête, mon père était au fond de la grande salle, assis au centre d'une banquette de moleskine marron, devant une table ensoleillée. Il jouait aux dés en compagnie de ses copains. Je me suis approchée, il m'a saisie par le cou et m'a fait asseoir sur la chaise vide près de lui, sans doute l'avait-il réservée pour moi. Irène est restée debout, à distance. Il a pris les dés pour les mettre dans une timbale de cuir.

— Remue et lance !

Il m'a tenu la main, nous avons remué et lancé les dés ensemble sur le tapis vert, plusieurs fois de suite. Nous avons fait un score qui n'atteignait pas le 421. Il sentait fort l'anis et la Boyard.

Irène a fini par trouver une chaise, il ne la regardait pas, il a posé la timbale sur le tapis et a croisé les bras, cette fois-ci, il l'a regardée fixement, elle n'en menait pas large.

— Tu me la laisses ?

— Tu déconnes ?

— Et pourquoi je déconne ?

— T'as picolé.

Les hommes autour de la table se sont mis à rire, leur proximité l'indisposait, papa et moi on s'est souri.

— Viens !

Il m'a prise par la main, il m'a soulevée de terre, j'étais petite et je volais presque dans le café. Il m'a entraînée vers le fond d'une salle jaune et marron où se trouvaient des machines à sous et une cuisine sale aux vitres dépolies, le plafond était bas, elle courait derrière et moi je riais tant. Il a couru de plus belle, nous avons grimpé des marches abruptes pour arriver à un premier étage où se trouvaient des portes grises et des grandes fenêtres donnant sur une mer aveuglante de soleil. Il a frappé à la porte, j'ai entendu des pas.

— Ouvre, c'est moi !

Une femme a immédiatement ouvert la porte, puis elle est retournée s'allonger sur un lit recouvert d'une couverture tartan. Elle portait une minijupe noire d'où sortaient de longues jambes bottées. Elle fumait tout en lisant des journaux. Irène est arrivée, elle s'est assise à côté de la jolie femme qu'elle a détaillée de près sans vergogne. J'ai compris qu'elles se connaissaient. Mon père m'a reniflée.

— Tu sens mauvais, viens !

Il m'a emmenée dans une salle de bain bleu pâle. Tandis qu'il retirait ma robe, j'entrevoyais la jeune femme sur le lit, elle rigolait tout en retenant le bras d'Irène qui s'avançait vers nous avec sa gueule de cheval.

— Je vais la laver !

— Tu n'as pas le droit !

Il lui a claqué la porte au nez, l'a fermée à double tour. On rigolait comme des fous. Elle me paraissait si stupide. Il m'a déshabillée, il s'est déshabillé, il a gardé son caleçon. Il a ouvert les robinets de la douche. Il devait faire froid, il y avait de la buée. Il m'a poussée sous l'eau, j'ai crié, il est venu avec moi sous le jet. Il a pris un savon et il m'a frottée. Je voyais son nombril et des trous sur son ventre et sa poitrine, j'aurais pu mettre mon doigt dedans. Ils ressemblaient à des impacts de balles, il n'avait pas ces cicatrices la dernière fois que je l'avais vu torse nu.

La douche s'est arrêtée, il a pris une serviette pour me frotter.

— Tu vas être propre comme un sou neuf !

Il m'a rhabillée, il s'est rhabillé, il s'est peigné devant le miroir, on aurait dit Clark Gable dans *The Misfits* et moi, bien sûr, Miss Monroe. Nous sommes sortis pour aller sur la couverture tartan du lit. J'avais les cheveux mouillés, je me suis sentie rat. L'appartement était plus bas de plafond mais aussi plus grand que je ne l'avais imaginé et blanc avec quelques rares meubles en bois bretons. On voyait la mer depuis les fenêtres. La fille en noir m'a tendu un petit bol de thé chaud. Ma mère s'est déchaussée et mon père s'est servi un whiskey sec qu'il a bu d'un trait. Sa copine était institutrice, elle est partie à l'école son blouson de cuir posé nonchalamment sur son épaule, personne ne l'a saluée.

Papa conduisait. J'étais à l'arrière, Irène avait fermé sa grande gueule, elle ne mouftait plus, elle sommeillait. La route était désolée, rien que le bruit du vent et de la mer. Les maisons semblaient désertes, comme si leurs propriétaires les avaient subitement abandonnées. Les prés changeaient de couleur au gré des nuages. J'ai vu des petites pierres posées par terre en rang, plus nous nous rapprochions, plus elles grossissaient.

— C'est quoi ?

— Des menhirs.

Il y en avait des dizaines et des dizaines. Nous nous sommes arrêtés de rouler, dès que nous sommes sortis de la voiture, il m'a prise par la main, la sienne était chaude et rassurante. Au loin, quelques silhouettes éparses ployaient sous le vent de l'Atlantique. Il m'a entraînée vers les menhirs, il me souriait. J'entendais encore le son cristallin des cloches.

— Tu sais, Eva, ces pierres... sont là depuis des milliers d'années... on ne sait pas vraiment qui les a posées là, il y en a un peu partout en Bretagne, des grandes et des petites. On se demande comment les hommes ont pu les transporter et dans quel but. On dit qu'elles sont des arcanes de la transmigration de l'âme.

— C'est quoi la transmigration...

— Le voyage de l'âme. Même après la mort, l'âme peut voyager, sortir du corps, partir.

— Quel rapport avec les pierres ?

— Elles captent les forces des planètes.

— Elles sont à qui ?

— À personne…

C'était désert alentour, Irène avait disparu. Papa a collé son visage contre un des menhirs, j'ai fait pareil. Nous avancions vite, nous courions et nous arrêtions pour embrasser les menhirs, les uns après les autres. Tout d'un coup, il m'a hissée sur ses épaules. Il s'est mis à courir, à slalomer entre les menhirs, je criais et lui aussi, nos deux voix se sont mêlées à tue-tête dans le vent, au bout d'un moment, il s'est arrêté et m'a posée à terre. Il s'est allongé, essoufflé, je me suis blottie tout contre lui. Il m'a embrassée dans le cou, je l'ai embrassé sur la joue et je l'ai serré dans mes bras. Toute petite et recroquevillée, ma mère avançait dans le vent pour venir vers nous tête baissée, une main collée sur son front pour empêcher que sa frange ne se soulève et laisse apparaître un front trop grand. Elle retenait de l'autre main le pan de sa robe pour cacher ses jambes gonflées. À la voir venir vers nous, on aurait dit qu'elle voulait encore séduire mon père, mais je le sentais seulement patient et attentif. Elle est arrivée après avoir marqué plusieurs arrêts, la bouche ouverte, la langue sortie.

— Je ne me sens pas bien du tout, j'ai une soif terrible.

— Allons-y alors !

Le temps s'est couvert, le son des cloches a fait place à du biniou. Elle s'est couchée à l'arrière de la voiture en poussant des gémissements enfantins. Elle sentait l'urine, elle avait dû faire pipi derrière un menhir.

— Je vais crever avec ce vent, j'ai la fièvre Nico !

— Mais non le vent c'est vivifiant, on va déjeuner avant que tu ne claques ?

— J'ai besoin de boire un thé chaud, c'est la seule chose qui puisse me sauver, je t'assure !

Elle avait l'air bête, son regard était devenu méchant comme à chaque fois qu'elle se refusait aux autres pour se concentrer sur sa douleur.

J'avais à nouveau le sentiment d'avoir affaire à une étrangère dont il fallait que je m'occupe malgré mon jeune âge. Elle ne supportait pas l'amour que je portais à mon père et qui était réciproque.

Le sentier était abrupt, il menait à la plage, de hautes herbes avaient poussé dans le sable. Papa me montrait des escargots, je n'en avais jamais vu autant. Elle s'est assise par terre, la tête entre ses jambes. Ses gémissements nous parvenaient malgré le vent, ils allaient crescendo. Papa a enlevé sa veste, il est allé la couvrir.

— J'ai la tête qui tourne !

— Allez viens, lève-toi fais un effort.

Il lui a pris le bras et l'a relevée, ils se sont mis à marcher sur le sentier ensemble si bien que je me suis retrouvée à marcher derrière eux malgré moi. Il y avait du monde à l'intérieur du restaurant et la queue à l'extérieur. Papa s'est installé d'office à une table en terrasse.

— Je ne peux pas dehors avec ce vent Nico !

— Si tu veux rentre, mais je te préviens il n'y a pas de place, Eva et moi, on mange dehors.

Il m'a tendu la main, je me suis assise à côté de lui. Elle s'est assise par terre au pied de la table, la veste de mon père sur la tête.

— C'est dingue mais c'est pas grave !

J'ai regardé mon père qui ne l'écoutait plus.

— On va manger des escargots, tu veux ?

— Je ne sais pas, je n'en ai jamais mangé.

— Tu vas goûter, tu vas voir c'est succulent.

— Chouette, je vais manger des escargots succulents.

Il a pris le *Picsou Magazine* que j'avais dans la poche, et il m'a fait la lecture dans le creux de l'oreille. Nous avons mangé les escargots, j'ai adoré leur goût. Irène est restée sous la table, la veste de mon père sur la tête à boire son thé. Des gens ont fini par sortir du restaurant et nous avons pu rentrer à l'intérieur. Elle a pris un autre thé au comptoir, elle a baissé la voix, on aurait dit qu'elle ne parlait plus qu'à elle-même dans un mince filet d'air mais elle s'adressait à lui.

— Alors qu'est-ce qui se passe, qu'est-ce que tu fais ?

— Je travaille sur les navires militaires…

— Quoi papa, dis ?

— Rien, ton père me raconte ses histoires, reste un peu tranquille.

— Tu permets, Irène…

Il l'a laissée en plan et m'a poussée par les épaules jusqu'au baby-foot, je n'y avais jamais joué. Il y avait d'autres hommes autour de la table, certains sont venus du bout du café pour nous rejoindre. Papa me tenait les mains et moi, je tenais les manettes, nous avons commencé une partie. Irène s'est assise sur une chaise, elle a fermé les yeux et fait semblant de dormir comme un chien battu qu'on aurait vidé de son souffle. Les hommes autour du baby-foot se sont mis à rigoler, certains avaient envie de la culbuter, de voir ses nichons ou son cul, mais la partie a commencé et tout le monde s'est concentré sur le baby-foot. Nous avons fait quelques parties. Irène s'est levée, elle s'est avancée vers nous pieds nus, les deux mains sur la poitrine avec son air de mendiante, je le connaissais par cœur parce qu'elle me le faisait imiter dans l'intimité de la chambre noire, elle appelait ça « faire la mendiante » ou « faire la petite marchande de violettes ». Cette petite marchande de fleurs est très pauvre, à peine couverte par des haillons de dentelles, elle se tient la nuit sous les becs de gaz, au coin des rues, devant les restaurants et essaye d'attirer l'attention des beaux messieurs en frac, en leur vendant un bouquet de violettes pour deux sous. Papa aussi devait bien connaître son air de martyre, il s'est passé la main dans les cheveux et elle est venue tout près de lui en regardant les hommes qui ne la lâchaient pas des yeux.

— Je vais crever !

— Viens crever avec nous.

— Allez viens poupoule, viens !

Elle les a scrutés, ils se sont tus, l'un d'eux avait quand même envie de valser, ça valait le coup. On est repartis. Une fois sur le perron du restaurant Bellevue elle a commencé à prendre des poses dramatiques.

— Attendez-moi au chaud, je vais chercher la voiture.

Irène est rentrée dans le restaurant, je suis restée sur les marches du perron. Mon père s'est mis à courir, je me suis aperçue qu'il claudiquait. J'ai ramassé des petits cailloux que j'ai mis dans ma poche. Des enfants de mon âge faisaient du vélo sur le terre-plein. La plage était déserte, des lumières jaunes et rassurantes se sont allumées dans le hangar. Nous avons repris la même route. J'ai regardé à nouveaux les menhirs, leur ombre s'allongeait démesurément derrière eux.

— Comment tu peux voir tous ces péquenauds, prolos, vulgaires, terribles… moi je ne pourrais pas…

— Calme-toi, arrête ton cirque !

— Maintenant – il faut que tu le saches – j'ai un fibrome.

Mon père l'a regardée durement dans le rétroviseur qui ne formait plus qu'une lame réfléchissant ses yeux clairs.

— Qu'est-ce que je peux faire Irène ?

— Rien. Je te le dis pour que tu le saches, c'est tout.

— Ça se soigne ?…

— On verra si ça se soigne. Il faut qu'on s'arrête dans une pharmacie, j'ai besoin de coton.

Les lumières s'étaient allumées, roses, bleues, jaunes et vertes. Des néons, des enseignes, c'était un autre versant du port que je ne connaissais pas, large et grand comme si toute la population s'était concentrée là à cause de la vue imprenable. Sur le terre-plein il y avait des voitures et dans l'eau, des bateaux chaloupaient, des petits et plus loin de plus gros.

— Tu vois Eva, je travaille sur des gros bateaux comme ça…

— Et tu pars avec, tu voyages dis ?

Mon père ne m'a pas répondu, sans doute était-il triste de ma question, alors je me suis tue. On a marché ensemble au bord de l'eau, il claudiquait encore, je me suis retournée, la croix verte de la pharmacie clignotait. J'ai senti qu'il s'essuyait les yeux, mais je ne me suis pas retournée vers lui, je l'ai laissé marcher et puis il nous a raccompagnées en voiture devant notre hôtel.

— Je vous appelle plus tard, à tout à l'heure ma chérie.

Il m'a serrée fort contre lui et il est parti. J'ai couru à la fenêtre pour essayer de le voir encore un peu. Sa voiture était arrêtée, la fille au blouson de cuir noir est montée à côté de lui et puis je les ai suivis des yeux jusqu'au moment où la voiture a disparu. Je me suis retournée, Irène s'était endormie.

J'ai attendu, je suis allée encore à la fenêtre, tout était désert, j'ai secoué Irène mais en vain, elle avait dû prendre un somnifère. Un flacon de Valium était ouvert sur la tablette. L'enseigne de néons rouge et vert de notre hôtel avait complètement envahi la chambre, elle clignotait comme les battements d'un cœur. Je n'ai pas osé allumer le plafonnier. Le téléphone de la chambre n'a pas sonné et j'ai eu du mal à m'endormir, je suis restée à attendre dans le rouge et le vert.

Lorsque je me suis réveillée, la matinée était bien avancée, Irène était déjà habillée et la valise était faite. Mes Barbie et mon *Picsou* étaient sur la table, elle avait fini son thé et ses tartines d'oranges amères.

— On va à la plage, habille-toi.

— Et papa ?

— Il ne pourra pas nous rejoindre aujourd'hui, il a téléphoné ce matin pour me le dire.

— Tu mens !

— Je n'ai aucune raison au monde de te mentir.

Elle est allée s'asseoir sur le bidet pour faire pipi.

— Ferme la porte c'est dégoûtant !

— Un jour je vais claquer et ce sera de ta faute.

— C'est ça !

Le temps s'est dégagé. Nous sommes allées nous promener sur la plage, une famille d'Anglais se baignait dans la mer froide. Il était impossible qu'il ait refusé de me retrouver puisque c'est lui qui avait demandé que je vienne en Bretagne. J'aurais voulu le voir, même saoul et en compagnie de la jeune femme au blouson de cuir. Il pourrait surgir d'un moment à l'autre, il pourrait nous rejoindre, il devait forcément savoir où nous étions. Je n'arrivais pas à surmonter ma douleur, je n'arrivais pas à penser à autre chose qu'à papa, fou de douleur lui aussi, qu'est-ce qui avait bien pu nous séparer ? C'est encore une fois – j'en suis certaine – ma mère qui en avait décidé autrement. Elle trouvait que les Anglais étaient de vrais excentriques, ils se baignaient en famille même quand il faisait froid, c'était fantastique, un jour nous aussi nous irions en Angleterre pour voir Big Ben, Portobello Road et même les Beatles !! J'en avais marre de l'entendre dérailler. Elle a sorti son appareil photo de son sac, elle m'a regardée à travers son objectif.

— Joli joli fais le minou pointu ! Allez Bibou sois gentille !

J'ai fait son minou pointu, elle était contente de me prendre en photo, elle a rangé son appareil et je me suis allongée sur le sable, on n'avait rien à se dire. Elle est allée tremper ses pieds, pour qu'ils dégonflent. Les Anglais étaient bruyants et tout roses. J'ai fixé l'horizon, j'ai mesuré la distance qui nous séparait, papa et moi, j'attendais qu'il vienne et il n'est pas venu.

Quelque temps après notre retour à Paris, elle est descendue un soir tandis que je m'apprêtais à me coucher. Elle n'est pas entrée dans la chambre, sans doute redoutait-elle ma réaction violente, ou bien l'espérait-elle ? Elle est restée derrière la porte et m'a tendu, par l'entrebâillement, un sac en plastique.

— Tiens c'est pour toi, prends... c'est de la part de ton père... vas-y prends allez.

J'ai pris le paquet, il était lourd.

— Il te l'a donné pour moi ?

— Oui.

— Quand ?

— Un jour.

— Mais un jour quoi, tu sais quand ?

— Je suis descendue exprès pour te le donner… tu pourrais au moins me remercier ?

— Laisse-moi tranquille…

Elle a rigolé.

— Pourquoi tu ris ?

— Je reviens !

— Quoi tu reviens ?

— *Je reviens* de chez Worth !

Elle a rigolé de plus belle puis elle s'est détournée, elle est partie. Le parfum de Worth devait avoir pour Irène une vie bien à lui que j'ignorais. J'ai attendu que ses pas finissent de résonner dans le corridor pour sortir mon cadeau du sac plastique. Il était enveloppé de papier et déjà ouvert. Les scotchs retenant l'emballage avaient été arrachés, elle n'avait même pas pris le soin de refaire le paquet. J'ai eu un violent pincement de cœur. J'ai déballé le cadeau, c'était une belle colombe blanche sur un fond noir. Un présent si sombre.

À chaque fois que j'ai changé d'appartement, la lithographie de *La Colombe*, peinte par Picasso, m'a suivie. Je me suis toujours demandé de quand datait ce cadeau. Mon père l'avait-il déposé à l'hôtel pour moi le lendemain de notre rencontre alors que nous étions à la plage avec les Anglais ?

Que voulaient dire ces mots mystérieux inscrits au dos de la lithographie ?

« *Ma fille je t'aimerai même au-delà, même au-delà s'il t'advient de te souvenir de moi. Ton père Nicolas.* »

II

Les Champs-Élysées. Toutes ces lumières, ces rues, ces bars, ces boîtes de nuit, ces hôtels, ces magasins, ces bureaux de production de cinéma, de musique, ces instituts de beauté, ces parfumeries, ces cafés. J'ai tant arpenté cette avenue et les rues alentour. Pourquoi les Champs-Élysées m'attiraient-ils autant ? Quel était le but secret de mes déambulations ? De mes nuits de perdition, de drogues, de michetonnages, de vols, de séances de cinéma ? Des après-midi entiers à laisser les heures s'écouler à passer des castings pour des films que je ne ferais jamais ? À attendre quelque chose que la vie ne me donnerait jamais ?

En bas des Champs-Élysées en partant de la place de la Concorde se trouve le marché de Noël, de petites guérites de bois vendant savons, biscuits façon cure gourmande, vêtements de cuir, bougies, coussins, jouets en bois. J'ai vu exactement les mêmes guérites à Moscou du côté de la place Rouge, près de la cathédrale Saint-Basile. Sur son parvis, il y a une patinoire en plein air. J'y ai vu patiner des adolescentes. En 1839, à Paris, à l'emplacement de l'actuel théâtre du Rond-Point s'élevait une rotonde ou ce qu'on appelait plus joliment un panorama, une peinture circulaire représentant *Les Incendies de Moscou.*

Un peu plus tard et toujours avant que ce ne soit un théâtre, le panorama est devenu une patinoire, le Palais de glace. La première fois que je m'y suis rendue, Irène m'avait accompagnée, c'était quelques jours après qu'elle m'eut donné *La Colombe*. Je m'étais lancée dans une course effrénée sur la glace mais je n'arrivais pas à tenir les lames de mes patins droites, elles étaient de travers et je suis tombée de tout mon long, les bras en avant. Mes doigts ont failli être sectionnés par une patineuse qui allait encore plus vite que moi. D'autres patineurs ont buté sur mon corps. Je me suis relevée, les genoux, les cuisses et la joue égratignée, en sang, je me suis assise sur les gradins, je tremblais. J'avais été grisée par la vitesse et l'accident m'avait soulagée. Je ne cessais de penser aux menhirs, à ce que m'avait dit mon père sur le voyage de l'âme et surtout aux mots inscrits derrière le tableau. Que voulait dire « Ma fille je t'aimerai même au-delà, même au-delà » ? Cela signifiait-il qu'il y avait un au-delà éternel ? Et cette répétition, « au-delà… au-delà », voulait peut-être dire que même quand mon père serait mort, il pourrait toujours m'aimer de cet au-delà ? Allait-il mourir ? Comment accéder à ce double au-delà ? Pouvions-nous nous y rendre papa et moi pour nous retrouver tandis que nos corps resteraient sur terre ? Allait-il communiquer avec moi depuis cet au-delà ? Pourquoi m'avait-il parlé du voyage de l'âme ?

J'avais regardé un film à la télévision un dimanche soir, c'était peut-être *Les Visiteurs du soir*, il me semble y avoir vu Arletty en pourpoint marchant dans des ruines médiévales et embrumées. Il y avait des ménestrels et des dames avec des hennins sur la tête, des chevaliers. Ils communiquaient entre eux à l'aide de colombes ou de pigeons. Le volatile était détenteur d'un message ; *Ma fille je t'aimerai même au-delà, même au-delà.* Comment interpréter cette phrase ?

Le Palais de glace était bruyant, les cris et les voix résonnaient, la musique populaire envoyée par les enceintes était tonitruante et les jeunes filles solitaires filaient comme l'éclair sur la glace. J'étais prête à y retourner mais ma mère est venue vers moi accompagnée d'un pompier, il m'a regardée et nous a conseillé de rentrer chez nous.

Le soir de cet accident eut lieu une des séances nocturnes, je lui ai encore montré mon sexe dont elle disait qu'il était « si beau et lisse, une fleur sauvage, bombée et proéminente, une fleur vénéneuse et si innocente, le mont chauve, la petite tirelire, une merveille absolue, un vrai minou surréaliste ! un minou unique, le minou à sa maman oh oui ! »

Elle était toujours plus calme et rassérénée, une fois la séance achevée, rassasiée par mes poses aguicheuses et hypersexuées d'enfant grimée et par mes trouvailles de singesse savante.

Elle allait alors enfermer à clef son appareil photo dans sa penderie (elle le cachait depuis le jour où j'avais tenté de le lui arracher des mains avec ses négatifs) et s'asseyait au pied de son lit pour boire du thé chaud. Puis, elle se remaquillait afin de reprendre « apparence humaine quand même moi aussi un peu, j'ai le droit dis donc ».

Une fois qu'elle s'était recomposé la gueule, je disparaissais et elle jetait son dévolu sur quelqu'un d'autre. Elle pouvait appeler à n'importe quelle heure ses amis proches qui lui devaient une écoute indéfectible. Ce petit noyau d'oreilles sans limites était composé de Pinsson, Mady sa consœur strip-teaseuse, Jeannette et de quelques filles de la Palette, du Buci ou du Mazet.

La vue d'Irène était très mauvaise, elle devait s'aider de lunettes, aussi les numéros de téléphone de ses connaissances étaient inscrits en très gros et soulignés de rouge à lèvres dans son carnet d'adresses. Je m'amusais à regarder ce minibottin, rempli de ses gribouillages appliqués de bébé de quatre ans. J'écoutais toujours d'une oreille distraite tandis qu'elle bavassait. Ces conversations téléphoniques après les séances de pose pouvaient donner lieu à de longs conciliabules. Il fallait qu'elle parle des séances qu'elle avait faites avec moi, de « ses fantasmes ». Depuis mon retour des États-Unis, depuis que Mamie n'avait plus le droit de monter chez Irène, elle était enfin devenue une femme qui fantasmait.

Les logorrhées tous azimuts autour de ma sexualité finirent par me lasser alors je n'écoutais plus et m'évadais pour rêver, regarder des images et parfois lire ce qui me tombait sous la main. Elle ne me laissait jamais bien longtemps ce luxe qu'elle jugeait inutile. Ce soir-là, je regardais son carnet d'adresses. Je pensais avec amertume que Pinsson ne m'avait jamais posé de questions sur mon père, comme si papa n'avait jamais existé. Au bout d'un moment, la voix d'Irène est devenue stridente.

— … Je suis prête à lui montrer tout ce que tu veux Pinsson… Eva petite marchande de violettes nue, évidemment érotique, bien sûr que je veux, que tu me le présentes, tu dois, je veux… Exposer mon travail, bien sûr, exister par mon travail artistique comme tu dis… oui c'est capital… C'est inouï, ça aussi, tu vois ça c'est le hasard objectif !…

Elle s'est retournée vers moi, elle avait du rouge à lèvres plein les dents.

— Imagine, il peint lui aussi une petite fille nue avec un cœur rouge sang comme toi quand tu as fait le chien-chien tout à l'heure… ! Pinsson, attends j'ai une soif terrible… Je reviens, ne quitte pas, surtout…

Elle a posé le combiné par terre, elle m'a regardée.

— Descends Bibou, ne reste pas là à fouiller partout dans mon carnet comme une désaxée et à piétiner mon dessus-de-lit avec tes pieds sales, va te coucher, il est tard.

Ma mère allait montrer « mon sexe proéminant », « ma fleur venimeuse », « ma petite tirelire », bref, des parties tout à fait intimes de mon corps en évolution à des inconnus. Elle venait de décider ça avec Pinsson. Sans doute jugeait-elle que j'étais trop jeune et innocente pour émettre un avis qui puisse être considéré, c'était une manière de me préserver. De préserver ma joyeuse innocence.

(J'ose à peine penser ce que ces mots voulaient dire pour elle : « préserver mon innocence ».)

Le combiné avec Pinsson à l'autre bout du fil était à mes pieds. J'ai encore regardé son carnet de téléphone, les premières pages. J'ai reconnu ce nom : Nicolas, le prénom de mon père.

En dessous il y avait inscrit un numéro de téléphone. WAG 5313.

C'était le téléphone de papa, il fallait que je le mémorise : WAG 5313.

— Je t'entends fouiller dans mon sac, j'espère que tu n'es pas en train de me piquer du pognon, descends ou je vais me fâcher.

Elle criait depuis sa cuisine, j'ai déguerpi, la porte d'entrée était restée entrouverte, comme souvent pendant les séances photo.

Dans l'ascenseur nous étions deux, le voisin de palier et moi, il était gros et son visage rougi me rappelait ceux de certains garçons bouchers que je croisais boulevard Soult lorsqu'ils sortaient de leur école pour fumer. Il m'a collée et je l'ai regardé, implorante. Ma présence devait lui plaire, il m'a souri, un jet de postillons est sorti de sa bouche, m'a aspergée, il ne s'est pas excusé, il a sorti de sa poche un mouchoir pour s'essuyer les lèvres et m'a souri encore. Pendant que je traversais la cour une combinaison blanche est descendue du ciel, elle avait dû glisser d'une fenêtre. Mon cœur s'est mis à battre la chamade dans ma poitrine, j'avais l'impression que c'était un double de moi-même.

Dès que je suis arrivée chez Mamie le téléphone a sonné. Mamie a décroché, elle me regardait derrière ses lunettes de la Sécurité sociale.

— Oui elle est là… bonne nuit.

Mamie a raccroché. La sonnerie du téléphone s'est remise en marche, j'ai décroché. Son souffle était rauque.

— … Je m'inquiète tu comprends c'est normal, je suis ta mère.

Je l'ai entendue déglutir.

— Vas-y, qu'est-ce que tu as à me dire, parle.

— C'est normal que je m'inquiète non ? Et s'il t'arrive quelque chose de grave ?

— Tu veux quoi à la fin ?

— RIEN… tu ne m'aimes pas, mais ne t'inquiète pas, je vais bientôt claquer et alors tu verras comme tu me regretteras !

J'ai raccroché.

J'ai eu du mal à trouver le sommeil, à nouveau je regardais les ombres que faisaient les camions et les voitures en passant devant les réverbères du boulevard, mes mains étaient froides et moites. J'aurais voulu quitter cette chambre et ce boulevard de ceinture mais pour aller où ?

Le lendemain, Mamie m'a accompagnée à l'école, sur le trajet j'ai pris mes jambes à mon cou et pendant quelques instants, j'étais grisée d'avoir pu semer Mamie, puis je suis rentrée dans l'école avec les autres filles. Je ne me séparais jamais de ma couronne, elle était dans mon cartable. Parfois, à la récréation, il m'arrivait de la mettre sur la tête sans but précis, juste pour voir, alors les filles s'approchaient et me regardaient, fascinées. Ce jour-là, j'avais mis du rouge à lèvres et ma couronne sur la tête, mes cheveux étaient crépus et blonds encore bouclés de papillotes, je suis allée directement dans les toilettes, j'ai pris une pose entre deux lavabos. Peu à peu les filles sont venues me regarder comme une curiosité. Depuis peu je savais comment on faisait les enfants, toutes ne le savaient pas. On avait entendu parler de Strasbourg-Saint-Denis et de la Goutte-d'Or, des quartiers à putes. Des filles plus grandes nous avaient dit ce qui se passait, les putes s'allongeaient sur une table et collaient leur sexe contre un mur où se trouvait un autre trou. Dans la rue les hommes faisaient la queue pour mettre leur zizi dans le trou du mur et dans le sexe, pour un franc ou deux. C'étaient des femmes prisonnières du plaisir des hommes, des esclaves du sexe.

— Tu fais pute, a dit une toute petite.

C'était mon rouge aux lèvres ou alors la pose, ce devait être ça… J'étais devenue comme ces putes, enfermée dans une chambre noire à montrer mon sexe à des hommes dont je ne voyais pas le visage et qui se touchaient le zizi. Le mot pute n'était pas seulement dans ma tête, il est sorti de la bouche d'une d'entre nous, c'était la vérité.

Des petites mains se sont approchées pour toucher la texture de mes cheveux et Marie-Amélie s'est avancée vers moi.

— C'est pas fini le spectacle à la fin ?

— Non ça commence.

— Alors aujourd'hui t'es la reine de quoi ? La reine des parépipeticiennes ?

J'ai toisé Marie-Amélie et je lui ai dit :

— La reine des Belges connasse !!!

Elle m'a poussée fort, je l'ai poussée à mon tour.

— Tu peux aller te coucher Eva, la reine des Belges, elle existe déjà, menteuse !

Elles ont rigolé.

— C'est vrai, elle existe déjà, on l'a vue à la télé, a dit la plus petite.

— Ouais on l'a vue !

— Tu mens !

— C'est du bidon, t'es la reine de rien du tout, t'es qu'une frimeuse qui fait son intéressante !

J'étais triste mais j'ai rigolé, j'ai même fait le clown, elles ont rigolé aussi et on a rigolé toutes ensemble. Mes camarades, je les revois marchant en blouse leur cartable à la main, rue du cimetière.

En arrivant chez Mamie après l'école j'ai jeté immédiatement ma couronne dans la poubelle du 14 du boulevard Soult. Mamie a été cafter et Irène est allée fouiller dans le local à poubelles pour la récupérer. La couronne a rejoint ses accessoires « fétiches » comme elle disait, ceux qu'elle rangeait méticuleusement dans la penderie fermée à clef.

Ce soir-là, tandis qu'Irène exhibait le cadeau qu'elle avait extirpé des ordures, j'ai vu par la fenêtre que Lili, la fille des concierges, rôdait en bas, un pistolet à la main. Je ne la connaissais pas bien, elle aussi était solitaire.

— Où tu vas ?

— Jouer dans la cour.

J'ai filé. Lili m'attendait devant le bassin aux nénuphars. Nous ne nous sommes pas beaucoup parlé toutes les deux. À peine quelques mots, puis nous avons basculé dans un jeu brutal. On s'est cachées derrière les troènes et l'une après l'autre on a essayé sur nos peaux un pistolet à billes d'acier. Sans crier. Je ne suis pas sûre, mais son père passait l'aspirateur dans les escaliers et Irène ne fermait pas la porte durant les séances de pose, des gens pouvaient venir et me voir nue dans la chambre noire – il m'arrivait de sentir des présences dans l'entrée. Le père de Lili avait pu s'y aventurer et en parler à sa fille, ou bien c'était elle qui se serait risquée jusque-là ? Peut-être son père lui avait-il demandé de voir son zizi en secret dans la loge de concierge ?

III

Pinsson m'avait rapporté de Barcelone une paire de chaussures de flamenco, rouges à pois blancs, el Barrio Chino. Elles me faisaient des pieds de Minnie Mouse. Tandis qu'Irène lui montrait son travail je me suis aventurée dans l'atelier rempli de plantes tropicales et de masques africains terrifiants, certains avaient la bouche et les yeux cousus avec des cordes, d'autres étaient entièrement plantés d'énormes clous, quelques-uns étaient des masques sacrificiels ou d'envoûtement, je suis sagement retournée dans mon hamac à trou-trou et je me suis bercée. Le sol tout badigeonné de peinture rouge bleu vert se dérobait sous moi et l'odeur de térébenthine me donnait la nausée. La toile que j'avais déchirée était recouverte de papier bulle, remisée dans un coin. Il n'avait pas pu l'exposer et encore moins la vendre. Irène continuait à lui montrer les images qu'elle avait faites de moi, elle me souriait d'un air goguenard, elle espérait qu'il lui donne de l'argent, c'était le but de notre visite.

— Tu y vas un peu fort avec elle, c'est osé.

— Ne dis pas ça c'est compliqué, elle est déjà assez capricieuse.

— Oui mais quand même Irène...

— C'est beau, non ?

— Je dis pas le contraire.

— Tu ne veux plus m'aider ?

Son ton devenait dramatique.

— Mais tu aimes ou pas... ?

— Mais oui je t'aime...

Il l'a prise dans ses bras, son visage parcouru de mimiques drolatiques m'évoquait ceux des singes du zoo de Vincennes. Il s'est détaché d'elle pour la regarder dans les yeux et lui caresser doucement les cheveux mais elle n'arrivait pas à se détendre.

— Il faut que tu ailles dans un laboratoire sérieux.

— J'aimerais bien mais je n'ai pas les moyens.

— Je vais t'aider.

Pinsson gardait en permanence de l'argent dans son atelier, il lui a filé mille francs.

C'était déjà la fin de l'après-midi, un samedi de plus à Saint-Ouen, on a farfouillé dans les tas de nippes et sillonné toutes les allées, acheté des vieilles dentelles, on en avait plein les bras, je lui ai demandé si les soutiens-gorge pour petite fille ça existait, elle m'a dit non, en fait je pensais à un haut de maillot de bain mais je n'arrivais pas à le formuler et je l'ai laissée rire. Et comme je suis bonne poire, considérant que l'amitié c'est aussi faire la poire, je lui ai demandé si je pouvais avoir une robe très moulante de femme, alors elle a ri encore davantage. Au fond ça me faisait plaisir. Un peu plus tard on a été se bouffer des frites au café Picolo rue des Rosiers. On avait rien à se dire alors elle a sorti son appareil photo dont elle était si fière, et s'est mise à cadrer les gens.

— Oh t'as vu regarde, c'est une géante…

La femme voilée était si grande qu'elle avait l'air d'être debout alors qu'elle était assise. Irène a commencé à la photographier mais un des hommes qui l'accompagnaient a dit « c'est interdit, donnez-moi ça » et un autre est venu arracher l'appareil photo des mains d'Irène pour lui retirer la bobine et le lui rendre aussitôt en lui répétant : « C'est interdit, c'est tout. » La femme voilée restait rêveuse, ses yeux noirs balayaient tranquillement l'assemblée, elle s'est levée puis elle est repartie accompagnée des deux hommes, elle avait dû se baisser pour franchir le pas de la porte. Dans la voiture Irène tremblait de tout son corps, elle n'arrivait pas à faire démarrer le moteur qui s'était noyé.

Elle a allumé une cigarette en attendant que ça passe.

— Islam de merde, religion à la con, bande d'arriérés !

— Pourquoi tu dis ça ?

— Parce que c'est vrai !

On est rentrées, la nuit était tombée, j'ai erré dans la cour dans l'espoir de jouer un peu au pistolet à billes avec Lili. Elle n'était pas dans la grande cour mais dans la petite où personne n'allait jamais hormis ses parents et quelques chats errants. Elle n'avait plus de billes mais deux yoyos lumineux qui vibraient dans l'air avec un son doux comme celui d'une dynamo. On aurait dit des phalènes d'argent se débattant au bout de nos doigts. Derrière quelques troènes desséchés et la grille de séparation s'étendait le long mur du cimetière, ni gris ni rose ni vert et tout suintant de bruine d'où pointaient quelques croix tordues s'accrochant à des lambeaux de nuages. La nuit était claire et la voûte céleste parsemée d'étoiles. Nous nous sommes adossées aux immeubles en brique rouge, il me semblait que tout le monde pouvait nous entendre même si nous chuchotions, je lui ai demandé si elle savait pourquoi c'est interdit de photographier les femmes arabes alors elle m'a répondu très sûre d'elle que chez les musulmans prendre une photo de quelqu'un c'est lui voler un peu d'âme. Bientôt ses parents sont arrivés pour sortir les poubelles et fermer le local, il était temps de rentrer chez Mamie, je lui ai rendu son yoyo sans lui dire au revoir.

Le lendemain après l'école je n'ai pas traîné, je suis rentrée direct dans la chambre de bonne. Mamie avait une course à faire avenue Daumesnil, comme chaque semaine elle allait jouer au tiercé. J'avais hâte qu'elle s'en aille. Une fois qu'elle a été partie, j'ai téléphoné à mon père. WAG 5313. À l'autre bout, ça sonnait dans le vide, il ne répondait pas. Quand Mamie est rentrée je ne lui ai rien dit mais je lui ai demandé d'accrocher la colombe de mon père au mur. Elle avait peur de tomber du tabouret, alors c'est moi qui suis montée pour la mettre bien en évidence au-dessus du radiateur. On ne s'est pas parlé de la soirée, Mamie et moi. Il y avait des soirs où on ne disait rien. Je songeais à ces mot au dos du tableau, « ma fille je t'aimerai toujours même au-delà, même au-delà ». Cette nuit-là, j'ai rêvé que quelqu'un m'attrapait dans des marais pour me mettre un sac à patates sur la tête.

Le laboratoire photographique de la rue Delambre était grand, deux comptoirs, un pour payer et retirer les travaux, l'autre pour regarder les planches à l'aide de compte-fils retenus à des chaînes. Deux types en blouse allaient et venaient entre le comptoir et les salles obscures. Un des types s'est planté devant ma mère.

— Vous voulez bien me suivre ?

— Attends-moi là Eva.

Il n'y avait pas de chaise, je me suis assise par terre sous le comptoir. Je voyais les murs du laboratoire beige, caramel et acajou recouverts de photos de plats japonais, de bijoux ou de sportifs aux corps huilés. J'avais encore les croûtes de la patinoire sur mes genoux tellement j'avais gratté, elles étaient revenues. L'idée de la mort m'est apparue comme une possibilité. Je pourrais me donner la mort. Beaucoup d'enfants attentaient à leurs jours pour échapper à leur vie, à leurs parents, à d'autres enfants, à des mauvaises notes. Avec le suicide, je serais maître de mon destin. Sur le chemin du retour, j'ai pleuré doucement puis je me suis arrêtée, je ne voulais pas qu'elle voie mes larmes.

— Tu veux que je t'achète une glace chez Raimo, ça te ferait plaisir ? elle m'a demandé.

— Non, j'en ai rien à foutre de tes glaces à la con.

— Sois un peu gentille…

À table le soir chez Mamie, je n'ai pas parlé, j'étais tendue et n'arrivais à rien avaler. Je n'arrivais pas à penser à autre chose qu'à la mort. Je pourrais avaler le flacon de Valium qu'Irène avait acheté à Lorient et mourir. Je me suis inquiétée pour mon âme, prisonnière du regard des autres. Il y avait sûrement quelque chose de supérieur que le regard. Une force, au-delà. Une force au-delà au-delà !

C'était ça, le message de papa. J'avais enfin trouvé la signification des mots inscrits au dos de *La Colombe*.

IV

Nous avons pris le car avec les filles de l'école, nous sommes sorties de Paris. C'était la première fois que nous partions aussi loin. De grandes murailles se sont dessinées, elles devenaient plus imposantes au fur et à mesure que nous approchions. Le car s'est arrêté devant les remparts, nous sommes descendues : Provins.

La ville ressemblait en bien des points au château fort des *Visiteurs du soir.* Le sentiment de découvrir en vrai ce que j'avais vu sur le petit écran en noir et blanc un dimanche soir, me fit soudainement prendre conscience de la réalité. Peut-être que derrière ces remparts, apparaîtraient au détour d'une rue Arletty et les ménestrels en pourpoint ? Notre maîtresse nous avait assurées que Provins était le pays des roses, je cherchais les fleurs du regard et je n'en voyais aucune. Nous sommes entrées dans la cité médiévale. Nous étions toutes impressionnées par la ville et le chauffeur qui nous suivait avec ses lunettes miroir et une veste de skaï noir, on aurait dit un envoyé de Satan. Marie-Amélie s'est approchée de moi.

— Tu m'en veux ?

— Non, je t'en veux pas.

Elle m'a pris la main, nous avons visité les vieilles maisons, la tour César et des souterrains. Le chauffeur devait connaître les lieux, il nous a devancées pendant presque toute notre excursion. À un moment, il a enlevé ses lunettes et les maîtresses nous ont demandé de nous asseoir sur l'herbe face aux remparts crénelés. Les gros nuages blancs de l'Île-de-France défilaient à vitesse régulière au-dessus de nos têtes. Il me semblait qu'après un vaste tapis d'herbe ensoleillée, s'étalait un immense champ de roses. Nous avons fait la sieste, la plus petite d'entre nous, Corinne, s'est endormie sur son manteau en suçant son pouce. Je somnolais, des corneilles sillonnaient le ciel. Je devais poser pour ma mère, elle m'avait acheté un soutien-gorge, des bas à rayures pareils à ceux d'*Alice au pays des merveilles* et une couronne de mariée qu'elle avait payée très cher. Je n'avais aucune envie de porter la couronne de mariée. Les maîtresses nous ont emmenées dans une boutique de souvenirs, nous avons choisi des cartes postales. Nous les avons suivies, en titubant, un petit groupe de malignes faisaient les clowns, d'autres se sont mises à pleurer. Après la boutique nous sommes allées aux toilettes, nous avons beaucoup rigolé parce qu'il n'y avait plus de papier et que les maîtresses devaient sortir pour nous en ramener de je ne sais où. Plus loin après le portail, le car nous attendait, portes ouvertes. Le chauffeur parlait avec les maîtresses, il fumait une cigarette jaune et avait mis sa veste de skaï sur son épaule, il nous a souri. Marie-Amélie trouvait qu'il faisait Mike Brant. Les maîtresses nous ont regroupées, elles nous ont comptées et nous avons rejoint le car en silence. Je me suis assise, la tête collée à la vitre. Marie-Amélie a tenu à se mettre à côté de moi. L'ombre de la muraille s'est allongée. L'idée m'est venue d'écrire à papa pour lui dire merci pour la colombe mais j'avais peur que quelqu'un vienne me voler ma découverte sur l'au-delà et l'invisibilité. Les portes du car se sont refermées. La vue de la muraille toute grise m'a durci le ventre comme un poing.

Après le dîner, composé de boulettes de viande et de galettes de maïs, je suis restée devant ma carte postale de Provins et mes Crayola, indécise. Mamie attendait assise dans son fauteuil crapaud que je finisse de dessiner pour ranger la table de jeu sous son lit. J'avais envie d'écrire une lettre, mais je ne savais pas bien les mots, aussi je devais recopier ceux qu'on me donnait mais qui pourrait m'écrire ces mots ? J'ai pensé à l'amie de papa, la jeune fille au blouson de cuir noir, elle pourrait fouiller dans les affaires de papa et tomber sur ma carte postale. Papa devait être avec elle à cette heure de la nuit, au café couleur du temps, sur le pont d'un bateau. Mamie a pris la carte de Provins pour la ranger dans la boîte à gâteaux Pleyben et m'a dressé mon lit de camp.

Mamie me trouvait pâle et Irène aussi, j'avais des cernes bleu foncé. Irène avait téléphoné à Mamie en lui disant qu'elle pouvait aller faire des courses à la Vie Claire pour moi, qu'elle la rembourserait de ses frais. À la Vie Claire, alors que nous achetions des pâtes d'amandes et des mueslis, Mady est arrivée, elle avait fait mettre son pain bis de côté. Elle trouvait aussi que j'avais très mauvaise mine. Mady pourrait m'aider à écrire la carte postale pour papa, ne l'avait-elle pas défendu le jour où Irène l'avait chassée de la voiture ? Mais je ne me sentais pas le courage de le lui demander, j'avais peur que Mamie cafte, peur enfin de cette situation sans issue dans laquelle je m'enfonçais.

Ce soir-là, j'ai traversé la cour avec des papillotes plein la tête. Dans l'ascenseur notre voisin de palier s'est collé à moi. La porte était ouverte, je suis entrée, Irène était sur son lit à fumer de la marijuana, son Nikon autour du cou, les seins à moitié sortis de son déshabillé. Devant les fenêtres obstruées de tissus noir et or, elle avait accroché des ballons qu'elle avait dû acheter chez le marchand de journaux en face de l'école. Elle avait recouvert une de ses chaises d'une peau de panthère comme un trône.

— Reste pas comme ça devant mon lit à poireauter… va te préparer… Je vais t'enlever tes papillotes, j'espère que Mamie ne les a pas trop serrées sinon ça va être trop bouclé.

— Non, je préfère les enlever moi-même.

— Mais est-ce que tu sauras faire, je ne crois pas…

— Si, je sais enlever les papillotes toute seule !

— Après si tu le fais mal ça va être raté, c'est dommage.

— Non, laisse-moi.

— Tu es têtue.

Je ne voulais pas qu'elle me touche. Dans la salle de bain, les fenêtres étaient ouvertes sur le cimetière, les tombes luisaient, il y avait du brouillard, on ne voyait plus le rocher du zoo de Vincennes ni même les enseignes lumineuses. Je me suis foutue à poil, je me suis allègrement tartiné le corps, le visage de Pan-Cake, ça avait une odeur de craie mouillée. La baignoire était sale, des algues bienfaitrices flottaient encore à la surface de l'eau. La plante tropicale, un cadeau de Pinsson, avait grandi. Dans un coin, au-dessus d'un panier de linge explosé d'où sortaient des bas, des culottes et des dentelles, elle avait posé mon bâton de majorette à bout fluorescent et mon éléphant multicolore. J'avais un gros ventre plein du dîner, il ne me plaisait pas du tout. J'ai enlevé mes papillotes, mes cheveux étaient trop frisés, on aurait dit une négresse blanche à grosses joues. Je me suis inspectée dans le miroir avec le rouge baiser et le fard aux yeux, je ressemblais à un monstre de foire.

— Tu es prête ?

— Je peux pas poser, j'ai un trop gros ventre.

— Qu'est-ce que tu dis comme bêtises encore ?

Elle est entrée, ses lunettes grossissantes au bout du nez, elle m'a scrutée de pied en cap.

— Ah, c'est très joli, le ventre un peu rond !

— Non c'est moche, j'aime pas !

— Ah non tu n'as pas le droit de me faire ça, qu'est-ce que tu veux que je te dise, c'est vrai qu'il est un peu gros mais on ne va pas tomber dans la déprime toutes les deux, on va faire avec. Cambre-toi pour voir… si tu trouves une idée, ça peut donner quelque chose, vas-y…

Je me suis cambrée fort et j'ai mis les mains au bord de mon sexe sans poils, j'ai fait la séductrice. Elle s'est extasiée, elle ne tenait plus en place alors j'ai pris un hortensia en plastique de cimetière qui traînait sous les pieds de la baignoire lion, je l'ai coincé entre mes jambes, comme si j'avais un minou hyperproéminent, une zézette ultra-gonflée.

— T'es une illuminée toi ! Tu sais quoi, le gros ventre, ça fait Cranach, celui qui peint les femmes avec un grand front que tu aimes bien.

Je me suis avancée la fleur coincée entre les jambes jusqu'aux fenêtres obstruées. Je me suis vue dans les miroirs, en face de moi, au-dessus de son lit, je ne m'aimais pas. Irène ne voulait pas que je mette le soutien-gorge mais que je reste toute nue avec les bas d'Alice. J'ai enfilé les bas et mis les chaussures à pois de Pinsson.

— Pas mal, tu sais y faire toi quand tu veux !

Elle est allée farfouiller au fond de sa penderie, elle en a extirpé deux parapluies noirs.

— Si tu en tiens un dans chaque main ça fera très demoiselle de Cherbourg.

— Les parapluies, je veux bien.

Elle est retournée farfouiller dans ses trésors au fond de la penderie, elle s'est penchée la tête dedans, je ne voyais plus que son cul, elle était à poil sous son déshabillé, j'entendais un bruit de plastique enfoui dans un autre sac plastique. Elle est revenue vers moi, une couronne de mariée 1900 dans les mains. J'ai jeté la couronne par terre. J'ai senti que si je jouais à la mariée avec elle, plus personne ne voudrait m'épouser plus tard.

— J'ai pas envie !

— Tu n'es qu'une petite fille agressive !

Elle a ramassé la couronne, elle l'a faite jolie, elle l'a posée sur une tête en cire qu'elle appelait « le narrateur chauve ».

Je me suis délicatement assise sur son trône pour ne pas froisser ni arracher son décor qui tenait avec quelques épingles, un parapluie dans chaque main.

— Allez vas-y photographie !

— Ne sois pas impatiente, on dirait Attila !

Elle a armé son appareil photo. Je voyais mon visage en réflexion dans le miroir derrière elle. Je me suis concentrée, les yeux bien ouverts et j'ai remarqué avec délice qu'en gardant mes yeux ouverts très longtemps sans cligner des paupières, mon reflet s'estompait.

— Fais Cranach, cambré le buste, très cambré ! et les yeux de minou allez miaou ! Montre ton sexe, la séductrice la grande amoureuse, la tête bien en arrière !

Après la séance je devais me démaquiller, me laver, et me coiffer avant de redescendre chez Mamie « toute clean ». Irène m'avait fait couler un bain moussant aux algues marines. De chaque côté de la baignoire se trouvaient deux gros coquillages, des conques nacrées, en les mettant sur mes oreilles j'entendais le bruit des vagues et je restais dans l'eau qui sentait l'océan jusqu'à ce que le bout de mes doigts devienne tout fripé. En faisant la planche, les yeux fermés, je sentais la présence de mon père. Irène collectionnait les sulfures et les ouvrages sur Satan. Ce soir-là tandis que je m'épongeais le corps, j'ai vu posé sous les fenêtres donnant sur le cimetière un livre de dessins ouvert sur un plateau d'argent ; une femme aux pattes d'araignée, son corps renversé en arrière, offert en sacrifice ne souffrait plus, elle s'était évanouie la tête dans son aisselle, les cheveux en bataille sur son visage.

Irène tapie dans l'ombre me couvait du regard.

— Les Hollandais m'ont acheté des photos et avec les sous on va partir pour Londres. On ira dans un grand magasin où toutes les pop stars vont s'habiller. Il paraît qu'ils ont plein de robes moulantes pour petites filles…

— Et l'école ?

— On s'en fout, Londres ça vaut mieux que l'école, crois-moi !

Mady nous avait invitées Irène et moi à prendre le thé, il faisait chaud chez elle, elle était frileuse et mettait des radiateurs d'appoint. Je n'osais toujours pas lui demander de m'aider pour la carte postale de papa. J'ai tout de même dit très fort :

— Quand est-ce que papa viendra ?

Il y a eu un silence. J'ai regretté d'avoir parlé, mes mots pourraient altérer les pouvoirs secrets de la colombe.

— Il faut que tu oublies ton père, d'ailleurs il est parti en Allemagne !

Mady m'a tendu une tartelette au citron, on aurait dit qu'elle était faite avec du lemon curd.

— Mady, s'il te plaît ne lui donne pas de sucré, elle va grossir…

— Allez, je veux de la tartelette putain, tu fais chier à la fin !

— Elle est grossière ta fille… ça te rend très vilaine les gros mots, Eva.

J'ai pris la tartelette, j'avais l'impression de la voler.

— Bibou tu n'en fais qu'à ta tête comme toujours. Ton ventre va grossir, tu le regretteras et tu vas me le reprocher en plus !

Je suis allée m'étendre sur l'épaisse moquette dans l'entrée. J'ai entamé la tartelette, j'avais du mal à avaler, ça ne passait pas. J'ai frotté mes talons sur la moquette, je savais qu'en continuant de la sorte, j'aurais des cloques aux pieds. Le bruit de ma mastication et des frottements m'empêchait d'entendre ce qu'elles se disaient. Tout d'un coup l'ombre de Mady s'est découpée sur le mur.

— Je ne sais pas si André reviendra, il est en Sologne, je n'ai pas de ses nouvelles, il ne reviendra peut-être plus… plus jamais.

André, le type de Mady, l'avait plaquée. Au plafond, une forte ampoule prisonnière d'une boule de papier de riz m'a inquiétée, son voltage allait en augmentant.

V

Montparnasse

J'avais six ans et demi et Liliane n'en avait pas vingt-deux, elle était rousse et opulente, son corps laiteux était parsemé de milliers de taches de rousseur. Nue sur son lit, elle brossait sa chevelure abondante, elle avait de grosses touffes de poils d'un roux plus sombre encore sous les bras. À ses pieds étaient posées plusieurs éditions de *La Cause du peuple* et des copies d'étudiante doubles pages écrites à la main en chinois. Irène m'avait dit que Liliane économisait depuis des mois pour aller visiter la Chine dont elle rêvait par-dessus tout et que pour rien au monde elle n'aurait même l'idée de se faire entretenir par un mec. Elle posait pour Irène et faisait la pionne dans un lycée pour se payer son voyage. Au-dessus de son lit étaient punaisés le *Petit Livre rouge* de Mao Zedong, quelques éventails, un châle et des cartes postales couleur sépia de femmes 1900, des femmes lascives dans des salons, des baigneuses au bord de l'eau avec des bas à rayures.

Il faisait frais dans sa chambre à cause du linoléum 1930. Les fenêtres ouvertes donnaient sur une cour entourée d'immeubles en brique rouge. Tandis que Liliane s'habillait d'une robe en velours violet, Irène marchait lentement, des bâtonnets d'encens allumés dans les mains, elle agitait ses bras de haut en bas comme une hôtesse de l'air au départ d'un avion, ce qui faisait hurler de rire Liliane qui se raclait le gosier.

— Écoutez-moi, écoutez-moi donc ! dit-elle d'un ton lyrique et psalmodié, un petit livre à la main, posant devant la cheminée.

En cette chambre où meurt un souvenir d'aveux,
L'odeur de nos jasmins d'hier s'est égarée…
Pour toi seule je me suis vêtue et parée,
Et pour toi seule j'ai dénoué mes cheveux.

J'ai choisi des joyaux… Ont-ils l'heur de te plaire ?
Dans mon cœur anxieux quelque chose s'est tu…
Comment t'apparaîtrai-je et que me diras-tu,
Amie, en franchissant mon seuil crépusculaire ?

Des violettes et des algues vont pleuvoir
À travers le vitrail violet et vert tendre…
Je savoure l'angoisse idéale d'attendre
Le bonheur qui ne vient qu'à l'approche du soir.

En silence, j'attends l'heure que j'ai rêvée…
La nuit passe traînant son manteau sombre et clair…
Mon âme illimitée est éparse dans l'air…
Il fait tiède et voici : la lune s'est levée.

Liliane a fini le poème, les mains jointes, les yeux au ciel.

— Renée Vivien ! Tiens c'est pour toi – elle a filé le petit livre bleu à Irène –, c'est baroque et morbidum, cadeau chérie !

Elle est venue vers moi, j'étais assise sur sa cape de velours noir.

— C'était une gouine romantique et alcoolique, elle haïssait les hommes et un jour elle a arrêté de se nourrir pour mourir très jeune… un bouquet de violettttes dans ses tendrrres mains blanches, ah… !

Liliane a guetté ma réaction mais je n'en ai eu aucune. Elle a enfilé ses chaussures en prenant des airs de femme des rues abattue, elle jouait à Fréhel toute camée qu'elle était à la fin de sa vie, elle connaissait son répertoire par cœur, elle collectionnait ses vinyles. À la fenêtre, le soleil rasant brillait comme une fine lame au sommet des immeubles de brique rouge, le fond de l'air sentait l'été brûlant, et pourtant il était encore bien loin. Dans la cour sous un massif de lauriers, s'étaient tapis une chatte blanche et sa portée de chatons, ils miaulaient doucement, elle les lavait à grands coups de langue. Nous avons remonté la rue Taine toutes les trois en direction de la voiture.

Le Select est bondé et agité d'une rumeur, tout le monde parle d'un homme avec un monocle qui promène une panthère en laisse, il vient de passer devant le café juste avant que nous arrivions, la terrasse est encore en émoi. À la table derrière, Jean-Pierre Léaud est avec une jeune femme, on dit qu'elle s'appelle Maria Schneider, on les regarde, elle est très belle, d'une sensualité toute abandonnée. Derrière nous, une femme fardée aux sourcils épilés nous apprend qu'elle est une des « amazones » de Brigitte Bardot, une de ses petites protégées. Nous aussi on nous regarde, une femme qui je crois est Sapho ne nous a pas lâchées du regard depuis notre arrivée. La mode est passée des dentelles blanches hippies au style veuve de guerre qui fait des ravages. En terrasse beaucoup de femmes sont à demi nues sous des robes noires transparentes, une d'entre elles porte une veste militaire, les gens sont fascinés par tous ces changements. Le soleil devient rasant au-dessus de la Coupole, les lames de soleil me poursuivent au sommet des tours et des immeubles de Paris. De belles voitures s'entassent devant le Select, à cette heure, il y a plus de monde ici qu'en face, à la Coupole. Maria Schneider se fait photographier, on invente que Marlon Brando doit peut-être la rejoindre. Liliane voudrait le voir, c'est une star américaine. Quelques tables plus loin, il y a des hommes en costume cravate – des *mektoubs*, comme les appelle Liliane –, ils jettent vers nous des coups d'œil amusés, Liliane nous apprend que l'un d'eux est Christian de La Mazière, un ancien SS, un mec bizarre qui drague éhontément les filles chez Régine. Un type s'est installé à notre table, il s'appelle Pierre, il porte une veste tachée, il est pieds nus dans ses mocassins à glands, je n'ai pas bien compris s'il était directeur de théâtre ou metteur en scène de cinéma, ma mère semble le connaître, il nous invite à dîner à la campagne au-dessus de Garches.

La maison est sublime, on dirait une villa italienne. Il y a un bois et des tas de gens que je ne connais pas, Maria est venue, on attend toujours Marlon. Ma mère a ôté son manteau, elle est presque nue sous sa robe, au loin une jeune femme joue de la harpe. Je vais au bout de la propriété, devant le bois sombre. Un garçon à peine plus grand que moi habillé de lin blanc et d'une cape joue tout seul avec une épée. À cette heure du soir, il devient phosphorescent. Je suis attirée par le bois, je sens une présence, j'ai l'impression que mon père est caché à l'intérieur, je ne peux pas le voir, pourtant il m'accompagne. Je m'allonge dans l'herbe verte, abandonnée, Liliane vient me chercher, elle a les mains si fraîches, elle me serre dans ses bras, je sens son odeur d'ambre musqué.

— Ça va, avec ta mère ?

— Oui…

— S'il y a des choses qui te tracassent, tu peux me le dire, hein tu sais ça ?

— D'accord…

Je n'ai pas osé parler à Liliane, comme si j'étais très fatiguée ou qu'on m'avait droguée.

Elle m'a entraînée vers la maison et nous avons fait des passes de rock'n'roll sur le gazon. Les invités qui avaient bu du punch se sont mis à danser eux aussi. Irène était au milieu d'un groupe, ils parlaient politique, elle n'y comprenait rien, elle qui n'a jamais su le nom d'un ministre ou d'un président. Pierre m'a fait signe de venir, le petit garçon était près de lui.

— Eva tu vas jouer avec Paul.

— Papa vous ne pouvez pas m'obliger à jouer avec Eva.

— Faites ce que je vous dis…

Paul était très snob, son père m'a prise par la main.

— Va donc dans la cuisine rejoindre ta maman.

La cuisine était très grande, ma mère, Liliane et deux femmes en short terminaient de préparer un plat de pâtes au prosciutto. Sapho me regardait tout en me souriant. Liliane hurlait que des actrices pornos italiennes s'étaient introduites dans la propriété, elle trouvait tout dément.

— Finis tes pâtes et va jouer avec Paul.

Je ne voulais pas jouer avec ce Paul, ma mère m'avait dit que c'était un petit garçon « précieux et délicat », ses parents ne l'envoyaient pas à l'école, un précepteur venait lui donner des leçons à la maison. Elle adorait que les enfants soient « précieux, délicats, innocents », qu'ils puissent « l'affoler sexuellement et se faire kidnapper ».

La chambre de Paul était tendue de tissus bleus, les fenêtres en forme d'œil-de-bœuf donnaient sur des branches d'un arbre qui auraient pu les briser. Des étagères débordaient de jouets, soldats, peluches, petites voitures, Lego et jeux de société dont j'avais entendu parler comme les petits chevaux, le Monopoly, le Risk, le Cluedo, les boîtes en carton empilées les unes par-dessus les autres, déformées aux encoignures, scotchées et rescotchées par toute la famille. C'était ma première nuit dans une chambre d'enfant, une impression étrange pour moi qui n'avais nulle part où me cacher. Paul jouait par terre, il parlait doucement à des soldats qu'il faisait avancer vers une embuscade. Une femme est entrée et m'a mise au lit, avant de partir elle a pris soin d'allumer une lanterne ornée de plaques de verre peintes, lentement elle s'est mise à tourner sur elle-même, un chevalier sur son destrier semblait sortir d'une forêt pour poursuivre une femme, des chevaliers sur leurs destriers ont parcouru le plafond, ils sont sortis de derrière l'armoire, ils ont glissé sur mon lit, de plus en plus vite. Les rideaux fermés m'ont paru hostiles.

Le lendemain nous avons tous déjeuné au bord d'un large sentier dans la forêt. Le plat principal était du gigot d'agneau à l'os, servi avec des haricots blancs, un plat de bourgeois. Paul mangeait le nez dans son assiette.

— Tu sais lire Paul ?

— Oui pourquoi ?

J'ai pris le sel Cérébos qui était sur la table, sur la boîte bleue, un petit garçon mettait du sel sur la queue de l'oiseau pour mieux l'attraper.

— Tu lis quoi ?

— Sel.

— Et là c'est quoi ?

J'ai désigné la lettre S avec mon index. Paul est resté silencieux.

— Il ne sait pas lire, c'est pas vrai.

Sa mère m'a violemment pris le sel des mains.

— Il ne sait pas encore bien prononcer les lettres, c'est tout.

Sur le chemin du retour Irène est tombée dans un fossé avec la Volkswagen, et Liliane a eu une crise de rire. Ma mère s'est pissée dessus. On a fini par toutes sortir de la chignole. Deux types du coin sont passés par là, ils lui ont redressé la voiture, ils ont dit « Hop les gonzesses, c'est reparti ! »

À force de supplications et de génuflexions, Irène avait fini par accepter que je retourne à la danse. Je n'en pouvais plus d'errer autour du bassin à nénuphars ou dans la cour interdite. Lili avait été très méchante avec moi, elle m'avait mis le nez dans de la merde de chien, je n'avais plus le courage de me battre avec elle. Ce soir-là, j'attendais avec mon sac de danse et mes nouvelles pointes qu'Irène rentre du pressing pour m'emmener au cours. La porte d'entrée était grande ouverte, j'ai senti la silhouette du voisin, je n'osais pas tourner mon visage vers lui, je savais qu'il me détaillait du regard, j'ai fait comme s'il n'existait pas, au bout d'un moment pénible il est rentré dans son appartement. J'ai longtemps attendu Irène qui a fini par arriver, elle a traversé le rideau de perles qui sépare l'entrée du salon blanc et s'est jetée de tout son long par terre.

Je me suis tenue à distance, elle semblait souffrir.

— Pinsson m'a quittée pour Fédora figure-toi !...

Je ne savais pas quoi dire, j'étais secrètement contente que leur relation se termine.

— Elle a piqué le téléphone de Pinsson dans mon carnet d'adresses... comme je lui ai dit qu'il avait du fric et qu'il m'aidait elle est allée poser pour lui, ils habitent ensemble, elle lui fait même à bouffer...

Elle se tordait les lèvres, j'ai vu qu'elle avait des trous au fond de la bouche et de la chair rose sur l'os. J'ai détourné le regard tant elle me dégoûtait.

— On doit continuer à faire des photos, on ne doit pas se laisser abattre par ce con !

Je me suis levée, je pense qu'elle avait dû boire un truc fort au PMU, elle sentait l'alcool. Je savais qu'on n'irait plus nulle part, alors je l'ai questionnée d'un air innocent.

— On va au cours, Irène ?

Son corps est devenu encore plus hostile, elle a gigoté, elle s'est redressée, tant bien que mal, la jupe remontée.

— Non, non on ne va pas au cours, ah ça non ! j'ai plus la force et j'ai plus un rond, je croyais qu'il allait m'en donner... c'est terrible... Je ne sais pas ce qu'on va devenir... En attendant, je vais vendre les deux vases Ming de Margareth, pourquoi tu me regardes comme ça ?

— Pour rien.

VI

Londres

Le ferry s'avançait vers nous tel un monstre marin déchirant les flots gris. On ne distinguait rien à l'horizon et il pleuvait de grosses gouttes froides dans mon cou. Je n'avais pas vu mon père pour Noël, je ne lui avais pas envoyé la carte postale de Provins avec la tour César, les souterrains et les remparts. Irène avait emporté deux valises qu'on remplirait de vêtements de toutes sortes une fois arrivées à Londres. Entre nous et le ferry, c'était de la purée de pois. Irène fumait un gros joint, elle planait, la tête à moitié dans l'autre monde. Un rat est passé près d'elle, elle ne l'a même pas vu. J'aurais pu lui faire les poches, elle ne s'en serait pas aperçue. La dernière fois, avec son pognon j'avais acheté à Marie-Amélie un bout de miroir ayant appartenu à Marilyn Monroe qu'elle s'était procuré par une connaissance et aussi des vêtements pour mes Barbie au magasin de jouets de l'avenue Daumesnil. J'avais même parié aux courses avec une vieille et j'avais perdu. Irène ne savait pas que je piquais dans son sac mais elle ne me donnait pas d'argent alors je n'avais aucun scrupule. J'aurais voulu l'empoisonner pour qu'elle crève, on ne met pas les enfants en prison. Je savais bien que c'était une détraquée, mais là je m'en foutais, je voulais juste aller à Londres et profiter un peu ; voir Portobello Road, Big Ben, Piccadilly Circus, et le palais de la reine d'Angleterre, m'acheter des vêtements chez Biba et écouter David Bowie.

Des hommes en manteau gris, en imperméable, chapeau sur la tête sont sortis du ferry, parmi eux j'ai cru voir papa, mais la Bretagne, c'est un peu plus bas. Là c'était Calais, pas Lorient !

Je lui ai poussé sa Samsonite, elle n'y arrivait pas.

— Où tu vas, folle ?

— Grouille, j'ai froid.

— Tu vas tomber dans l'eau !

— Fous-moi la paix, avance !

Le ferry était glacé, les Anglais bien roses et même bien violets. Il y avait deux vieilles dames à couleur unique, une tout en bleu et l'autre tout en jaune. Des twin sisters. On s'est marrées, c'est des copines à Diane Arbus a dit Irène. Ça sentait le kérosène. Sous les néons blêmes du bar, un serveur habillé de rouge avec un calot de la même couleur attendait qu'on vienne lui acheter du thé, des hot dogs, des sandwichs, des chips, du whisky, des muffins et toutes sortes de cigarettes et d'appetizers.

Le ferry s'est mis en route dans un grand bruit, le sol a vibré et l'odeur d'essence a pris le dessus. Irène s'est allongée sur un banc en bois, le nez dans une écharpe qu'elle avait parfumé de *Je reviens* de chez Worth. J'ai regardé la mer houleuse à travers les hublots, ça puait, j'avais mal au cœur mais je n'ai pas vomi ; Irène transpirait, elle était bien jaune. Je reluquais le serveur, lui aussi pensait comme moi qu'elle était difficile. Difficile pour un homme de coucher avec elle. Qui a envie de coucher avec un cauchemar à part Boris Karloff ? Je me disais que je n'en serais jamais débarrassée. Ces derniers temps avaient été très pénibles, Pinsson ne la prenait même plus en ligne, elle restait chez elle toute la journée en chemise de nuit. Un jour j'étais montée pour prendre un bain, elle m'avait reparlé de son arrivée en France à seize ans cachée dans une malle dans un train traversant l'Europe. À chaque fois qu'elle m'en parlait, j'avais l'impression d'un tour de prestidigitation. Je me figurais deux grandes malles dans la nuit noire, avec des doubles-fonds, une pour Mamie, une pour elle. Puis elle s'était mise à me parler du sirop Pam Pam et des Champs-Élysées. À son arrivée à Paris elle se déguisait soi-disant en gitane pour faire les lignes de la main au Fouquet's ou ailleurs. Finalement Margareth avait envoyé de l'argent, c'est comme ça qu'elles ont pu se prendre l'appartement de Pigalle. Elle parlait de façon décousue et comme une somnambule, parfois on ne savait pas où ça commençait ni quand ça s'arrêtait. Je ne sais plus moi-même si c'était dans la cuisine ou sur le boulevard de ceinture, en revenant de Saint-Germain en Volkswagen ou à la sortie d'un cinéma.

— Tu l'as connu ton père ?

— Un peu.

— Il est venu te voir à Paris après tes seize ans ?

— Oui, il est venu me voir du temps de Pigalle.

— Il faisait quoi ?

— Avant la guerre il était violoniste classique dans un orchestre et après il a travaillé dans le diamant, il faisait des transactions.

— C'est quoi des transactions ?

— Il négociait des pierres précieuses, il faisait le trajet Anvers-Paris, Paris-Anvers. Anvers c'est la ville des diamantaires, là-bas c'est la Bourse des diamants !

— Des diamants ?!!!

— Bah oui… un jour, je te raconterai comment on a perdu la maison de Joinville-le-Pont… comme ça, tchack !

Son arrivée à Paris, j'y pensais, sûrement à cause de notre départ pour Londres. Il faudrait que je lui demande ce qui s'était passé avec la maison de Joinville-le-Pont, comment elles l'avaient perdue. Je la regardais pioncer sur le banc en bois, au milieu du ferry, elle ne devait pas faire que des strip-teases à Pigalle, peut-être qu'elle tapinait. Je me suis approchée d'elle pour lui faire son sac, j'ai pris un billet de cinquante francs. Un vieux monsieur m'a fait un clin d'œil, il n'avait pas plus de dents devant que ma mère au fond sa bouche. J'ai été acheter un paquet de Player's puis je suis montée sur le pont du ferry, la terre n'était plus visible de nulle part, le gris du ciel se mélangeait à celui de la mer, il y avait de l'électricité dans l'air, des veines lumineuses ont déchiré le gris, c'était merveilleux.

À Douvres on a pris le train dans une station gelée, elle sentait très fort l'essence, à croire qu'ils avaient tout arrosé. L'Angleterre, j'avais le sentiment que c'était le pays des espions. Dans le train, les gens avaient des teints comme au musée Grévin et des habits très fleuris ou très rayés ou très longs ou très courts et des grandes dents. Les femmes étaient très coiffées et certains hommes avaient des chapeaux melons. Arrivée à la Waterloo Station, si bruyante, j'ai pensé à papa et puis je me suis dit qu'il fallait que je l'oublie un peu, et que je m'occupe de moi.

Derrière des rideaux, un voilage et un double vitrage, le taxi noir qui nous avait emmenées s'éloignait. Elle s'est couchée, j'ai ouvert le minibar plein de mignonnettes et je me suis allumé une cigarette Player's, c'est Lili qui m'avait appris à fumer !

Je suis sortie de la chambre et j'ai calé la porte avec une serviette de bain. Je me suis promenée dans le couloir de l'hôtel en crapotant, j'adorais les hôtels, j'aurais voulu y vivre. Les hôtels c'était le grand monde, la liberté, la grande vie ! La moquette était démente. Il y avait des salles et des salons. Je pensais au shopping qu'on ferait dès le lendemain. J'avais vu dans un *Vogue* anglais des mannequins dans des vêtements de chez Biba. L'une d'entre elles portait un manteau maxi, dans des couleurs moka, à motifs art-déco, de gros chevrons sur des lunes. Ses manches étaient pagodes, ses poches très larges et un peu basses, elles donnaient au manteau un côté gavroche. Le col était montant derrière la nuque, il se rabattait sous la poitrine et la dépassait par sa pointe, comme l'aurait fait un col napoléonien. Le décolleté était très échancré, provocant, glam rock. Quant à ses gros boutons, ils lui apportaient une touche colombine, qui n'était pas sans me faire penser aux tenues des actrices des films muets de Griffith que j'avais vus à l'Action Christine à Saint-Germain-des-Prés. Le manteau était cintré par une large ceinture souple du même tissu. Ses manches et son col étaient bordés de fausse fourrure, je n'en avais jamais encore vu de cette sorte. Un autre mannequin portait une robe à très grosses rayures, marron et beige, à manches gigots, un peu froncée sur les épaules et très cintrée à la taille, d'allure fin de siècle. La manche se finissait en pointe gothique sur la main. Le bas de la robe de forme tulipe s'arrêtait sous le genou. De larges rayures lui donnaient un esprit pop, rétro et cinétique. Un autre mannequin portait une robe fuseau moulante en paillettes, bustier, couleur bleu vert canard.

Je voulais au moins avoir un manteau maxi, et une robe moulante à paillettes. Ma mère ne connaissait pas vraiment les prix des vêtements, certains modèles étaient très chers, j'aurais forcément des robes mais je ne savais pas combien. Je voulais me faire des total looks, j'eus soudainement envie de vomir, les vêtements me revenaient en tête, comme un coucou dans une horloge cassée, il fallait que je m'habille. Cette envie de m'habiller m'avait fait passer des nuits blanches. J'avais envie de m'habiller, de m'habiller, de m'habiller. J'imaginais toutes sortes de vêtements qui se rapprocheraient le plus du style Biba et qui, peut-être, n'existaient même pas – cette absurdité m'a fait bien rire. D'autres rires m'ont ramenée à la réalité, ils venaient du hall de l'hôtel, je me suis approchée de la rambarde, dorée et brillante, tout aussi brillante et dorée que les portes des ascenseurs. Depuis le first floor j'ai vu une mère et ses deux filles, de dix et onze ans environ. Elles devaient revenir d'un restaurant et avoir couru les magasins dans l'après-midi, il était tard, elles étaient fatiguées, elles s'appuyaient de tout leur poids sur leur maman. Elles portaient des bottillons de cuir montants, des collants blancs et des pardessus de loden bleu faïence. Un nœud retenait leurs cheveux en queue-de-cheval. Il est important de bien détailler la manière dont on ne veut pas être habillé. Une voix d'homme les a appelées, elles ont disparu sous l'escalier et je suis retournée vers ma chambre. Je ne pensais plus à rien, j'ai écrasé ma cigarette dans un cendrier plein de sable. Je ne tenais plus sur mes jambes qui me tiraient tant je grandissais, je me suis jetée sur le lit, derrière la fenêtre je pouvais voir un bout de ciel étoilé et des nuages bas et translucides, ils allaient bien plus vite que la terre et partaient en fumée. J'ai fermé les yeux, et tout d'un coup une voix lointaine est venue pour me dire :

— Ce sont des filles à papa.

Le taxi ressemblait à un scarabée énorme et noir, le chauffeur conduisait à la place du mort, les voitures roulaient à gauche, tout était à l'envers. Les rues, pleines de monde, les Anglais, si exotiques, si conformistes, il m'a semblé que nous étions encore retenues quelque part dans les années 1950 et 1960 et que ce sortilège était bien plus vivace ici que chez nous. Nous sommes passées devant de larges bâtisses en brique rouge de style victorien, comme à San Francisco, et d'autres plus gothiques ou encore des maisons entourées de grilles imposantes enfermant un parc fleuri et si vert. Irène voulait en jeter plein la vue, elle s'était habillée d'une veste de renard bleu et d'un fourreau de satin noir. Elle m'avait mis la robe de dentelle blanche et les souliers rouges à pois blancs offerts par Pinsson, elle n'avait vu aucun inconvénient à ce que j'utilise son rouge à lèvres sang de bœuf pour me farder les lèvres. Elle avait pris son book en cuir. Nous avions rendez-vous chez un éditeur potentiel, il attendait ma venue et nous irions chez Biba après cette visite de la plus haute importance. Nous sommes arrivées sur une grande place entourée d'enseignes lumineuses, Coca-Cola, Guinness time, Skol, BP essence, Gordon's Gin, Martell, Cinzano the Bianco, montres Bulova, Dunlop, Wrigley's, Mon Chéri by Ferrero, Commercial union assurance, Woolite, Smoke Player's, Daiquiri. Des magasins partout, des néons et des néons et des Hindous, des femmes en sari. Air India. Kodak Color. Des bus à deux étages rouge tomate. Une place ronde, la foule, comme une grande vague humaine. Nous avons traversé Piccadilly Circus.

J'avais le sentiment d'être dans une orchidée sauvage en tissu, l'odeur de moisi était très forte et le jour avait du mal à percer à cause des voilages bouillonnés. La maison était poussiéreuse, sûrement à cause du nombre incalculable de livres qui s'y trouvaient. L'éditeur potentiel était obèse et habillé d'un costume trois-pièces à carreaux. Dès notre arrivée il nous avait montré une pile de livres qu'il avait édités, sur l'Art déco, l'Art nouveau, le cinéma d'horreur, l'architecture balnéaire, des animaux déguisés en humains et je ne sais quoi encore. Ses deux associés étaient penchés sur le book d'Irène, ils tournaient les pages tout en me regardant. Aux murs se trouvaient des planches d'entomologie, des boîtes de verre enfermant des insectes et des papillons, et sur les tables dans des cadres en argent, il y avait des photos de l'éditeur obèse avec toutes sortes de personnalités dans le vent. Un peu partout, beaucoup d'objets compliqués et rococos, des cornes d'éléphant, un serpent naturalisé, un hibou empaillé, un fennec, une panthère, un ours tendant un plateau où un gros flacon à liqueur violet était posé. La liqueur au parfum de violette se nommait « Parfait Amour ». L'obèse l'avait achetée à l'aéroport de Majorque, après avoir fait un séjour à Ibiza aux îles Baléares.

Irène buvait son thé. J'étais impressionnée.

— Do you like the pictures ? a dit Irène.

— Very much, very very original, and the little girl, very nice !

Je n'avais pas de mal à comprendre.

— The restroom ? a demandé Irène.

Une femme de chambre en charlotte blanche et robe à tablier a entraîné ma mère vers une pièce où se trouvait un bow-window et une verrière. La lumière du jardin donnait à cette pièce qui succédait à notre alcôve brun rouge noirâtre, un air spectral et bleu d'hôpital, d'asile ou de salle d'eau. La tuyauterie devait être plus compliquée que chez nous, j'entendais un liquide s'écouler un peu partout autour de moi, comme si nous étions dans le ventre d'un animal déglutissant. La femme de chambre a disparu avec ma mère derrière de lourds rideaux verts dans une galerie menant au bookstore, par là même où nous étions entrées, la librairie donnait sur une rue biscornue, Cecil Court.

Les deux associés se sont échappés dans la chambre spectrale, pour mieux observer la qualité et la teinte sépia ou noir et blanc des tirages. Je suis restée avec l'obèse. Il sentait bien mauvais.

— Oh dear dear, give me my glass…

— A glass for…

— Mon verre, s'il vous plaît, là le tout petite verre. Darling…

Il a désigné un recoin sombre derrière moi, je m'y suis aventurée. J'ai vu des cadres en argent avec des petites filles comme moi, elles dormaient allongées sur des sofas à moitié nues ou en costume 1900.

Certaines posaient avec des êtres étranges, de grands animaux en papier à tête de lune ou de lapin et une grosse souris de la taille d'un enfant.

— Mon petite verre de porto please please…

Sur un plateau d'argent se trouvait un petit verre de cristal de Bohême, rouge sang et blanc, il contenait le porto. Derrière, il y avait encore une photo, j'eus l'impression de me reconnaître, c'était une jeune mendiante vêtue de haillons blancs, son corps frêle et osseux était docilement appuyé contre un mur de vieilles pierres, elle me regardait, des pièces à la main. J'ai apporté le verre à l'éditeur obèse, lentement, je ne voulais surtout pas que le liquide se répande sur le sol. Je lui ai donné son verre, il m'a tenu la main pendant qu'il buvait, elle était visqueuse, il me scrutait, j'ai détourné le regard, le temps qu'il finisse son verre de porto par un rot gras qu'il a masqué d'une vilaine quinte de toux, c'est seulement après qu'il m'a lâché la main. Je suis retournée m'asseoir à ma place, je sentais qu'il observait mes souliers rouges à pois blancs avec la plus grande attention. Ses associés sont revenus dans la pièce et l'un d'eux qui avait de grandes rouflaquettes s'est penché vers moi :

— So, your mother tells us that you want to do some kind of shopping in London ?

— Yes, at Biba.

— You must go to Kings Road my dear, a dit l'obèse.

Ma mère est lentement revenue de son pipi. Au fond du couloir se trouvait un grand tableau, à la fois pompier et fantastique, représentant une femme à tête d'animal suspendue dans les airs. Dès qu'Irène nous a rejoints, l'éditeur obèse a demandé si nous souhaitions dîner le lendemain soir avec un de ses amis de la Chambre des lords et sa femme Oona absolument exquise, ils souhaitaient faire notre rencontre, ainsi qu'un vieil ami antiquaire, très influent dans le monde si fermé des galeries de la cité.

Un des associés, Oscar, s'est avancé vers Irène.

— I have tickets for the concert at the Royal Albert Hall tonight, they're playing Stravinsky, do you want to go with us – il s'est tourné vers moi – Eva, do you want to hear some classical music ?

— Oh yes !

Je me suis levée, je nous ai vues dans un miroir rond, déformant, ma mère et moi. Nous avions l'air d'avoir deux grosses tignasses blondes et crépues et de sortir tout droit d'un flacon d'éther. C'était un miroir de sorcière. L'éditeur obèse avait pour habitude d'en accrocher un peu partout pour mieux surveiller sa clientèle et éviter qu'on le vole. Il éclata d'un rire de souris qu'on coince dans une porte, tout en me regardant par en dessous.

Des plumes, de la panthère, des miroirs 1930, des miroirs noirs, des miroirs éléphants, des paravents, des niches égyptiennes avec des statues d'Isis puis d'Osiris, des tapis art-déco, des vases en opaline et miroirs, des bouillonnés, des franges, des rideaux de perles, du laqué noir et or, du mobilier panthère, des coussins ronds en lamé, du rétro façon Hollywood, partout. Je me serais crue dans l'appartement d'Irène, en plus clean. Le magasin Biba avait beau être dans l'air du temps et à l'avant-garde, il ne ressemblait en aucune manière à l'intérieur dans lequel elle me convoquait pour me dénuder, le sien était plus sale et bordélique.

Quelques jours après que Pinsson eut décidé de n'avoir plus qu'une intense relation « platonique » avec Irène, elle m'avait annoncé depuis le fond de sa penderie :

— Je suis une névrosée, et la névrose est une maladie terrible qui ne se soigne jamais, ahhh !

Je m'étais approchée de sa penderie. Au fond, parmi les dentelles et les ramassis de tissus anciens qui débordaient de partout, des yeux sans regard au milieu d'un visage couleur bistre brillaient dans l'ombre, terrifiés. Il m'avait semblé qu'ils se rétractaient en eux-mêmes, et qu'un voile laiteux se glissait sur leur globe comme une machine à qui on aurait donné un système de protection sophistiquée. Elle me regardait sans me voir, souvent elle me confondait avec elle-même.

En la voyant déambuler dans le rayon femme du magasin Biba, j'avais l'impression qu'elle était ivre, mais non, elle riait tout en ayant l'air de dire : « Ma fille, tout ça c'est du second degré ! » mais quel était au juste le premier degré ?

J'attendais qu'elle finisse de se trouver ses fringues pour aller au rayon enfant. Elle s'était dégoté tout un tas de trucs pour les photos, surtout un manteau maxi à chevrons, « un petit-gris » et une robe longue en crêpe, décolletée, « très Dietrich, très veuve de guerre » qu'elle voulait absolument mettre le soir même pour le concert au Royal Albert Hall avec Oscar.

La première chose que j'ai vue, alignés devant l'entrée du rayon, c'étaient des bottillons en plastique de toutes les couleurs avec des paillettes incrustées. J'ai pris dans mes bras les bottillons très Judy Garland dans *Le Magicien d'Oz* et je suis entrée en courant dans le département enfant. Il y avait, et ce n'était pas un mensonge mais la vérité, beaucoup de modèles extravagants pour femmes, mais en taille enfant. Des robes à paillettes, des bustiers de toutes sortes, des kimonos, des blousons de satin très rock, des robes à traîne et même un tailleur noir et argent de style « oraison funèbre ». Et, alignés en rang, sur des mannequins d'enfants maquillés, des boléros en cygne de toutes les couleurs. Du mauve, du vert pistache, du bleu pétrole, du rose poudré, du noir anthracite, du beige champagne, du rouge brique, du vert émeraude, du gris éléphant. Comme des poussins partout et en couleur. L'idée de devenir un poussin coloré en Angleterre me séduisit ! J'eus ce qu'on appelle « un coup de foudre immédiat » ! J'ai tendu la main vers le boléro rose pâle, mon préféré. Jamais de ma vie je n'avais touché une matière aussi douce, le vêtement était un petit animal fondant qui n'attendait plus que moi pour lui donner vie. Je l'ai pris dans mes bras, je l'ai blotti tout contre ma poitrine pour mieux le protéger et je me suis assise sur le pouf pour tous les contempler. Le vert pistache était suave. Le cognac trop vulgaire, le noir mortuaire, mais le rose, le rose avait à la fois un côté danseuse, layette, sweet sixteen.

Irène qui me suivait à distance avec ses lunettes sur le nez est immédiatement allée voir le prix des boléros de cygne.

— Han ! c'est dingue, le cygne c'est ce qu'il y a de plus cher dans tout le magasin, c'est normal, c'est si rare et c'est teint ! C'est trois fois plus cher que mon manteau de petit-gris, mais bon, si ça te fait plaisir… je croyais que tu voulais plusieurs tenues, réfléchis bien, ce serait con de faire n'importe quoi !

Je n'ai pas lâché le boléro, je suis allée voir la vitrine lumineuse. À l'intérieur se trouvaient enfermés des minaudières en lamé bleu grenat et or, des pochettes léopard, des sacs translucides, des boîtes à facettes en miroirs de couleur. Il y en avait aussi sur la vitrine, j'ai pris un sac à miroirs bleus (comme les colonnes dans les cafés, près des flippers et des juke-box).

Je me suis retournée. Des portants avec des combinaisons inspirées par David Bowie, en arc-en-ciel, en satin noir, en panthère. J'en ai attrapé une ainsi que des blousons assortis. Plus loin, sur un tourniquet, je voyais des robes longues, noires, crème ou lie-de-vin, avec un large revers en paillettes courant tout le long du corps tel un serpent.

— C'est trop beau, Irène viens voir, vite !!!

— J'arrive !

— Viens voir je te dis !

— Deux secondes, please !

— Viens !

Elle est arrivée les bras surchargés de vêtements qu'elle n'avait pas pu s'empêcher de choisir pour moi.

— Tu as le droit d'essayer ce que tu veux mais à ton tour tu m'essaieras quelques belles robes que j'ai vues et dans lesquelles, je suis sûre, tu seras somptueuse. On a dit qu'on prenait autant d'affaires pour toi que pour moi, Bibou.

— Regarde les robes maxi, il y en a partout, c'est dingue !

— C'est normal, les gens s'habillent en long le soir en Angleterre, c'est la tradition, par exemple on ne va pas au Royal Albert Hall en jean.

— Je n'ai pas de jean.

— Justement, tu vois, ça ne sert plus à rien.

En fouillant dans les robes maxi, je suis tombée sur une robe dos nu, en satin crème. J'avais vu Lana Turner dans une robe de ce genre dans *Le facteur sonne toujours deux fois.* Je ne pensais pas que ça puisse exister pour moi, une tenue pareille. J'ai fait le rapprochement entre le film et moi, j'ai eu un coup de chaud, j'ai poussé un cri de désespoir, je me suis caché le visage avec les mains pour ne plus voir les vêtements, tous les vêtements que j'avais choisis se sont éparpillés par terre. Irène avait fait aussi des tas un peu partout, des tas comme des trous de taupe, parce qu'elle n'arrivait pas à transporter tout à la fois. Des vendeuses ont fini par venir vers nous en nous regardant sévèrement.

— Vous ne pouvez pas essayer plus de huit pièces en même temps.

Au bout d'échanges complexes, nous avons réussi à faire un choix dans lequel le boléro poussin rose layette était toujours le number one.

— Follow me, a dit la vendeuse.

Une grande salle rose pâle, des lumières roses moulées en arc de cercle, des psychés art-déco, des divans capitonnés en satin, des femmes, des adolescentes et des petites filles devant des coiffeuses, en chaussettes en bas en slip, en tenue Biba. Il y avait la queue pour avoir une psyché, aussi nous avons attendu sur un sofa capitonné. Une vendeuse anorexique à gros seins se déplaçait, un panier attaché à une sangle autour du cou et distribuait du jus de pomme. Elle portait un chapeau haut de forme et sous sa queue-de-pie en satin rose, un justaucorps bustier tout en paillettes.

— C'est fou, c'est la même fille qu'au Tabarin, il y en avait plein dans le cabaret, elles tournaient en rond, elles évoluaient avec leurs crinières jusqu'aux fesses, certaines d'entre elles montaient à cheval et se cambraient en arrière comme des cariatides, a dit Irène.

Si on voulait on pouvait carrément se reposer dans une restroom, plus loin. Des clientes y étaient allongées ou assises sur des sofas, en petite tenue dans des peignoirs prêtés par le magasin.

On se serait cru à l'infirmerie.

Une psyché s'est libérée. Nous avons enfin commencé les essayages. La robe dos nu et le boléro de cygne étaient ce qu'il y avait de plus beau, en même temps le boléro de cygne pouvait justement se porter sur un jean ou une petite robe en piqué blanc, il avait plusieurs qualités, il n'était pas exhibitionniste et m'as-tu-vu – comme la robe Lana Turner qui avait aussi ses qualités, en la mettant on se serait cru au bord d'une plage en technicolor, Californie, highway, Los Angeles !

Un piaillement terrible. Les femmes se sont mises à parler entre elles et se sont précipitées hors de la salle en courant, il y avait Cher à l'étage des produits alimentaires. Nous avons décidé, Irène et moi, de ne pas courir derrière la meute et de prendre tout notre temps pour essayer nos vêtements. Grâce à Cher nous avons lié conversation avec les femmes d'à côté, nous avons même réussi à leur extirper quelques bonnes adresses, dont celle de la boutique Paradise Garage, au 430 Kings Road.

— J'ai la dalle, il est trois heures, si on ne bouffe pas on va s'évanouir dans le magasin. J'achète la robe en panne de velours rose quoi qu'il advienne, tu prends quoi… décide-toi Eva.

J'ai montré tout ce que je voulais à Irène et c'était trop. Si je prenais le boléro je pouvais avoir la robe rose qu'elle voulait m'acheter d'office et c'était tout, alors tout compte fait, j'ai pris la robe dos nu Lana Turner, un sac miroir, un chapeau tambour, une combinaison David Bowie, les bottes de Judy et pas le boléro de cygne.

Le boléro valait paraît-il à lui seul tout ce qu'elle allait m'acheter.

J'avais pris de la gelée à la cerise en dessert, elle avait un goût de bonbon chimique, il y avait de la menthe à l'intérieur et je me suis dit que les Anglais aimaient bien les inclusions – comme les paillettes dans les bottes de Judy Garland. En face de moi, dans le box en moleskine blanc, se tenait une bande de teddy girls en blouson, elles poussaient des cris et sifflaient en regardant à la fenêtre. Certaines d'entre elles étaient à peine plus âgées que moi, une était tatouée et avait l'air drôlement arrogante. L'arrogance la rendait encore plus belle. Belle, sauvage et perdue. Elle portait des talons aiguilles très pointus sur des socquettes. Certaines avaient mis des chaînes de vélo autour du cou. Je n'avais jamais vu ça, j'avais l'impression qu'elles avaient cassé des vélos dans la rue, juste avant d'entrer, ou qu'elles allaient attaquer quelqu'un – ma mère peut-être. Trois jeunes rockers sont arrivés, elles ont sifflé, la tension était palpable, ils avaient des creep shoes et des bananes sur la tête faites avec de la bière et de la graisse, de longues vestes et des lavallières autour du cou, comme au Far West. Le plus petit devait avoir douze ans, il a dit « fuck you girls ! » Il est monté sur la banquette en moleskine blanche et leur a fait un sacré doigt d'honneur.

L'obèse avait raison. Kings Road, ça me plaisait plus que Biba, c'était beau et violent. Finalement Irène est allée payer, j'ai sorti le rouge baiser et je me suis maquillé les lèvres, les teddy girls m'ont toutes regardée. On devait marcher encore sur Kings Road, cette rue ça n'en finissait pas ou plutôt si, elle finissait par des hangars, un terrain vague, des garages, une station à essence et des pubs où je ne pourrais pas entrer, les pubs étant interdits aux enfants.

Demain je m'achèterais le boléro. Il y avait une connexion secrète entre le cygne et ma douleur, j'ai pensé à une cicatrice grande ouverte. Il fallait être folle pour penser que les cicatrices avaient des plumes !

Dans la rue, des bandes de filles déambulaient coiffées en choucroute, avec jupons en tulle. Elles insultaient d'autres filles, de l'autre côté du trottoir. Irène avait peur de se recevoir un coup sur la tête, on les a laissées passer devant, on s'est tenues à distance. Ça me faisait chier d'aller à l'Albert Hall avec elle écouter Stravinsky. J'aurais voulu rester à traîner jusqu'à la nuit noire sur Kings Road mais il fallait faire ce qu'Irène voulait. En attendant j'ai tenu à continuer jusqu'au bout de la rue et on a marché plus de deux heures avec tous nos paquets. Plus on s'enfonçait dans Kings Road, plus les rockers avaient l'air de clochards fous, les fenêtres étaient cassées et on entendait sortir des appartements des sons bien pourris de guitares, des hurlements et des injures.

Le soir, j'ai mis ma robe blanche et les talons aiguilles de teddy girl achetés au Paradise Garage. Irène transpirait dans sa robe Marlène, Oscar n'arrêtait pas de la regarder. À l'entracte, ils ont fumé des cigarettes sur une sorte d'esplanade en béton ultramoderne devant le Royal Albert Hall. Elle devait être platonique, elle ne l'approchait pas, elle le regardait bizarrement comme quand elle m'avait fait la momie au fond de son placard. Il y a eu une sonnerie, les hommes en smoking et les femmes en robe longue ont été rejoindre leurs places, nous aussi. Le concert était beau mais il ne m'a pas transportée, c'était juste une jolie chose lointaine. Je n'arrêtais pas de penser aux teddy girls avec leurs chaînes de vélo autour du cou. De retour à l'hôtel, Oscar a voulu boire du champagne avec Irène au bar. Ils m'ont encouragée à regagner ma chambre. Je voulais lui faire son sac mais elle l'avait sur elle. Aussi je me suis dessiné des yeux de biche et j'ai bu une mignonnette dans la clarté des rayons de la lune.

VII

Le matin, j'avais mal à la tête et elle aussi. On a pris un petit déjeuner continental avec du thé, elle commandait toujours cette formule. Elle a piqué tous les petits pots de marmelade qu'elle a mis dans sa Samsonite, elle a sorti les jumelles du Royal Albert Hall de son sac.

— Je les ai piquées, c'est pratique, comme ça, quand on sera dans la cuisine on pourra se regarder les tombes et le zoo de près, ça sera notre télévision.

— T'as fait quoi hier soir ?

— Rien du tout, c'est un pauvre type avec une perruque.

Elle est allée se préparer la première dans la salle de bain, et là j'ai pu tirer du fric dans son sac. J'ai vu son tube de somnifères, j'ai repensé à la mort.

Le jeune homme était allongé sur le lit, derrière lui la fenêtre était grande ouverte sur Londres, à ses pieds il y avait des lettres et un coffre ouvert d'où se déversaient d'autres lettres. Il était mort.

— Il s'est suicidé parce qu'il a reçu trop de factures, a dit Irène en rigolant.

— Il est mort parce qu'il a reçu une lettre d'amour qui lui a déchiré le cœur.

Elle est allée regarder la notice du tableau.

— *Mort de Chatterton*, un jeune poète, sans doute.

La Tate Gallery était immense et la lumière du matin absolument idéale pour regarder tranquillement la peinture anglaise. Je suis restée perplexe devant un tableau fantastique représentant un homme à tête d'âne, une femme l'embrassait, autour d'eux des elfes voletaient, c'étaient les mêmes que sur le tableau de l'obèse. Certains tableaux exprimaient le mal triomphant, j'ai trouvé les William Blake naïfs et pompiers et très mal peints, coloriages.

— C'est un sataniste.

— On ne dirait pas.

J'ai aussi découvert les Turner en vrai, c'était beau. La mer la nuit, les flots marins à l'aube, les batailles et les navires incendiés sombrant dans l'eau. En sortant de la Tate Gallery nous nous sommes acheté toutes sortes de cartes postales. Je n'ai pas pu m'empêcher de penser à papa, je voulais à nouveau lui écrire, le jeune homme mort avec toutes ses lettres dans ses mains, le jeune homme mort avait une veste bleu de Prusse, un bleu de Berlin, une veste allemande.

*

Le parc était vert et il y avait des ruines antiques à l'horizon. Des portiques décoratifs, idéals pour faire une halte dans la promenade. Irène s'est adossée contre une des colonnes, elle a sorti un stick de marijuana de son sac qu'elle a fumé en silence. Je me suis retournée, j'ai vu ses yeux, bridés par la drogue.

— Va jouer un peu, mais reste à vue.

Un peu plus loin, il y avait un parterre de roses. J'en ai arraché une ou deux, puis elle est arrivée.

— Fais-toi un bouquet.

J'avais déjà arraché beaucoup de roses quand soudain on a entendu des coups de sifflet. Un policier est arrivé en courant.

— C'est interdit de cueillir des fleurs !

— Excusez-la, c'est une enfant, elle ne sait pas ce qu'elle fait.

Je voulais répondre mais je me suis tue, une fois de plus.

Le policier s'est penché vers moi et m'a dit de ne pas recommencer.

Du coup, je lui ai offert mon bouquet de roses. On a quitté le jardin pour attraper un de ces gros taxis scarabées : « Biba please, you know the black house in Kensington ? »

J'avais le boléro de cygne rose poussin sur moi et Irène une veste en lurex et des affaires plein les bras. On se promenait dans les rayons de Biba, elle voulait s'acheter des tatanes à talons hauts en plexiglas, les mêmes pour elle et pour moi, avec un minipalmier flottant à l'intérieur.

— J'ai une idée, tu n'as qu'à mettre ton manteau par-dessus ton boléro de cygne et moi je mets le mien par-dessus ma veste et on sort comme ça...

— On les pique ?

— On les pique.

On s'est regardées interloquées, elle a mis son manteau et moi le mien. Personne ne faisait attention à nous, mis à part d'autres voleuses paranoïaques qui nous épiaient de derrière les portants. Dans la rue, personne ne nous a suivies, personne ne nous a arrêtées, c'était grisant. On a marché en silence sur Kensington Avenue, Irène a ouvert son gros sac en papier Biba, elle avait aussi piqué des robes. Je crois qu'elle était vraiment stoned. On est entrées dans un restaurant indien dont la façade était belle et décrépie. Elle a commandé un plat végétarien et moi du tandoori chicken et du riz. À part un serveur hindou tout squelettique avec un turban, la salle était vide. Elle a sorti son appareil photo, elle voulait me photographier.

— T'es qu'une voleuse Irène.

— C'est exceptionnel, j'ai vu des filles qui le faisaient devant moi et elles sont sorties comme ça, dans ces cas-là, il ne faut pas se gêner... c'est des grands magasins... ils en ont rien à foutre d'avoir une veste en plus ou en moins, mais il ne faut pas recommencer, c'est dangereux, si on se fait attraper on va nous ramener à la frontière et là ce serait très grave.

Elle voulait jeter un œil sur Carnaby Street. On est allées à Carnaby, en taxi noir. Tous ces taxis noirs, qu'on prenait les uns après les autres, me faisaient penser au taxi jaune dans lequel elle m'avait abandonnée aux docks de San Francisco et tout d'un coup, j'ai eu la trouille qu'elle recommence. Il n'y avait que des hippies et des vieux trucs poisseux à Carnaby, des jeans rapiécés, des robes en velours moche, genre tunique à la Janis Joplin, et des habits faits de drapeaux anglais, des merdes comme ça. C'était « has been », j'ai voulu retourner à Kings Road. On s'était mises d'accord que de toute façon quoi qu'il arrive, le lendemain, on irait encore chez Biba. On s'est refait depuis le début Kings Road, ça lui plaisait d'aller tout au bout, jusqu'aux hangars et le garage, là ou les gens hurlaient derrière les fenêtres des injures, ça faisait film d'horreur.

Elle m'a offert une paire de santiags hyperbiseautées, je ne savais pas marcher avec, on a repris Kings Road, mais en sens inverse. On a éclaté de rire parce qu'il y avait un film de Dracula en relief. Ça devait être une avant-première ou un truc comme ça, les gens faisaient la queue devant le cinéma, ils jouaient avec des lunettes 3D. Parmi eux, il y avait des rockers et des teddy girls en robe de nylon cloqué, la taille ultra-serrée. On a voulu y aller mais la séance était à guichets fermés. En repassant devant le Paradise Garage j'ai enfin lu correctement le slogan : « Too fast to live, too young to die. »

— C'est incroyable tout ce qu'on découvre chez les gens avec des jumelles.

Notre hôtel donnait sur un square, Irène espionnait les gens dans les maisons. Elle s'occupait enfin de voir les autres, ça l'avait sans doute décontractée de piquer et de marcher tous azimuts, d'un taxi l'autre.

— Oh ils sont tous nus, viens voir, c'est drôle !

Je suis allée à la fenêtre, il y avait effectivement des hommes à poil, des bières à la main, en train de beugler, de la buée sortait de leurs bouches, ils grelottaient dans la nuit. Les jumelles pesaient leur poids, c'était de l'acier peint en rouge avec le numéro du siège de l'Albert Hall. Je ne sais pourquoi, seul le square était fortement allumé et lorsqu'ils se sont mis à courir dans le halo de lumière, tout d'un coup la ville m'a paru irréelle.

Ce soir-là je n'avais pas mis mon boléro de cygne, mon premier vol dans un grand magasin, mais la robe Lana Turner blanche sous un manteau de mouton retourné gris à brandebourgs qu'Irène m'avait fait faire sur mesure chez le fourreur de la rue Taine.

Le concierge de l'hôtel nous a expliqué que les types avaient fait un pari, une histoire de foot entre les équipes de Manchester et de Leeds. Ensuite nous sommes parties en taxi pour nous rendre chez l'obèse, en longeant la Tamise, à cause des tableaux de batailles navales et des navires en feu, je m'imaginais Londres sous les bombes, des morts, des hommes blessés, des tirs, des casques à pointe, du bleu de Prusse partout et le Blitz.

L'éditeur obèse trônait devant des plats et des carafes de vin. Nous avions mangé de la viande salée, des petits pois jetés dans l'eau bouillante pour les garder bien verts, du mincemeat et des pies. L'éditeur n'arrêtait pas de lâcher des *damned* et de taper sur la table à chaque fois qu'il entamait un nouveau sujet de conversation. Il avait mis sa serviette en bavoir sur son col. Oona, la femme du lord, était ivre à se rouler par terre, elle n'avait mangé que quelques petits pois en buvant du champagne et riait tout le temps. Le lord grand et long portait des rouflaquettes bouclées, il a parlé de la Chambre des lords, je n'ai pas bien compris, il m'a semblé voir des rues étroites et longues, se prolongeant sur des enfilades de couloirs, les portes s'ouvraient et il y avait des hommes en livrée rouge et en perruque, ils me souriaient à contre-jour devant des fenêtres tendues de voilage. En fond, j'entendais un brouhaha de salles pleines de monde, sans doute le palais de la reine d'Angleterre. Après quelques *goddam* à l'adresse de l'obèse qui ont fait rire tout le monde, le lord nous a parlé de ses courses automobiles. Il nous a fait la liste des prochains rallyes puis il s'est adressé à moi, si courtoisement que j'avais l'impression qu'il parlait à une autre personne et je me suis retournée pour voir si c'était bien moi, ce qui évidemment a fait rire toute la tablée frénétiquement.

L'antiquaire avait vanté l'univers onirique de Leonor Fini et ses « mignons », ses chats qu'elle promenait dans une limousine et qui la suivaient partout.

Quant à Irène, qui détestait par-dessus tout Leonor Fini, qu'elle trouvait tocarde, elle nous avait raconté une histoire de femmes paparuda, mêlant rites agraires roumains et croyances païennes venues du fin fond des temps. Les femmes paparuda brodent des tissus et des rubans tout au long de l'année. Le jour de Pâques, elles se parent de leurs ornements et se rendent aux champs, pour invoquer la pluie. Elles chantent, dansent et se dénudent et puis elles frottent leur sexe contre la terre en invoquant le ciel et s'il se met à pleuvoir, alors tout le monde crie des hourras et leur jette des pièces ! Irène avait tout un stock d'histoires folkloriques, qu'elle sortait de temps en temps pour distraire son auditoire, au Mazet, au Select, à la Palette, à Londres ou ailleurs.

J'ai filé dans le couloir, pour mieux voir le tableau qui m'avait tant intriguée le jour de notre arrivée. Les elfes étaient joufflus comme moi, ils avaient des boucles blondes et derrière eux, on discernait dans la matière noire du tableau un rivage sombre et des petits personnages agitant des flambeaux. Ils avaient capturé la femme à tête d'animal dans les airs, loin de la terre.

Le lord avait souhaité que je rencontre son fils, un jeune garçon charmant et il paraît, tout à fait intrépide, de deux ans mon aîné. Alors le lendemain nous nous sommes rendues dans un grand hôtel ancien du centre de Londres. Il avait une suite pour lui et une autre pour ses deux enfants, Matthew et

Tamara. Matthew était roux et frisé avec des grands yeux bleus et de longs cils, ce qui est rare pour un garçon. Il portait un blazer bleu marine avec un écusson, une culotte courte grise, une cravate, de grandes chaussettes blanches, des mocassins avec une pièce de monnaie. Nous avons regardé la télévision et commandé un room service fait de club sandwichs moelleux et de thé. La nanny s'occupait à lire. Irène, Oona et le lord étaient dans la suite au-dessus, nous pouvions entendre leurs pas feutrés aller et venir. Oona posait pour ma mère, une commande spéciale du lord. Il souhaitait voir les photographies et en faire l'acquisition avant que nous ne rentrions en France. Irène ne pouvait pas dire non, elle avait besoin de pognon. Je n'allais sûrement pas retourner à l'école avant la semaine prochaine, nous étions déjà mercredi. Cette idée de prolonger notre voyage sans devoir rentrer pour l'école me donna le regard oblique durant le reste du séjour et curieusement, même la perspective d'aller encore une fois chez Biba et d'en revenir avec un autre boléro de cygne – vert pistachio – m'ennuyait profondément. À l'heure des devoirs, Matthew se rendit distraitement dans l'autre pièce en traînant son blazer par terre, il dodelinait de la tête comme une grande chose embarrassée. Moi je restais devant le miroir à me remaquiller. Matthew ne pouvait pas s'empêcher de me détailler de pied en cap.

Mon corps se tendait, pourtant je n'avais pas sept ans.

— Matthew, prête-moi un stylo, je vais faire un dessin pour papa et lui écrire un mot, il va être furieux sinon.

— Qu'est-ce qu'il fait ton père ?

— Il travaille sur des bateaux…

Il m'a regardée avec des yeux mous de vache anglaise, j'ai haussé les épaules. Il m'a prêté un stylo, j'ai sorti la carte postale de la Tate Gallery. Et j'ai griffonné : *Mon papa je t'aime j'espère te voir bientôt tu me manques Eva.*

Ensuite, j'ai vite rangé la carte dans mon manteau, je songeais qu'il était important de vivre avec un père protecteur, je me suis bizarrement sentie rassurée. Je suis allée rôder aux fenêtres, il y avait du trafic sur l'avenue. J'ai revu papa sur le terre-plein de Lorient devant notre hôtel, l'institutrice au blouson de cuir noir montait dans sa voiture. Ces dernières images que j'avais de lui, peut-être qu'en les passant encore et encore devant mes yeux, je leur trouverais une signification. Il devait forcement y en avoir une.

— Eva, Eva ?

Mes mains s'agriffaient aux rideaux, j'étais livide et pâle.

Matthew a sorti de son armoire des petites voitures, des Jaguar, des Aston Martin, des Austin-Healey, en moins de quelques secondes il a organisé un circuit étrange sur le tapis. J'ai pris la Jaguar, j'ai suivi Matthew, puis nous avons fait du lancer de voitures à l'aide de tremplins improvisés avec des classeurs. Des rires, des pas. Ils ont tambouriné à la porte, ils sont entrés, ils étaient gais et bruyants.

Oona était nue sous son peignoir, ses cheveux qu'elle avait défaits pour l'occasion étaient mêlés de rubans tissés multicolores et garnis de nœuds volumineux, on aurait dit un de ces toutous à qui on met des faveurs énormes, elle sifflait une bouteille de champagne. Irène avait gardé son appareil autour du cou, l'air exsangue, quant au lord, à peine eut-il le temps d'entrer dans la chambre que son fils lui sauta au cou.

— DAD ?

— Yes of course, excuse… us !

Le lord a pris Matthew par les épaules, ils sont partis. Le soir je n'ai pas voulu sortir de ma chambre d'hôtel mais prendre des bains très chauds et regarder la BBC. Tard dans la soirée le lord a téléphoné pour dire à Irène qu'ils passeraient me prendre à huit heures le lendemain matin.

Le circuit automobile était glacial, mes jambes marbrées me faisaient mal. Assise sur un gradin en compagnie de la nanny, depuis une heure Matthew et son père avaient la tête enfouie dans le moteur d'une Austin, ils ont fini par mettre des casques et s'installer dans la voiture.

— Look at me, Eva ! a crié Matthew.

Je lui ai fait un signe de la main et la voiture a démarré en trombe. Ils se sont mis à rouler de plus en plus vite sur le circuit, puis nous nous sommes rendus au bar, là aussi ça sentait le kérosène, l'huile de vidange et la saucisse frite.

Le lord parlait à des hommes intégralement casqués et Matthew s'est approché tout près de moi.

— Do you like ?

— Yes, too much impressed.

Cher Matthew, quand je pense que tu as eu cet accident des années plus tard sur ce même circuit dans l'Austin juste après ces dix jours de vacances où nous sommes restés enfermés à la Colombe d'Or. Nous passions tout notre temps entre la chambre d'hôtel et la piscine bleu turquoise, si claire. Je n'avais pas encore treize ans et toi quinze. Je prenais de l'héroïne en cachette, tu n'en as jamais rien su. Je revenais d'un autre bel été, passé à Saint-Palais avec des camarades à peine plus âgés que moi. La maison des parents avait été vendue mais les nouveaux propriétaires avaient eu pitié de nous, ils nous avaient laissé une dernière fois la jouissance du hangar à bateaux, dans lequel nous dormions à huit, c'est là que nous avons braqué le dealer. Je portais aux poignets tous ces bracelets de pacotille que j'avais achetés dans ces appareils à tirette, en face des attractions foraines. Ils étaient presque fluorescents, ils mettaient en valeur mon bronzage, je m'habillais encore et toujours comme ces filles de Kings Road, qui m'avaient tant plu et qui t'effrayaient. À la fin de l'été dans Paris désert, mon corps s'était encore étiré dans la chaleur torride de la ville. Quelle tristesse j'ai eu en apprenant ta mort. Ce jour-là je suis restée jusqu'à la fermeture du jardin du Luxembourg.

J'ai traversé Paris à pied, j'avais les clefs d'un appartement qu'on m'avait prêté rue de l'Alboni, dans le XVIe, j'ai écouté les slows de Leonard Cohen, ceux que tu m'as fait connaître à Saint-Paul-de-Vence, sous les conifères odorants du jardin et j'ai continué à me défoncer en solitaire ; je n'avais encore jamais perdu de camarade, tu as été le premier, j'ai toujours regretté que nous ne nous soyons jamais embrassés.

Nous avons fait nos valises. Tous les vêtements, les thés et les livres ne rentraient pas, c'était à prévoir. Irène voulait s'acheter une autre valise et un sac sur Kensington. Elle a compté ses sous sur le lit puis elle est sortie et je suis restée seule dans la chambre, j'adore les hôtels quand ils sont vides et que les portes restent ouvertes. Les femmes de ménage passent et repassent avec leur aspirateur et du linge propre, des plumeaux et des pschitt pschitt, on peut s'introduire dans les chambres des autres, sentir encore leur présence. J'ai été attirée par le miroir, ma main a extirpé de ma poche la carte postale de Turner. Mon bras s'est tendu, comme pour bien me montrer la carte dans le reflet. J'avais écrit les mots à l'envers, alors que normalement je n'écrivais jamais à l'envers, par contre mes yeux lisaient clairement la phrase à l'endroit. Je me suis aperçue qu'il s'agissait là d'une expérience limite. J'ai remis la carte que j'avais écrite pour mon père dans ma poche et je me suis assise sur le lit. C'était un acte de magie, je ne pouvais pas me le figurer autrement et il ne venait pas de moi, mais de mon père. J'étais totalement remplie de sa présence, mais je suis arrivée à faire la différence entre lui et moi et j'ai même rigolé tant elle était évidente !

Il a su le contenu de ma lettre, à la vitesse de l'éclair ! En écho du geste d'écrire, il m'a fait comprendre l'invisibilité et l'existence du temps interrompu. À nouveau je me suis retournée, à un moment j'ai cru que j'allais m'effacer du miroir, mais les femmes de ménage sont entrées pour changer les draps.

L'éditeur obèse nous a accompagnées à la Waterloo Station. Ma mère est sortie la première de la voiture pour récupérer nos valises avec l'aide du chauffeur à la tête couleur d'asperge. Je suis restée seule avec l'obèse sur la banquette arrière. Je l'ai senti profondément ému, troublé, presque accablé par la vie. Cette soudaine intimité m'a fait frissonner. Il a penché sa grosse tête contre la vitre du véhicule, son regard s'est perdu au-delà des immeubles, on aurait dit que lui aussi souhaitait s'échapper de son enveloppe charnelle.

— Life, it's an extraordinary thing that you can't imagine my dear.

— Yes.

— The possibilities are infinite…

Sa respiration était lourde et encombrée, il s'est tourné vers moi, ses yeux étaient exorbités, ronds, noirs et rieurs, brillants comme des boutons de bottines. Il m'a pris la main. Sans doute souhaitait-il me faire saisir à demi-mot qu'il comprenait ma condition d'enfant, de petite mendiante offerte et nue ?

N'avait-il pas obtenu de ma mère des clichés me représentant en ange déchu ?

— My dear, when I was young, I was a very beautiful little boy but I didn't know what you know, this is fascinating, how old are you ?

— Six.

— Oh God bless you my child !

Il a mis sa main dans sa poche, j'ai cru qu'il allait me donner un billet de cent livres mais il a sorti un vieux livre. La couverture était ornée d'une vanité posée sur les marches d'un palais en ruine. Il l'a ouvert, il exhalait une forte odeur de pot-pourri et de fleurs des champs, c'était un herbier.

— Il y a deux sortes de gens attrayants dans la vie, ceux qui savent absolument tout et ceux qui ne savent absolument rien, oh dear !

Il a décollé d'une page un trèfle à quatre feuilles et me l'a tendu.

— It was a big pleasure to meet you my darling.

Après nous être trompées de train, nous avons raté le ferry pour la France. Immobilisées à Calais nous avons passé une nuit à l'hôtel. Les fenêtres de notre chambre, petites et basses, donnaient sur un port étroit et sombre, quelques rafiots noirs chaloupaient, ils semblaient habités par des marins fantômes. Irène a ouvert la grande valise pleine de robes, de manteaux, de blousons David Bowie et de boléros de cygne. Elle m'a tendu la trousse de toilette. Tandis que je me brossais les dents, elle a allumé une petite radio. Une musique orientale sortait du transistor, elle a poussé le volume et s'est mise à danser avec son foulard mais pas très bien et j'étais très déçue de voir qu'il n'y avait rien de sensuel dans sa danse et qu'elle n'avait pas le rythme. J'ai eu un moment d'angoisse, elle n'était pas danseuse et même Pigalle et son cercle infernal n'avaient peut-être jamais existé. Quelqu'un a tapé à notre porte alors elle a éteint la radio. Nous sommes restées tapies l'une contre l'autre et les pas se sont éloignés. Mon cœur s'est serré dans le silence de la chambre, j'avais compris en la voyant danser que c'était mon père qui l'avait quittée et pas elle, il nous avait tout simplement abandonnées dans la nature.

Nous étions seules dans notre compartiment, aussi nous avons pris nos aises, je regardais quelques livres d'images sur le cinéma d'horreur que l'obèse m'avait offerts et Irène lisait *Les Fruits d'or*. Tandis que le train approchait de Paris, elle s'est mise à réfléchir, le regard perdu, enfoui aux confins d'une des photos noir et blanc des monuments de France qui se trouvaient accrochées entre deux miroirs au-dessus des banquettes.

— Eva ?... Tes affaires, il vaut mieux pas qu'elles restent chez Mamie.

— Pourquoi ?

— Parce qu'elles vont s'abîmer dans les odeurs de cuisine et que Mamie n'a pas de place, je te les garde là-haut dans la penderie, c'est pour les photos, tu viens les mettre quand tu veux...

— C'est pas ce que tu m'avais dit...

— Les vêtements Biba c'est pour les photos d'abord…

— T'es dégueulasse !

— Il n'y a rien de dégueulasse… je t'emmène dans ma vie de femme, estime-toi heureuse et dis-toi que je ne suis pas obligée de le faire, toutes les petites filles n'ont pas cette chance inouïe, crois-moi !

Sur le quai de la gare du Nord, un porteur est venu lui prendre ses valises et moi, je l'ai suivie.

Mamie m'attendait pour le dîner, elle avait mis une robe claire et avait préparé de la polenta grillée. Je n'ai pas pu lui parler du voyage, du reste elle ne m'a posé aucune question, elle m'en posait rarement. Après le repas nous avons grignoté des short breads et bu du thé. Soudain j'ai revu ma mère en train de danser et j'ai eu peur. Si j'avais perdu le rythme ? Si par je ne sais quel subterfuge elle me l'avait volé ? Nous aussi on avait une petite radio cachée dans le buffet, je l'ai allumée, et je me suis mise à danser devant le miroir puis devant la colombe, j'avais le rythme et pas seulement à cause de la danse ou parce que je montais parfois sur les tables à Clignancourt pour me donner en spectacle devant les badauds, mais parce que c'était comme ça.

Irène est venue frapper à la porte, je n'ai pas voulu lui ouvrir. Elle a griffé le bois, elle a quémandé de sa main, de ses bagues.

— Ouvre c'est moi… !

— N'ouvre pas Mamie, je ne veux pas la voir, j'ai chuchoté…

— Ouvre…

— Non.

— Tu ne veux pas monter pour essayer tes affaires ?

— Va-t'en ! a dit Mamie.

— Ne fais pas l'idiote et monte !

J'ai résisté et Mamie s'est rangée de mon côté, nous avons fait corps ensemble « contre le loup ».

— Monte, tu sais pourquoi !

Elle a trépigné, et puis elle est repartie, furibarde.

— Je ne veux pas la voir, Mamie…

Mamie n'a pas répondu, à son silence j'ai compris qu'elle n'approuvait pas autant qu'elle voulait me le faire croire le comportement excentrique d'Irène. L'idée que sa petite-fille soit devenue une femme dangereuse lui avait forcément déjà traversé l'esprit.

Au bout d'un moment Irène est revenue, elle a frappé à nouveau à la porte avec le talon de ses tatanes.

— Va-t'en, on ne veut pas te voir ! a dit Mamie violemment.

Irène a glissé sous la porte un papier plié en deux et Mamie l'a lu, finalement elle lisait très bien, même sans ses lunettes.

— Ma fille tu me manques, c'est toi la star, viens essayer tes vêtements j'ai besoin de toi c'est urgent je t'aime !!!!

Mamie m'a regardée sans me voir.

— Dis-lui qu'elle arrête !

Je me demandais si elle savait pour les photos, avec les yeux qu'elle me faisait, des yeux vitreux, des yeux d'huître jetés dans une soucoupe d'argent. J'enrageais d'avoir été si naïve, j'aurais dû comprendre... que tous les beaux habits c'était pour poser et puis me les faire enlever, mais non, une mère ne pouvait pas être aussi cruelle avec sa fille !

Elle est allée sous son icône pour prier.

— Je la déteste, Mamie, c'est toi ma mère, pas elle... Mamie... !

Mamie ne m'écoutait plus, elle était tombée dans la prière comme on s'enfonce dans un sommeil profond. Je la regardais, sa poitrine se soulevait, sa peau transparente et toute ridée. On aurait dit une jeune fille en prière pour la rémission de ses péchés. La chambre sentait fort le produit pour nettoyer le fer à repasser. Je me suis allongée sur son lit. Même lorsque je me bagarrais avec Marie-Amélie ou Lili je n'étais pas si abattue, je ne comprenais pas ce qu'Irène voulait obtenir de moi. Son but me paraissait funeste et noir ou bien était-ce le ciel qui, derrière ces vitres lointaines, s'enténébrait de toutes parts.

Le lendemain après l'école, je suis rentrée pour déjeuner chez Mamie. Irène n'a pas osé se pointer, pourtant son assiette était mise chaque jour quoi qu'il arrive. Nous avons avalé un plat frugal, une recette qui datait du temps de la Rose d'Ispahan, faite de riz blanc, de beurre, d'un jaune d'œuf et parsemé de safran. Mamie s'est enfoui le visage dans ses mains.

— Il y a du dessert ?

— Non, il n'y a plus rien.

— Même pas du Flanby ?

— Non, ta mère ne m'a pas donné d'argent depuis l'Angleterre et moi j'attends le mandat de Mamaïte.

Mamaïte était un diminutif de Margareth. J'ai rejoint Mamie à la fenêtre, j'ai blotti mon visage contre son tablier, d'où émanait l'odeur de choux farcis et de gâteaux aux noix que j'aimais tant, je l'ai reniflée, elle s'est mise à pleurer en silence, je la sentais si démunie, j'ai embrassé ses vieilles mains toutes fatiguées et tordues.

— Ne pleure pas Mamie.

Irène est arrivée en fumant sur le boulevard Soult en compagnie d'une très jeune fille que je ne connaissais pas, un modèle qu'elle avait dû trouver la veille sur le boulevard Saint-Germain, la fille avait l'air d'un petit page et portait déjà mon blouson David Bowie, beaucoup trop petit pour elle. Irène tenait un paquet de gâteaux dans les mains, elles avaient dû les choisir ensemble chez Raimo, elles s'apprêtaient à « monter là-haut », certainement pour faire une séance photo avec les vêtements Biba. C'était l'heure de la reprise des cours, les étudiants des grandes sections du lycée Paul-Valéry passaient en les bousculant. La jeune fille-page restait impassible, elle tendait son visage enfantin vers Irène qui lui caressait l'arête du nez du bout des doigts, exactement comme elle le faisait avec moi quand elle voulait me donner une marque d'affection. Mamie m'a cachée avec elle dans un des replis du rideau. Le tissu ne formait plus qu'un écrin bleu gris autour de nous, elle s'est mise à fumer une cigarette invisible en exhalant la fumée par un long souffle sonore accompagné de larges mouvement du bras, elle a tapoté la cigarette en imitant Irène.

— La grande vie ! a dit Mamie.

J'ai ri avec Mamie comme plus tard je rirais avec les filles de la DDASS mais je la sentais nerveuse. L'après-midi, le ciel s'est couvert d'une chape de béton. Nous avons fait des dessins avec mes Crayola, elle n'avait pas allumé les lumières, juste posé une bougie sous son icône, la flamme éclairait le coin lavabo, le baquet en plastique et les étagères. Nous avons dessiné jusqu'à ce que la bougie se consume entièrement, alors elle a mis la télévision et j'ai dû terminer mon dernier dessin. Lorsque j'en faisais trop, aucun d'eux n'était bon. J'ai eu peur en regardant ceux de Mamie, ils étaient hallucinés, c'étaient des maisons cossues de campagne et le soleil était partout. Elle avait sorti du riz, du sucre, du cacao et le beurre dans l'idée de nous faire un dessert improvisé mais il manquait quelque chose. Mamie a eu une absence suivie d'un long flottement puis le combiné du téléphone que nous avions fini par raccrocher s'est mis à sonner, nous l'avons regardé vibrer, il s'est arrêté et a repris, puis les sonneries se sont faites plus courtes pour mieux recommencer leur tintamarre infernal.

Il n'y avait qu'Irène pour téléphoner en rafale jusqu'à nous rendre dingues. Mamie a fini par décrocher, elle tremblait.

— Qu'est-ce que tu veux ?

— Tu vas me laisser voir ma fille, oui ou merde ?

— Qu'est-ce que tu fais à te pavaner devant mes fenêtres ?

— J'ai le droit, mets-toi ça dans le crâne une fois pour toutes !

— Va-t'en, ne me téléphone plus... on ne veut plus te voir...

— Si c'est comme ça, tu sais quoi Mamie c'est simple, vous n'aurez plus rien à bouffer et puis c'est tout !

Irène a raccroché, Mamie est allée devant le frigo, elle l'a tambouriné de ses poings et l'a tapé avec ses pieds de rage.

Le lendemain après l'école, nous sommes allées chez l'épicier arabe pour acheter une boîte de petits pois.

— Demande un crédit Mamie, vas-y !

— Chuut ça nu si puate împrumuta nu si puate împrumuta nu sunt acha, je ne peux pas... eh acha.

Je devais traduire ce langage secret, par : « Chuut non je ne peux pas emprunter, je ne peux pas emprunter je ne peux pas... c'est comme ça. »

Nous nous sommes lentement promenées en silence dans la fraîcheur des bois, exsangues. Je ne sais pas pourquoi nous sommes allées au-delà du lac, après Saint-Mandé, vers l'avenue qui mène au château de Vincennes. Sous un buisson j'ai remarqué avec surprise un vélo d'enfant et un petit manteau rouge. Bien sûr c'étaient des objets et rien de plus. Non, rien de plus que deux objets laissés à l'abandon.

Après notre repas fait de petits pois, un des derniers au monde, peut-être, j'ai ouvert ma boîte en fer-blanc remplie d'objets. Elle contenait les photos de papa, mes cailloux, mes pierres, de gros élastiques de couleur pour les cheveux achetés à San Francisco, la carte postale de Nuremberg, ainsi qu'une photo d'une île trouvée dans la rue quelques jours auparavant. C'était la Nouvelle-Calédonie, c'était inscrit au dos de l'image, et maintenant je savais lire, j'ai été vérifier dans les dernières pages de mon dictionnaire sur la carte du monde où se trouvait la Nouvelle-Calédonie, c'était loin, à l'autre bout du globe et c'était aussi à côté, c'était la rue qui menait au cimetière. Pourquoi avais-je ramassé une image jaunie qui portait le même nom que la rue du cimetière ?

La rue derrière chez moi, la rue qui mène à la mort.

Soudain mon sang s'est glacé comme à l'approche d'un songe funeste et puis j'eus le sentiment que je pouvais par le seul pouvoir de ma pensée ôter ce voile sombre et pesant qui s'était abattu sur moi tel un suaire de marbre et puis papa m'est apparu souriant dans un médaillon incrusté dans le ciel, comme la gentille fée du *Magicien d'Oz* apparaît à Dorothy lorsqu'elle marche sur la Yellow Brick Road, et il s'est estompé à nouveau et ma gorge s'est serrée, me forçant à comprendre ce qu'il pouvait bien y avoir plus loin, alors j'ai fait le geste intérieur de lever un voile. Il me fallait du courage pour lever un voile invisible, ou bien pour aller au-delà. Subitement le monde, les escaliers tendus de tapis rouge, l'appartement d'Irène me sont apparus comme un vilain décor de théâtre pour un spectacle de pacotille. L'intérieur de mon crâne s'est figé comme un point dur et tout d'un coup, j'ai compris, il y a un envers pour chaque chose, sentiment et idée, bien sûr que j'étais bête, tout le monde sait ça, c'est même dans le dictionnaire qui est là-bas à l'autre bout de la table, à l'autre bout du monde ! Je me suis approchée de la fenêtre très lentement tant ma découverte était précieuse. J'ai posé mon front contre la vitre, le ciel étoilé scintillait, était-il possible que ces étoiles soit en haut et aussi en bas ? Et que voulait dire « à la vitesse de l'éclair » ?

VIII

En me maquillant dans la salle de bain d'Irène, je songeais que les souvenirs proches me semblaient déjà anciens. Je pensais à l'alchimie étrange qui suspend le temps, au contraire des choses. J'étais comme une pharmacie, un laboratoire alchimique, les impressions, les sensations et même les idées se transformaient d'un jour à l'autre, ce qui avait été heureux hier était pathétique aujourd'hui. Le plus dur était de donner le change, de faire que ce qui est laid paraisse beau aux yeux des autres, certains appelle ça : *du travail d'artiste.*

Au fond, j'avais honte, la grève c'est pour obtenir ce dont on a besoin, nous l'avions tentée Mamie et moi et nous n'avions rien obtenu d'Irène, du reste nous n'avions pas pu lui résister bien longtemps, je suis vite montée chez elle pour contenter son besoin pressant de me voir habillée en Biba, ainsi j'ai tout de même pu libérer Mamie qui s'en est allée faire des courses avec l'argent qu'Irène lui a filé, deux cents francs de la main à la main, pour m'avoir laissée

« monter là-haut », deux cents francs tirés de l'argent des photos de moi qu'elle avait vendues à l'obèse, Irène ne me l'avait pas dit directement, elle m'avait dit c'est « du fric qu'on a ». Mais moi, j'avais vu d'où venait l'enveloppe, dessus était écrit « Cecil Court ».

Entre-temps Irène avait eu d'autres demandes, d'un certain monsieur Georges, un collectionneur belge, il voulait des images : *Alice toute nue à la poupée.*

Je me demandais si Mamie savait ou non pour les photos. Elle était complice, puisqu'elle me faisait les papillotes, mais n'avait jamais rien vu. Elle n'était plus « montée là-haut » depuis notre retour de San Francisco et puis elle n'avait pas la clef de la penderie. Peut-être que si elle avait vu les boîtes à photos qu'Irène cachait derrière les vêtements, nous aurions continué la grève ensemble.

— Qu'est-ce que tu fais à rêvasser, je t'attends…

— Ouais…

— Si tu as fini de te maquiller le corps, mets le joli boléro de cygne rose et rien d'autre…

*

Il faisait beau, le ciel était d'un bleu que rien ne pouvait enfreindre. Nous attendions Irène depuis trois quarts d'heure. Mamie se tordait les mains. Elle avait fait un repas de fête, du chou farci, du gâteau au pavot, une nappe blanche, des bougies et même des marguerites blanches dans un vase, sans doute une pensée pour Margareth-Mamaïte.

— Qu'est-ce qu'elle fait ta mère, qu'est-ce qu'elle fait ?

— T'as qu'à lui téléphoner pour lui demander maintenant que t'es plus fâchée, que vous êtes copines.

Mamie m'a tendu des oignons crus que j'ai grignotés allongée sur son lit, enfin les talons hauts d'Irène ont résonné dans le corridor et Mamie s'est précipitée pour lui ouvrir. Elle revenait de chez le coiffeur, son brushing était impeccable et sentait la laque Elnett.

Elle m'a tendu un cadeau, je n'ai pas pu m'empêcher de ricaner…

— Tu vois Mamie comme je la gâte, et elle me fait des histoires sans arrêt, vilaine !

C'était une poupée Barbie en robe du soir.

— Tu pourrais dire merci au moins !

— Merci maman chérie…

J'ai fait la gogole mais elles étaient déjà en train de discuter en roumain, comme si je ne comprenais pas !

— *Ils sont beaux tes cheveux, bien coiffés, Irène.*

— *Merci beaucoup Mamie, c'est très gentil de faire attention à moi, tu sais il faut que tu arrêtes de me harceler, je suis une femme maintenant.*

— *Dis-moi la vérité Irène, c'est un homme qui te donne tout cet argent avec lequel on mange ?*

— *Non Mamie, tu sais bien comme moi qu'on a pas besoin des hommes pour exister, je suis photographe maintenant figure-toi !*

— *Photographe de quoi ?*

— *Photographe, c'est tout.*

— Ce n'est pas un métier !

— Si, c'est un métier et c'est comme ça que je gagne ma vie… je vais y arriver ne t'inquiète pas tu verras… J'existe Mamie, qu'on le veuille ou non c'est comme ça !

— Tu aurais pu avoir plus que ce que tu n'as…

— Les hommes ce sont tous des salauds et tu le sais très bien, rappelle-toi ton mari qui a couché avec toi et qui ensuite a engrossé ta fille hein ?

J'écoutais sans vouloir comprendre, Mamie s'est échappée dans le corridor jaune et elle s'est mise à pleurer doucement. Irène s'était levée pour mieux me jauger, du haut de sa robe Marlène.

— Mamie est très émue, de ce que tu lui as fait subir, tu as été trop loin avec elle ces derniers temps à la monter contre moi, ne t'avise pas de recommencer… n'est-ce pas Mamie ?…

— Laisse-moi…

À nouveau elles parlaient en roumain, les portes ouvertes sur le palier. Je m'imaginais qu'en Mitteleuropa, toutes les femmes faisaient des scènes sur les paliers.

— Allez viens ne pleure pas, laisse tomber, mon grand-père ce salaud on s'en fout, on s'en fout des salauds, allez viens…

— Non… laisse-moi !

Irène à nouveau est allée la retrouver, je ne les voyais plus du tout mais je les entendais.

— Son père… a téléphoné… avant-hier après-midi pour la voir… il veut lui parler…

— Je sais mais moi je ne veux pas qu'il voie Eva… Chut Mamie, elle va comprendre qu'on parle de lui…

ne t'inquiète pas, il ne peut plus rien faire... maintenant... elle est à moi...

— Vous voulez pas arrêter de parler en roumain à la fin !

J'ai hurlé si fort qu'elles se sont tues.

IX

Il y avait tant de marronniers dans notre cour d'école dont le vaste préau à demi découvert se trouvait en terrasse surplombant le boulevard Soult, tant de feuilles au-dessus de moi, bruissantes et d'un vert si sombre allant du sea green ou dark sea green en passant par le vert wagon, le vert anis et celui de Paris, qu'il était impossible de discerner le soleil lorsqu'on était adossé à l'un des derniers arbres au fond de la cour. Même en plein milieu de l'après-midi, la lumière sous ce marronnier nous parvenait crépusculaire. Marie-Amélie m'a empoigné la main et s'est penchée pour me faire un gros suçon dans le cou, j'ai vu son bras et derrière l'heure 16 h 20, sur le cadran rouge bic de sa montre à quartz, le chiffre de l'infini : 8888 en sous-impression. À Lorient, dans la salle de bain de papa, il y avait une montre à quartz sur le lavabo. Mon père m'apparaissait jusque sur le corps de mes camarades de classe. Il était partout et tout-puissant, il pouvait surgir de nulle part. Plus on me le cachait, plus on me le dérobait, plus il était présent.

Ce matin-là depuis l'aube je n'avais pas cessé de sentir sa présence en moi, à tel point que je m'étais mise à claudiquer comme lui.

Marie-Amélie s'est approchée de moi en faisant des passes de foot avec une balle mais je ne pouvais pas jouer avec elle. J'avais peur qu'elle lise dans mes pensées, peur qu'elle devine la présence de mon père dans mon corps, qu'il surgisse et qu'on s'empare de lui. Alors je suis restée adossée contre le marronnier tandis qu'elle s'en allait jouer au foot avec Corinne et Lili le long du mur d'enceinte. Là-bas, le soleil perçait davantage à travers les branches des arbres, les rayons les tachetaient de touches pâles et les voix mêlées de rires et de cris clairs et aigus montaient dans l'air frais du matin. Mon esprit n'était pas calme, les paroles obscures proférées par ma mère et mon arrière-grand-mère me hantaient. Qu'avais-je saisi au fond de cette conversation ?

J'avais eu une sensation étrange, en écoutant la voix d'Irène, aiguë, pâteuse, qui résonnait dans le corridor où elle s'était cachée avec Mamie pour ne pas que je les entende alors qu'Irène hurlait. Je voyais une femme saoule qui avait bu beaucoup de parfum bon marché pour cacher son ivresse et sa honte. Je n'avais pas bien saisi de quel père il s'agissait, du mien ou du sien, les pères semblaient se chevaucher. Leurs échanges opaques mais remplis de sous-entendus percutants étaient comme un aparté de boulevard, et j'en riais – comme on rit de l'apparence des choses vaines. Mais qu'est-ce que je ne devais pas savoir ?

Qu'est-ce que je ne devais pas entendre parce que je n'étais qu'une enfant ?

La seule chose qui importait était que papa avait téléphoné.

Depuis l'Angleterre, des gens dont je ne connaissais ni le visage ni le nom avaient acheté des photos de moi. Sur ces clichés j'avais un regard d'amour triste pour elle, aguicheur et triste car un soir elle m'avait dit, « ne souris jamais ma fille, c'est bon pour les mariages à la con ». À cette époque les photos étaient clandestines, le scandale éclaterait plus tard, une fois que papa serait mort.

Parfois je faisais des rêves sans sommeil et je n'y arrivais pas toujours avec les devoirs, j'avais demandé à Irène de m'aider mais elle refusait catégoriquement de voir mes cahiers, elle me disait, « c'est au-dessus de mes forces ». Maintenant je me félicite de ne jamais les lui avoir montrés. C'était dans la Volkswagen, je voulais de l'aide, je l'avais traitée de grosse salope et puis j'avais déversé mon cartable dans la voiture, à l'angle de l'avenue Daumesnil et de la place, là où une fontaine ornée de lions s'éclaire la nuit. Elle s'est arrêtée au milieu de l'avenue, elle m'a demandé de récupérer son portefeuille en cuir blanc dans son sac et de l'ouvrir, à l'intérieur il y avait une petite photo d'une fillette avec deux nœuds dans les cheveux et un diplôme scolaire de fin d'année dans les mains, elle posait devant un paysage peint qui devait représenter la campagne avec au fond une citadelle. « C'est moi à ton âge ou presque, j'étais la première de la classe et pourtant c'était dur, c'était la guerre figure-toi. Quand on veut y arriver on peut, mets-toi ça dans la cervelle une fois pour toutes et arrête de me faire chier avec tes devoirs ! »

C'est fou les choses terribles qu'on pouvait se dire, pires que dans Dostoïevski, dans la vraie vie les gens ne se parlent pas comme ça, sinon ils ne pourraient plus se voir. On était presque en juin et je voulais rejoindre mon père pour les vacances, j'avais demandé à Irène et à Mamie de lui téléphoner mais ni l'une ni l'autre ne me répondaient. Marie-Amélie partait en colonie dans le Jura, je voulais y aller avec elle. Mais Irène, farouchement opposée à cette idée qu'elle dénonçait comme un complot ourdi en vue de l'anéantir, me proposa à la place « des vacances dionysiaques et totalement bienfaitrices à Ibiza, l'île enchantée aux hippies fulgurants ». Un soir, au moment où j'allais me coucher dans mon lit de camp, Mamie m'a passé le téléphone : « On va partir ma chérie toutes les deux dans cette île merveilleuse avec l'argent qu'on a gagné et qu'on doit encore gagner, je t'en supplie ne me parle jamais plus des autres petites filles miaou miaou maman qui t'aime et qui t'adore ! »

X

Il fait nuit mais le Select, le Dôme et la Coupole étincellent de lumières blanches et mon souvenir est resté en noir et blanc. Il a plu, pas beaucoup, une ondée, le sol est encore luisant et la terrasse pleine de monde. Des voitures sont garées au milieu du boulevard du Montparnasse depuis le métro Vavin jusqu'à la tour. À la Coupole, Irène a griffonné son adresse sur un bout de nappe en papier que je dois remettre à une éditrice rousse qui attend dans une Rolls blanche. Je traverse le boulevard sans prêter attention aux véhicules, s'ils me renversent, je meurs et alors ? J'arrive saine et sauve devant un homme chauve au volant de la Rolls-Royce. Une femme rousse est sur la banquette, je lui tends le bout de nappe. Je pars en courant, tant pis si j'ai l'air d'une dingue. Côté dancing, il y a pas mal de gigolos en plastron, le cheveu plaqué en arrière, et un groupe de filles très bronzées, la peau marron foncé. Des mannequins d'agence sortent de taxis. À peine j'entre dans la Coupole qu'un brouhaha s'élève, les voix résonnent de toutes parts, des bruits de verres et de couverts, de conversations et de rires. Au loin une star, Catherine Deneuve. Elle est si belle, encore plus belle que dans *Peau d'âne* et entourée d'hommes. Je vais passer devant elle pour mieux la détailler, on la photographie, on lui demande des autographes. J'aperçois Bulle Ogier, elle est avec Maria Schneider, c'est la seconde fois qu'on se voit, elle me sourit, déjà complice, elle va peut-être me porter chance... pour cet été – je pourrais voir papa ! – je fais un vœu : *voir papa cet été.* J'attire l'attention des serveurs, ils connaissent mon nom : « Eva chaud devant pousse-toi ! »

À table Liliane rit à gorge déployée.

— Ta mère est morte d'inquiétude, je lui ai dit qu'elle n'a pas à t'envoyer sur le boulevard faire le messager.

Je bois dans le verre de Liliane une gorgée de vin. Plus loin les mannequins s'assoient en compagnie de garçons que j'avais déjà vus à Saint-Germain, mais je ne connais pas leurs noms... sauf Pierre, celui qui nous a invitées un soir à Garches. Il vient vers Irène, il est ivre, son costume en lin blanc est taché de sauce brune.

— Salut les filles...

Il me regarde et me sourit, ses dents se chevauchent.

— Elle est belle ma fille hein ?

— Elle est trop maquillée...

— Elle s'amuse, c'est une enfant !

— Viens, je vais te présenter quelqu'un pour une publication...

Pierre et ma mère se dirigent vers une autre table où les belles filles éclatent de rires cristallins et joyeux. Je suis silencieuse, obscure, Liliane me caresse les cheveux.

— Ça va ?

— Oui.

— Ça n'a pas l'air ?

Je prends la main de Liliane et je lui dis tout bas dans le creux de son oreille :

— Je veux voir papa cet été mais elle ne veut pas…

Elle me caresse encore les cheveux, ses yeux brillent, ils se remplissent de larmes. Irène nous fait signe de venir la rejoindre, Liliane se lève pour les retrouver et moi je reste comme une demoiselle qui attend un rendez-vous.

XI

Je n'aimais pas beaucoup aller rue de la Tombe-Issoire chez son ami Gabor, mais elle m'y avait traînée. Ce n'était pas tout à fait un travesti mais il voulait donner l'illusion d'être un acteur évadé d'un film d'horreur et se faisait appeler « la fiancée de Frankenstein ». En cette fin de journée maussade et triste, il se tenait allongé sur son tatami acheté à Barbès au milieu de coussins en lamé. Il avait des cheveux longs et crépus qu'il coiffait à la Néfertiti, son idole, et prétendait lui ressembler davantage lorsqu'il se soulignait le regard de khôl. Son corps était moulé de cuir noir comme Vince Taylor, et comme Vince Taylor il portait autour du cou sur une chaînette une médaille achetée à Calais. Les ongles de ses mains et même de ses pieds étaient longs, certains d'entre eux se recourbaient. Comme Irène, il avait mis des miroirs tout autour de son lit. Posée par terre, près de lui, une boîte de nacre ouverte contenait de vieilles dents chinées aux puces. Les fenêtres de sa chambre étaient tendues de tissus, vert anis, rouge et or et sur les murs peints en noir, il avait accroché des masques funéraires, une *Inconnue de la Seine* et des moulages en cire d'hommes décapités. L'un d'entre eux portait une casquette ornée d'une tête de mort et d'un aigle. Un peu partout, sur des plateaux miroirs, de petites statuettes égyptiennes ou assyriennes et de minuscules photos de jeunes garçons nus par Wilhelm von Pluschöw. Gabor et Irène avaient mangé des raviolis Buitoni puis ils avaient fumé de l'huile dont ils avaient badigeonné quelques cigarettes, vieux reste d'une cartouche John Player achetée à Londres. Au-dessus du lit stagnait un nuage de fumée. Je n'avais pas voulu m'installer avec eux, j'avais préféré regarder l'autre pièce, un atelier avec des autoportraits de Gabor en vieille femme, dans une grotte étrusque ou dans des ruines antiques et un grand portrait à peine esquissé d'Irène en sphinx.

— Tu sais à qui tu me fais penser Eva ?

— C'est à moi que tu parles ?

— Ouais… à Michèle Mercier, elle a un petit nez retroussé et fait très madame machin dans son coin.

— C'est qui ?

— Une actrice… tu n'as jamais vu *Angélique marquise des anges* ?

Quand nous partions de chez Gabor nous mettions au moins une heure pour rentrer chez nous, ça me foutait le cafard de rester dans la chignole qui partait en breloque. J'étais toujours rassurée en voyant enfin le panneau Foire du Trône avec ses lettres lumineuses. J'adorais les manèges.

— Tu montes chez moi ?

— Je suis fatiguée.

— Toi tu es tellement mieux que Lolita et même que Shirley Temple, ce que tu fais c'est tellement plus fort, tu sais si tu es fatiguée ce n'est pas grave, tu n'as qu'à t'allonger sur mon lit avec un bon thé à la vanille, tu te maquilles juste un peu les lèvres rouges et les yeux charbon et moi je te photographie, on fait « une endormie »… tu restes bien au chaud, immobile, ce sera très beau… nue avec tes long cheveux comme Ophélie… et des faux cils… que je t'ai trouvés sur les Champs-Élysées…

C'était toujours pareil, elle essayait toujours de m'embobiner avant de me faire poser, elle se mettait à parler, comme les animaux qui ont tout un cérémonial compliqué avant de s'accoupler ou de migrer.

En rentrant, j'ai regardé le cimetière avec les jumelles. Toute la partie militaire était circonscrite avec un cordon et on venait d'y creuser une fosse, la poussière était montée jusqu'au sixième, elle stagnait encore dans l'air tiède et la moiteur de la nuit. Je n'avais pas envie de poser pour elle alors je lui ai pris son unique rouleau de péloche et je l'ai foutu par la fenêtre. Quand elle est arrivée revêtue de son kimono pour « travailler », j'ai senti qu'elle était terriblement angoissée, je me demandais comment on pouvait être angoissé à ce point et continuer à fréquenter un enfant.

— Qu'est-ce que tu veux, Irène ?

Elle a fouillé de fond en comble dans son sac.

— Ça alors… ah j'ai plus ma péloche, tu ne l'as pas vue par hasard ?

— Non, j'ai rien vu.

— Je sais plus ce que je fais, parfois je perds complètement la boule…

Sa seule issue, c'était moi alors j'ai préféré changer de sujet.

— C'est vrai que vous allez vous faire enfermer la nuit au Père-Lachaise avec Gabor ?

— Oui on dit ça mais c'est juste pour rire…

— Et papa ?

Elle s'est figée.

— Pour quoi faire papa ?

Elle s'est approchée de la fenêtre. Elle n'avait pas allumé la lumière, seules les enseignes lumineuses du périphérique nous éclairaient, Pepsi-Cola, Dunlop et la lune. Je voyais le bout doré de sa John Player Special briller ainsi que le bridge qu'elle s'était fait mettre au fond de la bouche avec le fric du lord. J'en ai déduit qu'elle me souriait, elle ne le faisait pas souvent, mais comme il faisait noir.

C'était le lendemain ou le surlendemain, je ne sais plus, c'est pareil. Je l'avais accompagnée se choisir un fond pour les photos au rayon tissus arabes du marché Saint-Pierre. Après nous avions prévu d'aller à l'Action Christine voir le film *Banana Split* avec Carmen Miranda. Elle n'arrivait pas à se décider sur le tissu et Gabor nous a rejointes. Ils ont commencé à bavarder et quand ils ont fini par choisir les mêmes tissus lamé or, on a attendu un temps interminable aux caisses.

— Gabor, tu viens voir *Banana Split* avec nous ?

— Non, j'ai rendez-vous chez le kiné.

Irène s'est retournée vers moi.

— De toute façon on n'aura pas le temps. Ça fera trop tard. Mamie va encore se fâcher et j'ai du boulot chouchou… on va rentrer.

J'étais allée jusqu'au Sacré-Cœur pour rien, j'étais furieuse. On s'est retrouvées dans les embouteillages, Irène s'est mise à conduire de plus en plus nerveusement. On est arrivées sur le boulevard de Clichy. Les baraques foraines, à frites, à gaufres, à tombola, les tirs à la carabine, les filles en petite tenue se promenant sur les estrades des caravanes pour appâter le client, les rabatteuses appelaient les filles par leur nom de scène. Je voulais en voir plus mais elle a accéléré, brûlé un feu rouge. Elle a poussé un cri, elle venait de renverser une femme. Elle a pilé et on s'est précipitées, la femme était par terre en chemise de nuit sous son imperméable, un sac à pharmacie dans les mains.

Elles ont bu un cognac au Pigalle's. La jeune femme blonde n'avait rien, pas une égratignure mais son visage était fermé, elle se cramponnait à son sac à pharmacie et voulait rentrer chez elle. Irène a proposé de la raccompagner, mais elle préférait rester seule alors Irène lui a donné son numéro de téléphone au cas où elle aurait besoin de parler avec quelqu'un. La femme s'est levée et j'ai vu que son imperméable était sali. Dès qu'elle a franchi la porte du Pigalle's elle s'est mise a courir, Irène ne s'est même pas retournée. Elle a étalé ses jambes sur la chaise vide en palpant ses seins et les serveurs ont recommencé à la regarder de travers.

— Elle ressemblait à Suzy, c'est dingue la vie quand même !

— Suzy c'est qui ?

— La dernière femme de mon père, pauvre Suzy, elle n'avait même pas vingt ans. Avant que Margareth ne parte pour Shanghai, on a habité tous ensemble rue Pigalle, Mamie, ma mère, mon père et Suzy… ils revenaient d'Italie. C'était en 1954, il était si beau, il travaillait déjà avec Anvers. Et puis ma mère en a eu marre de la Suzy, elle l'a foutue à la porte, elle pouvait être terrible avec les autres femmes, Suzy a exigé de mon père qu'il lui paye un appartement, lui grand seigneur, a fait ses quatre volontés mais il n'est jamais venu la voir et la pauvre Suzy a fini par se suicider !

— Comment ?

— Elle s'est jetée par la fenêtre en s'enroulant dans une couverture.

— Pourquoi tu ne m'as jamais parlé d'elle ?

— Oh, Suzy n'a jamais compté pour moi.

Elle était trop « sonnée » pour conduire. Alors on a marché rue Pigalle. Je me suis approchée d'une vitrine de cabaret pour voir les photos des danseuses nues, elles avaient des bandeaux noirs sur le sexe et des plumes sur la tête. Les rabatteurs se sont approchés pour nous harponner, je n'ai pas entendu ce qu'elle leur a répondu et ils nous ont lâchées.

Plus bas dans la rue les portes de certains bars à putes étaient ouvertes et on apercevait les filles qui mettaient des bouteilles de champagne dans des seaux en forme de chapeau. Je la sentais émue, Pigalle, c'était toute sa jeunesse. Après avoir erré dans le quartier on a repris la voiture, elle a sorti un paquet de Figolu. On se l'est avalé, c'était épais, pâteux, un magma de figues et de farine plein la bouche.

Cet hiver-là, je suis tombée par hasard sur une boîte de planches contact d'une séance de photos qu'on avait faite avec Gabor juste après mes sept ans. Il était habillé de cuir noir, veste et pantalon moulant, il n'avait pas mis sa casquette. Irène m'avait demandé de me déshabiller, elle voulait des images de nous deux « histoire de se souvenir ». Je n'y tenais pas et Gabor encore moins mais elle a dit « c'est pour rire ». Gabor réticent finissait toujours par lui céder, elle insistait tellement. Elle avait obtenu qu'il glisse sa main sur mon sexe, il l'avait posée délicatement, tout en se penchant sur moi, je le sens encore trembler. Elle voulait qu'on aille plus loin. Elle disait « C'est du grand-guignol, c'est de l'humour noir, juste pour nous, pâme-toi Eva, et toi serre-la dans tes bras, imagine que tu es l'ange de la mort ! » Il m'a serrée dans ses bras. Elle souhaitait qu'il sorte sa langue pour m'embrasser, mais il a refusé. C'était bien sûr un avatar de son père le violeur diamantaire. Certaines photos étaient mal cadrées et Gabor ressemblait à un idiot du village avec ses cheveux crépus ou à un fou de creep show, d'autres me semblaient obscènes et je ne voulais pas qu'on me voie comme ça. Il y en avait des ratées où je fermais les yeux avec des joues comme un hamster. Il y avait eu beaucoup de photos, bien d'autres poses, mais elles devaient être rangées dans une autre boîte.

Elle m'a pris les planches contact des mains.

— Qu'est-ce que tu fais avec mes photos ?

— Elles sont où les autres poses qu'on a faites ?

— Il n'y en a pas d'autres…

— Mais si, quand il me prend dans ses bras et après ?

— Je ne vois pas de quoi tu parles, tout ce qui existe est là, j'espère que je ne les ai pas perdues, ce serait très grave.

Elle a branché l'aspirateur pour faire son ménage et moi je m'étais allongée sur le lit. Son string lui faisait des marques au cul sous sa robe de crêpe, elle s'est trémoussée pour le faire glisser à terre, elle s'est encore scrutée, elle s'est allumé un mégot de cigarette qu'elle gardait dans une coupelle.

— Tu n'es pas obligée de rester ici à me regarder, tu peux descendre chez Mamie, on ne fera les photos que demain.

Rock Dreams

1.

Nous sommes derrière le pare-brise de la Chrysler. Ray Charles conduit d'une main, de l'autre il entoure les épaules d'une fille rousse vêtue d'une robe à volants vert émeraude. Elle nous regarde langoureusement la bouche entrouverte tout en s'appuyant sur les épaules de Ray. Ray penche la tête vers la gauche, il porte des lunettes noires, un costume noir aux reflets pourpres, aussi pourpres et électriques que la nuit qui s'étale autour d'eux à l'arrière de la voiture, prune et turquoise, striée de fins rayons verts iridescents. La route se confond avec le ciel. Dans la brume de chaleur une pompe à essence, et plus loin les traces d'un motel qui s'efface et la présence d'usines en marche. Ce pourrait être Détroit. Les néons de la route se reflètent dans le pare-brise. La voiture roule doucement. On devine qu'ils écoutent de la musique.

2.

Un homme est allongé sur un lit rond rose bonbon dont le chevet de lit est capitonné de cuir noir. Il porte un court kimono noir japonais sur un long caleçon de soie motif cachemire. Il a les bras en croix, dans une main il tient une tequila Sunrise servie à ras bord, et de l'autre un long cigare. Sur le lit, le magazine Variety *et trois vinyles trente-trois tours Philips. Sur ses oreilles, un gigantesque casque acoustique parme irisé est branché sur le chevet capitonné où se trouve incrustée une petite console lumineuse carrée à quatre boutons : volume, intensité, basses et aigus.*

Il nous regarde, l'air mutin et juvénile, c'est Phil Spector.

3.

Ambiance feu de camp l'été sur une plage, un week-end après un barbecue et une bonne séance de surf. Ils sont assis sur le sable à jouer du banjo et à manger des marshmallows. À l'avant-plan, à portée de notre main un tourne-disque et le vinyle des Platters Only You *ou* Twilight Time. *Annette, c'est son nom – et je ne la connaissais pas –, se blottit contre Frankie Avalon. Ils sont sur le sable, elle a de la gomina dans les cheveux et il nous sourit.*

4.

Roy Orbison pleure sur sa moto, il est sur la route et sa guitare électrique est accrochée en bandoulière dans son dos.

5.

California Girls. *Des filles blondes en bikini sautent en riant sur la plage.*

6.

Twist. Twist again.

Dans ce que nous appelions communément la pièce blanche, parce qu'elle avait mis des dentelles blanches aux fenêtres ainsi qu'une armoire blanche dont elle m'avait cédé deux planches, je suis allée chercher mon livre : *Rock Dreams*. En l'ouvrant, je ne suis pas tombée sur les illustrations que je connaissais par cœur comme *California Girls* ou Ray Charles mais sur les Rolling Stones habillés en nazi prenant le thé dans un salon, jouant de la musique en compagnie de petites filles nues, lascives et cernées qui s'étalaient à leurs pieds ou se blottissaient dans leurs bras. Et tout d'un coup m'est revenue cette phrase qu'elle m'avait dite un soir parce que je ne voulais plus jamais poser et que je l'ai tapée : « Tu es de la pire espèce comme ton père, c'est dans les gènes dégénérés de nazi qu'il est ! »

Je ne sais plus de quand date cette phrase meurtrière.

Irène m'a photographiée en *bondage*, *Alice*, *le petit chat miaou*, *ma princesse*, *Eva Lolita chérie*, *Eva au grand chapeau*, *nue avec des ciboires et des crucifix.* Je descendais chez Mamie de plus en plus tard après les séances photo, je ne prenais même plus la peine de me démaquiller avant de me coucher, je ne voulais plus aller à l'école.

Une nuit j'ai dû parler en dormant, Mamie m'a secouée violemment, je me suis réveillée.

— Qu'est-ce que tu fais là-haut avec ta mère ?

— Va voir dans sa penderie Mamie, je ne veux plus poser pour elle !

Elle a éteint les lumières et s'est recouchée péniblement.

Le surlendemain quand je suis rentrée de l'école pour déjeuner, la table était mise mais Irène n'était pas descendue. Mamie évitait de croiser mon regard, comme si j'étais devenue un poison violent ou une inconnue qui se serait introduite chez elle pour la regarder vivre. N'en pouvant plus de tournicoter dans sa chambre à se tordre les mains, elle s'est assise dans son fauteuil. Elle a sorti de son tablier un grand mouchoir de popeline blanche brodé de ses initiales E A (Elisabeth Allavena), pour le poser sur son visage. Je ne savais pas si elle dormait ou si elle était dans un état de semi-prière ou de contemplation intérieure, seule la popeline de coton blanc rentrait et sortait dans l'orifice de sa bouche au rythme de sa respiration. Mamie prenait souvent l'aspect d'une pythie. Je me suis servi une part de gâteau au fromage blanc pour le déguster à petits coups de langue sur son lit. J'ai attendu longtemps et soudain, elle s'est levée.

— Viens avec moi.

— Où ?

— Viens !

Malgré le temps radieux, elle a mis son manteau de loutre noir et son écharpe en crêpe rose. Elle s'est poudré légèrement le visage avec de la poudre de chez Caron, elle sentait la jacinthe et le lilas blanc. Nous sommes sorties, porte Dorée. Nous avons lentement remonté l'avenue Daumesnil bordée de platanes tandis qu'un cortège de mariés se dirigeait vers le bois de Vincennes en jetant du riz par les fenêtres. Mamie m'a montré une église en brique rouge qui se dessinait à travers les arbres. Elle peinait à marcher, son état empirait de jour en jour. Je craignais pour sa santé et je craignais pour moi, si Mamie mourait.

— Je voudrais tant voir papa Mamie-chat, s'il te plaît fais que je le voie, s'il te plaît !

Elle ne m'a pas répondu. Lorsque je verrais papa cet été, je lui dirais tout sur Irène et j'irais vivre avec lui.

L'église était vide à part quelques pigeons, on entendait un robinet qui gouttait sur la pierre froide. Des candélabres éteints et un ciboire avaient été oubliés sur l'autel.

— Mon Dieu… aidez-nous… Mon Dieu chassez le mal d'Irène…

Mes oreilles se sont bouchées et ma gorge s'est serrée. Sur le retour je me suis arrêtée pour acheter des bananes chez l'épicier arabe et lorsque je suis rentrée, la porte de la chambre de bonne était ouverte et Mamie, agenouillée aux pieds d'Irène, les mains jointes, en larmes et en supplication.

— Pourquoi tu es venue fouiller dans ma penderie ! Et pourquoi tu as mis du sel partout dans ma chambre ? Je t'ai interdit de monter là-haut, tu sais bien que ça te fait du mal, allez lève-toi, arrête de prier ! Arrête avec tes bondieuseries ! Tu n'es qu'une arriérée des campagnes qui ne veut rien voir ni entendre ! Moi je suis une artiste tu comprends, une artiste !

Mamie s'est frappé la poitrine.

— Qu'est-ce que tu fais avec l'enfant, mon Dieu qu'est-ce que tu fais ?

Irène est partie et Mamie s'est relevée péniblement pour prendre sa casserole de boulettes. Elle l'a serrée fort contre elle et a dansé la danse du diable. Elle tremblait avec le faitout et puis elle est tombée. Ses lunettes de la Sécurité sociale et les boulettes ont explosé au sol, la sauce tomate a giclé sur les murs.

Toute cette sauce tomate comme du sang, comme un meurtre et Mamie inerte par terre. Ensuite, ils sont venus casqués avec une civière, je ne sais pas qui les a appelés et j'ai pris la fuite, je me suis jetée dans la circulation les yeux fermés.

XII

Quiberon

Irène s'était enfin décidée à ce que je voie mon père pour les vacances, elle avait loué une maison pour quelques jours dans la presqu'île de Quiberon. Nous sommes parties toutes les trois dans un train, rempli d'enfants, de parents et de grands-parents. Mamie était anxieuse, ses paupières devenues lourdes trahissaient sa gêne profonde, elle essayait de s'assoupir, ignorant tout le monde.

— Mamie, ça va ?

— Da !

— Tu es sûre ?

— Da !

— Tu as chaud ?

— Nu !

Le ton de ma mère était plein d'égards, je ne lui connaissais pas cette obséquiosité. Mamie avait sorti son mouchoir de popeline pour le poser sur sa face tremblante. Le train est resté bondé jusqu'à Vannes où nous avons pris une nouvelle correspondance. À la fin, nous étions seules dans le wagon. L'étendue de la mer bleue est apparue, tranchant avec la blondeur des champs, le vert gras des pâturages et les alouettes sillonnant le ciel. Mamie était éblouie par le paysage, ce serait son dernier voyage, sans doute le savait-elle.

— *Tout ça pour voir un homme !*

Elles parlaient à nouveau en roumain.

— *Arrête Mamie...*

— *Je ne me sens pas bien... c'est un étranger...*

— *C'est son père quand même !*

— *Mon Dieu !*

Mamie s'est tordu les mains, elle s'est frappé la bouche.

— *Calme-toi, pas devant elle !*

À la vue de l'eau, le regard de Mamie s'est rétracté, durci et elle s'est calmée.

— *Je ne veux pas te faire honte... je n'irai pas à la plage avec vous, je suis si vieille et on va croire que je suis ta mère... !*

— *Et alors ?*

Irène s'est enfuie hors du compartiment, Mamie est partie la retrouver et j'entendais leurs gémissements.

— *Arrête Mamie, toute ma vie tu m'as emmerdée avec les hommes et ils se sont tous enfuis par ta faute, mais là ce n'est plus la peine parce que son père est malade.*

Pour ne plus les entendre, je me suis bouché les oreilles et j'ai chanté et puis elles sont revenues. Irène s'était déchaussée et Mamie me regardait fixement de ses yeux bleus. La veille au soir, alors que j'étais sur le point de me coucher dans mon lit de camp, Mamie avait été farfouiller dans la boîte à gâteaux Pleyben pour en ressortir une lettre de son mari le violoniste qu'elle avait mangé petit bout par petit bout en me regardant de ce même regard.

Mon père n'est pas venu nous voir et nous ne sommes pas allées à Lorient, d'ailleurs il n'y était peut-être même pas. Brièvement, elle l'avait eu un soir au téléphone au début des vacances. Elle se tenait adossée à côté du téléphone mural, à contre-jour de la lumière émanant du couloir, son ombre me paraissait immense et sa voix minuscule, fluette, étouffée, incompréhensible. J'étais assoupie à l'autre bout du patio et n'arrivais pas à me déplacer. Elle lui avait dit « chut, elle dort maintenant », sans doute pour ne pas me réveiller et pourtant, je ne faisais que l'attendre depuis notre arrivée. J'avais dressé une table comme au restaurant pour lui et moi avec une assiette pleine de radis, de concombre, de fromage de brebis, d'oignons, de pain et d'huile, sorte de variation culinaire hongroise. Je me suis endormie bercée par le ressac des vagues et par le vent soufflant dans le feuillage du tilleul, son tronc immense et veiné s'élançait vers le ciel étoilé.

Il était presque trois heures de l'après-midi, la chambre d'Irène était grande ouverte sur le patio, son corps tout en boule sur son lit, elle avait son turban de gitane sur la tête, les pieds nus et sales, une jupe par-dessus l'autre et elle tendait de temps à autre une main discrète pour boire son café turc. Le matin, en plus des lunettes noires, Mamie avait décidé de porter une bague en diamant et platine que Margareth lui avait offerte à San Francisco pour la Saint-Valentin. Je crois que ce bijou a toujours appartenu à Mamie et que Margareth n'avait fait ce jour-là que le lui rendre. Au déjeuner, l'une et l'autre n'avaient presque rien mangé, Irène était très incommodée par Mamie qui semblait rajeunie derrière ses lunettes. Moi je voulais aller à la plage, pour chercher papa le long du rivage, comme nous le faisions, tous les jours depuis notre arrivée. J'ai pris les devants et préparé le caddy, le parasol, ma bouée, nos serviettes, la crème solaire Coppertone.

— Mamie tu me mets de la Coppertone ?

— Demande à ta mère.

— Irène ?... On va à la plage ?... Irène ? Mamie ? Irèèène est-ce que tu veux un sonotone ?

— Non merci !

Je me suis déshabillée dans la chambre d'Irène, écœurée par son turban sale, son cendrier plein et l'odeur du café turc. Je lui ai tendu la crème Coppertone, le tube lui a glissé des mains tant elle transpirait.

— Tourne-toi !

Tandis qu'elle m'enduisait le corps de crème, Mamie feuilletait *Femme pratique* derrière ses lunettes noires. Les mêmes lunettes qu'à Saint-Tropez, il y a si longtemps quand nous attendions déjà papa.

— Arrête de te tortiller !

Je me suis jetée par terre sur le sol froid, elle regardait mon corps avec intensité. Pour la première fois depuis le début des vacances, je l'ai enfin vue sourire.

— Allez, on sort toutes les deux… J'en ai marre !

— Marre de quoi ?

— Chuut !

Elle a désigné Mamie d'un coup de tête.

Nous avons marché en silence jusqu'à la plage, on s'est installées sur nos serviettes côte à côte, Irène m'a tourné le dos, elle avait des points noirs.

— C'est la dernière fois qu'on part toutes les trois !

— Je veux changer de vie.

— Moi aussi, on va changer de vie à deux mon amour.

L'étendue de mer bleue venait se briser sur le rivage et les côtes dentelées se perdaient à l'horizon, à l'infini. Je scrutais les hommes blonds qui fumaient, papa viendrait. Je me suis levée et j'ai marché le long du rivage et puis entre les vacanciers allongés sur leur serviette de bain à la recherche de papa et Irène m'a suivie. Après les filets de volleyball, la plage se rétrécissait sur quelques mètres, il y avait moins de monde, des couples épars allongés sur le sable s'embrassaient. Là je l'ai vu, allongé sur une serviette, il enlaçait le corps d'une belle femme brune, je me suis jetée à son cou. J'ai tiré si fort, j'ai failli l'étouffer.

— Papa, papa !

Papa s'est retourné, mais ce n'était pas papa, pourtant il avait une moustache, la femme m'a regardée durement, j'ai lâché son cou.

— C'est ta fille ?

Il n'a pas répondu.

— Papa papa, pourquoi tu nous fais ça ?

Sa copine avait une tête en forme de poire.

— C'est mon père !

L'homme surpris ne savait plus quoi répondre, sa copine s'est détachée de lui et s'est levée.

— Tu ne m'as jamais dit que tu avais une fille… salaud !

L'homme s'est levé à son tour pour aller vers ma mère, il a fait un geste impuissant de la main, il était peut-être italien.

— Madame, dites-lui ?

— Dites-lui vous-même, vous voyez bien que ce n'est qu'une enfant !

La femme a pris ses vêtements.

— C'est stupide écoute, reviens !

Elle s'est enfuie, ses vêtements dans les mains, il la poursuivait, elle est entrée dans une voiture en bord de route et l'a planté, il est resté pantelant, j'ai couru le long du rivage, le nez dans le vent marin et elle aussi et elle criait.

— Pourquoi tu as fait ça, pourquoi Eva, pourquoi ?!

Je ne me suis pas arrêtée pour autant, j'ai continué de courir entre les hommes allongés sur le sable et puis j'ai bifurqué d'un coup pour entrer dans l'eau froide, elle a jeté son caddy par terre et m'a suivie.

Au loin il y avait des rouleaux d'écume argentée.

Il faisait sombre, elles avaient dîné en chuchotant, je n'entendais pas, j'étais à l'autre bout du patio à la table de restaurant que j'avais installée pour mon père et moi. Papa est entré sans faire de bruit, complètement saoul et l'œil rougi, la paupière gonflée, il avait dû se battre, il était amaigri. Il m'a souri, il a ouvert les bras en croix, il portait un étrange collier de fleurs blanches venant des îles. Il a tourné sur lui-même, j'ai cru qu'il allait se mettre à danser et puis il est venu à petits pas vers moi et a frotté sa moustache contre mon cou en me faisant des papouilles, j'ai ri et il m'a serrée dans ses bras très fort, ça m'a fait du bien, enfin j'ai senti que je me relâchais. J'ai presque pleuré mais je ne voulais pas. Ma mère et Mamie se sont approchées.

— Tu as vu l'heure ! a dit Irène.

— On s'en fout ! a répondu mon père.

Il s'est assis en face de moi à ma table.

— Tu me donnes ton plus beau radis hein ?

Je n'en revenais pas de le voir à ma table.

— Tu le donnes à ton père ?

Je lui ai donné mon plus gros radis et il l'a englouti.

— Mamie, va te coucher, a chuchoté Irène.

Mamie a filé, Irène a toisé mon père, il l'a poussée et il m'a attrapée par le bras et la jambe, il a grimpé sur une échelle menant au toit, il semblait connaître les lieux, peut-être était-il venu ici alors que je le cherchais sur les bords de mer. Elle a essayé de nous rattraper mais il m'a lâchée pour retirer l'échelle, elle est tombée sur le cul.

— Ma chérie, ma fille je t'aime ! m'a dit mon père et il m'a serrée dans ses bras, j'ai reconnu contre ma poitrine son caractère, que c'est fort un caractère, je le reconnaîtrais entre mille. Il a poussé un profond sanglot.

— Tu m'aimes ?

— Oui.

— Il faut que tu sois forte.

— Tu restes pas ?

Il était mélancolique, il souriait entre ses larmes, il pointait du doigt le ciel dégagé.

— Ça c'est la Grande Ourse et ça la Lyre...

— Où ?

— Là et là...

Je le regardais tandis qu'il m'expliquait.

— Il faut que tu apprennes à lire dans le ciel !

— Descendez tous les deux... Eva ! Eva !

Elle avait remis l'échelle. Il m'a prise par la main, nous sommes descendus et une fois arrivés en bas, il est reparti par la porte restée ouverte, sans se retourner.

— Papa ? PAPA ! PAPA !

Ma mère a repris sa gentille voix fluette.

— Il reviendra demain, tais-toi...

Le lendemain, nous avons marché le long des plages et dans les villages, je ne l'ai pas retrouvé. Je l'ai attendu jusqu'au dernier jour et jusqu'au dernier moment, je ne voulais pas partir. Il faisait sombre dans la maison alors que le ciel était dégagé. Je suis montée une dernière fois sur le toit et j'ai senti sa présence, son caractère si fort et compliqué, pareil aux constellations, je me suis frappé la poitrine et j'ai pensé à une pierre dans ma main. Je pouvais comprendre ses secrets, il me semble que je les ai toujours sus.

— Descends, allez ! On rentre à Paris et on va à Ibiza, dépêche-toi ! a crié Irène.

XIII

Ibiza

Irène s'était enroulé le corps de draps, la tête, les pieds, le cul pour se protéger du soleil au zénith. J'essayais de deviner où se trouvaient ses seins, c'était compliqué, il y avait plusieurs monticules, plusieurs seins, plusieurs dunes qui se profilaient à l'horizon, tout aussi blanc que le tissu, son corps devenait difforme, le sable semblait s'infiltrer en elle comme happé par un orifice invisible, elle a remué, des cheveux sont sortis de ses fesses mais finalement c'était sa tête toute sale et grasse. J'avais la bouche sèche et brûlée à cause des marais salants qui couraient sur des kilomètres alentour et pour la première fois de ma vie, une sacrée gueule de bois. La veille alors que nous regardions du flamenco au bar El Mono Desnudo, j'en avais profité pour boire en cachette un grand verre d'alcool Hierbas Túnel. Sous le ciel bleu azur, ma peau était très bronzée. Je prenais mieux le soleil qu'une brune et j'étais fière de ressembler à ces gitanes aux cheveux clairs dont je voyais furtivement briller les yeux verts le soir sur la marina. Dès le début des vacances, j'ai reconnu en elles mes sœurs. Un jour il faudrait que je fasse comme ces filles, que je quitte Irène et que je parte seule sur les chemins. Je n'avais que sept ans, mais maquillée et en talons hauts, j'en paraissais au moins dix. Il me suffisait de disparaître derrière un tas de broussailles. Je me suis levée péniblement, sur la plage il y avait des nudistes, des fêtards dormant depuis l'aube et, plus loin, des enfants riant gaiement dans la brume de chaleur. J'ai couru à toute berzingue sur l'écume de mer, grimpé sur la digue pour me jeter la tête la première dans l'eau. Sur mon passage, j'ai croisé « les Rudolph Valentino de service » comme on les appelle. On les voit parfois se promener le soir sur le port, mais ils ne sortent ni dans les bars, ni dans les boîtes de nuit de l'île. Ce sont des Américains, ils s'enferment chez eux pour se parer tels des cheiks. On dit que leur maison ressemble à celle d'un certain Malaparte, qu'elle ouvre sur de grands escaliers plongeant profondément dans la Méditerranée comme pour indiquer le chemin d'une cité engloutie.

La mer était transparente et pétillante comme de l'eau de Seltz à cause du moteur des petits taxis vedettes qui faisaient la navette entre une plage et une autre, certains avaient la chance d'avoir leur bateau personnel, comme les Rudolph Valentino de service. Sous le ponton de la digue, je pouvais voir les bulles argentées et blanches glisser puis éclater le long de mon corps, mais aussi observer sans être vue et crapahuter sur les pilotis à la fois rugueux et gluants d'algues vertes. Au-dessus de ma tête, les reflets des vagues ensoleillées jouaient entre elles dans un entrelacs sans fin, se projetant contre le bois doré et sombre. On aurait dit qu'un coffre au trésor plein de bracelets d'or et de diamants avait été déposé au fond de la mer. Les Rudolph Valentino de service sont descendus dans leur bateau avec des bouteilles de champagne et de belles mannequins d'au moins deux mètres de haut, suivis d'un *captain* aux lunettes noires et d'un serviteur portant à bout de bras une caisse pleine de homards vivants. Ils sont partis en quatrième vitesse vers l'horizon, là où se mêlent dans un même bleu étale et la mer et le ciel.

— On a retrouvé un couple de hippies assassiné à Santa Eulalia.

— Tu plaisantes ?!

— T'as pas lu *El País* ?

Les deux femmes s'étaient arrêtées de parler mais le clapotis des vagues et le bruit tonitruant des hors-bord m'auraient de toute façon empêchée d'entendre plus avant leur conversation. J'ai été faire la planche plus loin, je la faisais nickel. À deux cents mètres à peine il y avait un couloir pour le ski nautique. Une adolescente en bikini skiait en se laissant tracter d'une seule main. J'aurais voulu qu'Irène me paye à moi aussi des séances de ski nautique, elle me l'avait promis. J'aurais voulu avoir une taille normale et ne plus être petite, ne plus avoir sept ans mais au moins dix ou plutôt treize ou même quatorze, devenir une femme le plus vite possible, ne plus être une enfant.

— Tu me payes une séance de ski ?

— Je n'ai plus assez de pesetas, il faut qu'on aille à la banque.

— Quand le ski ?

— Demain.

On est allées rejoindre notre voiture, elle était tout au bout, sous les paillottes du restaurant Sol y Mar. En plus des superpositions de dentelles blanches et de haillons dont elle s'attifait, parce qu'elle voulait se donner un air select de première communiante de bord de mer, Irène arborait une fine ombrelle japonaise en papier de riz troué, pour se protéger la face du soleil et des regards indiscrets.

— T'es moche, atrocité va... allez avance !

— Arrête, j'ai des épines dans le pied.

Les bambous du parking zébraient joliment mon corps de nymphette, elle était assise sur le capot de sa Fiat, elle essayait d'enlever de son pied les épines de cactus avec une pince à épiler. Plein de gens partaient, nous on restait. J'en ai profité pour me démêler les tifs, en avant en arrière et je l'ai aspergée de flotte.

— Ouahh t'es folle !

— Grouille, la banque va fermer !

Les rideaux antimouches des cuisines du Sol y Mar ont bougé, j'ai senti qu'on me regardait, je n'ai pas pu me retenir de jeter un œil vers lui. Il était grand, au moins douze ans, blond frisé aux yeux clairs, ce ne devait pas être un Espagnol et il n'avait pas la peau foncée des gitans de la marina. Dans la voiture on a ouvert les fenêtres de la Fiat en guise de sèche-cheveux et traversé les marais salants, ma longue crinière blonde allait en tous sens, me fouettait le visage, me rougissant les joues. Arrêté sur un scooter en bordure d'un des canaux, le garçon aux cheveux blonds qui nous avait dépassées me regardait. Mon cœur s'est mis à battre si fort que j'ai dû mettre la main sur ma poitrine. Elle a pris la grande route qui mène à Ibiza, l'air était chaud, un vent africain.

— Tu crois qu'il est prêt mon nouveau bikini doré ?

— Aucune idée.

— Rosalba a dit qu'on pouvait passer quand on voulait.

— Alors… si elle l'a dit c'est… qu'il est prêt…

— À quoi tu penses ?

— À rien.

Derrière un ventilateur à grosses pales, trônait un portrait du général Franco. La banque de Santander était fraîche, les Espagnols vêtus de noir s'éventaient. Le guichetier était seul, on en aurait au moins pour une heure.

— Il faut qu'on tire suffisamment de pesetas pour ne pas se refaire cette queue… ahhh j'ai une inextinguible soif !

Les gens se sont retournés pour nous dévisager.

— Arrête de parler si fort !

Elle a fermé les yeux, puis elle s'est mise à chanter un air guilleret, une berceuse roumaine que je n'avais pas entendue depuis ma petite enfance.

Maimuţică cu cercei
Joacă noaptea-n papucei
(Le petit singe à la boucle d'oreille / joue toute la nuit avec sa babouche)

— Pourquoi tu chantes si fort ? Arrête !!!

— Tu as la taille fine fine fine, ça accuse la cambrure de tes reins, ça te fait un popo magnifique, la mer ça t'a rendue svelte... tu sais c'est toi ma grande inspiratrice, mes autres femmes elles ne t'arrivent pas à la cheville !

— Elles m'arrivent où ?

— Nulle part.

Elle s'est allumé une cibiche, toute la fumée est sortie d'un coup par ses trous de nez.

— On a besoin de refaire des photos, dès qu'on rentre, parce qu'avec tout ce qu'on claque, la vache. Arrête de te tortiller ça me donne le tournis, j'ai soif !

Elle marchait dans la rue tout en boitillant, accusant son pas, me montrant par là que les épines de cactus qu'elle s'était enlevées du pied la faisaient toujours un peu souffrir, tout comme le soleil brûlant auquel elle devait se soumettre malgré son ombrelle. Je la suivais ou bien je la devançais en courant pour l'attendre afin qu'elle me rattrape, puis je recommençais mon manège riant, faisant l'enfant, ça ne l'amusait pas du tout alors j'ai entrepris de m'entretenir avec un personnage imaginaire. J'ai envoyé des baisers dans l'invisible, vers les étals de poissons, la pharmacie où ils vendaient des Tranxène 50 sans ordonnance jusqu'à minuit, le magasin de pastèques. Elle s'est retournée, furieuse, sa jupe de dentelles guenilleuses dans ses mains.

— T'arrêtes de faire la con j'ai soif !!!

La terrasse du Montesol était prise d'assaut alors on s'est mises à l'intérieur et on s'est commandé *dos zumos de naranja natural.* Un petit homme aux oreilles décollées portant des gants blancs sur des mains enduites de crème pour ne pas les abîmer au soleil nous a rejointes, affichant un sourire à couper au couteau. C'était un Catalan, un maquilleur de cinéma, spécialisé dans les produits de maquillage Max Factor.

— Topolino !

— Hola qué tal ?

— Topolino, viens prendre un verre de jus d'orange avec nous !

— No puedo, on se voit plus tard au Mono Desnudo sí ?

Topolino est reparti vers le hall de l'hôtel rejoindre un des Rudolph Valentino, ils ont poussé la porte à tambour et sauté dans une Buick décapotable, filé en direction de San Rafael. Derrière le cadre de la fenêtre se dessinait la vieille ville, le soleil déclinait sur la citadelle et les maisons cubiques accrochées à flanc de colline prenaient une teinte orangée, on aurait cru des bateaux arrêtés en pleine mer, plus bas se trouvait l'antique nécropole phénicienne. À cette heure, le trafic sur la place était à son maximum, retours de plage, de courses, excursions dans les îles alentour. J'ai eu une brusque envie de pipasol, encore du sel, comme si celui de la mer et des marais ne suffisait pas. En allant au kiosque à journaux m'en acheter, je me suis dit avec regret que je n'étais pas arrivée depuis le début de l'été à me faire une seule copine. J'espérais m'en faire une devant l'étal des comics. De là où j'étais Irène ne pouvait pas me voir, j'étais cachée par des journaux, mais il n'y avait personne. Je grignotais mes pipas comme les vraies Espagnoles, en un coup de langue je place ma pipasol contre les dents, je la fends, je prends la graine, je recrache la peau au loin. Pfft ! Pfft ! Pfft ! Il y avait un piaillement d'oiseaux insensé dans les arbres, à croire qu'ils s'étaient tous donné rendez-vous. Irène avait mis un turban et ses lunettes noires, avec sa cibiche, elle ressemblait à ces femmes seules au café, j'en avais vu une – *Femme seule au diner* – dans une toile de Hopper.

— Il y a des hippies qui entrent dans les fincas, il y a encore eu des attaques…

— Vraiment ?

— Il faut qu'on trouve un homme pour qu'il vienne dormir à la maison et nous protège…

— À qui tu veux demander ?

— … À Topolino.

Le Montesol se remplissait et comme elle n'aimait pas le contact avec la foule, j'ai senti qu'elle commençait à paniquer alors je suis sortie la première et j'ai attendu qu'elle me rejoigne en terrasse. On a marché, marché encore. Près du phare, à l'angle d'une rue, j'avais repéré une vaste demeure aux volets clos, un bordel, un bruit courait comme quoi on y avait vu d'anciens nazis, certains d'entre eux étaient en cavale et se cachaient dans les maisons cubiques de l'île, achetant à n'en plus finir des fausses toiles de maître et aussi des copies et des croûtes en tout genre à des faussaires. Le bordel était encore loin, au bout de la marina, après les braseros de sardines.

L'eau bleu marine semblait presque noire, les enfants avaient la peau tannée par le soleil, ils couraient pieds nus, épuisette à la main, ils sont venus nous entourer en poussant des cris.

— Boat, marijuana, taxis ?

— Nothing, thank you !

— Boat, marijuana, LSD, taxis, cigarettes, LSD ?

— Non, nothing !!!

— Money !?

— NOOON !!!

J'en ai poussé un, il se sont échappés vers le phare en criant « Nooon » et « Nothing », « Nooon » et « Nothing ». Le soleil a décliné derrière la colline, bleuissant d'un coup la partie du port où nous étions, la chair de poule m'est venue et j'ai pensé à papa. Les ombres s'allongeaient derrière chaque chose, je me suis engagée la première dans une rue étroite.

Des guirlandes de lumières festonnaient les maisons, des centaines de tabourets jonchaient le sol, les bars ouvraient leurs portes, la rue menant à la citadelle était encore vide, seule une vieille femme s'avançait vers nous tout en noir. Elle portait, accroché au cou, un panier en osier plein de jasmin odorant, je pensais soudain à la jeune fille au justaucorps de paillettes de chez Biba qui nous distribuait des rafraîchissements dans la grande cabine d'essayage, elle aussi portait un panier. Irène m'avait dit qu'elle ressemblait à la fille du Tabarin qui faisait le tour des tables entre deux numéros pour vendre des cibiches. Plus la vieille s'approchait vers moi en titubant, plus je m'imaginais qu'on pouvait vieillir d'un coup d'un seul mais aussi se déplacer d'un endroit à un autre par la voie secrète d'un autre corps humain – s'y introduire tout simplement –, j'ai pu du reste deviner derrière son visage la présence d'autres femmes cohabitant en elle, et je me suis demandé si je n'avais pas devant moi une des véritables explications du masque mortuaire. Celui de terre n'étant là que pour mettre en lumière celui de chair. Je me suis inquiétée, y avait-il d'autres personnes que moi capables de comprendre tous ces mystères ?

— Si ça peut te rendre heureuse je t'offre un collier, tu veux ?

— Ouais, je veux bien…

J'ai pris les pièces qu'elle me tendait pour les donner à la vieille femme, je n'arrivais plus à soutenir la force de son regard, je suis partie en courant, je voulais être seule avec le jasmin.

Chez Rosalba, je me suis tressé une couronne de fleurs d'hibiscus, elles flottaient dans la vasque traînant à mes pieds. La boutique était pleine de filles qui venaient chiner au retour des plages. Des robes à smocks fleuris rétros, des kimonos et des photos de stars hollywoodiennes, Greta Garbo, Olivia de Havilland, Bette Davis, accrochées aux murs, délavées par le soleil, piquées par le sel de la mer. De grands chapeaux, des jupons blancs, des châles anciens, des blousons usés, rapiécés de strass, de clous, des robes en crochet blanc, des bas et des jupons blancs. Un style glamour londonien mais revu aux couleurs de l'île. Assise sur un canapé j'attendais que Rosalba en finisse avec ses clientes pour essayer mon bikini fait sur mesure, quant à Irène, elle consultait avec la plus grande attention un livre de David Hamilton, *Rêves de jeunes filles*, qu'elle avait trouvé sur une étagère de la boutique, où traînaient des bouquins éculés, laissés par les voyageurs. Du coin de l'œil, les photos m'apparaissaient, bucoliques. Les filles se déboutonnaient le corsage ou bien se regardaient pousser la poitrine dans le miroir, un chapeau cloche en crochet blanc sur la tête, elles se tenaient à contre-jour vêtues de tuniques de dentelles blanches dans l'encadrement d'une fenêtre donnant sur la campagne, elles buvaient du thé après la danse, elles dormaient en liquette tout en se susurrant des secrets d'écolières à l'oreille, elles marchaient dans la campagne espagnole et les rues blanchies de chaux d'Ibiza.

— Qu'est-ce qu'il est tocard ce David Hamilton, érotisme soft ! Prisunic de merde… regarde cette mièvrerie, beurk et beurk !

Elle m'a mis sous le nez la photo d'une jeune fille rêvassant sur le parquet au retour de son cours de danse.

— T'as vu un peu toutes ces petites culottes et ces socquettes blanches, c'est dingue, elle a… la peau toute rose de cochon et les yeux bleu lavasse ha ha ha ! Nous ce qu'on fait c'est quand même bien plus fort… Tu en penses quoi ?

— Ouais ouais…

— Ah si, moi je peux te le dire.

— Je m'en tape !

— Et il se fait un fric, je ne te dis même pas, dis donc j'avais pas vu qu'Alain Robbe-Grillet lui avait écrit des textes !

Rosalba m'a fait signe de la main, une cabine s'était libérée.

— Je vais essayer mon maillot doré.

— Je t'attends, je ne bouge pas.

Le maillot était mal cousu et le plastique trop épais, il me rentrait dans les fesses et me faisait ressembler à un boudin des bords de mer, rien à voir avec le projet initial, je voulais un maillot Barbarella. Je ne voulais pas me montrer avec, je ne voulais plus rien.

— C'est tout raté putain !

Rosalba est arrivée dans la cabine, elle était menue et vive, elle m'a regardée dans le miroir.

— Guapísima, que guapa ! te gusta ?

— Non…

— Porque ?

— Porque non...

Rosalba a tiré le rideau de la cabine d'essayage, toutes les têtes se sont retournées vers moi, Irène était toujours affalée sur le sofa, entourée d'un couple, ils me dévoraient des yeux. Je les avais déjà vus discuter avec Irène au Montesol, je ne sais pas d'où ils sortaient, pourtant ils avaient l'air de bien s'apprécier mutuellement.

On s'était changées, j'avais mis mon haut Fiorucci ramené de Milan, un short et des bottes dorées à talons hauts de chez Yves Saint Laurent, qu'elle m'avait offerts avec ses derniers sous juste avant de partir pour me faire oublier « impérativement l'épisode tragique de papa en Bretagne », et du rouge à lèvres True Tomato. Et Irène, sa petite robe Marlène de couleur claire et donc propice aux bords de mer.

— On va où ?

— Chez Xaviera Hollander, une ancienne tenancière de bordel, elle écrit des romans sur sa vie sexuelle… elle a beaucoup de pouvoir… ça marche !

— Mais pour quoi faire encore ?!

— Écoute Bibou, on va juste boire un verre pour voir leur belle terrasse, ils ont une vue magnifique… et après on ira manger tes calamars préférés…

Les coupes étaient pleines mais Irène avait dit pour nous « Non merci vraiment, on ne boit jamais d'alcool ma fille et moi ». Xaviera et Irène se sont détaillées avec crainte et respect, à tel point que je me suis demandé si elles ne s'étaient pas rencontrées dans leur jeunesse à Pigalle. Xaviera était peut-être une amie de Pinsson, il faisait sans cesse venir des putes à son atelier entre deux coups de pinceau. Elle avait les cheveux courts, le corps épais moulé dans un pull de coton blanc à gros poil, un dos voûté, des attaches épaisses, un poignet de force. Son boyfriend, plus jeune, est venu s'asseoir sur l'accoudoir pour me scruter d'un œil torve derrière sa mèche blonde tout en remuant son champagne au fond de sa coupe avant de la vider d'un trait.

— Elle a un corps superbe ! a dit le boyfriend.

— Bien sûr ! a dit ma mère.

— Un corps pour faire l'amour, elle va leur donner beaucoup de plaisir !

Je ne devais pas être le genre de Xaviera, elle me jetait des regards encore plus méchants que ma mère et j'ai eu peur qu'elle me choisisse pour être une des femmes de son bordel.

— Elle a déjà fait l'amour ? a lancé fringant le boyfriend.

— Elle est innocente…

Irène s'est penchée vers lui en baissant la voix, impossible de parler, les mots m'ont manqué, il aurait pu se passer n'importe quoi, j'ai regardé les lumières de la baie si gaies et hypnotiques.

Pierre, l'homme de Garches, est apparu, accompagné de deux belles jeunes femmes qui se sont mises à tourner sur elles-mêmes et à rire tout en prenant possession de la terrasse. La chaleur était étouffante à l'entrée de la nuit.

— Tu viens, on va manger tes calamars préférés sur le port ?

Irène et moi nous sommes reparties en direction de la marina, les longues ruelles étroites étaient peu éclairées, au fond la mer brillait comme un bijou. Pourquoi avait-elle à nouveau dit de moi que j'étais innocente ? Elle s'est déchaussée, avec mes bottes nous faisions presque la même taille, et s'est mise à marcher sur mon pas, à me prendre le bras comme pour faire copine-copine. Je ne voulais pas revoir cette Xaviera et toute sa petite bande dont Pierre faisait maintenant partie, ils me déplaisaient, j'ai failli en parler à Irène, mais j'ai préféré regarder la baie.

— On aurait pu faire un tour en mer sur leur bateau... si tu n'étais pas si difficile, Eva.

Le restaurant était grand et populaire, du zinc, du rouge et du crème dans un style désuet de bords de mer, des paellas, des grands poissons et du Pschitt ! Je n'arrivais pas à parler et encore moins à manger, j'ai à peine touché mes anneaux de calamars frits et elle avait chipoté sur son poisson cuit au court-bouillon. Les chats sont venus rôder autour de la table, ils nous ont effleuré les jambes en faisant toutes sortes de miaous, l'un d'eux était borgne.

— J'aimerais bien avoir un animal à moi !

— On verra, en attendant va te promener un peu le temps que je paye. Surtout tu restes à vue et tu ne t'approches pas trop près de l'eau, c'est très dangereux.

J'ai profité de ma liberté, je suis allée vers le grand olivier, un vendeur proposait des éventails odorants en bois de rose, des bandanas, des porte-clefs sifflets, des colliers fluorescents, des dents de requin, des coquillages. J'avais de quoi m'acheter un collier fluorescent, comme un tube de néon jaune. Je suis passée devant le tabac où il y avait la queue, trois garçons dont le beau blond des Salinas. Il avait mis une chemise blanche et plaqué ses cheveux en arrière avec de la gomina, il m'a regardée à la dérobée tandis qu'il parlait avec ses copains, j'ai entendu son nom : Alvaro. Ils sont repartis en riant.

Mon collier jaune fluo brillait dans la nuit, ça aurait pu être une chanson et même le tube de l'été. Les néons se reflétaient sur les vitrines des magasins, sur les capots des voitures, sur les verres des lunettes et même dans l'eau de la mer.

Topolino n'était dans aucun des bars de la marina. On est montées chez lui, elle a tambouriné à sa porte.

— Il y a que dalle, Irène.

— On n'a qu'à retourner chez Rosalba, elle saura ?

Chez Rosalba, *Rêves de jeunes filles* traînait sur le tapis, Irène était retombée sur le sofa devant le ventilateur, sa robe Marlène se soulevait, laissant entrevoir son sexe pelé et sa césarienne cousue à la Frankenstein, j'ai préféré regarder une obèse qui examinait des robes taille 36.

— J'ai la tête qui tourne !

— Qu'est-ce que je peux faire ?

— Même le sol gondole.

Des jeunes Allemandes sont allées essayer des liquettes dans la cabine en riant tandis que Rosalba faisait sa caisse tout en fumant un joint.

— Rosalba passe-moi le joint, je suis sûre que ça ira mieux.

Irène s'est redressée sur son séant. Elles se sont passé le joint, après quelques tafs, Irène s'est tout de suite sentie beaucoup mieux.

— Venez à la fête à Santa Eulalia, Topolino y sera sûrement.

Les routes étaient sinueuses, cabossées et mal éclairées. Devant nous Rosalba roulait à toute allure, si bien que nous faisions pas mal de bonds sur les sièges de notre Fiat. Irène avait mis ses lunettes de vue pour mieux se concentrer sur sa conduite. Ma fenêtre baissée laissait entrer le vent africain, le compteur de vitesse indiquait 90. En sens inverse, les voitures roulaient encore plus vite que nous, peut-être à 200. Nous avons pris la Carrer de l'Àngel. Des hauts projecteurs éclairaient la piste d'atterrissage de l'aéroport, des vols night and day. Une bande de motards s'était installée sur le gazon, certains s'agrippaient au grillage comme des babouins pour mieux apprécier l'arrivée des filles venant de Stockholm,

Rome, Amsterdam, Paris, Francfort, New York, Los Angeles. Devant la sortie, des dizaines de cars stationnaient et puis des travaux, sur des kilomètres, extension de l'aéroport pour l'année prochaine. Les panneaux publicitaires illuminés se détachaient sur la nuit noire. Chrysler 180, Nutrition alimentation infantile, Smirnoff, Seat un millon de experiencias, Cinzano Bitter, Las Majas, Apartamentos… Piscinas, San José, et puis plus rien, plus de panneaux, plus de publicités, plus de projecteurs, rien que la lune basse et ronde sur les marais salants, les cristaux de sel blanc et brillant et puis à nouveau des publicités et des femmes en noir, des paniers en osier, des petites filles et des chiens, un handicapé vendant des tickets de loterie… bim boum bravo… Des supérettes, des apartamentos, construcțions, apartamentos. Rosalba nous a fait signe de tourner à droite. Les motards nous ont dépassées, des filles assises derrière eux, leurs chevelures bataillaient sauvagement dans la nuit noire. Des oliviers, des pins, des pinèdes, de la broussaille, la mer brille sous la lune. J'entends des rires juvéniles dans le noir, nous approchons de la plage, un feu de camp, des filles en bikini font glisser des barques pleines de fleurs, des hommes sont allongés à l'intérieur, peut-être jouent-ils aux morts ? Des motos sur la plage et des décapotables, des clowns fluorescents peints sur un bus, derrière se détache la baie illuminée. Un véhicule de police file à toute allure. Nous bifurquons sur une route en terre battue. Irène garde le silence, je me demande à quoi elle pense, elle semble interloquée, son sourcil forme un accent, chapeau chinois. Nous sommes les fous du volant. À nouveau du sable blanc, c'est la pinède, les phares arrière des voitures et des bouts de cigarettes incandescents rouge orangé s'agitent dans la nuit. Une musique disco, j'ai la sensation que la soirée est proche mais à mesure que nous nous avançons, le son tourne, je n'arrive pas à savoir si elle est devant ou derrière nous. La baie, les lumières, Acapulco, Antibes ou Cannes. Des filles aux longues jambes sortent d'une belle villa. Quand je reviendrai à Paris, je m'achèterai un pot de mélasse Gayelord Hauser, je l'ai vu à la Vie Claire, j'ai lu dans un guide que la vendeuse m'avait donné qu'en mettant une cuillère de mélasse dans du lait et des fruits, le tout dans un shaker – milkshake c'est ça –, on pouvait garder la jeunesse éternelle et la taille mannequin. Marlene Dietrich, Gloria Swanson, Greta Garbo vantaient les mérites du pot de mélasse.

— Je veux de la mélasse Gayelord Hauser…

— Je ne sais pas de quoi tu me parles, vraiment…

— Je veux devenir actrice.

— Je ne peux que t'encourager sur cette voie.

Mes bottes dorées s'enfonçaient dans le sable. Par terre, des centaines de bougies et des voitures rutilantes jusqu'à la mer et des matelas blancs à même le sol, nous avons suivi Rosalba à l'intérieur de la maison, beaucoup de monde en blanc, ils servaient des boissons blanches, un lévrier portait un tee-shirt « Viva Ibiza ». Au bout d'un long couloir, un salon éclairé par des lumières stroboscopiques, mes bottes dorées Yves Saint Laurent deviennent cuivrées, noirâtres sous l'effet des spots. J'ai le sentiment qu'elles sont tachées de sang séché, quelqu'un est mort peut-être, mais à qui donc appartient ce sang ? Le sol est sale, des verres pleins de mégots. Le cendrier me fait penser à papa, peut-être s'est-il éteint ? Peut-être est-il un feu mal éteint sur le rivage des morts ? Peut-être n'est-il pas tout à fait mort encore mais entre la vie et la mort chez lui, dans un hôpital ou bien totalement ivre et allongé sur le sable d'une des plages bretonnes à regarder les constellations dans le ciel, j'aimerais savoir ce que veut dire : *transmission de pensée* – si je pense à lui, c'est qu'il pense à moi.

Nous avons fait le tour de la soirée avec Rosalba mais Topolino n'y était pas, déjà parti au Ku, la boîte de nuit de San Rafael. Nous avons attendu assises sur des chaises.

— Cet endroit est horrible.

— Ça sent la mer et on voit le ciel.

— Je vais pisser, ne bouge surtout pas.

Tandis qu'elle urinait derrière un des arbres du jardin, je me suis descendu un grand verre d'alcool.

Elle fonçait comme Fangio la guitare, j'avais la tête qui tournait, elle m'avait dit « Il faut tout oublier, à Ibiza on oublie tout », la fenêtre était ouverte et j'avais sorti mes jambes par la fenêtre de l'auto.

— Fais gaffe à ne pas devenir cul-de-jatte !

Il y avait du monde au Ku, mais Rosalba en connaissait suffisamment pour nous faire entrer.

À sept ans j'adorais aller en boîte de nuit. Mes bottes s'enfonçaient dans le sable. Que restera-t-il de nos corps quand nous serons morts, des grains de sable ? L'idée de devenir poussière au Ku me plaisait bien.

Une grande piscine, une passerelle, des palmiers, un bar blanc, des poufs autour de la piscine, très David Hockney, une piste de danse et des tas de gens, des travestis intellectuels, un côté Saint-Germain, Londres, Saint-Tropez, beatnik de San Francisco. Ce qui me plaisait le plus, c'était le ciel à découvert. J'avais la tête qui tournait mais elle ne le savait pas et c'était tant mieux. On s'est assise sur deux poufs, les gens se déchaînaient sur la piste, les lumières noires les métamorphosaient, des filles s'étaient fait des maquillages au D-glow fluorescent sous les lumières noires.

Ils ont passé le tube le l'été : *Family Affair*.

— Je veux danser.

— Je t'accompagne.

À nouveau, elle s'est collée sur mon pas, elle m'a pris le bras pour faire copine-copine devant tout le monde. Je me suis dégagée d'elle pour filer sur la piste. Un homme vêtu de blanc s'est approché, il est devenu aussi lumineux qu'un détecteur de faux billets. Il a dansé face à moi en me souriant, il était grand, un jet de flash est apparu, je me suis rendu compte qu'il me photographiait en tenant son appareil photo sur le côté. Irène est arrivée illico en compagnie de Pierre, il s'est adressé à l'homme au flash en l'appelant Jacques et à ma grande surprise, ils m'ont laissée en plan sur la piste pour aller discuter entre eux vers la piscine.

Dans les toilettes, la tête me tournait tous azimuts, j'ai eu envie de goûter mon collier fluo, il était tellement amer. J'ai voulu prendre la fuite mais finalement je me suis collée aux baffles, les filles plongeaient dans la piscine : *splashs de lumières !*

— Viens il faut rentrer, il faut partir !

— J'ai pas envie !!!

— Tu t'es pas vue t'en as partout !

— Fous-moi la paix.

Dans la Fiat, je me suis regardée dans le rétro, j'avais la gueule verte couleur pourri, le liquide s'était répandu sur moi.

— T'es dingue de bouffer ces trucs-là, c'est pas des bonbons, c'est du poison ! En plus t'as bu ? Avoue que tu as bu, tu n'es pas dans ton état normal !

Elle a démarré en trombe, elle roulait vite, les bandes jaunes défilaient à toute allure sous le capot de la voiture, en sens inverse, les gens hurlaient, chantaient dans des décapotables. C'était beau, leurs voix se mélangeaient avec le vent, un vibrato à l'unisson.

— Tu ne dois pas recommencer sinon on va être obligées de t'emmener à l'hôpital !

Elle a tourné sur un chemin de terre, elle ne trouvait plus du tout notre finca, isolée en pleine nature. Beaucoup de cactus, d'aloès et de flamboyants. Ma couronne d'hibiscus était fanée, demain je m'en tresserais une nouvelle pour aller danser.

— Prends la lampe, éclaire-moi !

— Quoi ?

— T'es saoule !

— Salope !

— Ne me parle pas comme ça je suis ta mère, tu me dois le respect !

La torche était superpuissante, j'ai éclairé le calvaire et le ciel, et puis je l'ai braquée dans sa gueule.

— AAHHH !!!

— C'est vrai que tu vas te faire lifter ?

— Arrête un peu de faire la dingue, quand je serai morte tu me regretteras !

J'ai éclairé les biquettes, elles sont parties en courant dans le noir et les broussailles brûlées, de la paille et des crottes partout. La voiture faisait des bonds, on ne voyait plus la route, le sable se soulevait à mesure qu'on avançait. La clef était cachée dans le seau du puits, c'était à moi de la récupérer, je la lui ai donnée. La grosse clef, la grosse porte, lourde à pousser, les murs aussi très épais, presque trop, pour se garder au frais de la chaleur de l'été. Elle est partie mettre son kimono et moi je me suis laissée aller en arrière sur le canapé, j'ai soudain eu peur qu'on nous assassine alors j'ai bloqué la porte avec une chaise. Elle est revenue en se massant les tempes avec son baume du tigre, une odeur de camphre en a masqué une autre, plus âcre.

— Va te coucher.

— Qu'est-ce que t'as dit à Pierre ?

— Rien, son copain Jacques veut te photographier, il fait des jeunes filles nues et sportives sur les plages. J'ai dit que je ne savais pas, qu'on verrait plus tard, tu m'as trop azimuté la tête, je suis claquée, je t'interdis de boire, arrête de me regarder comme ça !

Ma chambre donnait sur la sienne, je l'apercevais dans son lit, ses jambes, ses bras, ses draps, ses cheveux crépus et au bout de ses doigts un livre à la couverture noir et violet, *Le Nécrophile* de Gabrielle Wittkop, donné par l'éditrice rousse en Rolls blanche. Elle s'est endormie avant moi, le livre a glissé de ses mains. Je me suis levée pour le prendre et j'ai lu fébrile sans vraiment trop en comprendre le sens :

« J'ai écarté les cuisses pour contempler la vulve mince comme une cicatrice, aux lèvres transparentes d'un mauve pâle. Mais il me faudra attendre encore quelques heures car, pour l'instant, tout le corps est encore un peu rigide, un peu crispé, jusqu'à ce que la chaleur de la chambre l'amollisse comme une cire. J'attendrai donc. Cette petite fille en vaut la peine. C'est vraiment une très belle morte. »

*

La chaleur était épouvantable, elle avait encore augmenté, je faisais la queue devant le congélateur à glace du Sol y Mar pour des citrons givrés, j'avais pour mission d'en ramener à Topolino, il était venu comme promis pour nous protéger dans notre finca. Nous pensions Irène et moi qu'il allait rester vu qu'il avait emporté ses habits et aussi sa belle mallette à maquillage Max Factor, mais dès le premier soir la situation a tourné au vinaigre, la peur panique l'a emporté à cause des mariposas ou des *Great Peacock moths* comme les appellent les Anglais, cette espèce de papillon de nuit géant qui peut proliférer selon la saison. Échappés de l'amandier de notre jardin, ils se sont introduits dans la chambre de Topolino pour gronder et même crier autour du plafonnier. J'ai appris que le cri du papillon de nuit géant pouvait chasser la chauve-souris, ils ont tournicoté autour de l'ampoule, projetant leurs ombres sur les murs, devenues diaboliques par l'effet de la lampe, si bien que Topolino a pris peur, si peur qu'il a préféré repartir seul par ses propres moyens à travers les broussailles au milieu de la nuit. Tout compte fait nous n'avons jamais trouvé personne dans l'île pour nous protéger, nous étions comme disait Irène « de pauvres femmes totalement démunies », ne supportant plus que les homosexuels et les travestis des bords de mer.

Le serveur avait vendu tous les citrons givrés, il ne lui restait plus que des Popsicle Megamissile à trois couleurs, j'ai opté pour cette solution de facilité. Tandis que je payais les glaces, j'ai pu saisir dans la conversation des filles à la table d'à côté qu'ils allaient ouvrir la plus grande discothèque au monde et qu'elle s'appellerait le Pacha Club. Je suis allée faire un tour vers le parking aux bambous, histoire de strier un peu mon corps de zébrures. Assis sur un scooter torse nu, Alvaro fumait une cigarette et il n'en était pas à sa première, nous nous sommes regardés comme on se regarde quand on sait qu'on ne se verra plus jamais. Je me suis quand même demandé pourquoi il était seul au milieu des bambous, mes pensées n'aboutissaient à rien, la tension physique entre nous l'emportait sur tout le reste.

Je suis revenue en courant sur le sable mouillé. On était toujours du même côté, derrière les dunes, après la digue et avant les nudistes, c'était notre endroit. Au fur et à mesure que j'avançais je distinguais dans la brume de chaleur les Rudolph Valentino de service. Ils s'étaient assis sur ma serviette à côté d'Irène et de Topolino, ils étaient nus, en string, en pantalons bouffants ou en grandes culottes sans coutures, style égyptien. Ils portaient des bracelets en corne d'éléphant au bras et des bagues aux doigts. Irène s'était à nouveau enveloppée de son drap.

— Gracias.

— De nada, il n'y avait plus que ça.

— Megamissile, oh megamissile for ever !

La blague second degré sur la glace de forme phallique Popsicle Megamissile leur plaisait plus que tout, ils ont ri, applaudi et du coup comme j'y étais pour quelque chose, ils m'ont introduite dans leur cercle et j'ai pu rejoindre un bout de ma serviette pour m'étaler dessus. Ils m'ont regardée, pincé les fesses.

— Lolita !

— Lolita ??

— What a Lolita !

— Ahhh là là là là là !

Irène prenait son air mi-médusé mi-amusé, on se demande de quoi quand on sait ce qui arrive à la mère de Lolita, on a tout sauf envie d'interpréter son rôle ou alors pour rire parce qu'on est « terriblement désespérée ». J'ai écouté d'une oreille attentive la conversation en cours qu'ils avaient interrompue lors de mon arrivée, j'ai vite compris de quoi il était question, de l'histoire du papillon géant Peacock moth qui s'était introduit à la finca…

— Tu te souviens que j'ai été avec Pinsson à New York…

— Oui…

— Je t'ai raconté l'histoire du Peacock…

Elle ne m'avait rien raconté du tout.

— Peacock Peacock Peacock, dis-moi qui tu es ?… « The fabulous peacock », j'ai connu à New York le Roseland Ballroom, un dancing antédiluvien sur la 52e Rue, vous connaissez bien sûr ?

— Yes… oh yes…

— An old dancing… yes, whatever…

— Le peacock, figurez-vous, est aussi une danse de salon !

— Fabulous !

— Oh lovely !

Ils riaient à s'en tordre le ventre.

— Une danse très raffinée où il faut se ployer en avant, en arrière, en mimant lentement la mort du paon et où l'on ne doit pas cesser de séduire de très près son partenaire, c'est une danse d'amour, et les danseurs de ce dancing vous ressemblaient comme deux gouttes d'eau, la même allure majestueuse !

Les Rudolph Valentino ont applaudi à tout rompre.

— Incroyable ! dit l'un d'eux.

— Mais encore avant le Roseland Ballroom, nous avons été danser avec les Noirs à Harlem !

— Oh…

— … Very dangerous, Harlem.

— Black is beautiful ! a dit Irène.

Notre histoire du papillon géant Great Peacock moth s'était transformée en une danse de peacock à New York, que je ne pouvais pas connaître puisque j'étais à San Francisco chez Margareth. Elle inventait ou plutôt il m'a semblé encore une fois qu'elle mentait, bien que son ton fût celui plus enjôleur et charmant de l'affabulation – ils riaient –, à présent elle jouait à être une poupée russe sous son drap blanc. Je ne comprenais pas d'où lui venait ce besoin de brouiller les cartes, sans doute avait-elle quelque chose à oublier. N'est-ce pas ce qu'elle m'avait encore dit après la Bretagne, « Oublie tout ma fille ça vaut mieux » ?

Certains des Rudolph Valentino s'enduisaient le corps de mon huile « Baby oil » de chez Johnson's. L'un d'entre eux m'en a mis sur le dos.

Ils ondulaient des bras comme un seul poulpe réuni.

— Baby oil and Kleenex in every room !

— Hugh Hefner, what a creepy man !

— Ladida !

— Let's have a swim !

Ma mère de dos, se détachant sur le bleu du ciel, je ne voyais plus rien d'autre qu'une masse informe.

L'écume sale frissonnait comme de la gomme molle roulant sur le sable mouillé. Je me suis laissé happer par le sommeil.

— *Ces îles Baléares, c'est ici que commence le voyage d'Ulysse... ah ah ah ! elle dort la petite...*

Je n'avais pas la force d'ouvrir les yeux, je me demandais bien à qui pouvait appartenir cette voix, prétentieuse et snob, mais après tout je m'en foutais.

La maison des Rudolph Valentino était tout en longueur, faite de terrasses successives, située contre un bloc de terre rocailleuse, on aurait cru que le gris de la pierre avait été recouvert de feuilles d'olivier. Les chambres très vastes avaient des baies vitrées, on pouvait apercevoir à la lueur des photophores des têtes de faunes et posées un peu partout de grandes jarres antiques. Topolino avait maquillé tous les Rudolph Valentino de service avec les produits de cinéma Max Factor, ils s'étaient vêtus d'un turban comme Irène et de pantalons bouffants. Ils riaient de se voir tous si semblables à Rudolph Valentino « the Great Lover ». Devant la maison, des marches monumentales descendaient sous la mer si loin qu'il était impossible de voir où elles nous mèneraient si on les descendait. Nous sommes partis prendre un bain de minuit, je voulais aller jusqu'au rocher, voir une dernière fois le rivage, je me suis mise à nager et ils m'ont suivie.

XIV

À Barcelone, on a arpenté ma mère et moi les rues illuminées à la recherche d'un peu de bonheur à deux. On est allées du côté du Barrio Chino à cause des gueules cassées ou des putes bizarres dans les cafés qui auraient pu nous amuser. J'étais triste, aucune envie de retourner à l'école et encore moins dans la chambre de bonne. Irène marchait derrière moi, elle me suivait comme mon ombre tandis que les hommes venaient m'aborder pour me dire des trucs bien salaces, j'ai fini par fondre en larmes et je me suis laissée tomber sur le trottoir de tout mon long, pareille aux enfants fatigués avec mon short et mes bottes en or Yves Saint Laurent et mon Mickey dans les mains. Des gens me regardaient surpris, une pute obèse a voulu intervenir pour m'aider mais Irène s'est assise par terre à côté de moi, l'air totalement azimutée. Elle se forçait à me sourire, je n'arrivais pas à briser le silence, à parler et elle n'arrivait pas à me prendre dans ses bras, à me serrer contre son cœur, à me consoler, à m'embrasser, elle ne l'avait jamais fait. Dans l'attente terrible, son regard s'est affolé tout contre moi et je l'ai vue faire l'ingénue, on n'aurait pas dit ma mère mais une inconnue qui se serait infiltrée dans ma vie – le diable probablement. Mes pleurs redoublaient, mes nerfs lâchaient alors que les gens du Barrio Chino, les putes et les gueules cassées sont enfin sortis des immeubles – mystère du Barrio Chino, au loin le son d'une guitare de flamenco. Deux hommes sont arrivés, l'un d'eux a pris fermement le bras d'Irène.

— Policía, passaport por favor !

Elle a farfouillé dans son sac, elle tremblait, prise au piège car il lui restait du hachisch, elle leur a montré son passeport avec la photo de l'enfant mineure et la sienne, ils ont vérifié si c'était nous – nul doute.

— What happened, what do you want, my daughter is sad, don't you see her tears ?

Je me suis redressée poliment, le flic a rendu le passeport à ma mère, qui a demandé d'une voix aigrelette, enfantine à peine audible :

— Ramblas por favor señor señor dondé e ?

Et moi j'entendais seigneur seigneur plombez-les.

On a continué à marcher sur les Ramblas entre les fleurs, les fruits, les oiseaux, les vieux cageots, les poubelles. Les immeubles étaient noircis de fumée et de crasse et sur le mur de l'un d'eux j'ai pu lire : *la vida es una mierda.* Je me suis remise à pleurer, et à nouveau elle s'est mise à marcher derrière moi comme mon ombre. Je savais qu'elle savait que je pensais à mon père, c'était la fin des vacances et à chaque fois que j'étais mélancolique, elle me disait, « ne pense pas à lui, oublie, oublie ton père, oublie-le ». Je l'avais oublié, c'est vrai – bien qu'il fût tout le temps présent à mon esprit, et les mots qu'elle n'avait pas encore prononcés, mais je savais qu'elle allait les prononcer, m'engourdissaient déjà le corps. Je me suis laissé happer par les lumières des cafés, les néons, les enseignes lumineuses, les guirlandes, l'errance, le vertige. Ces mots qu'elle avait sur le bout de la langue, qu'elle ne disait pas mais qu'elle contenait en elle, me faisaient l'effet d'un tampon d'éther qu'on vous fourre sous le nez avant une opération chirurgicale et à nouveau j'eus le sentiment qu'elle allait abuser de moi, comme dans le sommeil, la vie comme dans un mauvais rêve, car je n'étais pas complètement endormie et au fond de moi je n'avais pas d'autre solution que de lutter à l'aveugle – je me répétais ces mots intérieurement, lutter à l'aveugle – et soudain peut-être à cause du Maure unijambiste à mes côtés et du piaillement des oiseaux, j'eus l'image furtive d'être un derviche tourneur caché sous une burqa, l'eau coulait à mes pieds dans la rigole.

— Arrête de chialer, je t'offre un animal, un perroquet multicolore.

Elle prenait à partie le vendeur unijambiste, il avait autour du cou des tickets de loterie et en plus vendait des cacatoès de toutes tailles qui chiaient sur des journaux dans les cages.

— Si ça peut te faire oublier tes soucis, toi qui voulais un animal en voilà un, tu ne veux plus que je te l'offre ?

J'ai pas dit non, de toute façon dans la vie tout se paye, les oui comme les non. On est allées à l'hôtel Conquistador du côté du Barrio Chino.

Là on s'est lavées, on s'est peignées et on s'est mis nos robes longues et nos tatanes pour aller dîner dans un de ces restaurants anciens aux carrelages peints et aux lustres à demi éteints, on s'est calfeutrées dans des banquettes de velours cramoisi, et on s'est pris la dernière paella royale de l'été pour deux, ils nous avaient autorisé l'oiseau mais par terre. Mon père était omniprésent et le blanc de l'assiette me rentrait dans l'œil. Son nom qu'on ne devait pas prononcer, les hommes étaient bannis, surtout lui, violent, saoul, bien plus violent et saoul que la fois où je l'avais vu sur le port de Lorient ce matin clair assis sur la banquette en moleskine comme sortant d'une gloire éternelle et cette dernière fois où il avait poussé Irène au point qu'elle en perdit l'équilibre et m'avait fait monter sur le toit de la maison pour me montrer l'importance du ciel et des étoiles, sa voix décrivant des espaces invisibles – il m'avait serrée dans ses bras et m'avait dit : « Ma fille chérie je t'aime. »

— Pourquoi on n'a pas le droit de parler de papa ?

— Parce que ça ne sert à rien, il ne va pas bien et que c'est mieux comme ça.

— Qu'est-ce qui est comme ça, toi et moi on est pas une famille !

— On est mieux qu'une famille, on est pas comme les autres – toi et moi on est uniques, qu'est-ce que tu veux de plus – tu es exaltée !

Le blanc de l'assiette était coupant, je n'avais pas faim, il n'y avait qu'elle qui mangeait, elle aspirait les moules et les têtes de gambas.

— Tu veux que je t'apprenne quelque chose sur ton père, c'est ça que tu veux…

— Vas-y…

— Et tu me promets qu'après tu te calmes et tu m'en parles plus ?

— Oui.

— Ton père est un rose-croix, il fait partie d'une loge et cette loge est à Nuremberg – c'est pas la peine de m'en demander plus, je n'en sais pas plus, il me l'a dit un jour, il y a longtemps, du temps de Monceau.

— C'est quoi rose-croix ?

— C'est des genres de francs-maçons mais mystiques, ils utilisent comme emblème la rose en sang, ils disent que c'est le sang du Christ, je ne sais pas… c'est des loges, il y en a partout dans le monde et de toutes sortes, là-dedans il y a parfois des musiciens, des écrivains, des mathématiciens, des politiciens, des historiens, des bouchers, des pâtissiers et ils se parlent entre eux, ils s'échangent leurs recherches, leurs réflexions, ils s'entraident.

— On rentre ?

De retour à l'hôtel, on a couvert la cage du perroquet d'un drap, elle avait bu de la liqueur Parfait Amour qu'on avait trouvée à l'aéroport d'Ibiza, l'élixir particulier dont nous avait parlé l'éditeur obèse de Londres. Elle était saoule, ça ne lui arrivait pas souvent, et à moitié endormie dans son lit, alors j'ai eu envie moi aussi d'abuser d'elle dans son sommeil. J'ai retiré ma culotte, relevé ma robe et lui ai mis mon sexe sur la figure, elle n'a pas ouvert les yeux, je me suis collée sur son nez, très vite elle a étouffé et m'a poussée, paniquée, j'ai vu dans ses yeux qu'elle allait oublier, elle s'est retournée. J'ai fini la liqueur à la violette, sucrée à souhait, et puis j'ai été me coucher.

Le lendemain nous n'en avons pas parlé, ni le surlendemain, ni jamais.

J'ai souvent cherché les ponts invisibles, ceux qui relient une ville à une autre, un appartement à un autre, une main à une autre, une souffrance à une autre, un objet à la place d'un mot, un mot qu'on écrit sur une feuille de papier puis qu'on mange, le verbe s'est fait chair, la parole de Dieu. Lorsqu'une femme garde trop longtemps un secret on dit d'elle qu'elle est énorme, prête à enfanter – éclater, langage imagé. Sous les ponts coulent nos âmes et nos amours, il faut se jeter à l'eau, passer de l'autre côté, là où se noient les fous. Un dimanche matin de mes trente-cinq ans, j'avais reçu une couronne invisible faite de cristal et de fils de la Vierge ainsi qu'un sceptre. Mon royaume était très loin, j'étais abandonnée dans un château de verre, enfermée dans une prison d'air et je devais renommer chaque chose qui se présentait à mon esprit, les reconnaître à nouveau, les estimer et les chérir, mon trésor.

TROISIÈME PARTIE

I

Il neigeait sur le boulevard du Montparnasse, de gros flocons blancs, le givre s'était densifié sur les bords de la vitre en un cadre laissant à peine filtrer la lumière bleutée des réverbères. Au centre, mes cheveux blonds se reflétaient dans la nuit. Ça sentait le vin chaud et l'écorce d'orange grillée. Bientôt ça serait Noël et malgré toutes nos disputes, Mamie, Irène et moi nous irions à l'église orthodoxe écouter les chants et déguster des petits pirojkis à la cantine russe. Mon front, mes joues, mon buste collés amoureusement contre la vitre gelée de la Coupole, j'espérais tant tomber malade, rester au lit pour ne plus avoir à jouer avec ma mère aux séances photo, chaque semaine on devait en faire plus et plus, sans répit, je ne voulais plus retourner à l'école où l'on m'excluait et me traitait de « pute à sa maman ». Pierre s'était assis à côté de moi un cigare à la main, il regardait son propre reflet dans la vitre de la terrasse, il avait bien changé depuis Garches avec son manteau en poil de chameau taché de graisse, ses chaussures vernies cabossées et crottées, son col de chemise troué et surtout son nez enflé. Ses narines s'ornaient à présent d'extraordinaires excroissances de chair garnies de pustules allant du parme au violet et au bleu canard en passant par le jaune mordoré. Un peu comme la peinture de Ghirlandaio du vieil homme et de l'enfant mais en pire – j'attribuais ses pustules grandissantes à ses méfaits à mon encontre ! Comme un châtiment, parce qu'il aurait mal agi – mais le mal n'est jamais puni directement, il existe pleinement en tant que mal. Je me berçais dans mes illusions de justice, un peu comme Gabor qui s'était persuadé pouvoir soigner son hépatite à l'aide d'un élixir vert Nil ramené d'Égypte parce qu'il était de la même couleur *vert Nil* que les sphinx qu'il était en train de peindre. Ce plaisir particulier qu'on a à se lover dans sa propre crédulité me paraissait une forme d'imposture générale – pouvant être complémentaire et même inhérente au mal lui-même. Pierre, entouré de fumée dans cette salle de terrasse suréclairée et aveuglante, des dizaines d'hommes en manteau en poil de chameau buvant du vin et riant, marée humaine, avait présenté Irène au rédacteur en chef du magazine *Photo*, afin qu'elle puisse être soutenue officiellement, montrer son travail – une vitrine formidable, presque deux cent mille numéros vendus chaque mois, un véritable tremplin pour l'aider à m'utiliser davantage. Le rédacteur en chef de *Photo* n'acceptait pas toujours le travail d'Irène et nous devions souvent le refaire avec pour mot d'ordre, se démarquer des autres photographes, et garder ce style macabre, onirique, scandaleux, sulfureux, pornographique. On lui avait appris qu'en répétant sans cesse les mêmes images, elle aurait plus de chances d'être reconnue, c'était du bizness et il nous fallait du flouze pour vivre. Dès notre retour de Barcelone, elle avait couru leur montrer une de nos séances sobrement intitulée « La maja desnuda ». Un hommage à Goya et à notre bel été. Hormis mon chapeau de plage et de grandes chaussettes blanches, Irène me voulait nue avec Alvaro mais le duvet naissant de mon sexe me gênait terriblement et l'absence de vrais poils m'humiliait. Elle riait de son rire dissonant, « t'es inhibée ma fille ? Et pourquoi, dis ? Ouvre les cuisses… montre ta fente, tu verras après, c'est somptueux !… »

Alvaro avait paniqué, il chiait des tubes de merde sur les coussins, elle avait dû aller l'enfermer dans sa cage et puis elle était revenue pour me photographier de plus près.

— Si tu pouvais rester toute ta vie comme ça… un jour tu vas grandir, quel dommage, c'est maintenant que tu es intéressante, si tu savais !

Pierre ne se donnait même plus la peine de remuer son cigare qui lui brûlait le bout des doigts, pourtant il me souriait.

— Et ton perroquet, tu lui as appris à parler ?

Quelques jours plus tard, j'étais montée chez elle dans l'idée de voir les planches de la séance et donner des graines à Alvaro, mais il n'était plus dans sa cage, il avait disparu, la fenêtre était grande ouverte. La bouilloire électrique sifflait et j'ai vu ma mère en reptation contre les murs poisseux de la cuisine dans son peignoir damassé violet foncé, les cheveux en bataille.

— Il est où ?

— Parti, un perroquet ça ne vole pas, il a dû mourir, moi aussi je l'aimais beaucoup Alvaro et plus que toi !!

— Tu n'avais pas fermé la cage ?

— Tu pouvais t'en occuper, où est-ce que tu te crois ?!!

Nous l'avons cherché autour du pâté de maisons, dans les cours, je m'étais immobilisée sur le tapis rouge, elle était montée seule vers ses appartements. Je n'avais pas compris tout ce qu'elle m'avait dit, tant il y avait dans ses phrases des mots comme inouï, fabuleux, magique, somptueux, en fin de compte, j'en avais déduit qu'elle devait me quitter parce qu'elle avait un rendez-vous avec un Japonais venant tout exprès de Tokyo pour choisir des images de moi mais que la chambre était si exiguë qu'il aurait été impossible de s'y tenir à trois, de plus ma présence aurait perturbé le choix de l'exigeant Japonais.

À la Coupole, malgré les volutes de fumée de son cigare, on se voyait quand même dans la vitre Pierre et moi.

— Qu'est-ce que tu veux à la fin ?

— Je suis venu te chercher, Irène est inquiète, elle t'attend, tout le monde t'attend à table.

— Dis-lui qu'elle crève !

Finalement j'ai repris ma place entre Pierre et Gabor, l'eau du bouquet de glaïeuls était aussi sale que Pierre qui sauçait mon curry d'agneau avec des mouillettes. Quant à Gabor, le khôl noir et dégoulinant de ses grandes paupières tombantes traçait de longs filaments sur ses joues comme autant de gouttes d'eau filant sur une vitre un jour de pluie, il buvait une prune de plus et regardait d'un œil émerveillé, quoique torve, ma mère qui étrennait son lifting pour la toute première fois. Elle était d'un éclat virginal et avait tenu à ce qu'on l'appelle tous « Mamita cafard ». Son regard étiré, accusé d'un épais trait de khôl, lui donnait un air bridé. Elle avait du mal à articuler, un voile de morphine laiteux passait dans son regard, si elle ouvrait trop la bouche, elle risquait de faire sauter les agrafes de son lifting. Craignant une mauvaise cicatrisation, elle faisait semblant d'aspirer la fumée de sa cibiche posée au bout d'un fume-cigarette couleur ivoire, du même ivoire que sa robe dont le décolleté plongeant laissait voir ses seins dont elle avait peint l'aréole en rose shocking et le téton en rouge sang avec mes feutres Crayola. Les gens aux tables voisines nous dévoraient des yeux, j'avais mis de grandes bottes rouges et ma chapka, ce qui me donnait l'air d'une fille d'Europe centrale. Le serveur s'est baissé pour savoir ce qu'elle voulait.

— Duu heee.

— Du thé ?

— Du hee.

Les quelques mots qu'elle avait prononcés pour réclamer un supplément de purée étaient totalement pâteux, sa voix semblait retenue quelque part derrière sa tête tirée par des fils – bridée telle une marionnette népalaise. J'avais du mal à comprendre le sens de ses phrases, son allocution était amollie par la drogue, pourtant elle s'est adressée à moi.

— Orski tu es né tu as morvu l'aisaim de mer uskau sang.

« Lorsque j'étais née j'avais mordu le sein de Margareth jusqu'au sang. »

Je n'avais pas eu l'envie de la questionner davantage, mais a-t-on des dents à la naissance pour mordre ou alors est-on déjà très vieux très vite, comme dans la Bible ? À ma naissance j'avais soi-disant avalé tout son placenta et c'était pour ça qu'on m'avait mis en couveuse – j'avais failli mourir. Elle était venue me voir tous les jours derrière la vitre, dès le début de mon existence elle m'aimait tant qu'elle ne pouvait pas faire autre chose que me regarder. J'en déduisais en l'observant à mon tour sous les lumières éclatantes de la Coupole : « *Qu'avec elle j'étais en danger de mort.* »

J'avais envie d'un gros dessert, des profiteroles. Alain Robbe-Grillet était venu à notre table un verre de vin à la main.

— Il faut jouer nue dans mon prochain film.

Je n'aimais pas son nom, Robbe-Grillet, j'avais le sentiment que c'était ma robe qu'on allait griller, ni son prénom, Alain (À l'un), aux consonances univoques.

— Non ! Non !

Il portait une barbe hirsute et une écharpe autour du cou et n'avait de cesse de faire tourner son stylo Montblanc en donnant à chaque demi-tour un petit coup sec contre la serviette blanche toute bien pliée.

— J'ai pas envie.

— On se téléphone, Irène.

— Ouin.

Alain s'est levé, elle lui a envoyé un baiser de la main. Elle s'est laissée aller en arrière sur sa chaise et m'a narguée derrière ses yeux bridés.

— Pou oii c'est peau la undité ! hein ! es beau !

Quelques jours plus tard, j'attendais Irène devant le musée des Colonies, là où se trouvent les alligators, les masques africains et les poissons de toutes les mers. Irène est arrivée avec Alain Robbe-Grillet. Il a sorti un cadeau de sa poche.

— C'est pour moi ?

— Oui.

Je l'ai ouvert, c'était un beau stylo plume, un Montblanc comme celui qu'il avait remué sous mon nez à la Coupole. Irène s'est écriée :

— Dis donc quelle chance tu as ! Un beau Montblanc… offert hein… et pas par n'importe qui ! Imagine, il est allé jusqu'au boulevard des Italiens pour te l'acheter.

Je lui ai fait la bise. Alain a arrêté un taxi, il est monté dedans – à bientôt, il nous a dit. J'ai rangé le Montblanc dans ma poche pour ne pas qu'elle le voie, avec son book sous le bras, elle m'a entraînée vers la Volkswagen, nous avions rendez-vous chez *Photo*.

Un vent terrible soufflait sur les Champs-Élysées, les jupes des femmes volaient, les parapluies se retournaient, le givre commençait lentement à fondre. Le soleil éclatant passait en alternance derrière les nuages les teintant de rose pâle, de bleu ciel ou d'un vert marin translucide et soudain tout au bout de l'avenue, l'Arc de Triomphe submergé d'une gloire or jaune orangé. L'ondée passagère avait trempé d'eau le bitume devenu miroir du ciel. Je me suis arrêtée devant la galerie des Champs-Élysées, j'ai senti que mon père venait de s'y engouffrer et qu'en suivant sa trace j'allais le retrouver, j'ai couru dans la galerie, arrivée devant une des machines Astroflash je me suis mise à trembler, je ne savais plus où aller alors je me suis laissée tomber par terre aux pieds de la machine informatique que j'ai prise dans mes bras et j'ai pleuré.

— Arrête avec ton père, pourquoi tu te mets dans cet état, folle !

— Laisse-moi !

— Lève-toi !

Les gens nous regardaient mais personne n'osait intervenir.

Plus je m'accrochais à l'Astroflash, plus elle essayait de m'en défaire. Je lui ai mordu le mollet jusqu'au sang.

— Aïiïe !

— Va-t'en !

— Allez lève-toi je t'en supplie, ils nous attendent !

Nous avons repris notre marche sous une nouvelle ondée et par un vent terrible vers l'Arc de Triomphe et le tombeau du Soldat inconnu.

Il y a eu une éclaircie, radieuse, l'ondée s'est transformée en une brume d'eau iridescente et j'ai tendu ma face vers le ciel, fermé les yeux, marché à l'aveugle, et l'avenue m'est apparue comme l'érection de la Croix.

Il était dix-sept heures, Irène venait de montrer une série photo intitulée « Allô la jungle » à cause de mon maillot panthère et d'un gros coquillage qui me servait de téléphone. Éric Colmet Daâge, le rédacteur en chef du magazine, regardait les rejets et les choix d'Irène à l'aide d'une loupe compte-fils, c'était lui en dernier lieu le grand décisionnaire. Je n'avais pas vu toutes les images d'Irène, je n'aurais pas mon mot à dire mais ma présence, sorte d'accord tacite, devait les rassurer. Tandis qu'ils discutaient sur le choix des photos, je suis allée à la fenêtre, grande ouverte, donnant sur le balcon et je me suis étalée par terre, mon corps était relié à la machine à horoscope et aux Champs-Élysées ruisselants de lumière. À l'étage en dessous se trouvait la rédaction de *Mademoiselle Âge tendre*, au-dessus *Lui* et *Penthouse* et quelque part dans l'immeuble *Salut les copains*. Irène m'a prise par la main, on est redescendues, en bas la standardiste n'arrêtait pas de décrocher le téléphone, « Allô ici Filipacchi », « Allô ici Filipacchi ne quittez pas ! »

Au tabac du drugstore tout est en or, on faisait la queue pour ses cibiches, je me suis cachée, j'espérais qu'il ne me repérerait pas mais Jacques en petit pull Renoma, son appareil photo en bandoulière, finissait de s'acheter ses cigares, il est venu me chatouiller le cou.

— Qu'elle est mignonne, salut !

Je n'ai pas répondu.

— Salut toi ! a dit ma mère.

— On va se revoir ? je bosse pour *Lui*.

— Et pourquoi ça ?

— Il faudra qu'elle pose pour moi un jour !

— Et pourquoi je te la prêterais, hein ?

Saisi sur le vif il a filé puis s'est retourné.

— À un de ces jours Madame Ionesco !

On a pris la Volkswagen, il s'est mis à pleuvoir, un temps de chien et des bouchons avec ça, depuis les Champs jusqu'à la Concorde et au-delà. Elle aurait pu avoir envie d'aller au Flore se boire un *tea*, elle le faisait souvent quand on était dans les parages. Les gens klaxonnaient, sortaient des bagnoles, on ne serait pas porte Dorée avant la nuit tombée. Elle n'avait rien dit pour la morsure, elle ne disait rien, elle et moi on n'avait pas de conversation. Elle a sorti de son sac un flacon de Shalimar, elle s'est parfumé la poitrine, le sexe et son mollet mordu.

— Tu m'as fait mal, t'es enragée.

— J'm'en fous !

On a roulé, une heure au moins jusqu'à la Bastille, on est passées par Montgallet mongolien, il faisait nuit, l'heure où les hommes promènent leur chien.

— Il n'est pas revenu Alvaro ?

— Non.

Arrivées place Daumesnil, la fontaine aux lions était illuminée, c'était beau.

— Tu sais comment il est mort mon père ?

— Non.

— Je t'ai jamais raconté ?

— Non...

— Il était en Sologne dans une de ses chasses et on l'a appelé d'Anvers pour qu'il apporte les diamants, il a dû filer à toute allure pour les récupérer à Paris, sur la route de la Belgique avec sa nouvelle Panhard il est rentré de plein fouet dans une voiture, c'était un saint-cyrien et son fils, ils sont tous morts... Mon père n'était pas assuré, alors on nous a demandé beaucoup de pognon, c'est comme ça qu'on a perdu la maison de Joinville, et les diamants, on ne les a jamais retrouvés... c'est triste... je l'aimais aussi... mon père...

Elle a continué à rouler dans le silence ouaté de l'hiver jusqu'à chez Mamie, elle s'est arrêtée à hauteur de la grille et je suis descendue.

— Bonne nuit !

II

Les retardataires couraient sur le boulevard, entrant dans l'école deux par deux ou par petits groupes, la cloche ne s'arrêtait qu'une fois que nous étions toutes installées dans nos classes. Assise sur un banc, j'ai attendu que ses derniers échos retentissent dans la cour aux grands marronniers pour m'en aller vers le Bois. En hiver jusque tard dans la matinée il y régnait une brume blanche et rose qu'irisait encore la gelée de l'aurore. Les allées jouxtant le lac blanchi de brume serpentaient dans le Bois jusqu'à se terminer dans un froid d'or, une poudre sablonneuse. Au-dessus perçait un long trait d'azur clair que le jour n'avait pas encore découvert. Lorsqu'on était près des barques en cette saison alignées en rang et numérotées sous un auvent de bois vert, la ligne de l'horizon filait depuis la guérite, passant derrière le Chalet des Îles fermé lui aussi. La ligne d'azur continuait sa route passant derrière le Rocher aux amours, la pelouse de Reuilly, là où au printemps la Foire installe ses attractions jusqu'au square. Il était désert. Je m'y suis aventurée pour admirer de plus près les jeux délaissés, qui aux heures les plus animées m'étaient interdits. Le tourniquet, le toboggan, la marelle, la piste aux patins, les barres à cochon pendu. Un homme est entré dans le square et s'est assis sur un banc, c'était un hippie, au grand bonnet brun, à la longue barbe rousse. Alors que des volutes de fumée et de brume nous entouraient, à son dos tourné, à ses oreilles tendues, j'ai entendu, perfide et sombre, arachnéenne, la jalousie d'Irène.

J'avais une liste de courses à faire pour le déjeuner, je ne mangeais pas à la cantine, j'avais amplement le temps jusqu'à midi. Plus loin dans le Bois, les moines bouddhistes se sont mis à chanter, le hippie interpellé par ces voix qu'accompagnait un doux tintement de clochettes s'est levé, je l'ai suivi jusqu'aux portes du temple. En m'approchant de la clôture, j'ai pu voir entre les bambous l'éléphant en pierre grise grandeur nature encerclé d'encens, d'oranges, de bananes et de fleurs de lotus aux grands pétales blancs, roses et vert velouté et les moines safran. Tandis que le hippie rôdait le long du mur, je me suis retournée. Irène en robe noire se tenait appuyée contre un arbre en compagnie d'Alain Robbe-Grillet qui serrait sous son bras une boîte à photos Kodak. Très gais et bien trop occupés à bavarder entre eux pour faire cas de ma présence, ils se sont dirigés vers une allée ensoleillée.

L'après-midi je suis retournée à l'école et à la sortie, Irène s'est avancée vers moi. Ses seins étroits apparaissaient sous sa robe transparente, elle s'était fait deux étoiles en sparadrap Urgo couleur chair – sortes de coques de stripteaseuse, collées de toute évidence à la va-vite ; elle ne les avait pas devant le temple.

— Qu'est-ce que tu me veux ?

— J'ai ton cadeau, la blouse d'école que tu m'as demandée, tiens…

Elle m'a mis d'office le sac dans les bras et en a fièrement sorti une blouse de satin noire 1900.

— C'est pas une blouse d'école putain !

— Si mais ancienne, elle est belle et nous servira pour faire « Une amante funèbre ».

— J'ai pas envie…

— Tu ne sais pas ce que tu dis !

Elle s'est encore appuyée contre un arbre, les enfants et les parents l'ont regardée.

— Qu'est-ce que vous me voulez ? a demandé Irène ahurie.

J'ai couru au hasard du côté de Nation, je me souviens des rues en fuite et des camionnettes noires, « police » était écrit dessus en blanc.

La chambre de Mamie était baignée de vapeur d'eau, les fenêtres embuées, on eût dit qu'un glaçage au sucre avait enrobé toutes les parties vitrées jusqu'au miroir de la penderie. Mamie prenait son bain de pieds du soir. Elle vieillissait, elle avait rapetissé, avec ses joues ridées et son dos bossu, prête à tomber la tête en avant dans la bassine. À la place de *La Colombe* qu'elle avait décrochée, elle voulait mettre une photo de nous deux mais elle ne l'avait pas fait. Sur la plaque de marbre du radiateur, Mamie avait posé des radios de ses jambes, des pansements, de l'alcool à 90°, des bandes Velpeau, du fil à coudre et une ceinture Gibaud. Furieuse, elle n'arrivait plus à soulever ses pieds de la bassine, alors je l'ai aidée, une jambe et puis l'autre et je les ai essuyées. Elle s'était évanouie dans la cour, un voisin l'avait trouvée, le médecin lui avait fait une série d'examens mais son hypertension allait en augmentant et ses bleus tuméfiés s'allongeaient lorsque son corps était couché.

Depuis sa chute, Irène tenait à ce que Mamie lui montre régulièrement ses jambes et un soir elle m'avait fait cette confidence, en douce dans le corridor – « Pauvre Mamie avec ses jambes et ses bleus qui ne partent pas han ! C'est terrible la vieillesse, elle qui était si belle, la plus belle femme de tout Constantza ! Depuis toujours je m'en suis occupée, je n'ai jamais eu de vie !! »

Mamie, consciente de son état, pleurait sans retenue. J'avais remarqué – je devais y faire très attention – que plus on va vers la mort, moins on cligne des yeux.

— Eva, tu iras où quand je serai partie ?

— Je n'irai nulle part et encore moins chez elle.

Elle aimait s'agenouiller sur son coussin pour prier, c'est dans la prière que je la préférais, je n'aurais pas voulu la voir autrement qu'en dévotion. Lorsque la nuit tomba, la chambre fut réduite à l'obscurité et allongée dans son lit, les jambes entourées de bande Velpeau comme une momie, j'ai eu peur qu'elle me quitte à cause de ses mains crispées sur le drap, de ses paupières qui ne se fermaient plus complètement et de son souffle rauque. Ces derniers temps, Mamie parlait tout haut à des gens que je ne voyais pas, ils étaient là, de l'autre côté de sa bouche ouverte et je devais communiquer avec eux pour qu'ils me la laissent encore un peu. Il y avait longtemps de ça, elle m'avait dit que pour amadouer certains esprits il fallait leur donner à manger, pas beaucoup, un peu, sous la table, autour du lit.

Le lendemain, après l'école, j'hésitais à aller chez Mamie, alors je suis montée chez Irène, sa porte était entrouverte et le voisin m'a appelée :

— Hé petite, viens l'attendre chez moi…

Il m'a emmenée chez lui, au bout du couloir, il s'est déculotté pour me montrer son sexe qu'il m'a fait toucher, j'ai fermé les yeux et puis je me suis enfuie jusqu'à la piscine Roger Le Gall mais elle était fermée alors je suis allée au Prisunic pour me promener dans les rayons. Je suis rentrée tard le soir chez Mamie, elle était fatiguée et nous avons regardé en silence la télévision.

III

La Coupole était pleine de monde, hormis trois tables restées vide en face de nous. Depuis presque une heure on attendait un poulet frites salade à se partager Irène et moi, on ne pouvait du reste s'en commander plus, elle n'avait plus l'ombre d'un kopeck, il fallait que la compta de *Photo* la paye et qu'un collectionneur arrive de Stockholm, mais il n'arrivait jamais. Liliane avait demandé un poireau vinaigrette, elle non plus n'avait plus un kopeck, elle s'était faite pionne au lycée Paul-Valéry « en attendant Godot » comme elle répétait pour me faire marrer depuis une heure : « Who are you waiting for ? — Waiting for Mister Godot. — You are waiting for Mister Godot. We are waiting for Mister Godot. They all are waiting for Mister Godot ! Who is Mister Godot, oh you mean Mister Godot, ho well he's a very good friend of us ! » Et toujours pour se marrer, Liliane avait été se dépoiler chez Pinsson qui l'avait appelée sans même en parler à Irène pour la peindre parce que son modèle le plus smart avait attrapé froid.

Ce n'était pas encore le printemps, l'air vif sentait une odeur de géranium poivrée et ambrée, odeur de Liliane.

— Pourquoi tu jettes ton pain par terre, hein ?

— Arrête d'emmerder ta fille, laisse-la tranquille.

Je me suis reposée plus amplement sur l'épaule de Liliane, dans ses cheveux de lionne. Sa taille avait épaissi et Irène tirait la tronche dans sa petite robe noire.

— Bibou ? Arrête de faire la gueule, tu devrais lire *Anthologie de l'humour noir* de Breton, il était beau et il avait de l'humour lui au moins…

— T'exagères Irène, c'est une enfant !

— Et alors on s'en fout ! Miaaaou miaouu.

Liliane s'est poilée à répétition, on aurait dit une putain de boîte à rire.

Des jeunes filles sont arrivées en longues robes parme, rose, lilas, améthyste, vert d'eau, white, le frottement de la faille est plus sourd que le crissement du satin qui, lui, rappelle la douceur de la peau, veloutée au toucher. La faille fait reculer, on l'entend de loin, elle en jette. Sous le parme se cachent des reflets bleus, sous le rose des reflets jaunes, sous le white du vert d'eau, elle fait entrevoir deux ou trois teintes distinctes – principe chatoyant de la faille, précipité de reflets changeants. Elles étaient comme un essaim d'abeilles sortant d'une même ruche, il suffisait que je ferme les yeux pour que le frottement agité et nerveux de leurs étoffes m'étourdisse les sens mais je ne pouvais m'empêcher de les ouvrir pour mieux les détailler sous les lumières presque aveuglantes. Elles n'avaient pas vingt ans. Certaines portaient une traîne, d'autres des manches à crevures, des vertugadins corsets plats rallongeant la taille, surmontés à partir des épaules d'une collerette débordante de dentelles à la Marie de Médicis. Toutes avaient des bijoux mais bien trop gros pour qu'ils soient vrais et l'idée m'a effleurée que c'était là une bande d'actrices ou de copines déconnantes. Elles ne sont restées seules qu'une minute, des hommes en smoking de tous âges ont accouru, elles se sont pendues à leur cou, assises sur leurs genoux, glissées sur la banquette en face de nous, d'un côté puis d'un autre tout en riant comme des gamines qu'elles étaient encore. Sans doute sortaient-ils tous d'une avant-première quelque part dans Paris et continuaient-ils à jouer entre eux comme si nous n'existions pas et leurs voix portaient comme celles des acteurs de boulevard sur une scène de théâtre. J'ai cru entendre « Champs-Élysées ». Je ne voulais pas croiser le regard de ma mère, j'avais piqué son stick de hachisch dans son sac, tiré des grosses bouffées en traître du côté de la rue du cimetière, vite fait avant de monter dans la Volkswagen, pour voir les effets de la drogue qu'elle s'enfilait du matin au soir. Ça donnait faim, je trouvais tout étonnamment spectaculaire et pictural.

Les filles faisaient un de ces raffuts, elles se sont mises les unes après les autres à poser leur verre plein sur la tête et à attendre.

— Qu'est-ce qu'elles font ?

— Guillaume Tell, c'est un jeu, un pari, m'a répondu Liliane.

Une des filles à grosse bouche a gagné et toute la table a applaudi, moi aussi.

Irène avait entraîné la fille à grosse bouche sur le trottoir de la Coupole, elles se fumaient une cibiche à deux dans le brouillard du soir. Liliane m'a serrée dans ses bras, elle avait froid, on piétinait, la fille faisait des gros chichis, tandis qu'Irène lui caressait les cheveux du bout des doigts.

— Tu viens d'où ?

— Je suis italienne.

— T'es belle !

— Mais non.

— Si, t'es pas comme les autres, t'as quelque chose, j'ai l'œil moi, je suis photographe, si tu veux je te fais une parution dans un magazine prestigieux.

La fille était grande avec des yeux écartés et un nez fin – un large visage et une grosse bouche sur un corps d'anorexique. Gênée par cette soudaine proximité, elle ne disait rien mais me regardait sans me voir, l'âme agitée de désespoir, sans doute s'était-elle égarée, peut-être aurait-elle voulu être à ma place ou bien à celle de ma mère ou de Liliane qui m'a entraînée vers le tabac du Dôme. On a regardé les cigares, les briquets Dupont, les jeux de cartes, les dés et les dominos, les allumettes géantes, les cartes postales de la tour Montparnasse. De toute cette camelote, qu'est-ce qu'elle aurait voulu s'acheter Liliane ?

— T'as pas sommeil, tu veux jouer à la marelle ?

J'ai pris mes jambes à mon cou, plus rapide et légère que Liliane qui n'avait pas de soutif, un gros cul et des gros nichons. Rue Delambre, je me suis planquée entre deux bagnoles pas bien loin du Rosebud.

Irène et Liliane m'appelaient par mon prénom : « Eva, Eva, Eva ? Où es-tu ? Eva, où est-ce que tu te caches ? » Vite fait j'ai ressorti le stick et tiré quelques bouffées, les immeubles se dressaient dans la nuit. J'entendais leurs pas sans savoir où étaient leurs tatanes, ici et là, partout à la fois.

— Monsieur aidez-nous, j'ai perdu ma fille, on est sorties de la Coupole, elle est blonde et porte une chapka…

Un boucan de tatanes et de bottes, je me suis faufilée en rase-mottes rue Delambre, à Vavin des filles de la Coupole s'engouffraient par deux ou trois en riant dans la bouche du métropolitain. L'odeur chaude du métro me rappelait celle des docks lorsqu'elle m'avait abandonnée dans le taxi à San Francisco. La Coupole irradiait de son large halo de lumière réconfortante dans lequel je me suis installée, elles sont arrivées.

En s'approchant vers moi Irène a ouvert son sac, elle paniquait.

— Qu'est-ce qu'il y a encore ? a demandé Liliane.

— Elle a piqué mon stick, tu l'as fumé, réponds ?

— Réponds à ta mère ou on ira pas à Londres, *to drink some tea with the queen of England.*

Liliane s'est marrée. Je lui ai souri, avec ma dent de lait en moins devant, je faisais enfant clocharde, la très vilaine.

— Elle est démente ta fille, a dit Liliane.

Irène n'en pouvant plus m'a secoué les épaules, ses bagues pointues s'enfonçaient dans ma chair.

— T'as fumé mon dernier stick, je ne vais jamais pouvoir roupiller à cause de toi, pourquoi tu me fais ça ?

Dans la voiture j'avais la nausée et envie de faire pipi. Irène roulait lentement et parlait très fort de Freud et de l'inconscient révélé, des tabous que nous ne devions pas avoir et dont il fallait apprendre impérativement à se libérer nous les femmes, comme s'il s'agissait d'accéder à une autre condition, un septième ciel. Liliane m'avait filé sa cape pour me couvrir, elle grelottait, en la voyant si attentive à Irène, j'ai pensé qu'elle était vraiment une gentille fille, une fille facile, une bonne pâte. Irène s'est mise à rouler à vingt à l'heure et lui a demandé une dernière cibiche, Liliane lui a filé tout son paquet. Irène s'est arrêtée devant la grille de son immeuble en laissant le moteur tourner. Il y a eu un moment de silence et d'hésitation, Irène lui a caressé les cheveux du bout des doigts.

— Faudrait qu'on parte à Londres toutes les trois, ce serait bien ?

— Ouais… ce serait super d'aller voir les White Trash Arses en concert.

Elle s'est retournée vers moi en se marrant, « ce serrrait vraiment épatant », cette fois elle prenait l'accent bourguignon avec cette manie bien à elle qu'elle avait d'imiter toutes les régions de France – « et même on pourrait faire du shopping, mais pour ça il faudrait que je trouve du pognon pas vrai ? » avec son air goguenard et son museau de renarde.

— Économise un peu…

— Je n'ai que mon salaire de pionne et celui de modèle occasionnelle… Et ton lord, il a répondu ?

Irène a esquissé un petit signe de la main à Liliane que j'ai intercepté et qui voulait dire – *Chut, pas devant elle.* Liliane a récupéré sa cape, elle m'a claqué une bise, couru jusqu'à sa grille et l'amas de ses cheveux roux s'est dérobé derrière l'émeraude des arbres.

J'avais mis ma blouse de satin noir, le cadeau d'Irène, je n'en avais pas d'autre. Mamie m'avait aidée à la boutonner dans le dos. Dans la cour, alors que la cloche venait de sonner, elles me sont tombées dessus à plusieurs.

— Pour qui tu te prends ?

— Tu fais ton intéressante ?

— Star de mon cul !

Elles m'ont bastonnée, je les ai laissées faire. La principale a déboulé, elle m'a tiré par l'oreille jusqu'à son bureau, elle criait. Elle m'a ordonné de rester chez moi durant deux jours et de ne jamais plus entrer dans l'établissement en blouse de satin noir, ça faisait *bordel à tapin.* Ils ne pouvaient pas me laisser sortir de l'école sans qu'un parent vienne me chercher alors j'ai attendu dans le préau allongée sur un banc, sous les manteaux des filles, à côté des sacs de sport, avec ma blouse toute déchirée. Elles avaient éducation physique dans la cour. La porte s'est ouverte, Irène est apparue vêtue d'une de ses robes noires et d'un manteau moitié panthère moitié noir Schiaparelli façon *Les 101 Dalmatiens*. Elle l'avait eu chez un brocanteur en échange d'un lot de trois photos de la série « La maja desnuda ». Elle n'osait pas venir vers moi. Finalement, accompagnée par la secrétaire, nous avons traversé la cour remplie d'élèves moqueuses puis un couloir aux murs jaunis, tout du long des rangées de manteaux et de vestes, au-dessus derrière, les vitres, le tableau vert, les têtes des élèves, la professeur et des cartes de France.

Boulevard Soult, la circulation était bloquée, elle m'a prise par le bras pour faire copine-copine, ce geste qui m'agaçait tant et elle a ralenti le pas. Elle voulait m'annoncer une nouvelle, j'ai ralenti à mon tour, pour mieux l'écouter.

— Dis-toi que tu n'iras pas toujours à l'école… on s'en fout, franchement !

Excitée de franchir une nouvelle limite sans que quiconque ne l'en empêche, elle me narguait d'un air vainqueur.

— J'ai préparé un décor très Bellmer, j'ai dit à Mamie qu'elle te fasse les papillotes !

— J'ai pas envie.

Elle tanguait sur le trottoir.

— Alors je fais venir l'Italienne de la Coupole, elle a très envie elle, t'es qu'une ingrate, tu ne mérites pas ce que je fais pour toi !

Arrivée devant chez Mamie, elle est repartie sans même me dire au revoir, ni parler de la blouse déchirée. Sans doute voudrait-elle quand même s'en servir une autre fois pour faire « Une amante funèbre ».

La nuit est tombée comme un rideau. Je m'étais glissée par l'ouverture de la porte d'Irène, sans faire de bruit, à petits pas jusqu'au divan dans l'obscurité. Je pouvais voir l'Italienne poser nue, ses affaires étaient à côté, j'ai fouillé dans son sac, regardé ses papiers, elle était de Rome et s'appelait Maroussia. Je ne sais pas pourquoi je n'ai pas eu envie d'interrompre la séance, alors je l'ai regardée. À ma stupéfaction, je me suis aperçue que là où elle était et qui devait être ma place ce soir, elle ne me voyait pas parce que sous les lumières 500 watts on était ébloui. L'entrée était dans l'ombre, mais moi je pouvais la voir depuis le divan – *en voyeur de l'ombre.* Je voulais comprendre ce qu'un spectateur pouvait voir. La belle Italienne était nue, les jambes écartées et tenait Fifi, notre tête de mort, entre ses mains devant son nombril. Son sexe ouvert était « très poilu ». Des rideaux rouges cramoisis entouraient la porte de la chambre d'Irène, leur texture moirée, froissée, presque violacée, n'était pas sans me faire penser, dans ce clair-obscur couleur huile de vidange, à une vulve. Maroussia *petite poupée démantibulée* se trouvait à l'intérieur de la vulve, assise sur un piédestal posé devant le fond de velours de satin et de résilles noirs. Noirs aussi ses yeux outrageusement maquillés au charbon et sur la tête, posée délicatement, la couronne en fleurs d'oranger, celle-là même qu'elle voulait que je mette il y a longtemps, pour faire sa mariée dans « Les parapluies de Cherbourg toute nue ». Mais cette fois-ci elle y avait attaché une voilette. Le maquillage qui recouvrait entièrement la peau de Maroussia lui donnait un teint pur et glabre totalement macabre qui semblait émaner de son for intérieur, la blancheur diaprée de sa peau rehaussée par les lampes 500 watts se détachant du noir de velours et de tissus donnait l'illusion qu'elle était une morte surgissant du néant. Le grand-guignol de la résurrection des morts. Kitch, baroque de bric et de broc et tout à fait second degré. Sur FIP on passait *Capri c'est fini*, je n'osais pas respirer mais je me suis rendu compte que le son était si fort dans la chambre qu'elles ne pouvaient pas m'entendre. Quel spectacle ! Son sexe faisait très Courbet. Je comprenais mieux quand Irène me disait « un deux trois on fait Courbet ». Irène allait et venait, son Nikon accroché à son visage machine. Il me semblait aussi que sa tête blonde peroxydée flottait un peu guignol, peut-être à cause des grandes manches chauve-souris de son cache-poussière noir qui s'agitait pour mieux mimer la pose à Maroussia, Fifi dans une main, l'autre sur la vulve écartée, les yeux renversés, et faisait manteau de juge d'instruction. J'étais surprise de voir qu'Irène était moins en émoi qu'avec moi.

— Regarde-toi dans les miroirs Maroussia, il faut que tu t'aimes, vas-y regarde-toi et apprends à t'aimer, sois à l'aise !

La fille se donnait, cambrant ses reins, montrant ses seins, se disloquant encore davantage sous l'œil d'Irène.

— Prends des chaînes, tu les enroules toi-même autour de tes poignets et tu fais comme si tu voulais t'en défaire !

— Toujours avec Fifi ?

— Essaye, on verra bien.

Cette fois, elle s'était couchée sur le ventre, la tête de mort entre les seins et le cou, les pieds revenant sur sa tête, les mains attachées derrière le dos. FIP passait une belle ode de Gustav Mahler. Maroussia ne devait pas avoir d'homme, Irène détestait que ses modèles en aient, maris petits copains ou autres, les types auraient pu venir l'emmerder à cause des photos à poil, les réclamer, les déchirer, la faire chanter, la tabasser et même lui demander du pognon – c'était risqué ! Mon regard fut attiré par un objet métallique, bombé et ovale, un miroir de sorcière ramené de Londres. Il était au-dessus de la porte d'entrée, le modèle s'y projetait par je ne sais quelle astuce, elle s'y renvoyait à l'envers et sans doute à cause du mercure profond et double, elle m'apparut vibrante. On aurait dit un cygne s'ébrouant au plafond, un cauchemar dans un médaillon, une mandragore enfermée dans un flacon d'éther – un présage des plus funeste. La porte de la penderie était ouverte, projetant un triangle lumineux sur le mur noir du couloir, tout du long des plantes desséchées sur des piles croulantes de livres, et là-bas après les ombres portées, la porte des toilettes et le jour de souffrance ouvert, donnant sur le périphérique et le cimetière.

Je me suis sentie lourde et malade comme si cette fois j'étais installée à ma vraie place, alors que j'aurais dû être ailleurs – là où Maroussia était, n'avais-je pas refusé de poser ?

Je venais de découvrir *la place du voyeur.* Il avait même son coussin et la petite coupelle à dame pipi. La bobine trente-six poses d'Irène arrivait à sa fin, j'entendais les dents de la pellicule mordre dans l'appareil, j'ai glavioté dans le sac de l'Italienne, j'aurais voulu chier dedans mais je n'avais plus le temps, l'Italienne venait prendre ses affaires. Cachée dans les escaliers, j'ai attendu qu'elle parte pour rentrer à nouveau. Irène passait la suceuse dans le décor.

— Elle est partie ?

— Oui… t'es jalouse ? Figure-toi que le type de Stockholm il aime les vraies femmes formées… pas des enfants… imberbes…

— L'enfant veut se laver…

— C'est pas le moment !… a-t-elle dit avant de se décider à aller me faire couler mon bain en soupirant.

La penderie était encore ouverte, un rideau de vêtements cachait les boîtes à photos me contenant par centaines mais aussi les lettres de papa. Derrière une série de robes teintes en noir, je savais qu'il y avait un cahier appartenant à mon père. Ce soir-là, enfin il était là, se détachant de tout le reste, animé d'un étrange fluide fluorescent avec sa texture en moleskine et sa couleur marron si masculine. Je pouvais sentir tout le caractère de papa, le même que lorsqu'il m'avait serrée dans ses bras la dernière fois qu'on s'était vus.

Ma main s'est approchée de l'album, Irène m'a attrapé violemment le bras.

— C'est le cahier de papa, donne !

— Mais non, c'est rien du tout, sors d'ici !

J'ai reculé et elle a fermé la porte de la penderie. La lumière de l'entrée était douce, feutrée, impossible de réagir.

— Descends, je suis fatiguée, tu te laveras demain !

Impossible de bouger dans la lumière douce et feutrée.

— Qu'est-ce que tu t'imagines, tu crois qu'il peut te voir ton père, c'est un salaud de la pire espèce, arrête de me parler de lui !

Le coup est parti tout seul sans que je m'en aperçoive, sa lèvre a saigné et elle s'est laissée tomber sur son tapis. Je lui ai donné d'autres coups dans la gueule.

— Mon… tre…

— Montre, montre quoi ?… articule, je comprends rien !…

— Monstre, tu n'es qu'un monsss-trre ! Moi non plus je ne t'aime pas !

Derrière elle, tout était sombre à présent, impossible de distinguer la porte de la penderie du reste du couloir.

En descendant chez Mamie, le remords m'a envahie. J'aurais dû m'emparer du cahier de moleskine mais je ne l'avais pas fait. Tandis que j'avançais vers les grilles du boulevard désert et morne, je sentais avec tristesse et mélancolie que je n'avais besoin de personne, j'étais une solitaire, et l'envie de me suicider m'est revenue.

Le soir, impossible de trouver le sommeil. Tout me semblait trouble et chaotique. L'élocution approximative et les mots avalés d'Irène continuaient à me tourmenter tard dans la nuit. Dès qu'il était question de mon père, elle laissait entendre une chose à la place d'une autre. Elle était la seule personne à pouvoir me parler du passé et la seule pour dire de papa qu'il était un salaud de nazi. Pourquoi Mamie se taisait-elle toujours ? Allongée dans mon lit de camp alors que je regardais l'ombre des troènes se déplacer sur les murs et battre dans la lumière des phares jaunes et crus des voitures comme les ailes d'une immense phalène, sa voix m'est revenue. C'était peu après Ibiza, nous roulions dans la Volkswagen sur le boulevard de ceinture :

« Tu sais, ma mère a couché avec son père elle avait quatorze ans, elle est tombée enceinte et quand je suis née, ils n'ont jamais voulu me voir, elle m'a abandonnée chez la concierge jusqu'à cinq ans parce qu'ils avaient peur du scandale. Estime-toi heureuse parce que moi je veux te voir, je ne veux que ça, te montrer à tout le monde et je n'ai honte de rien, ni de la nudité, ni du désir, ni du scandale si magnifique ! »

Elle m'avait aussi dit que lorsqu'elle était arrivée à Paris elle avait tellement le cafard qu'elle passait ses journées à rouler dans le bus de porte d'Orléans à Clignancourt. Puis elle avait été infirmière pour un certain docteur Scherer à Vincennes. Elle aimait me parler de la violence et du destin auquel on n'échappe pas. Elle m'avait avoué qu'elle était atrocement jalouse de Margareth sa mère et sœur si belle, installée chez les riches bridés, qu'elle en était tombée malade et que c'est à cause de Margareth qu'elle avait fait des strip-teases à Pigalle. Elle savait qu'à seize ans Margareth avait travaillé dans un cirque au bord de la mer Noire, tous les soirs elle exécutait le saut périlleux un bandeau sur les yeux mais un jour elle avait exigé qu'on lui retire le filet, elle avait sauté pour rejoindre son partenaire, celui qui lançait des couteaux, et elle était tombée mais elle n'était pas morte et jamais plus elle n'avait pu remonter sur le trapèze. Elle avait voulu que je me bande les yeux avec un ruban de velours noir et que je pose nue pour honorer le souvenir de Margareth. Lorsqu'elle me parlait, je ne comprenais pas du tout, quand elle me disait *honorer* Margareth je pensais qu'on devait aller rembourser Margareth aux États-Unis. La vérité c'est que Margareth n'avait jamais fait de trapèze, nous avions des terrains et des chevaux en Roumanie, certains chevaux étaient destinés au cirque, ils s'entraînaient sur nos terres, voilà tout. Une nuit, Irène est venue me voir chez Mamie, il était au moins deux heures du matin, elle m'a chuchoté à l'oreille : « Ma chérie, je ne crois pas qu'il soit possible qu'un jour tu revoies ton père, c'est comme ça. »

IV

C'était après l'école, j'errais près d'un buisson, la bête en moi était attirée. Gabor et Irène ont descendu à grands pas le plan incliné de la cour. Elle traînait des baluchons de linge, son grand voyage jusqu'au pressing. Lui, moulé de cuir noir, elle hors d'elle-même, jetant son sac à main par terre, enlevant sa veste en poil de singe et regardant le ciel, soufflant, les bras en bas en haut, sur les côtés, exténuée, un gros pansement collé sous l'œil tout violet.

— Gabor, fais-lui la morale !

— Je ne peux pas !

— Elle n'a pas de père, prends sa place !

La voix de Gabor, une voix de tapette…

— Eva, écoute-moi, franchement…

… Sa voix m'est apparue, gainée de cuir noir, je me l'imaginais noire et frisée. J'ai ri.

— Eva, pourquoi tu frappes ta mère, pourquoi tu lui piques du fric ?

— C'est pas ma mère, c'est qu'une salope !

Je me suis jetée dans le buisson d'épineux, ça m'a fait très mal mais j'ai rien dit, il essayait de m'attraper, en vain, elle trépignait puis elle a nettoyé du revers de la main son beau sac La Bagagerie et elle est repartie en traînant son linge sale, il a couru derrière elle.

— Tu exagères avec ta fille, tu vas trop loin…

— Trop loin de quoi…

Ils ont disparu derrière les portes vitrées du bâtiment.

*

Pierre faisait des mots fléchés. L'après-midi, il s'était amusé à fixer dans le mur de la cuisine quelques étagères supplémentaires pour les accessoires d'Irène et à cause de mon état « délirant », il était hors de question de nous laisser aller avec Gabor voir *Frankenstein* au théâtre.

Tout était si lumineux et brillant, la vérité sort de la bouche des enfants – ultra-lumineux et brillant. J'avais chaud, des rougeurs et des plaques sur tout le corps. Mais moi au fond de moi, intimement, je savais que j'étais dans mon droit ! Je savais des choses par centaines, par milliers même, un ensemble de choses à moi, à examiner, à comprendre, il fallait simplement que je tienne bon et lutter ! Je ne voulais plus poser. J'avais été claire, explicite au possible, « Je ne poserai plus jamais pour toi » et elle m'avait répondu « Tu n'es qu'une enfant délirante, destructrice ! Je ne me laisserai pas détruire, pour qui tu te prends, je te préviens si tu continues Gabor et moi on va t'emmener à Marmottan ou à Sainte-Anne et des spécialistes vont s'occuper de toi ! »

J'avais chaud et, en plus des griffures d'épines, des éruptions cutanées, des démangeaisons sur tout le corps, avec cette impression qu'une main géante sortant du fond de la nuit m'avait labourée jusqu'au sang. Le torse, les jambes, la poitrine et même le visage. Mamie m'avait inspectée et s'était écriée « C'est l'enfant du diable ! »

Au théâtre j'avais vraiment chaud et soif. Pierre avait l'œil sur moi et ne m'aurait jamais laissée aller seule jusqu'au bar où se trouvaient Irène et des filles de la Coupole, vêtues de noir. Maroussia et une petite à frange étaient venues à l'entracte pour voir Irène qui, avec son pansement Urgo sous l'œil, tirait sur son fume-cigarette ivoire de longues bouffées de fumée qu'elle envoyait dans ma direction.

Gabor revenait des woua-woua la tête nonchalamment jetée en arrière, un sparadrap Urgo collé sous la bouche et l'autre sur son torse poilu pour mieux s'accoupler esthétiquement à Irène meurtrie.

Gabor s'est assis sur sa chaise mais à distance, craignant sans doute que je ne l'attaque. Les jambes croisées et les yeux baissés sur ses boots pointues, il a pris la main de Pierre qui l'a dégagée prestement. Tous deux s'étaient rapprochés l'un de l'autre, par fascination m'avait dit ma mère, ils couraient les pissotières, un goût de pédé cuir qu'elle n'avait pas mais comprenait et Gabor, lui le pauvre, ne faisait rien de mal, c'était un jeu innocent, il aimait juste qu'on lui marche un peu dessus ou qu'on lui tire les cheveux en arrière et c'était pour ça qu'il se les coiffait en l'air à la Néfertiti.

La sonnerie du théâtre a retenti, les filles ont donné en vitesse leur numéro de téléphone à Irène et Pierre m'a pris le bras.

— En fait t'es jalouse de ta mère.

— Et pourquoi je serais jalouse ?

Il a ri d'un rire gras. Il m'a retenue tandis que les filles faisaient la bise à Irène.

— Reste tranquille…

Il espérait sans doute que je me détache de lui pour empêcher que les filles embrassent ma mère mais c'était là bien mal me connaître. Maroussia était rouge de confusion.

— Je me reconnais pas sur tes photographies.

— C'est parce que ça passe par un processus de sublimation – *Je vous transcende !*

Pierre et Gabor ont rigolé timidement et Pierre m'a entraînée dans la salle.

Une fumée mauve sort du laboratoire, derrière les vitres grandes ouvertes se trouve un cimetière. Les médecins déterrent les morts en prenant bien soin de choisir les plus beaux cadavres. Fait de membres épars, Frankenstein est recousu à l'avant-scène, son corps gît sous une lumière glabre et crépitante. Les fossoyeurs médecins courent entre le cimetière et le laboratoire, des cadavres dans les bras. Un faisceau lumineux éclaire des seaux remplis de cœurs humains, de mains, de jambes, d'artères. Derrière la fenêtre, la pleine lune s'envole dans le ciel à la vitesse d'une fusée. Les médecins assemblent des bouts de chair. La fumée mauve envahit la salle, les alambics en verre s'allument, les murs se fissurent de néons bleu pétrole. On finit de coudre Frankenstein. Le tonnerre et la foudre déchirent le ciel d'éclairs, le laboratoire est irradié d'électricité comme autant de veines sur un globe oculaire injecté de sang et d'un coup la créature se redresse.

Le public a crié, Irène a hurlé.

— Bravo Frankenstein ! Bravo, bien mieux que Pim Pam Poum !

Le show ce soir ce n'est pas Frankenstein mais Irène. Elle a posé ses pieds déchaussés sur le haut des fauteuils, elle rit à gorge déployée.

— Frankenstein hourra à gna gna gna !

Gabor essaye de la calmer mais elle continue.

— Vive le grand-guignol !

Nos regards se croisent, elle me tire la langue et me fait les cornes.

— Chut !

— Ça suffit devant !

— Qu'est-ce que vous me voulez, vous ? a crié Irène outrée.

À la sortie du spectacle tout le monde nous regardait à cause des filles à l'entracte, du boucan dans la salle, de nos allures plus décadentes et macabres que celles de Frankenstein et de sa fiancée. Irène n'arrivait pas à remettre ses tatanes, elle marchait pieds nus et nous la suivions à distance respectueuse. Elle semblait illuminée, saccadant son corps, ses os d'un côté puis d'un autre, danse étrange et intime – grand-guignolesque, un coup d'épaule puis l'autre en haut, trois petits pas, un coup de hanche à droite à gauche et encore trois petits pas, épaule en haut épaule en bas, j'ai cru qu'elle allait se mettre à danser dans l'escalier. Revêtu de sa pelure de sconse, Gabor l'imitait timidement, fasciné. Pierre me tirait encore par la manche. Une fois dans la rue, loin du théâtre et de son public, nous avons attendu que les pieds d'Irène dégonflent, assis sur des bancs dans la fraîcheur opale de la nuit, au milieu d'une jolie place du XIe arrondissement. Nous devions rentrer porte Dorée en métro, elle n'avait pas voulu rouler avec sa Volkswagen, de peur que les flics ne l'arrêtent en la voyant avec son sparadrap, ses pneus à moitié dégonflés et sa vignette périmée. Fatigué de me tirer par la manche, Pierre s'est trouvé une excuse qui n'en était peut-être pas une, retrouver sa vieille mère qui l'attendait à Garches.

Lorsqu'on est remontés chez Irène, Gabor s'est déchaussé sur le lit, ses longs orteils aux ongles racornis et peints en rose sortaient de ses chaussettes trouées, ils ont ri longtemps en se fumant un stick de marijuana. La porte de la penderie était grande ouverte, je n'en pouvais plus de leur cirque, j'ai tapé ma tête contre le mur, tapé et encore tapé, elle a reculé.

— Gabor… fais quelque chose !

— Eva… a dit mollement Gabor.

J'ai renversé son sac.

— Si tu ne changes pas d'attitude, on va t'emmener voir le docteur Olievenstein à Marmottan ou à Sainte-Anne !

Je me suis mise à articuler des mots avec le sentiment qu'ils ne m'écoutaient pas, pourtant il fallait que je leur parle, la vie humaine passait avant les photos. J'avais vraiment du mal à m'exprimer et eux s'agitaient devant moi tels des êtres imparfaits à qui on ne peut rien faire entendre.

— Arrête de déconner, a dit Irène.

J'ai envoyé un vase dans un miroir, il s'est brisé et mon reflet s'est enfin fendu en mille morceaux.

— Monstre ! Monstre ! MOONSTRE !!! a hurlé Irène et Gabor en tremblait.

*

Aux Champs-Élysées, il y avait du vent, les nuages défilaient à vitesse régulière, une succession de lignes pop-corn finement étirées sur un ciel translucide, propre et éclatant. Nous marchions à distance l'une de l'autre sur le trottoir, opposé à celui de la galerie des Champs, elle ne tenait pas à repasser devant la terrible machine à horoscope qui aurait pu lui mordre les mollets. Une fois arrivées au niveau de la galerie, impossible d'avancer, mes jambes ont faibli, pour éviter de m'asseoir à même le sol, j'ai appuyé quelques instants mon front contre le kiosque à journaux : *Brigitte Bardot arrête le cinéma – La mort de Picasso – La greffe du cœur n'a pas pris.* Irène tenait son sac serré dans ses bras, à l'intérieur, enfermée dans une boîte à photos Kodak, une vieille série me représentant et de plus récentes de Maroussia et de la petite à frange, elle n'avait que ça à leur proposer et pourtant, ils auraient souhaité une nouvelle série avec moi dans l'optique de faire cette fois une double page avec accroche couverture, voire la couverture tout court – une aubaine pour Irène ! Depuis que je la frappais et qu'elle se laissait frapper, elle n'osait plus m'aborder frontalement, mais je me méfiais d'elle. Elle se tenait à vingt mètres au milieu de la foule, elle a remonté l'avenue, m'indiquant qu'il fallait que je la suive, je l'ai suivie – nous étions tels deux comparses prêts à faire un mauvais coup, n'en pouvant plus j'ai rebroussé chemin. Je le savais, elle allait tricher, passer outre ma volonté, me mentir, me déposséder.

Manifestation du droit à l'avortement – les femmes se mobilisent partout.

J'avais huit ans, je les avais eus à onze heures quarante-cinq.

— Je te préviens, je ne fêterai pas mon anniversaire parce que je préférerais ne pas être née.

Je suis rentrée dans la Pizza Pino, elle m'a rejointe – service continu.

— Une table pour deux en vitrine et une napolitaine s'il vous plaît monsieur, ai-je commandé.

Le serveur nous a installées en vitrine, les néons, les voitures, la pharmacie anglaise, une Jaguar, le Gaumont, le kiosque à journaux.

Elle a pris place en face de moi, elle aussi a regardé les Champs, personne ne l'obligeait à prendre cet air puéril.

— Je suis dévastée !

— C'est ton problème, pas le mien !

— Destructrice !

— Pourquoi tu m'as mis au monde, pour quoi faire ?

Elle a fouillé dans son sac pour en sortir un petit pot de confiture qu'elle a posé en évidence sur la table.

— Voilà et je ne sais plus où j'ai mis ma *couillère*…

Elle n'était jamais arrivée à prononcer correctement le mot cuillère.

Dans le ciel les lignes pop-corn se sont amassées, densifiées en un seul bloc, temps variable en cette saison, puis l'amas nuageux s'est éclairci. Sensible à la lumière parce qu'exposée dès ma naissance aux lampes des couveuses, puis à celles des photos, cet imperceptible changement de luminosité m'a envahie pour descendre en moi. Il y faisait sombre, c'était un puits d'abîme.

— Eva, Eva Eva je dois te dire la vérité, tu sais voilà… j'ai reçu des tas de lettres magnifiques de petites filles qui veulent que je les photographie, leurs mères m'ont appelée pour me supplier de les prendre en photos, « Allô madame, on est prêtes à vous payer pour que vous photographiiez ma fille, elle adore vos photos, elle économise même pour travailler avec vous depuis des mois ». Je ne voulais pas te le dire, pour ne pas te faire de la peine et que c'est ton anniversaire aujourd'hui, mais puisque tu ne veux plus poser, c'est dommage mais je vais changer de petite fille… je suis obligée.

— Des petites filles qui vont se mettre nues !?

— Eh oui, et il y en a et beaucoup plus qu'on ne l'imagine figure-toi, qu'est-ce que tu crois, tu es naïve ! Elles feraient n'importe quoi pour qu'on les regarde, ce sont des ambitieuses, mijaurée que tu es… et jalouse de moi en plus !!!

Je suis sortie sur l'avenue, il y avait du monde, des hommes hissaient des drapeaux français en haut des mâts, d'autres drapeaux étaient prêts à les rejoindre, Paris recevait un président africain. J'ai couru jusqu'à la galerie des Champs et à mon grand étonnement, la machine n'était plus là, elle avait disparu. Assise par terre, j'aurais voulu m'éteindre, les pieds des gens allant en tous sens et j'ai pensé au Jugement dernier mais ses bottines rouge et noir, cadeau de Pinsson ramené de Stockholm, sont rentrées dans mon champ de vision.

— Tu viens ?

— Non, laisse-moi va-t'en, fous le camp dégage !!!

— Je ne peux pas partir comme ça, je suis ta mère et je suis responsable de toi, que tu le veuilles ou non, lève-toi !

J'ai aboyé en me levant, un autre enfant m'a répondu timidement ouaf ouaf, nous sommes reparties en direction de l'Arc de Triomphe. C'était le diable qui marchait derrière moi et ses milliers de petites filles surexcitées et ambitieuses écartant les jambes qui toutes ne rêvaient que d'une chose, se faire photographier le sexe. Je les imaginais toutes nues poussant leur mère à téléphoner à Irène.

Arrivées chez Filipacchi, je me suis enfermée dans les toilettes pour réfléchir seule à ma vie et aux conséquences des événements. Je me demandais bien ce qui avait pu arriver à la machine à horoscope, où avait-elle disparu ? Les filles partaient plus tôt, certaines parlaient d'ouvriers en grève chez Lip, je n'entendais que des bribes de conversations et au bout de très peu de temps, elle est venue accompagnée d'un homme.

— Eva ?

— Laissez-moi !

— Ouvre, tu sais il ne faut pas que tu aies honte de toi, tu es magnifique, on t'adore à la rédaction et ta mère est une grande artiste !

La voix d'Éric Colmet Daâge était incertaine et il est reparti vers l'open space.

— Ouvre, Eva ou j'appelle les pompiers !

J'ai ouvert, elle s'était remaquillée et sentait fort le Shalimar. Elle m'a embrassé le front avec son rouge à lèvres Purple Shadow.

La nuit tombait, les Champs-Élysées venaient de s'illuminer, il y avait foule, des michetons et des garçonnets qui faisaient du chahut au tabac, des voitures mal garées en double file, le drugstore était bondé.

Irène buvait son thé, elle n'aimait pas le drugstore, « trop clinquant », bruyant, vulgaire, architoc, « que des putes de bas étage et des mousmées épouvantables ».

— Irène ?

— Parle !

— Est-ce que tu couches avec quelqu'un ?

— Non merci…

— Pourquoi ?

— Je t'ai répondu non merci, pas pour le moment.

Des militaires en permission regardaient des filles de la rédaction, des gens que je ne connaissais pas me souriaient ou me montraient du doigt.

Elle se sentait mieux, elle se caressait les cils.

— Écoute, on va arrêter les conneries et faire cette séance !

Le timbre de sa voix était devenu prétentieux, je ne sais pas à qui elle parlait. Son discours était incohérent, c'était le néant.

Elle s'est massé les ongles avec de l'huile d'onagre. Il faisait nuit.

— Tu me donnes de la thune si je pose avec toi ?

— Tout ce qui est à moi est à toi.

— Menteuse…

— À chaque fois que je me paie une robe je t'en paie une, je me fais jamais de cadeaux sans t'en faire un.

— Et ma chambre ?

— Tu vas pas recommencer, quand on sera riches t'auras ta chambre !

Elle en avait marre, cette fois c'est elle qui a pris les devants, elle a payé, on est sorties sur l'avenue, elle s'est enfermée dans une cabine téléphonique, elle a décroché le combiné mais visiblement il n'y avait personne, elle a pissé dedans puis on a continué à arpenter les Champs, elle m'a acheté un paquet de pralines croquantes et tièdes.

— Si tu poses, je t'offre un bijou.

— Avec un diamant ?

Le lendemain, elle a voulu m'emmener à la Foire du Trône et ce fut une soirée maussade. Elle m'avait offert des bracelets en toc. Gabor et elle riaient aux éclats, tout leur semblait drôle et merveilleux. La Foire du Trône scintillait de partout. Du haut du super jet où nous étions montés, nous pouvions voir de la pelouse de Reuilly jusqu'à Nation et l'avenue Daumesnil, le zoo, mais aussi le Bois, le lac et ses barques, le square et son tourniquet, la piste à patin à roulettes, la marelle, les barres pour faire le cochon pendu, le toboggan. Le Rocher aux amours flottait à la surface de l'horizon et hop, à l'envers à l'endroit, et le ciel se retournant – l'île et son Chalet des Îles où j'ai tant attendu papa. Les gens hurlaient dans le manège. Mon enfance passée, elle me l'avait subtilisée, elle souriait, l'air ingénue, « Pim Pam Poum hou hou ! et Béécassssinnne ». Alors qu'ils s'amusaient de tout, moi j'étais triste. Papa m'avait peut-être abandonnée pour une raison d'État, parfois la raison d'État est souveraine. J'essayais d'adapter le souvenir qu'il me restait du visage de mon père, sur celui d'une grosse dame assise en face de moi dans la nacelle – jeux de foire, tête à massacres. Le Rotor, le Tagada, la Grosse

Galette, le Train fantôme, le Marteau, la Chenille, la Grande Roue, toutes ces attractions palpitantes, plus terribles les unes que les autres, défiant les lois de la vitesse, de la propulsion, de la rotation, de la force centrifuge. Les guimauves, les pommes d'amour, le plus vieux manège de chevaux de bois.

— Tu veux une barbe à papa Eva ?

— Non.

— Allez, je t'en offre une ?

— Non.

— On veut me présenter Jiri, le fils de Mucha, l'affichiste 1900 qui dessinait des femmes dans un style nouille que tu adores… il veut te rencontrer.

— J'ai pas envie…

— T'es conne, Prague c'est somptueux…

— Non !

V

Prague

L'aube incertaine ne me permettait pas encore de voir le palais tel qu'il était réellement, la lumière du jour n'avait pas encore nimbé de soleil les corps immobiles des jeunes femmes endormies dans le grand salon, seuls quelques réverbères fort éloignés des fenêtres éclairaient la pièce de leurs minces rayons bleuâtres, accusant les ombres et les multipliant. L'emprise du réel était si forte qu'elle me parut tout droit sortie d'un songe obscur. Je n'arrivais pas bien à dénombrer les dormeuses, en les quittant la veille au soir pour rejoindre à regret la chambre à coucher, que je partageais avec Irène, elles n'étaient que quatre et jouaient *Joe Limonade*, un air de piano mécanique d'un western tchèque, vieux d'au moins dix ans. Une fois la porte de ma chambre fermée, je me suis étendue sur le lit à baldaquin, la chambre était arrondie vers l'avant comme la proue d'un bateau ou le bec d'un oiseau, ses hautes fenêtres recouvertes de voilages donnaient sur une large place ornée d'arbres derrière lesquels se dessinait le château des Habsbourg.

C'était le plein été, il faisait chaud. Les vergers emplis de pommiers se trouvaient alentour de notre palais, comme autant de terrasses suspendues d'où l'on pouvait voir les églises et les coupoles flotter dans le ciel de Prague. J'aimais m'y assoupir durant la journée le plus longtemps possible. Ces pommiers m'avaient inspiré une vive sensation d'innocence et à force de m'en entêter, m'avaient donné le vertige et la fièvre. L'esprit peut se mobiliser sur un objet qui lui procure une grande émotion, l'ébranle et le captive. En le fixant trop longtemps, on force la nature et l'impression première en est modifiée, un sens différent se dévoile. Je chérissais les pommiers, ils me fascinaient et m'intriguaient bien davantage encore. Le pommier est l'arbre du paradis, la pomme le symbole du fruit défendu et du péché, de la tentation. Mais ce qui me retint et me marqua durablement, puisque encore aujourd'hui mon impression reste inchangée, c'était l'innocence émanant de ce verger.

Les filles ont ri, Jiri Mucha et Irène ont ri aussi, puis ils ont mis un disque piqué sur le gramophone, *Music for the Funeral of Queen Mary*, un des thèmes d'*Orange mécanique*. Jiri a tapé dans ses mains et soudain l'envie lui a pris d'organiser un petit train dont il serait la locomotive. Il a prié les filles de le suivre en faisant *tchuck tchuck* jusqu'à la cuisine pour y déguster un fruit qui leur était jusqu'alors inconnu : un ananas de chez Hédiard.

Alors que l'aube blanchissante élargissait l'espace telle une pupille se dilatant brusquement, je m'aperçus qu'un autre groupe de filles s'était réfugié au palais durant la nuit, elles dormaient nues ou dans leurs paires de jeans, sur la cuisse de l'une d'elles était crayonnée au feutre la langue rouge des Rolling Stones. Il restait sur la table basse du fromage de brebis et du lait caillé, j'en ai mangé. Je n'aimais pas dîner avec tout le monde. Je trouvais impudique à cette période de ma vie d'ingurgiter de la nourriture en public et je préférais me lever pendant que les autres dormaient pour manger en cachette leurs restes et chaparder dans le frigo. Milena, une des habitantes du palais, dormait sur le rebord de la grande cheminée, sa longue chevelure lui zébrait le visage, laissant apparaître un sourire qui la faisait ressembler bien plus au chat du Cheshire qu'à la Joconde. Il y avait aussi Katia, Dorothée et Olga, le noyau dur des filles. Les « locataires » de Jiri n'habitaient chez lui que quelques mois, « elles tournaient », les places étaient courues et la planque dans un palais en centre-ville avec chambres individuelles et salles de bain privées devait forcément être connue. Je n'ai jamais su comment Jiri s'y prenait pour le choix de ses filles, mais toutes étaient jolies, drôles, amusantes. Elles auraient pu loger comme beaucoup dans un appartement communautaire alloué par l'État, un de ceux où avait habité Olga et que j'ai eu l'occasion de visiter pendant qu'elle récupérait un paquet de copies et de classeurs. On y dormait à plusieurs par chambre, elle-même dormait avec sa sœur, son beau-frère et ses parents dans une pièce sentant le chou farci et la bière, difficile alors de prétendre à une *love affair*. Ce qui est certain, c'est que sans le goût des étudiantes pour une cache décadente et luxueuse en centre-ville, Jiri n'aurait pu avoir la jouissance de son palais pour lui seul, bien qu'il soit devenu en partie propriété de l'État. À mesure que je recherche mon père cela me semble de plus en plus clair, les femmes ont souvent besoin de retrouver leur innocence perdue et ce palais qui était cet été-là un refuge leur permettait d'accéder à une nouvelle jeunesse, une autre vie.

Les portes du palais étaient bien gardées et ne rentrait pas qui voulait, Piotr, l'homme à tout faire de Jiri, et Jiri lui-même veillaient au grain. Jiri était beau, d'une beauté fanée et délicate qui le rendait absent au monde, peut-être parce qu'il avait passé la plus grande partie de sa vie à s'occuper de l'héritage artistique de son père, bien plus que de lui-même. Irène et moi nous avions fait sa connaissance au Flore, avec des copains de Régine Deforges, l'éditrice rousse, puis il est venu porte Dorée prendre le thé, il avait tenu à ce que je sois présente et avait apporté des strudels achetés à la pâtisserie viennoise. Mince et grand, il était vêtu d'un costume clair d'un style colonial qui lui donnait un air guindé et un peu raide. Ses yeux étaient pâles, sa peau fine et transparente, sa voix aiguë et le croisement féminin d'une de ses jambes sur l'autre trahissait son désir de virilité. Je devinais une forte dualité, qui l'embarrassait énormément et moi, m'amusait. Lorsqu'il a glissé ses yeux dans les miens, pour me convaincre qu'il tenait la situation en main, il a rougi comme une fille et j'ai eu honte pour lui parce qu'il était vieux. Il n'a pas pu s'empêcher de sourire tristement tout en baissant son regard translucide, le bleu se mêlant largement au blanc comme touillé débordant sur ma poitrine toute plate.

— Il nous invite dans son palais à Prague, tu ne seras pas la seule fille.

— Mais vous serez, je vous le promets, la seule petite fille.

— Il t'a vue en photo, il t'admire tu sais…

J'assistais à la conversation avec cet air hautain qu'on me prête encore maintenant, parce qu'en réalité, je ne voulais pas y participer par peur de me corrompre davantage. Je compris qu'Irène était invitée à Prague pour photographier le palais, les salons, les collections et faire ce qui lui passerait par la tête comme, par exemple, me photographier moi, moi avec lui, moi avec lui et toutes ses filles, moi toute seule, moi nue et offerte.

La perspective d'aller de l'autre côté du Mur pour me rendre au pays des espions me tenta davantage que de rester à Paris à tournicoter en rond dans la chambre de bonne entre une vieille icône, le coussin à prière et les casseroles à boulettes. L'Europe centrale.

J'avais, enracinée en moi depuis si longtemps, ce qu'on appelle la nostalgie des origines, j'étais prête à tout embrasser les bras ouverts, je n'avais jamais été là-bas et j'avais secrètement développé une dévotion presque patriotique pour une région du monde que je ne connaissais pas.

Irène dormait dans le lit à baldaquin avec moi et même si je savais qu'elle ne me toucherait pas, je ne supportais pas sa proximité. Il m'était impossible de trouver le sommeil et je me demandais ce que les filles avaient fait avec Jiri après avoir mangé de l'ananas. Bientôt tout le monde serait levé. Ce serait le petit déjeuner, puis la visite journalière au poste de police. Irène et moi nous devions nous y rendre chaque jour pour montrer nos passeports et raconter en détail ce que nous faisions toute la journée et celle du lendemain. Bien sûr, nous mentions sur nos activités au palais, on ne devait pas parler de photos érotiques avec modèles et encore moins de photos avec moi, Irène leur répétait chaque fois la même chose depuis notre arrivée, ce que Jiri lui avait demandé et rien d'autre. Elle photographiait les décors, les bijoux et les collections du palais, « for postcards, museum catalogues, that's all ».

Katia dormait, ses yeux enfoncés dans ses orbites, ils s'enfonçaient un peu plus chaque jour, elle avait la sclérose en plaques et devait mourir bientôt, elle ne sortait plus, même pour aller voir ses parents de l'autre côté de la place, eux non plus du reste ne lui rendaient aucune visite, comme si elle les avait trahis en restant au palais. Elle était très belle, je me suis allongée à côté d'elle, espérant qu'à son contact, je glisserais moi aussi dans le désespoir pour échapper à la réalité, mais ni le malheur ni la douleur ne m'atteignaient, car nous ne sommes pas réellement sensibles aux gens qu'on ne connaît pas vraiment et qui ne vous ont rien fait. J'étais plutôt jalouse d'elle, parce qu'elle était très belle et que son état moribond monopolisait l'attention.

Un jour borgne s'était levé, je suis allée à la fenêtre comme attirée par un aimant. Un homme me regardait sans bouger sous les fenêtres, il était seul sur la place et il avait froid, il portait un manteau de tweed très Swinging London. Cet homme était mon père et son air autoritaire me surprit. La place anormalement vide m'inquiéta, j'eus le sentiment qu'une sentinelle armée et casquée se cachait derrière les porches des immeubles, dans les voitures, derrière les arbres, prête à surgir au moindre mouvement, alors je n'ai pas sourcillé, nous ne nous sommes pas appelés. D'où venait-il ? De Nuremberg ? Comment avait-il franchi les frontières, comment savait-il que j'étais enfermée dans le palais avec les filles ? Je n'osais pas l'appeler de peur d'attirer l'attention et qu'on ne l'emprisonne. J'ai reculé, retenu mon souffle, le cœur battant.

— Irène, Irène…

— Laisse-moi, je dors.

— Irène, j'ai vu papa dehors…

— Je ne crois pas, calme-toi…

— Est-ce que c'est possible ou pas que ce soit lui… réponds ?

— Oui, il se déplace à l'Est.

— Tu lui as dit qu'on était ici ?

— Je ne sais plus, oui sûrement… j'ai dû lui en parler, laisse-moi dormir, je suis fatiguée.

J'ai couru jusqu'à la fenêtre mais papa avait disparu, la place était déserte. Encore aujourd'hui je garde de cette rencontre avec papa un souvenir éclatant, sa présence effaçant tout le reste. L'été devenait prodigieux, tout, absolument tout était concentré sur sa présence incandescente au point du jour sur la place B. Les vitres auraient pu exploser, il était la conséquence d'une opération alchimique, dépendant d'instances supérieures, l'ange du palais de Mucha ou bien de celui de la ville de Prague. Ou était-il possible qu'il se soit agi de quelqu'un d'autre, d'un homme très ressemblant ?

Les jours qui ont succédé à l'apparition de papa sur la place B, je ne suis pas arrivée à en parler à Irène. Elle s'était lancée dans ses premières grandes mises en scène à travers tout le palais, elle avait photographié les modèles à moitié nues dans leur chambre, sur leur lit, dans la salle d'armes, puis elle avait demandé à Katia de faire quelque chose avec Fifi notre tête de mort et Katia la mourante n'avait pas rechigné à embrasser la tête de mort, décoration pour une de ses photos dites « natures mortes », Fifi trônait au milieu d'un tas de bottillons et de chaussures de femmes, avec un titre griffonné de la main d'Irène sur un carton posé entre une godasse et un bouquet de roses fanées : *Vanité à mes pieds*. Jiri était sidéré, lui qui hésitait à mettre un peignoir XIXe sur une culotte d'officier du Saint Empire germanique s'est laissé tenter par cette démesure poétique. Les filles ont posé dans ce qu'Irène appelait « le grand salon balzacien », à moitié nues en bas, porte-jarretelles avec des turbans, des roses dans la bouche et des tatanes dorées. Jiri tenait à être présent dans la mise en scène et surtout à ce que ses salons soient bien mis en valeur, puis Irène a fait s'embrasser deux filles sur la bouche devant Jiri qui détaillait avec un lorgnon et d'un air précieux le long baiser langoureux. Il n'objectait pas, il se laissait faire par Irène, les filles écoutaient l'anglais approximatif d'Irène ou Jiri leur traduisait en tchèque. C'était compliqué et laborieux, les filles comprenaient mal. Puis, elle décida que ça serait au tour de Katia et de Milena d'escorter Jiri et lui serait le Golem : on a ri et Jiri était d'accord pour être le Golem à la condition qu'il puisse garder son lorgnon. Derrière lui se découpait une perspective en grisaille peinte sur son mur, des treilles romaines et des colonnes en ruine. J'étais heureuse, je m'amusais à voir la compétition effervescente entre filles, elles voulaient bien faire mais n'y arrivaient pas vraiment, elles ne posaient pas très bien, elles en rajoutaient dans le côté burlesque début de siècle et ça leur donnait des airs gauches à la Charlot.

Ce jour-là, je traînais en pyjama car la fièvre avait augmenté à cause de ma visite aux vergers. C'était beau quand même l'Art nouveau, les psychés, les lustres gigantesques, les magistrales bibliothèques et les immenses secrétaires dorés. Irène essayait cette fois d'allonger les filles sur les tables parmi des candélabres mais elles n'y arrivaient pas. On voyait la plante de leurs pieds et leurs dessous de bras poilus, ça gâchait la magie, comme lorsqu'au théâtre le rideau de scène se met à trembler alors que l'acteur parle, on ne croit plus ni à ce qu'il dit, ni à ce qu'il fait.

— Eva, tu ne veux pas venir leur montrer ?

— Ouais d'accord…

J'ai fait les yeux pâmés, les pieds pointés, le bras collé contre le corps pour cacher les rillettes des dessous de bras. J'avais ri, elles aussi, elles manquaient de conscience de leur corps et Jiri était prêt à s'insérer dans l'image à n'importe quel moment. Irène avait perdu le fil de son inspiration, Jiri a voulu prendre les opérations en main et a tenu a ce que nous nous déplacions toutes au salon « gothique ». Piotr a branché les lampes supplémentaires de 500 watts qu'il avait dénichées au marché noir, les filles se sont mises en place, elles ont commencé à m'interroger du regard pour savoir si c'était bien, j'ai voulu intervenir mais Irène m'a répudiée d'une main.

Dans l'autre pièce j'ai été surprise de voir un cahier de dessins du XVIIIe représentant les rues anciennes du quartier menant au palais, je me rendais compte que les entrées, les cours, les maisons en colombage, les vergers remplis de pommiers avaient toujours été les mêmes, comme préservés dans les replis d'un temps étale.

Des pas, une épée traînait au sol, Jiri s'était fait virer du salon, lui aussi.

— Viens avec moi.

— Où ?

— Viens, chut !

Je l'ai suivi jusque devant une porte dont lui seul avait la clef, la pièce était petite mais pleine de boîtes, de malles et de coffres entassés les uns sur les autres jusqu'au plafond. Il a ouvert une boîte, il s'y trouvait des parures de théâtre et des accessoires en tout genre. Il a pris un lourd collier, plutôt un plastron composé de médailles ornées de feuilles et de pierres dont les cercles étaient reliés entre eux par des chaînettes d'or et de perles.

— C'est un des bijoux de mon père.

Puis, voyant que je n'étais pas aussi impressionnée par lui que lui par moi, il s'est tourné vers la malle qu'il a ouverte à l'aide d'une autre clef accrochée à son lourd trousseau, en a extirpé un pourpoint noir, une dague, une tiare.

— Regarde, ce sont les costumes de Sarah Bernhardt, tu veux les essayer ?

— Pour quoi faire ?

— S'il te plaît ?

J'ai essayé les déguisements, bien trop grands et qui me faisaient une fois de plus ressembler non à un homme, ni à une femme, ni à une fillette mais juste à un gnome à cheveux longs.

— Tu me les prêtes ?

— C'est fragile.

Il m'a souri faiblement.

— Bon d'accord, mais pas longtemps.

Je me suis promenée devant les fenêtres, m'imaginant être en personne la femme dessinée, accrochée au mur derrière moi : Sarah Bernhardt et Lorenzaccio en même temps. J'espérais revoir mon père mais je savais au fond de moi qu'il ne reviendrait pas, pourtant j'aurais aimé qu'il me joue une sérénade, rien que pour voir la gueule de Jiri qui était devenu si gentil, si ému par la petite fille déguisée, accoudée à ses fenêtres, le regard perdu, scrutant la place B en triturant dans ses mains un des multiples rubans noirs de son pourpoint, huit couché, anneau de l'infini, huit couché.

Jiri mit un disque sur son gramophone et entama une valse viennoise en serrant dans les bras une compagne imaginaire. À présent, il s'avançait vers moi à grands pas en prenant un air de capitaine ou de flibustier sorti d'un roman de Stevenson, il a brandi son épée et a pourfendu méchamment les airs, j'ai ri…

— Jiri ? Jiiiri ? Où êtes-vous, ohé ?

Dans le salon, sous les lampes 500 watts que Piotr avait approchées, Jiri a tenu à ce que je retire complètement le costume de Sarah Bernhardt, il me voulait nue juste avec les bijoux de son père sur ma poitrine. Il m'a coiffée doucement et m'a accroché aux pieds des souliers à brides, ça me surprenait de voir un homme de son âge jouer à la poupée avec moi, ses mains s'étaient mises à trembler et il était penché, j'ai vu alors le haut de son crâne chauve et criblé de taches brunes.

— Est-ce qu'elle peut s'asseoir sur mes genoux ?

— Assois-toi sur les genoux de Jiri, Eva.

Je l'ai regardé, il a rougi violemment, je me suis assise sur ses genoux, il portait toujours sa culotte blanche d'officier du Saint Empire germanique ainsi qu'une veste à brandebourgs. La situation, notre pose, le décorum me rappelaient la photo repeinte où Mick Jagger habillé en nazi joue de la musique avec des petites filles nues et droguées à ses pieds, l'image était intolérable, elle me possédait tout entière. Je la chassais, mais elle restait tapie au fond de moi.

— Fais quelque chose d'intéressant, Eva...

Je me suis nichée dans l'épaule de Jiri et j'ai enroulé mon bras autour de son cou par-derrière, telle la queue souple et vulgaire d'une petite salamandre. Je sentais Jiri soumis, les filles étaient admiratives, j'ai fait « le petit faune select ». Les lumières des lampes créaient des halos, comme si la pellicule d'un film avait brûlé au contact d'un projecteur trop puissant. Puis une fantaisie a traversé l'esprit de Jiri, il a pris un de ses oiseaux de proie empaillés et s'est mis debout derrière moi, pour mieux me regarder, l'animal dans une main et son épée dans l'autre, je retrouvais là mon capitan de tout à l'heure. Irène s'était presque effacée, je ne pourrais même plus dire le visage qu'elle avait, il me semble qu'il était troué comme les photos découpées au fond de ma boîte à gâteaux Pleyben. Seul comptait pour moi mon rendez-vous avec papa, peut-être que Jiri pourrait me mettre en relation avec mon père. N'avait-on pas entendu dire au Flore qu'il était un espion ?

Avec les filles et Jiri, nous sommes allés voir l'horloge astronomique et la tombe de Kafka mais je n'ai pas voulu entrer dans le cimetière ; j'ai attendu avec Piotr dans la voiture, je pensais à Katia, maintenant mourante et alitée, à sa mort prochaine et à ce poème d'Hugo tiré de *La Légende des siècles.*

L'ombre des tours faisait la nuit dans les campagnes ;
Ils donnèrent aux murs l'épaisseur des montagnes ;
Sur la porte on grava : « Défense à Dieu d'entrer. »
Quand ils eurent fini de clore et de murer,
On mit l'aïeul au centre en une tour de pierre ;
Et lui restait lugubre et hagard. « Ô mon père !
L'œil a-t-il disparu ? » dit en tremblant Tsilla.
Et Caïn répondit : « Non, il est toujours là. »
Alors il dit : « Je veux habiter sous la terre
Comme dans son sépulcre un homme solitaire ;
Rien ne me verra plus, je ne verrai plus rien. »
On fit donc une fosse, et Caïn dit : « C'est bien ! »
Puis il descendit seul sous cette voûte sombre.
Quand il se fut assis sur sa chaise dans l'ombre
Et qu'on eut sur son front fermé le souterrain,
L'œil était dans la tombe et regardait Caïn.

J'avais été injuste avec Katia, une injustice qui me fit éprouver des sentiments nouveaux pour elle, de la peine et de la compassion, et je ne m'aimais pas lorsque j'étais comme ça. Ma mère m'avait beaucoup parlé du surmoi freudien, c'était selon elle une chose fondamentale qui peut tout diriger, même l'inconscient. Les tombes dans le cimetière juif étaient de guingois, beaucoup croulaient à moitié sous terre.

Nous étions toutes dans la cuisine autour de la table et nous avions allumé un feu dans l'immense poêle de faïence blanc. Milena s'était mise en maillot de bain et je pus voir d'anciennes marques de maillot, preuve qu'elle allait bien au bord de la Vltava pour se baigner, du reste c'était comme ça que je me les étais imaginées avant de passer le rideau de fer, en vélo aux bords de l'eau, dans des prairies en fleurs ou faisant du camping dans les bois, ou bien s'appliquant à écrire sur des cahiers, en silence, la tête penchée sur leurs feuilles et sur une table en bois sentant la cire d'abeille. Katia mangeait du goulasch, Dorothée révisait ses cours et Irène maquillait Olga, posant sur ses yeux fermés des faux cils achetés aux Champs-Élysées.

L'horloge murale marquait les secondes de son tic-tac métallique et Jiri consultait un catalogue d'affiches d'Alfons Mucha. Il est parti vers la salle d'armes, je l'ai suivi, il faisait noir, il s'y trouvait des fauteuils comme des trônes, des armures, de grands portraits accrochés aux murs, tout un bric-à-brac antique dans lequel je pouvais me faufiler. J'étais légère et pieds nus si bien qu'il ne s'est pas aperçu de ma présence derrière lui.

— Est-ce que tu connais des espions ? lui ai-je demandé.

— On est tous un peu des espions ici, c'est un sport.

— Et toi… ?

Il m'a fixée de son regard translucide et froid, son visage a pris une teinte orangée comme si un feu l'éclairait, c'était Piotr qui arrivait avec une lampe à huile.

Le soir, nous sommes toutes sorties en ville dans une taverne près de la Vltava. Il faisait chaud, je ne sais plus si c'est Katia ou Milena qui m'avait mise en garde, il ne fallait jamais boire du lait et manger en même temps des cerises, on risquait de tourner de l'œil, ou peut-être l'avais-je lu dans une pièce de Tchekhov, il y a tant d'évanouissements dans son théâtre, surtout l'été. Groseilles à maquereau mais aussi champagne rosé et cocktails Beton. Au milieu du dîner, des musiciens tziganes sont venus jouer à notre table du violon, de la guitare et du cymbalum. Mamie m'avait dit que les tziganes du village d'à côté venaient régulièrement jouer dans notre jardin en Roumanie, en échange de quelques pièces ou d'un repas. Irène avait fermé les yeux et elle s'amusait à tourner sa tête de droite à gauche façon exorciste – sans doute avait-elle l'intention de me peiner. Avant de commander deux fiacres pour retourner au palais, Jiri m'a offert un bouquet de roses rouges, mon premier, et m'a fait un baise-main. Je me suis retournée, Irène siégeait au milieu des filles, l'air piqué d'une rivale offusquée. Dans le fiacre, à la lueur des lampes à gaz accrochées le long des façades noircies et fuyantes, la tête de Jiri, plus petite et pâle que de coutume, me faisait l'effet d'un camée s'enfonçant dans une eau assombrie par les volutes d'encre sorties d'un mollusque.

Elle se massait le ventre avec de petits mouvements concentriques et secs. Les fenêtres de notre chambre étaient grandes ouvertes, j'admirais les belles roses que j'arrangeais à ma façon dans un vase de cristal. La chambre partait en bordel, elle ne trouvait plus sa chemise de nuit, elle s'était assise pour mieux me scruter de son air envieux, c'était embarrassant, elle a pris tout son temps, c'était de toute façon là son principal loisir : me regarder. Elle a rangé soigneusement ses bobines de films Kodak trente-six poses dans un sac en plastique Harrods qu'elle gardait depuis l'Angleterre et elle s'est allumé une cibiche.

— T'auras pas de mal à te trouver un mec toi, rien ne t'en empêchera, tu n'es pas ce qu'on appelle une belle, non… mais Jiri a raison, tu es étrange et particulière… et c'est mieux que beau, il y en a tellement des filles belles et qu'est-ce qu'on s'en fout. Il t'a offert un beau bouquet de roses, tu le trouves comment ?

— Vioc.

— C'est parce qu'il a fait du goulag. C'est vrai, il est vioc comme tu dis, tu pourrais faire une odalisque nue sur son secrétaire, avec les bijoux et rien que des gants blancs… je crois qu'il a très envie… tu pourrais être plus gentille avec lui.

— Je ne crois pas.

Elle a trouvé sa chemise de nuit, elle était assise dessus, elle s'est changée. J'ai regardé ailleurs, la ligne bleue des Vosges. Elle s'est parfumée de *Je reviens*, elle s'est coiffée, elle s'est maquillée, elle a pris tout son temps.

— Où tu vas ?

— Nulle part...

Elle est partie, j'ai entendu la porte de Jiri se refermer.

Jiri s'était rendu avec Irène à une visite officielle au château de Prague que j'avais préféré éviter parce que j'aimais mieux me joindre à un pique-nique organisé par Dorothée. Mais il s'était mis à tonner et une pluie accompagnée de grêlons s'était abattue, du coup nous nous sommes rapatriés dans le grand salon balzacien avec nos paniers à pique-nique. Nous avons fermé les rideaux par peur d'être foudroyées et Katia a allumé un feu de cheminée et Dorothée qui était si nerveuse ne tenait pas en place, elle s'était mise à nous parler dans un tchèque sans cesse traduit en anglais, d'un homme, un ami, elle semblait affectée. Il voulait traverser la Vltava et avait été arrêté sur le pont par un autre homme qui l'attendait pieds nus, le corps et la face emmitouflés d'une couverture, il avait serré son ami dans ses bras, l'avait embrassé, l'avait dépouillé d'un coup de tout ce qu'il possédait. Dorothée bégayait tout en avalant un de ces sandwichs au pain de mie blanc fourré à la confiture de groseilles que nous avions préparés, l'ami ne pouvait plus rebrousser chemin, d'autres hommes étaient à sa poursuite, il fut obligé de passer le pont pour rejoindre la rive opposée et dut changer de vie ensuite. Les filles écoutaient en silence, quelque chose me disait qu'elles connaissaient déjà cette histoire pour l'avoir entendue quelque part, je n'ai pas osé poser de questions et je n'ai pu m'attacher qu'au sens général du récit, à la valeur symbolique du pont, en le prenant on changeait de rive et en changeant de rive on changeait de vie. La veille de notre départ pour Paris, Irène avait empaqueté de papier journal tous ses objets précieux et puisqu'elle n'arrivait plus à fermer les valises, elle m'avait chassée de la chambre à coucher. Après la pluie, en sortant du palais avec Milena pour me rendre au verger, il m'a semblé flotter et une fois arrivée sous les pommiers je me suis allongée. Le vent des collines m'enivrait. En voyant pour la dernière fois les coupoles de Prague se dessiner derrière les rameaux en fleur, je me suis sentie libre et j'ai cru au bonheur et même en l'éternité.

*

L'automne était humide et froid, triste. Coincées dans les embouteillages, nous roulions à peine sur le boulevard Masséna en direction de la maison, Irène fumait davantage, le cendrier de la Volkswagen était plein. Katia était morte. Je n'avais que des ennemies à l'école. Tout m'écœurait.

— Où est papa ?

— Regarde dans mon sac.

— Tu veux quoi dans ton sac ?

— Regarde, je te dis.

J'ai ouvert son sac, j'ai vu le magazine *Photo*, à l'intérieur il y avait des doubles pages avec moi toute nue et moi toute nue seule avec Jiri, je ne comprenais pas comment les photos avaient pu être éditées aussi rapidement.

— Mais tu ne m'as rien montré ?

— Je t'en ai parlé et tu les as vues… !

— C'est pas vrai.

— Tu as oublié…

— Mais non…

— Je te jure !

Est-ce que c'était vrai, est-ce qu'elle m'avait montré les photos ? Comment était-il possible que j'aie oublié ?

Le soir dans mon lit, chez Mamie, j'ai repensé à la brume et à l'oubli, à ma boîte de gâteaux Pleyben, aux champs de roses de Provins, aux vergers de Prague, à ma virginité qu'on pourrait me dérober, si j'oubliais. Mamie dormait, je suis allée dans les toilettes du corridor. Je n'ai pas allumé, je suis restée dans l'ombre, assise sur le couvercle des waters à regarder le frêle rayon de lune taper sur la porte, je me suis emparée du vieux balai des cabinets en bois et je l'ai rapidement enfoncé dans mon sexe, quelques allers et retours, une fine membrane blanche froissée comme les ailes d'un papillon mouillée de sang clair se détachait sur le manche, c'était l'hymen, on aurait dit un bout de cervelle, c'en était fait.

QUATRIÈME PARTIE

I

Londres
Aux funérailles d'un autre temps

Matthew finissait ses muffins à la cannelle et aux raisins de Corinthe, ses préférés, ainsi qu'un scone spongieux qu'il avait tartiné d'une impossible couche de lemon curd. La cloche d'argent avait été négligemment repoussée sur la desserte découvrant quantité d'œufs brouillés et de tranches de bacon. Je n'avais pas touché aux œufs mais grignotais le bacon du bout des dents. Une cuillère était victorieusement plantée bien droit dans le porridge froid. Sur le bombé de la cloche d'argent se reflétait la suite d'hôtel, derrière moi les fenêtres grandes ouvertes laissaient voler au gré du vent leurs voilages gris perle que le temps pluvieux de Londres chamarrait d'un blanc d'écume mêlé d'ombres bleutées. Le flottement des tissus donnait le sentiment qu'un fantôme venait de s'échapper par la fenêtre ou d'entrer dans la pièce et il nous arrivait une odeur de curry mêlée à de la menthe fraîchement coupée. Derrière les voilages transparaissait la reproduction agrandie du *Blue Boy* de Gainsborough. Le jeune homme vêtu de satin bleu me suivait de son regard fier et intrépide, le même que Matthew qui s'acharnait à donner des petits coups de tête pour repousser ses boucles rousses tout en détaillant avec attention mes poignets, ma chemise de nuit en satin parme, mes longs cheveux blonds, ma nuque, ma poitrine plate, mes genoux. Peut-être avait-il déjà embrassé une fille et en était-il amoureux ?

— Tu as beaucoup grandi Eva depuis la dernière fois.

— Toi aussi !

— Viens, on va vérifier nos marques…

Je ne me souvenais plus de cette histoire de marques, il m'a entraînée jusqu'au mur de sa chambre et m'a montré deux traits de crayon noir et nos deux noms perdus entre les myosotis et les jasmins du papier peint. Je me suis aplatie contre le mur, relevant à peine mes deux talons.

— … Three inches, euh, huit centimètres, oui c'est ça !

Il s'y est collé à son tour, mais il était trop grand pour moi, alors j'ai tiré une chaise pour monter dessus et je me suis aperçue qu'il y avait beaucoup d'autres noms griffonnés entre les fleurs comme Gladys, Johnson, Tallulah, Harper, Gabriel, Alix, Tilda, Oliver, Marc, Lisbeth, Frederick, Cooper et d'autres encore.

— C'est les noms de tous tes amis ?

— Oui mais je ne les vois pas tous, Tallulah est partie vivre en Inde et Alix en Afrique.

— Oh ?

En descendant, le satin de ma chemise a frotté contre son visage.

— Atchoum ! Atchoum ! Atchoum !

— God bless you !… Tu as grandi comme ça…

C'était la distance entre mon pouce et mon index. Nous sommes retournés nous asseoir au salon, au passage j'ai trempé mon doigt dans le lemon curd, c'était délicieux.

Tamara, sa sœur, a déboulé comme une tornade.

— Matthew… did you see my headband ?

Tamara soulevait tous les objets et les vêtements un à un d'un air épouvanté, une boule de Kleenex posée sur la bouche.

— Please… Matt !!?

— What do you want Tamara ?!!!

Ses cheveux mouillés l'enlaidissaient, elle nageait dans sa tenue de collégienne, son appareil dentaire la gênait terriblement et elle ne pouvait pas s'empêcher de saliver.

— Matthew please…

Implorante, elle a fermé les yeux.

— Help me !

— No Tamara…

— Rohhhh !

Exaspérée, elle a continué à chercher son serre-tête sans me prêter la moindre attention, je me suis réfugiée dans le Chesterfield. J'ai pu apprécier son manège dans la cloche d'argent, mes deux mains coincées sous mes cuisses, le satin de ma chemise était doux, ses azimuts perduraient. Matthew avait perdu toute contenance, il s'était rendu à l'état de *chiffe molle on the divan.* L'extrémité de son bandeau noir qui m'avait servi à jouer à colin-maillard avec eux la veille au soir m'est apparue entre le plateau et une serviette blanche.

— Here's… your headband, Tamara…

Elle me l'a arraché des mains et l'a ajusté sur le haut de sa tête tout en toisant son frère avec une insolence à peine dissimulée. Elle a attrapé son sac de sport puis elle est sortie en claquant la porte. Matthew est allé poser son front contre la vitre, faisant peser tout le poids de son corps sur cette extrémité, il sifflotait un air dissonant, mélancolique au possible. Une fois calmé, à supposer qu'il le fût, il s'est approché de moi.

— It is not your real hair, you are not so blonde… are you ?

— Yes of course I am… so, and your life ?

— Je vais partir m'installer en Californie, mon père veut que je continue mes études là-bas.

— Je connais la Californie… c'est déjà une autre vie pour moi.

— Strange feeling, no ?

Son regard s'est bridé et sa tête est partie en arrière.

— Yeahhh yeahh.

— … We go to Kings Road together this afternoon ?

— Yeahh…

Il a remonté le col de sa chemise blanche et s'est emparé de sa guitare. Tandis qu'il cherchait un accord mon cœur s'est mis à battre.

— ... It's *Knockin' On Heaven's Door*... Bob Dylan, my favorite, the best Bobby, it's the one !

Mon cœur battait dans ma poitrine en me laissant à peine la place de respirer. Sa voix était douce et empreinte d'une profonde tristesse.

Mama, take this badge off of me
I can't use it anymore
It's getting dark, too dark to see

Il s'est arrêté et nous avons ri avec cette sensation qui perdurait, celle de nous découvrir et de nous comprendre sans avoir à nous expliquer.

Nous étions mus par une intelligence, un savoir inné que notre jeunesse détenait, un don particulier qui ne fait que s'amenuiser au fur et à mesure que l'on grandit, au point de se retirer sans laisser de traces, plus aucun souvenir. Nous le savions, nous étions parfaitement conscients que nous chercherions à reproduire ce moment. Ce qui était curieux était de se rendre à l'évidence que de telles choses nous arrivaient alors que nous étions loin d'avoir atteint nos tailles définitives.

Sa voix tremblait d'émotion au point de devenir ténue et fausse mais il continuait quand même à chanter, il était bien plus courageux que moi et je me suis demandé si ce courage était naturel chez lui ou s'il était dû à son éducation.

Irène a fait irruption, son appareil photo autour du cou, suivie de Liliane et de Oona, la femme du lord, aussi ivres l'une que l'autre, la mélodie s'est brutalement interrompue.

— Eva… viens poser.

— J'ai pas envie !

— Liliane, parle-lui…

— Allez… viens poser, après on sera libérées et on ira faire du shopping… !

Oppressée, j'ai traversé la pièce sans pouvoir croiser le regard de Matthew, mon cœur battait à nouveau si fort, mes jambes se dérobaient, elles m'ont poussée dehors. Dans les escaliers nous avons croisé des jeunes Indiennes en sari, elles avaient la peau très noire, elles m'ont souri, découvrant de belles dents, aussi blanches que des perles.

Le salon de notre suite d'hôtel était sens dessus dessous. La table du lunch avait été renversée, les coupes de champagne brisées, les salades de fruits rouges avaient ensanglanté les murs. Irène voulait que j'incarne un de ses fantasmes obsédants, sobrement intitulé « La leçon d'école », je devais être nue, avec pour seul accessoire mon cartable, qu'elle m'avait forcé à emporter pour notre week-end à Londres, et Oona et Liliane devaient être mes deux nourrices diaboliques. Elles portaient des chapeaux ornés de croix et de signes cabalistiques ainsi que des porte-jarretelles rouges qu'Irène avait chinés du côté de Soho tard dans la nuit. J'avais tout fait valser et nous étions prises d'un rire d'une démence inépuisable. Irène, apeurée par la situation, s'était réfugiée près du lord qui se tenait assis bien sagement dans la partie la plus sombre de notre salon aux murs de guingois et au plafond bas, tout contre le poêle. Le tronc blanc et luisant du poêle avait des dessins comme des scarifications et des fentes noires à faire frémir. Les deux vieux maîtres d'hôtel nettoyaient le carnage à l'aide de petites brosses et de pelles dorées. Je ne sais comment je réussis à me faire une toge avec la nappe maculée d'œufs et de porridge. Le lord, magnanime et désarçonné, rigolait tout en méditant sur la situation.

— Well well well dear Irène, what a battlefield, my God what happened !!?

La bouche ouverte, ahurie, elle se tournait dans un sens et dans l'autre.

— Monstre, tu n'es qu'un monstre !

Elle m'a inondée de postillons, je suis allée m'allonger sur le lit, j'ai décroché le téléphone, je les sentais chuchoter des messes basses, recroquevillés contre le poêle de faïence blanc.

— … Yes, room service ??? yes… can I have à spicy tomato juice, well not a FUCKING bloody mary, just a tomato juice with a lot of Tabasco… do you understand !???

— T'arrêtes Eva, on va nous foutre à la porte si tu continues à faire tes conneries !

— It is alright my dear, I absolutely enjoy the show !!

— Mais c'est incroyable, c'est Eva qui a insisté pour être sur la photo avec Oona !

Démesurée, l'ombre d'Irène l'a devancée, puis elle m'est apparue petite derrière l'encadrement de la porte, faisant les cent pas dans le salon, allant et venant près des fenêtres d'où émanait une lumière blafarde et bleue.

— Tu n'es qu'un monstre !

Le lord est venu vers moi, la lumière rehaussait l'éclat des carreaux orange et vert de son costume.

— Are you alright my dear ?

— Yes, I just need à spicy tomato juice…

— … have what you want, divine little monster…

Voyant qu'il s'approchait de moi avec un certain amusement, Irène est venue s'étendre sur le lit, découvrant un sein flétri.

— Mother and child, wow !

Il jouait à nous voir ensemble à travers une longue-vue et il s'est écrié GREAT ! d'un ton de fausset. Oona perdait ses bijoux, il s'est précipité pour l'aider, Irène n'a pas pu s'empêcher d'aller s'accroupir à leurs pieds.

— You know, Oona, Eva wants to be on the photo with you !

Ce n'était pas vrai, je n'avais pas demandé à être sur la photo avec eux, elle mentait. Un maître d'hôtel m'a tendu un grand verre de jus de tomate que j'ai bu d'un trait.

— Irène my dear, listen, I just asked for a portrait of my wife !

Agacée par la perspicacité du lord, elle s'est remise à faire les cent pas de plus belle, plus la situation lui échappait, plus elle s'acharnait à la rattraper.

— Qu'est-ce qu'on fait maintenant ?

— I don't need any photo, basta !

Liliane, moulée dans une robe vert pomme, est venue s'asseoir à côté de moi et m'a caressé le front. Le lord a ouvert les bras en croix d'un air incompétent.

— Sorry, we have lunch with Matthew and Tamara…

Oona et le lord ont déguerpi puis Liliane aussi, pour récupérer son ticket des White Trash Arses. Nous sommes restées seules dans la chambre, Irène et moi.

— Pourquoi tu fais des scandales pareils, ils ne vont jamais plus nous inviter !!?

C'était curieux et fascinant de voir sa propre mère ainsi dépourvue de la moindre notion de culpabilité, sous la belle lumière anglaise étale et bleue. La lumière étale est la lumière des tragédies, elle éclaire tout, nul ne peut se cacher ni trouver le repos. Les œufs brouillés avaient séché sur mon corps et même près de mon sexe où poussaient quelques poils.

— Va te laver, tu pues !

— À qui tu parles ?

— À toi, tu as très bien compris, allez va te laver !

L'eau du bain coulait dans un fracas assourdissant à cause de la forte pression libérée par la robinetterie à large tuyau. Dehors, il pleuvait à torrent, la pluie tombait en rafales régulières contre le verre dépoli de la salle de bain. J'imaginais l'eau glauque de la Tamise se gonflant jusqu'à la mer. Mon sexe était rose, bien plus rose que mes lèvres et cela me surprit, j'ai prêté l'ouïe, affûtée par la crise de nerfs d'une acuité décuplée, sa voix m'est parvenue étouffée, une voix de complot, quoique pâteuse.

— ... si voglio vendere... la piccola bambini, si Ibiza, si... si, un'esclusiva per *Playboy*...

— Qu'est-ce que tu dis ?

— Telefono domani...

— Irène ?

Elle a raccroché, elle est entrée la jupe relevée pour pisser, une tasse de thé fumante à la main... elle s'est soulagée.

— Et moi je pisse des cataractes de flotte !

Je l'ai regardée, ahurie, je n'ai pas compris qui elle était.

— À qui tu téléphonais ?

— Je t'attends, quand Miss aura fini de barboter on pourra s'en aller.

Elle est repartie, cul nu, vers les fenêtres du Savoy et la Tamise. J'ai fermé la porte, je ne savais pas. Quand je suis ressortie du bain, il faisait presque nuit et des cormorans blancs volaient au-dessus de la Tamise qu'avait peinte, il paraît, Whistler. Une reproduction du tableau était accrochée en face du lit king size où elle était allongée, des petits bateaux en grisailles flottant sur la blancheur des eaux glacées. J'ai fermé les yeux pour éviter de croiser son regard, elle était toute grouillante sur le bord de mon œil, pareille aux visions des grands alcooliques en délire, derrière son corps emmailloté de laine noire, une peau gris poussière, par-dessus une peau gluante, entre les tissus de chairs molles naviguaient des jets d'urine, ses yeux noirs si mal découpés et furtivement derrière les murs j'ai vu des enfants dans une prison, dans des bordels, dans des hôtels.

— Han !

— Qu'est-ce qu'il y a Eva ?

— Rien !

— Y a pas à chier la literie en Angleterre, c'est quand même autre chose… on a bien fait de se prendre un lit king size !

Dans l'ascenseur, les Indiennes riaient entre elles et mangeaient des feuilles d'or assises dans les escaliers. Nous avons traversé le hall du Savoy, les tapis persans sur du marbre blanc, dans les grands hôtels… dans la rue, les ombres s'étendaient dans la blancheur et ressemblaient tant et tant au tableau de Whistler. Elle m'avait mal comprise et m'avait dit :

— Non, pas hustler, chouchou, ne dis pas n'importe quoi – Whistler !

— Whistler…

— Oui c'est ça, c'est un grand peintre !

On a cherché Liliane dans le jardin bourbeux, on l'a trouvée accroupie sur le bord d'une margelle d'un bassin vide, elle se buvait un Mint Julep.

Liliane souhaitait prolonger son week-end de quelques jours alors nous sommes allées à Piccadilly Circus. Nous nous sommes installées au fond d'un self donnant sur la place. Elles m'ont regardée manger en silence un hot dog au curry. Au bar, il y avait des Hindous et des Pakistanais, la salle et l'arrière-salle étaient vides. Dans les cuisines des grands Noirs coiffés de calots de papier blanc faisaient frire des fish and chips, des onion rings et des chicken wings. Des miroirs inclinés reflétaient les belles enseignes lumineuses de la place, Cinzano, Skol, BP worldwide, Guinness time, les bus, la circulation, les femmes pressées par le temps. Un tourbillon de papiers gras et de feuilles mortes circulait autour de moi, j'avais le sentiment que le self était un lieu de prédilection.

— Liliane, la Légion étrangère c'est quoi ? j'ai demandé.

Irène a fermé les paupières et s'est massé le coin de l'œil, Liliane s'est marrée.

— La Légion étrangère est un corps de l'armée française où tu t'engages pour servir la France et quand t'en sors t'as le droit de porter un autre nom, de changer d'identité, d'effacer le passé… tu n'as jamais entendu cette chanson de Piaf, « Ah qu'il était beau mon légionnaire » ?

Liliane s'est raclé la gorge et a posé une main sur son sein, côté cœur, je n'en croyais pas mes yeux, elle s'est mise à chanter à tue-tête :

J'sais pas son nom, je n'sais rien d'lui.
Il m'a aimée toute la nuit,
Mon légionnaire !

Irène pliait avec méticulosité une petite serviette de papier blanc, elle allait peut-être se faire un képi, qui sait ?

— Mon père, il était dans la Légion ?

Irène acquiesçait, faisant tomber bien bas les commissures de ses lèvres, avec sa gueule de nave, elle a considéré sa serviette toute pliée.

— … La dernière fois, quand on a écouté Radio Alger ensemble, tu m'as dit toi-même que papa avait fait la Légion étrangère… Sidi Bou Saïd !

— Sidi Bel Abbès, a rectifié solennellement Liliane.

— Elle m'emmerde avec son père !…

J'ai recraché un bout de mon hot dog dans l'assiette en carton et j'ai tapé dessus avec mon poing.

— Sale connasse de merde !

Irène, exaspérée, s'est levée, j'ai cru qu'elle allait partir et me laisser avec Liliane mais elle est allée payer. Liliane aussi s'est levée, sa robe verte moulait bien son gros cul.

— J'en ai marre de vos engueulades, a dit Liliane.

— Y a plus d'engueulades, hein Eva ?

Irène s'est avancée vers moi la gueule ouverte en faisant un bruit de cochon qui la dégoûtait elle-même.

— Rhhrav rhaaa baiser russe… baiser russe !

Elle a frotté le bout de son nez contre le mien, aller retour, aller retour.

— Vita vita vita vita !

Et puis elle m'a donné un de ces coups de boule sur le front – poung !

— Voilà… c'est un baiser russe !

— C'est pas un baiser russe !

— Demande à Liliane si c'est pas un baiser russe.

— C'est un baiser russe ! a dit Liliane, puis elle a ri et Irène a ri, les Hindous et les Pakistanais ont ri. Irène avait toujours son nez près du mien.

— Écoute-moi bien, j'ai retrouvé l'adresse de ton père et tu sais quoi, on va t'acheter une carte postale et tu lui écris mais tu ne m'en parles plus. On est d'accord toutes les deux ?

— Non !

Elle s'est reculée pour mieux me défier.

— Bon on rentre à l'hôtel et on s'en va ! Moi aussi j'en ai marre de toi et plus que tu ne crois… !

Elle s'est allongée sur une banquette face aux Noirs, elle a fait la morte et ils l'ont emportée en cuisine.

Elle m'a acheté une carte postale de Big Ben à Piccadilly Circus.

Cher papa
Je pense à toi tu me manques,
Je t'aime, je t'aime, je t'aime tant
Eva

Elles me suivaient dans la rue, il pleuvait des gouttes de diamant, leurs souliers faisaient un bruit de succion, j'ai posté ma lettre dans une boîte rouge et puis elles se sont mises à courir, elles voulaient vite faire du shopping et rattraper le temps perdu, comme si notre vie ne dépendait plus que de Big Biba. On a pris un de ces taxis scarabées, il nous a bien baladées, dans des ruelles étroites et sombres, à travers de ces nappes de brouillard, une véritable purée de pois, on y voyait que dalle, c'était peut-être l'au-delà. Elles s'allumaient cigarette sur cigarette, tout en comptant nerveusement leurs livres et leurs pennies entre leurs jambes, dans le creux de leurs robes.

— On arrive bientôt... ?

— Ne sois pas si impatiente Loulou !

— C'est loin !

Elles portaient de veilles mitaines de laine qui leur coupaient les doigts. M'est apparu, derrière la vitre, un vaste halo de lumière ivoire dans un ciel prune, c'était un dôme cerclé d'or passant de l'incarnat au rose fuchsia, dessus était posé une colonne couleur melon dont l'extrémité était une flèche turquoise se perdant dans les nuages. La ville était sens dessus dessous, l'avenue suréclairée, un monde fou, des gens partout, des femmes et des enfants couraient dans les rues et essayaient d'entrer dans une file mais des grooms les repoussaient à l'aide de gants blancs, un tapis rouge défilait le long d'un pâté de maisons où se dressait un immeuble art-déco. Toutes ces femmes, ces enfants et ces hommes attendaient, abrités sous un plafond de rue, constellé de milliers d'ampoules de cinéma. Nous nous sommes rapprochées de la vitre comme pour ouvrir les petites fenêtres d'un calendrier de l'avent. À cause des chasseurs des rues et des grooms en livrée rouge, du froid et du givre, des vitrines aux mannequins Clovis Trouille, assises, allongées, debout, penchées dans des salons au mobilier hollywoodien pourpre vert et crème, on se serait cru à Noël, aux funérailles d'un autre temps.

Le Biba de Kensington s'était transformé en Big Biba et était une des principales attractions de Londres. Tandis que le taxi glissait le long de la chaussée, la file se prolongeait encore, des jeunes femmes, des enfants, des teddy girls et des teddy boys encore et encore et même des suffragettes, des rockers et aussi des minettes attendaient, faisant le pied de grue. Des photographes, des flashs, des limousines garées en épi. Un homme blond à grande mèche décolorée est apparu sur le tapis rouge. Liliane a fait le clown, elle s'est écrasé la joue contre la vitre.

— Glups !

J'ai ri.

— Here you are Ladies… please !

Elles se sont cotisées, les pièces filaient entre leurs mains.

Un groom nous a ouvert la porte, dans la rue les gens couraient après la limousine.

— David Bowie, David ! David Bowie… hey David we love you !

— We love you David ! a hurlé Liliane.

Poussées par les grooms et la foule en délire, nous sommes entrées en force dans le magasin, les gens couraient et nous aussi. Liliane s'est arrêtée net au rayon sacs à main, tandis qu'Irène s'est échappée au rayon houppettes et fleurs en tissu. On l'a rejointe, elle chapardait de tout, elle s'en fourrait dans son sac et même sous sa robe, dans ses collants.

— Qu'est-ce que tu fous ?

Liliane inquiète s'est avancée pour la secouer.

— Tout le monde te voit…

— Mais non, tout le monde s'en fout, qu'est-ce que tu crois !

Je comprenais avec stupéfaction qu'Irène avait une notion très vague du regard des autres sur son propre corps. Elle est partie d'une démarche mal assurée avec son butin, on l'a suivie dans le magasin jusqu'aux ascenseurs où se trouvait un groupe de jeunes liftiers qui nous ont repoussés, nous et la foule.

— No please, you cannot go up !

— Why ?

Irène était blême à cause du trop-plein de monde.

— Private evening at the Rainbow Room !

Il y avait donc une Rainbow Room, dégoûtée je suis tombée sur une photo posée en évidence, derrière un cordon de musée, sur un beau pupitre doré : un arc-en-ciel de néons entourait une scène de spectacle hollywoodienne devant laquelle se tenaient des dizaines de box en moleskine blancs capitonnés et des tables vides. Au plafond, un dôme constitué de divers cercles mystérieux où se cachaient des néons allumés : c'était the Rainbow Room.

— And tomorrow ?!!! s'est écriée Liliane.

— Yes, come back tomorrow !

— Can we dance rock'n'roll tomorrow ?

— Yes ! m'a répondu le groom qui n'était qu'un enfant.

Irène paniquait et Liliane s'est marrée en voyant sa tronche. Elle nous a fait un grand signe d'au revoir mélodramatique et s'est laissé porter par la foule. J'ai bien ri. Dehors c'était la nuit noire, le crachin et le brouillard. Dans le ciel, rien qu'un drap de brume prune où se promenaient des faisceaux lumineux venant des bords de la Tamise, nous avons cherché en vain Cecil Court.

L'obèse avait encore beaucoup grossi. Il était assis dans une chaise roulante au milieu de son bookstore où seules les pâles lumières venant de la rue nous éclairaient en biais. Autour, de hautes piles de livres poussiéreuses à souhait s'amoncelaient de toutes parts. L'obèse me tenait la main ou plutôt ne voulait plus me la rendre, il m'avait déclaré qu'en tant que fervent admirateur, il méritait un gros câlin et qu'il collapserait de tristesse si je ne lui en faisais pas un *right away*. Je n'osais pas rétorquer, sachant que si vous donnez le doigt on vous prend le bras. Tout au fond d'un couloir, dans une salle pleine à craquer, un public choisi regardait des photos de moi nue et lascive. Irène, assiégée par quelques messieurs, se pâmait d'orgueil. J'essayais tant bien que mal de me dégager de l'obèse mais il me retenait la main.

— Ta bouche est un musée secret…

Il m'a attirée vers lui, il sentait le moisi.

— Alors tu n'as rien à dire hein… ? Nothing to say but all to do !

— S'il pouvait me lâcher la main ce gros…

— Tu parles à ton ami imaginaire ? As-tu beaucoup d'amis imaginaires, Eva ?

Il devenait irritant, je n'aimais pas ces familiarités oppressantes et encore moins cette question. Une boule noire et chevelue s'est jetée sur son ventre en riant.

— Daddy ! Daddy ! Play with me, not with her !
— Well… darling !
— Please daddy please, come on !
Derrière l'amas de cheveux, j'ai aperçu deux grands yeux verts et une bouche rose, une peau sombre.
— My daughter, she came from Calcutta. Apsara, say hello to Eva !
— No !
Elle s'est arc-boutée, les reins contre les genoux de l'obèse, faisant jaillir sur son visage de tanagra une expression de terreur amusée, le buste bombé et nu à peine recouvert d'une soierie déchiquetée.
— Let's go to the blue room !
Apsara était bien plus petite que moi, elle a poussé la chaise roulante, il m'a lâché la main, je les ai bêtement suivis.

La pièce n'avait aucune fenêtre, juste une porte capitonnée que l'obèse avait pris soin de bien fermer. La chambre était ronde, entièrement tendue de tissus bleus, de ce bleu que l'on utilise pour marquer les viandes fraîches, soigner la cystite ou colorer le curaçao. Un lustre à demi éteint, accroché au milieu des tentures bouillonnées, m'a rappelé le musée Grévin et les arrière-salles abandonnées des passages parisiens restés insalubres, les filles droguées du Mazet, la peau de chèvre et les biddies. Nous dansions sur Neil Young et nous buvions de la liqueur Parfait Amour. Le goulot rétréci par les cristaux de sucre séché nous obligeait à la siroter lentement, c'était comme du poison sur nos lèvres. Apsara, moi et une nouvelle recrue en chaussettes et grosse culotte blanche, une teddy girl de deux ans mon aînée qui s'appelait Daphné, dansions tout en jouant à faire glisser le tapis. L'obèse se cognait contre les murs et les instruments de musique, s'agrippant à une grosse boîte de loukoums, faisant disparaître les sucreries une à une entre les plis de son gros ventre. La disparition des loukoums m'intriguait autant qu'elle m'affolait, mangeait-il vraiment les loukoums par le ventre ?

Épuisé, l'obèse s'est laissé choir au sol, la platine a sauté et le disque a fait crac, fini Neil Young. Nous nous sommes approchées, le croyant peut-être mort d'un arrêt cardiaque. Apsara a délicatement posé son oreille contre sa poitrine.

— Daddy ! Daddy don't die ! Daddy… Daddy ?

— Aouooh, s'est-il écrié et nous avons couru tous azimuts, faisant tomber les œufs de Fabergé et le piano électrique.

Apsara est montée pieds joints sur son ventre, ses joues cramoisies sont passées tabac brun. Daphné a juste posé un pied sur lui, quant à moi je me suis contentée de poser mon genou sur son ventre. Sa bouche était grande ouverte, on l'a cru cette fois vraiment mort mais il a ouvert les yeux.

— I am ok, a dit l'obèse, en larmes de sueur.

Apsara lui a essuyé le visage avec ses longs cheveux.

— Don't worry my little darling, it's alright !

Un certain nombre de personnes que je ne connaissais pas mais qui avaient dû être sélectionnées parmi le public choisi de l'exposition me regardaient. Mon prénom Eva revenait sur leurs lèvres, tournait en écho dans la pièce et sans doute à cause de l'excitation que nous nous étions communiquée les unes les autres dans la chambre bleue et de la liqueur de violette, j'ai vu en transparence se détacher une grotte dans laquelle coulait une rivière dorée. Peut-être que ce n'était pas le public de la galerie qui avait prononcé mon nom, mais un autre public invisible caché dans la grotte depuis des centaines d'années.

— Où tu étais, je t'ai cherchée partout ?

Irène furieuse m'en voulait de lui avoir échappé. Le lord, qui se tenait devant une enfilade de tableaux, s'est subitement retourné vers moi.

— She's a little devil !

— She's terrible ! a rétorqué Irène.

— On va t'enfermer aux docks, a dit l'obèse qui respirait mal, congestionné par ses exercices de la chambre bleue.

Il en profita pour me prendre à nouveau la main.

— On va t'enfermer à la pipe de la reine…

— C'est quoi ?

— C'est un grand fourneau où l'on brûle toutes les marchandises confisquées et toutes sortes d'objets introduits frauduleusement… qu'est-ce que tu en dis ?

Ils se sont mis à rire. Apsara et Daphné en ont profité pour filer dans un des couloirs biscornus et mal éclairés.

— J'ai beaucoup d'amis antiquaires, ils peuvent te vendre comme article confisqué... Are you afraid... you're trembling, Eva !

Oona m'a fait asseoir sur ses genoux face à un mur où se trouvait une série de tableaux accrochés côte à côte. Un triptyque donnait à voir une étude de femme nue gracile, fouettée d'or et nimbée de rose, courant de plus en plus vite sur l'herbe verte, se détachant de terre pour aller rejoindre le soleil couchant. Un grand nombre de crucifixions. Des marines sombres, des peintures représentant diverses maladies de la bouche. Au milieu, un homme assis dans le noir, enfermé dans une pièce de verre, hurlait, sa bouche n'était plus qu'un trou noir et sa chair vibrait. Un silence fasciné s'est installé.

— She's like Francis Bacon... a dit l'obèse. Justement Francis m'a promis de passer ce soir...

— I love Francis Bacon too ! s'est écriée Irène.

L'obèse a fait rouler sa chaise pour s'emparer d'un catalogue qu'il a ouvert précautionneusement.

— J'ai vu la rétrospective du Grand Palais, c'était majestueux ! a dit Irène.

— Francis a une bronchite en ce moment, il ne viendra peut-être pas... a soupiré l'obèse.

— Moi aussi j'ai eu de graves problèmes aux poumons, après la guerre j'ai vécu en sanatorium. C'était très dur, j'ai toujours un voile dans la poitrine.

Je ne savais pas qu'elle avait vécu en sanatorium. Alors qu'ils picoraient au buffet, j'en ai profité pour m'échapper dans le bookstore. Le front posé contre la vitre j'ai pensé à Matthew. Où était-il ce soir ?

L'obèse est venu me chercher, il nous a réunies, Apsara, Daphné et moi autour du buffet, il voulait nous balader en Rolls-Royce, « London by night, a crazy ride all together », mais Irène préférait me déposer au Savoy et rejoindre Francis et sa bande au Colony.

J'ai claqué la porte du taxi. Au fur et à mesure que j'avançais, le couloir de l'hôtel s'allongeait, il n'y avait plus que des tableaux de chasses à courre sur les murs avec des cockers et des hommes en livrée rouge. Dans le salon éteint et vide je me suis improvisé un lit sur le canapé. Les nuages dessinaient des ombres de cellophane le long des murs. Il n'y avait plus de frontière entre les rêves, la réalité et les désirs, je divaguais. Mon esprit s'est fixé sur le cercle concentrique fait de papiers et de feuilles mortes volant autour de moi au self-service, ma main a pris mon autre main et tout doucement le sommeil m'a emportée.

La porte de Matthew était fermée, j'attendais qu'il sorte mais en vain et je n'osais pas frapper de peur de tomber sur sa sœur. Il n'y avait pas de plateau de petit déjeuner devant le seuil, ni de souliers à cirer et aucun *do not disturb* n'était accroché à la poignée, autant de preuves infaillibles qu'ils ne s'étaient pas encore levés. Les autres clients de l'étage, eux, avaient tous décidé de prendre leur breakfast au même moment. Les femmes de chambre se succédaient, des plateaux dans les mains et j'entendais tinter une cloche de verre invisible. La lumière au bout du couloir était diffuse et claire, rien qu'un halo aveuglant débordant d'une fenêtre en ogive, pourtant il me semblait que c'était la lumière de la résurrection. Au fur et à mesure que défilaient les portes, le couloir s'élargissait sur la lumière si blanche dans laquelle je voulais me baigner. Le long des plinthes, quelques paires de souliers à cirer et des cadavres de bouteilles de champagne. Au bout du couloir, derrière une porte, quelqu'un écoutait du blues à la radio. J'ai reconnu la voix de Billie Holiday tout éraillée et si émouvante, elle chantait *Gloomy Sunday* et j'étais Billie dans la belle lumière blanche du matin. J'ai fermé les yeux pour mieux entendre Billie et j'ai failli m'agenouiller pour prier devant la fenêtre, puis je suis revenue sur mes pas avec cette fois la ferme intention de frapper à leur porte. Deux room-maids poussant un chariot de ménage m'ont devancée pour entrer dans la chambre, laissant derrière elles la porte ouverte. Le salon était sens dessus dessous, des boîtes à pizza traînaient par terre et des plateaux de petits déjeuners prouvaient qu'ils avaient fait la java avec des copains jusqu'au matin. Les voilages des fenêtres ne faisaient plus qu'un long ruban gris s'entortillant au gré du vent. Les room-maids me regardaient poliment tout en faisant le ménage. Je regrettais ma crise d'hier, sans elle peut-être nous serions-nous retrouvés sur Kings Road Matthew et moi. Mon instinct me poussait à aller rayer mon nom de son mur mais c'était une action à haut risque, impossible de traverser le champ des femmes de chambre et malgré cette envie quelque chose de supérieur m'attachait à Matthew. La femme de chambre a fini par me demander si j'avais besoin d'aide. Hébétée j'ai pris la fuite en courant dans le couloir et les escaliers. J'ai rejoint ma chambre, Irène se baladait à poil devant les fenêtres donnant sur la Tamise en se brossant les cheveux.

— Qu'est-ce que tu fais ?

— Rien.

— J'espère que tu n'as pas piqué dans les chambres ?

À la Rainbow Room, tous les box en moleskine blancs étaient pris d'assaut, hors de question d'atteindre le bar bourré de teddy boys et aucune chance d'accéder aux tables autour de la piste pleine de filles en robe de bal. J'aurais voulu une table aux antipodes, bien après la piste de danse, sous le dôme étoilé, orné de planètes phosphorescentes en mouvement, mais c'était sans espoir. Liliane me souriait bêtement tandis qu'un type la bécotait, il faisait voyou et il lui tenait la main en essayant discrètement de la rapprocher le plus possible de sa bite, tout en faisant des clins d'œil mort de rire à d'autres types disséminés qui comme lui étaient habillés en pirate avec dans leurs dos écrit « White Trash Arses ». Liliane, que je croyais féministe militante ou gouine, avait viré de bord pour devenir groupie. Le pirate lui avait mis un bubble gum dans la bouche qu'ils s'étiraient, c'était dégoûtant. Je n'arrivais pas à détacher mes yeux de Liliane. Un groupe de rock en veste blanche col châle chaussures vernies noires venait d'entrer sur scène, la foule enthousiaste a applaudi à tout rompre. Irène continuait de se pâmer derrière une paire de lunettes en strass.

— Tiens v'là la haute, a dit Liliane en me donnant un vague coup de pied.

Le lord, sa femme et ses enfants sont venus vers nous, Matthew s'est approché de moi.

— Follow us, we have a table… a dit le lord.

Installée à une table devant la piste, j'ai fini la crème glacée de Matthew. Le lord et sa femme ont dansé puis le lord a dansé avec Tamara et Liliane a fait des passes de rock avec son pirate.

— Why don't you dance together ? a demandé le lord.

Matthew m'a invitée à danser un slow, c'était la première fois. Il me serrait contre lui, je l'ai senti fragile. Il dansait bien, je le suivais. Nos pieds s'emboîtaient et nous tournions, ils avaient allumé l'arc-en-ciel de néons au-dessus de nos têtes, l'orchestre jouait *Love Me Tender*. À la fin de la chanson nous sommes retournés à notre table, il n'y avait plus que nous deux, il a pris un air snob et pourtant j'avais envie de me confier.

— You know, my father is a sailor and a very dangerous spy, never say that to anyone, promise me you'll keep my secret…

— Of course, I promise.

II

Boulevards de ceinture

Le terrain était glissant, bourbeux, les arbres sans feuilles se dressaient vers le ciel blanc, ce n'étaient pas des oiseaux de proie mais des colombes volant dans l'angle d'un faire-part de décès. Jacques roulait lentement dans les allées du bois de Vincennes où il faisait si souvent froid. Le cendrier débordait de mégots maculés du rouge à lèvres d'Irène Purple Shadow. En contrebas des grilles du périphérique, les voitures filaient, pareilles à des couteaux qu'on affûte. J'étais derrière, je ne devais pas entendre, mais j'entendais quand même, j'avais des oreilles.

— Alors Eva vient avec moi en Espagne cet été… ?

— Si tu veux mais combien de temps ?

— Un mois…

— C'est trop…

— Quinze jours alors.

— Elle sera nue sur les photos ?

Elle me regardait en rigolant – dents jaunes.

— Oui.

Lui aussi s'est retourné pour me faire un sourire.

— Tu sais qu'Eva n'a pas dix ans !

— Elle fait femme, j'aime ça…

Il m'a dit ça d'un ton douceâtre comme un compliment.

— T'es une belle fille et moi je ne shoote que des belles filles…

Il a ralenti pour mieux me détailler.

— Tu sais, Jacques me parle souvent de toi… Tu le connais, on se croise tout le temps chez Filipacchi…

— On a même dansé ensemble au Ku… tu te souviens ?

Nous n'avions pas dansé ensemble à Ibiza, il mentait.

— … De belles vacances sur la Costa del Sol et tu poses nue pour lui dans sa grande maison… il y aura d'autres filles, n'est-ce pas Jacques ?

— Oui bien sûr… elle ne sera pas seule…

La paupière gauche de ma mère s'est mise à trembloter malgré elle, il avait déjà dû la culbuter, elle sentait la sueur, les cheveux derrière sa tête formait une boule crépue, elle s'est allumé une cibiche, jeté la boule en arrière.

— … Et pourquoi je te la prêterais, hein ?

Il s'est arrêté de rouler, sur la plage arrière un Pentax recouvrait une revue, ma main a poussé l'appareil, c'était *Club International*, en couverture une jeune fille, le sexe rasé, accroupie sur un rocher, s'extasiait au soleil la bouche ouverte. En arrière-plan se découpaient les belles maisons cubiques de l'île.

Elle le narguait – dents jaunes.

— Elle a un nom, c'est moi qui l'ai faite... si je te la prête, tu me donnes quoi... hein ?

Ma présence devait les perturber, ils devenaient nerveux.

— Eva, tu peux sortir quelques minutes ? on doit se parler tranquillement Jacques et moi...

Il s'est retourné pour m'ouvrir la porte de l'intérieur, je suis sortie et j'ai claqué la porte. Je me suis souvenue qu'elle m'avait dit un jour m'avoir conçue avec mon père... – Un bonheur inouï ! – sur la Costa del Sol. Dans le square aux tourniquets, les arbres dégageaient une vapeur irréelle.

*

Le printemps était vite revenu, je me sentais légère en petite robe à fleurs, dans les rues de Saint-Germain, le vent pareil à une caresse sur ma peau, nous marchions l'une à côté de l'autre, avec mes talons je faisais à présent exactement la même taille qu'elle. Rue Mazarine, deux types nous ont couru après, hilares, persuadés que nous étions deux sœurs, sans doute voulaient-ils nous allumer ? Irène a souri, quelques touristes se sont intéressés, mais à mon approche un peu brutale, ils ont tous rebroussé chemin.

Au bout de la rue des Grands-Augustins, des lumières irradiaient, courant le long des façades, quelques flashs ont crépité depuis un bateau-mouche et puis plus rien.

— Je veux devenir actrice…

Elle a haussé les sourcils, expression ironique.

— C'est ce que je veux…

Elle m'a regardée, hébétée.

— Tu comprends… ?

— On fait tout pour Loulou… tout, faut que tu me fasses confiance, je suis ta mère Loulou !

À peine avais-je dit ces mots que je les ai regrettés amèrement. Pourquoi m'être confiée à elle alors que je savais qu'elle allait s'en servir contre moi ? Soudain la fatigue m'a harassée. Nous tournicotions dans les rues du quartier depuis plus de deux heures, Jacques nous avait donné rendez-vous à la terrasse des Deux Magots afin que je rencontre ma future camarade, celle qui comme moi serait toute nue à Marbella, mais ils n'étaient pas au rendez-vous et nous avions fait un grand tour qui ressemblait, je ne sais pourquoi, à un tour de garde. Irène ne disait rien, elle ne savait même plus comment rejoindre le quai des Grands-Augustins, c'est moi qui la guidais… son expression m'évoquait un masque de tragédie grecque.

— … C'est par là… Saint-Michel, c'est par là Irène…

Elle était émue que je puisse lui indiquer le chemin. Des couples chics sortaient de chez Lapérouse, des cigares, de l'or, du crocodile blanc et des billets de cinq cents, elle s'est avancée pour mieux dévisager une bourgeoise coiffé big hair qui montait dans une Bentley.

— Qu'est-ce que vous voulez ?

L'homme s'est approché d'elle, elle a reculé. Nous sommes reparties, elle a repris sa cadence somnambulique. Les bateaux-mouches naviguant sur le fleuve illuminaient les façades noircies du quai et le début de la rue Gît-le-Cœur, si délabrée et insalubre.

— Où est-ce qu'on a rendez-vous exactement ?

Ma question l'a surprise.

— Chez le Vietnamien, ils nous ont dit de passer aux alentours de neuf heures...

— Et on voit qui ?

— Je t'ai dit, c'est fou comme par moment, tu n'écoutes pas ce qu'on te dit... Sylvia Bourdon...

— L'actrice porno... ?

— Oui, elle veut que je la photographie pour *Penthouse*, ça peut m'ouvrir des portes... elle est amie avec Mandiargues et Bona, je t'ai parlé d'eux... lui c'est un grand écrivain français qui t'admire...

Le parterre de la fontaine Saint-Michel était bourré de monde, certains s'étaient installés sur le dos des chimères, le rebord du bassin et même au pied de l'archange. Dans ce clair-obscur du croisement des rues il semblait sortir des murs ou s'y glisser, me rappelant tout à la fois une affiche noir et blanc représentant une femme nue incrustée dans la tête de Freud et les Sélénites du *Voyage dans la Lune* de Méliès, qui apparaissent et disparaissent en faisant des pops de fumée.

La pièce était petite, jaunâtre et basse de plafond, à part un couple, ils étaient seuls à une table près des fenêtres surplombant la Seine. Ils avaient déjà entamé des vapeurs et des crevettes. Bona portait un tailleur rouge vif et Sylvia, l'actrice porno que j'avais connue quelque part dans le passé, l'harnachement habituel des filles de la rue Saint-Denis ; bracelet de force, colliers de chien, bas résille, imperméable en vernis noir s'ouvrant sur un large décolleté d'où jaillissaient des seins opulents et laiteux, veinés de bleu. André de Mandiargues n'avait d'yeux que pour elle, il ne s'est même pas rendu compte que nous lui avions déjà dit bonjour.

— André, tes amies sont là…

Bona lui a souri.

— Oh… Bonjour…

Il s'est levé, il ressemblait à une tortue timide, il m'a serré la main sans me regarder. Assise en face de lui, il ne me regardait toujours pas et même évitait mon regard, ses paupières étaient boursouflées, il devait souffrir d'allergies de printemps.

— Prenez des vapeurs, je vous en prie servez-vous…

Au lieu de me servir dans l'assiette qui se trouvait devant moi, j'ai pris une petite soucoupe à thé pour les bouchées vapeur, mais il était trop tard lorsque je m'en suis aperçue, donnant ainsi l'impression d'être encore une enfant et de jouer à la dînette. Incapable de rester à table tellement j'étais embarrassée, j'ai profité d'un bateau-mouche qui passait pour me réfugier bêtement dans l'encadrement de la fenêtre. Le Palais de justice se détachait sur un ciel assombri et des canots ressemblaient à des mouches écrasées dans un coin. Moi aussi je devais être pour eux une silhouette se détachant devant les lumières des bateaux.

Le regard de Mandiargues était des plus fuyants. Au moment où j'allais attraper mon assiette, j'ai compris qu'il me collectionnait, ma gorge s'est serrée.

— Encore des bouchées, Eva ?

— Non…

— Irène, il faut que vous veniez chez moi essayer ma chaise érotique, a dit Sylvia tout fort.

— C'est un objet très amusant… a dit timidement Mandiargues.

— Elle est en bois et quand on tire comme ça… – Sylvia a fait le geste de passer les vitesses d'un embrayage –… il y a une bite qui se lève…

— Si bien qu'on peut faire la chose soi-même, nnn'est-ce pas keccccestttamusant n'est pas ? a bégayé Mandiargues.

Lorsqu'il s'est tourné vers Bona, elle a esquissé un sourire figé.

— Sí sí… seguro, sí, ah sí !

— Ne les écoute pas Eva. Elle est innocente et chez nous, nous ne parlons jamais de sexe masculin…

Personne n'a percuté à part Sylvia qui a ri à gorge déployée en se tournant vers moi. Réduite par je ne sais quel sortilège à faire plus que jamais l'enfant précieux, je suis allée à petits pas voir les poissons rouges dans un bocal posé sur la cheminée, Sylvia a continué de rire.

— Je voudrais que tu me photographies cul nu sur ma chaise érotique, a dit Sylvia à Irène.

Elles se regardaient amoureusement.

Mandiargues s'est frotté les yeux et Bona s'est levée.

— Andiamo ?

Une fois sortis du restaurant, il s'est arrêté un moment devant la devanture éteinte d'une librairie ésotérique, elles se sont embrassées, il ne m'a pas saluée.

Nous avons marché jusqu'à Saint-Germain. Irène préférait prendre le métro sur la place et en profiter pour voir si par hasard Jacques et la jeune fille n'étaient pas à la terrasse des Deux Magots. Le long du boulevard, je regardais les immeubles, certains appartements étaient fortement allumés et j'essayais de deviner où se trouvaient les fameux salons mondains de jadis. Arrivées en terrasse, ils n'étaient pas aux Deux Magots. Des hommes aux cheveux blonds avaient dû boire verre sur verre de pastis, ils avaient accumulé des soucoupes sur la table. Parmi eux j'ai cru reconnaître mon père, mais en plus trapu, c'était peut-être son frère ? Je ne savais même pas si mon père avait un frère, je savais simplement que mon père et ma mère s'étaient rencontrés pour la première fois de leur vie dans ce café, il revenait d'Algérie et elle s'occupait de la Rose d'Ispahan.

L'homme à la moustache blonde me regardait fixement de ses yeux bleus, sans doute m'avait-il reconnue, je n'ai pas osé aller vers lui, j'aurais dû, j'étais bête, mais Irène me parlait…

— Quelle connerie d'avoir bousillé la chignole…

— C'est pas de ma faute…

— Tu m'azimutes tout le temps…

— On prend un tacot… ?

— Avec quoi… j'ai pas un rond…

Nous avons descendu les marches du métro Saint-Germain-des-Prés sous un vent toujours froid et saisissant. Dans les couloirs de faïence blanche, des jeunes en pattes d'éléphant et écrase-merde lançaient des pétards, ça faisait un de ces baroufs, ils se sont mis à courir comme des dératés, du coup nous aussi. On est montées dans la rame de justesse. Une fois assise dans le carré passager, elle s'est retournée mais il n'y avait personne. Elle s'est retournée encore.

— Qu'est-ce que t'as ?

— On ne sais jamais, parfois le soir, il y a des pervers terribles qui vous suivent…

— Quels pervers ?

— Des pervers qui peuvent te zigouiller… faut faire gaffe !

Elle m'a regardée sans me voir, sa poitrine amaigrie perlait de sueur paludique couleur grise, ce devait être la pollution.

« L'Enfant du scandale », c'était le titre du portfolio m'exhibant nue dans *Photo*. Elle avait enfin eu la couverture mais elle ne voulait pas porter le chapeau pour le titre et préférait se défausser lâchement en m'assurant que c'était un choix du rédacteur en chef, elle-même n'ayant pas eu son mot à dire. Le scandale l'avait mise en joie, elle en oubliait ses effets personnels dans les taxis, dans les cafés, les Prisunic, elle avait même jeté sans y prendre garde une enveloppe pleine de fric à la poubelle, elle se promenait presque nue en compagnie de porno stars, elle avait fait l'acquisition de fouets, de godemichés et d'imperméables en vinyle noir. Un photographe à sensation était venu dans son appartement pour nous prendre en photo, Irène photographiant Eva devant ses fenêtres bouchées. Assise sur son lit de satin, elle avait fait des blagues sur son bordel de sanctuaire, elle avait perdu toute sa morgue et s'en foutait pas mal.

— Mets-toi toute nue pour le monsieur.

— Non…

— Bon, garde ta culotte si ça te fait plaisir !

Elle m'a reluquée dans son appareil et lui la regardait dans le sien.

— Eva, prends Marilyn dans ta bouche.

J'ai mis une photo de Marilyn dans ma bouche, elle posait en maillot de bain devant des étoiles en carton.

— Votre fille peut faire une pose plus érotique ?

— Tire sur ton slip, vas-y…

J'ai tiré dessus, les lèvres de mon sexe débordaient, je mordais dans ma bouche la photo de Marilyn et avec mes mains, j'ai dressé très haut mes cheveux sur la tête. Elle a collé son œil sur son appareil, il s'est mis derrière elle pour me cadrer dans son angle.

— Toi qui veux être actrice, vas-y !

J'avais Marilyn dans ma bouche.

— Vas-y Eva, montre-lui !

J'ai posé, me sentais poubelle.

Une fois le type parti, elle a eu un petit coup de mou, ses sourcils se sont mis à vibrer.

— T'as des tics ?

— Mais non.

— Pourquoi on a fait ça… pourquoi Irène ?

— Je sais pas… c'est vrai c'est con, je sais pas…

Je me suis mise à trembler du cou, elle était fascinée, nos peaux tremblantes devant les fenêtres bouchées.

— C'est une infamie… c'est vrai mais c'est pas grave, personne ne va faire attention à ce que fait ce type… une infamie… descends.

Elle s'est allongée sur son lit rempli de coussins, de fouets cachés de-ci de-là et de collants sentant l'urine et la cramouille.

Ô toi qui veux être actrice ! Jours de déroute qui n'étaient que grandes joies pour Irène tant elle était comblée par l'affolement que lui procuraient les enchaînements bizarres et les situations scabreuses dûs au scandale. Au comble de l'amusement, elle m'avait demandé de l'accompagner à la poste pour envoyer un numéro du magazine titré « L'Enfant du scandale », ainsi qu'un nombre conséquent de Tampax usagés, noirs de sang, à sa mère et sœur, Margareth. Une autre fois elle m'avait demandé d'aller sans culotte chez le coiffeur puis de venir prendre le thé après l'école. J'étais montée les cheveux bouclés teints en platine et sans culotte. Elle était avec un metteur en scène polonais au nom de médicament, Walerian B, et un type en poncho que je connaissais pour l'avoir vu boire du vin rouge et dire des poèmes anarchistes entre la Huchette et Montparnasse. Le Polonais et son acolyte étaient venus tout exprès pour me proposer de jouer dans *Le Sang de l'agneau*, un projet de film d'après une nouvelle de Mandiargues.

— C'est nue, m'a glissé Irène d'une voix affolée d'émotion.

— C'est non…

Elle a fait celle qui ne comprenait pas.

— … Je t'en prie, ce n'est pas n'importe qui… Réfléchis bien, toi qui rêves d'être actrice… ?

J'ai déguerpi, les laissant sur le lit de satin troué et je suis allée au zoo de Vincennes voir les grands singes. Il y en avait un qui était malade, ils en étaient tous malheureux. J'aimais bien y aller pour comprendre la nature, les mères avec leurs petits et comparer avec ma mère et moi.

Un après-midi, un couple d'enseignants était venu chez Irène, elle les avait rencontrés chez Gabor, ils répondaient aux noms de Daniel et Danielle, qu'on devait prononcer Danielleu pour les différencier. C'était une paire d'homosexuels originaires du Sud-Ouest, ils étaient depuis peu à Paris où ils enseignaient le français. Ils rêvaient de connaître des artistes et sans doute pensaient-ils qu'au contact d'Irène, ils apprendraient quelque chose de nouveau. Liliane avait refusé de nous accompagner à Ibiza, Gabor aussi, il devait s'occuper de sa vieille mère. Irène s'est immédiatement entichée du couple d'enseignants et leur a proposé de partager avec elle la location d'une finca à Ibiza pour la première quinzaine d'août. Je redoutais ce projet mais Irène préférait être mal accompagnée que de se retrouver seule avec moi dans une baraque qu'elle ne pouvait pas payer, puisque avec l'avance que lui avait faite Jacques en échange de mes poses, elle partirait à New York. Elle essayait de me faire croire qu'elle y allait parce qu'elle avait une commande pour un livre érotique. C'était parfaitement faux et lui demander la vérité à ce sujet était une aberration. Je ne voulais pas partir à Marbella, je criais, je pleurais, elle m'objectait avec arrogance et fermeté que j'étais la dernière personne au monde qui l'empêcherait de travailler et que je ne pouvais en aucun cas rester à Paris. Mamie était vieille et fatiguée et elle n'avait pas les moyens, elle, de me payer, comme Jacques, « des vacances de rêve dans une grande maison au bord de la mer avec une piscine, des chouettes nénettes et même une boniche à mon service ».

III

Marbella

Marbella c'était moche, des bords de mer sans plus aucun espace de disponible, un littoral en perpétuelle construction – « Vous verrez les filles, ça ressemble à Miami ! » nous avait dit Jacques dans l'avion.

Une fois arrivés dans la baraque, il nous a emmenées dans un salon marron rustique. Murs en crépi, grosse roue de bois accrochée dessus, grosse cheminée, total living en cuir caramel mou, tables en marbre, et sur l'une d'elles, des crèmes solaire : Lancaster, Bergasol, Ambre solaire, Roc, graisse à traire, huile monoï, crème Coppertone avec sa fillette qui se retourne sur un gentil petit chien qui lui baisse le slip avec ses dents, accusant le contraste entre son corps bronzé et ses fesses blanches. Tandis qu'il se déchaussait on regardait les crèmes en silence Carolina et moi. Crème Happy Sun, lotion accélératrice de bronzage, crème solaire teintée indice 10, dark hot, gold dark, crème intensifiante, crème solaire matifiante.

Bronzage lumineux velvet touch, bronze, cuivre, miel, écran total.

— Les filles... on va d'abord se poser un peu, profiter de la plage, regardez-moi ça !

Il s'est retourné vers la baie vitrée, une piscine bleue entourée de murs de chaux et d'hibiscus, puis la mer crénelée de vaguelettes si proche de la maison. Carolina a souri.

— Je vous demande de bien bronzer intégralement si possible, sinon je ne pourrai pas vous shooter... il faut éviter les coups de soleil, toi Eva je te conseille la Roc, elle a un indice de protection relativement élevé... c'est du 10...

— Je n'ai pas besoin de protection...

— Je préfère, je ne veux pas que tu rougisses.

— Je ne rougirai pas...

J'aurais dû fermer ma gueule, le silence de Carolina m'oppressait, il m'a souri.

— Prends celles que tu veux... t'es une pro, c'est ce que m'a dit ta mère...

J'ai pris la Lancaster, c'était la plus chère.

— Tiens...

Il a donné à Carolina de la Bergasol, *plus qu'un simple hâle*...

— Merci, c'est gentil...

Je n'avais pas entendu sa voix dans l'avion, elle n'avait pas décroché un mot, elle avait un fort accent danois, c'était une teenager de treize ans au tempérament introverti, à la peau grasse, aux muscles courts.

— Venez, je vais vous montrer vos chambres et la maison.

La maison était grande, les pièces vides et inhabitées, c'était une maison de location et rien d'autre. La chambre à coucher de Jacques était remplie de Pentax et de bobines de pellicules, d'objectifs, de cartouches de cigarettes et de bouteilles d'alcool. Il y avait sur la table des planches contact et dans le creux des fauteuils, des strings et des slips ficelles, il s'est retourné les mains dans les poches.

— Les filles… Josépha nous rejoindra plus tard, elle ne pouvait pas venir avant… elle prépare ses examens…

Je ne savais pas qu'une fille du nom de Josépha devait nous rejoindre, mon instinct me laissait penser qu'il y en avait eu avant nous et qu'il y en aurait après…

— Tu shootes tout l'été ?

Il a hésité avant de répondre, sentant peut-être que sous le ton perfide de ma question se cachait un tas de sous-entendus mais il s'est ravisé.

— … Oui… je prépare un livre de nus… je me suis donné trois mois.

J'ai hoché la tête en signe d'acquiescement. Je n'avais pas eu de contrat, je n'avais pas l'âge d'en signer, Irène l'avait fait à ma place sans m'en parler, il pourrait me prendre en photo et diffuser les clichés où bon lui semblait. D'y penser davantage me fatiguait, nuisait à ma liberté, au moment présent.

Derrière la piscine teintée de bleu, sur le mur de chaux blanche, les hibiscus ressortaient rouge vif.

— Vous avez amené vos accessoires, baskets, shorts… Carolina tu m'as dit que tu savais te faire des tresses rastaquouères ?

— Oui, elle a répondu timidement.

— Tu me montreras ?

Carolina a souri en guise de réponse.

— J'ai pris des gants en cuir, un short en satin, des hauts en lurex, mes bottes en or et des compensées, des tas de trucs…

Je me suis vendue.

— Effectivement, ton sac est bien lourd.

Je n'ai pas répondu.

— Bon, suivez-moi…

On l'a suivi dans le couloir marron, étroit. Il a poussé une porte.

— C'est ta chambre…

Il a posé les sacs de Carolina sur son lit deux places, la chambre était à côté de celle de Jacques.

— Moi je préfère dormir en bas, si ça gêne pas…

Je ne voulais pas être au même étage qu'eux, une fatigue sourde m'empêchait de penser plus avant à ce qui pouvait arriver la nuit tombée à l'étage de Jacques. Il s'est posé tout cool contre le mur tendu de marron, il a donné des petits coups de poignets, le bracelet de sa montre Rolex était trop grand, sa chemise aussi, il avait dû perdre du poids, je me suis coiffé les tifs.

— Il y a une chambre dans la cour, c'est très joli et elle est à côté de celle de la cuisinière, tu ne seras pas seule… On prend nos déjeuners et nos dîners en bas…

J'ai tiqué, on resterait enfermés dans la baraque, sortir en ville m'aurait plu même si le littoral était moche. Mais ça lui aurait fait dépenser des sous et puis on nous aurait remarqués, un homme le soir dans les restaurants de poisson avec des gamines qui de toute évidence ne pouvaient pas être ses filles... Je n'arrivais pas à penser au-delà, il faisait trop chaud avec la moquette partout dans le couloir.

Je n'avais qu'une envie, me baigner et bronzer, le reste n'avait plus aucune espèce d'importance. En bas, la femme de ménage nettoyait la piscine.

Les hibiscus rouges presque fluorescents.

J'ai suivi Jacques, au fond du salon du bas, un couloir de crépi blanc donnait sur une cour ronde et blanche, agréable et fraîche. Près des cuisines, se trouvaient des chambres pour une personne. La mienne avait une petite armoire de pensionnat espagnol avec, punaisé dessus, un calendrier illustré des photos d'une mer délavée et une télévision tenant en équilibre sur un tabouret de cuisine. Lorsque je me suis retournée pour lui parler, Jacques avait disparu. La chambre n'avait pas de fenêtre, la seule ouverture était la porte en bois donnant sur la cour blanche, où se dressait un grand arbre peuplé d'une multitude d'oiseaux bavards.

Carolina et moi nous sommes allées nous bronzer sur l'étroit banc de sable face à la mer. Les maisons, les hôtels, les tennis, les restaurants se succédaient les uns aux autres le long du rivage. À l'extrême pointe de la plage se dessinait sur des hauteurs un bout de terrain de golf au gazon vert vif.

Là où nous étions, face à la maison de Jacques, il était impossible de voir l'autre partie de la côte, elle formait un bras arrondi encerclant la mer luisante. Tandis qu'on bronzait en silence sous un soleil accablant, Jacques nous observait à travers son téléobjectif depuis la terrasse, sans doute se familiarisait-il avec nos corps juvéniles. Carolina n'arrivait pas à parler, un certain mutisme nous unissait elle et moi. La chaleur oppressante, les palmiers, la végétation poussiéreuse nous avaient plongées dans une torpeur tropicale de tristesse des bords de mer. Peut-être parce que nous étions dans l'obligation de bronzer pour travailler nues sous le soleil ? Nos humeurs devinrent par empathie semblables à celles d'une certaine population de la côte, maîtres nageurs, serveurs et serveuses d'hôtel ou de bar, mais plus encore, putes et michetonneuses.

Penser était devenu inutile.

En l'espace de trois jours, grâce à l'activateur de bronzage Lancaster, j'avais obtenu une peau couleur miel, des joues rose Bonnard et un duvet aux reflets d'or. Un bronzage plus abouti que celui de Carolina et cela me valut de poser la première pour Jacques, naturelle et sans inhibitions, c'est ce qu'Irène avait farouchement négocié pour moi. À quatre pattes, chatte à l'air sur la table de marbre, cambrée dans le living caramel mou, accrochée aux hibiscus le cul mouillé, accroupie sur son lit, à califourchon sur une moto, allongée sur le barbecue les jambes écartées, nue dans les dunes en train de faire pipi contre un cactus, dans son lit en train de me toucher, endormie sur un matelas gonflable le slip ficelle dans la bouche… puis ce fut au tour de Carolina et puis à nous deux, elle allongée sur moi, me caressant, moi sur elle, et ainsi de suite, tous les jours. Du porno, du porno soft, du sous-Hamilton de merde. Je n'arrivais pas à savoir ce que je faisais, il aurait pu m'arriver n'importe quoi, nue en pleine nature. Carolina et moi nous ne nous sommes pratiquement pas adressé la parole du séjour, nous ne pouvions y arriver et dans ce silence pesant, je me demandais bien ce que voulait dire le mot omerta.

Pour lutter contre la torpeur, Carolina s'obligeait à courir le long de la mer, parfois elle disparaissait dans des chemins broussailleux entre deux bétonnières à l'abandon. Bronzant à n'en plus finir devant la baraque de Jacques, j'admirais la surface brillante des eaux venant rejoindre le creux de la côte et je m'imaginais la côte bretonne et mon père, tout en sachant que ce n'était pas la côte bretonne et qu'il n'y était pas. Alors que les nuages défilaient, je nous voyais dans un marché breton. Il me souriait gaiement et m'envoyait des crêpes chaudes à la figure, comme on envoie un gant de toilette pour se laver, je lui courais après, alors qu'il entrait dans une R4, nous devions aller dans un autre marché, retrouver des représentants de commerce dont il avait perdu la trace.

Entre les séances de pose journalières, je n'étais nulle part. Mon esprit ne se fixait sur rien, même mon jugement s'était retiré. Mon bronzage ayant atteint une teinte acajou, je restais dans ma chambre au frais à regarder la télévision, la neige en noir et blanc sur des visages zigzaguant m'offrait une présence agréable. Mais ce que je préférais, c'était rester allongée sur mon lit, porte ouverte, à contempler le grand arbre dans la cour blanche et me laisser envahir par le piaillement insensé des oiseaux.

Irène avait téléphoné au début des vacances pour s'assurer que j'étais bien arrivée et qu'elle pourrait sans scrupule s'envoler pour New York et voir ses porno stars. Je n'avais plus eu de ses nouvelles depuis, c'était la fin du séjour, il était question de me remettre dans l'avion pour Paris mais Jacques ne voulait pas le faire sans être sûr qu'Irène serait à l'aéroport pour m'accueillir. Josépha était arrivée depuis deux jours, elle était plus âgée que nous toutes et buvait du vin et riait avec Jacques tard le soir dans le salon marron, ils passaient des disques de Gainsbourg, bientôt d'autres filles plus jeunes allaient venir et prendre nos places. Je n'avais pas eu Mamie, lui écrire me paraissait incongru. Je ne voulais plus me baigner dans cette mer grasse, pleine de détritus flottant à la surface, je l'appelais secrètement « la merde la pisse lassoulit » et je restais sur la grève à regarder l'eau se retirer, laissant l'écume frissonnante se détacher sur le sable mouillé, l'eau creusant des trous. Dans le ciel les nuages se détachaient les uns des autres dégageant du ciel bleu et ma peau qui pelait s'enlevait pareil à la mue d'une chenille, j'avais brûlé.

C'était le dernier jour, j'avais demandé à Jacques qu'il nous sorte au moins une fois, pour boire un verre. Il avait hésité puis s'était décidé à nous emmener Carolina et moi dans un café sur les hauteurs, de là nous pourrions admirer le panorama et boire le dernier drink en regardant le coucher du soleil. Carolina s'était fait ses tresses et avait enfilé un costume de sport blanc tout neuf qu'elle n'avait pas porté durant le séjour. Moi j'avais mis un short noir, mes bottes en or Yves Saint Laurent et un haut en lurex doré. Je m'étais maquillée, du lip gloss rouge, des paupières bleues. En sortant de ma chambre pour les rejoindre, j'ai senti avec tristesse que j'en avais trop fait mais je ne pouvais plus revenir en arrière et me changer, ils m'attendaient pour monter en voiture. Tandis que je m'avançais vers eux, un sentiment de honte m'a envahie, l'outrance s'accordait si facilement avec le désespoir. Jacques m'a souri, il avait ses clefs d'auto dans ses mains et j'ai senti l'odeur du savon, je ne sais pas pourquoi je lui ai fait la bise alors que nous étions sur le point de grimper dans son 4 × 4, Carolina était presque choquée au point de m'en vouloir mais ça ne changerait rien, puisqu'on ne se parlait pas. Elle sentait fort l'huile de monoï Tahiti, elle en avait mis dans ses cheveux et sur son corps, ainsi qu'une fine chaîne d'or à sa cheville et même une bague d'argent à son pouce de pied.

Dans le 4 × 4 Jacques conduisait vite, le soleil déclinait, teintant le ciel d'un rose opale, d'un bleu ciel et d'un jaune œil-de-tigre. Assises à l'arrière, nous ne nous parlions toujours pas, le vent nous en aurait de toute façon empêchées, nous avons roulé longtemps, suffisamment pour dépasser la pointe de la plage, le terrain de golf et son gazon vert. Le panorama était impressionnant, la terrasse du Barracuda surplombait la mer et la terre s'étendait jusqu'aux confins d'autres terres, des villages brillaient dans le creux des vallons, illuminant le flanc des collines, le vent chaud se soulevait, brouillant les pistes d'une poudre sablonneuse et jaune, faisant tourner les bras blancs de petites éoliennes. Dans les ombres naissantes du soir stagnaient des zones de brume de chaleur où grouillaient des insectes incolores, les hibiscus rouges grimpaient le long des murs du Barracuda, Aerosmith sortait des baffles.

— C'est beau, a dit Jacques…

Carolina a hoché la tête et moi j'avais envie de chialer, la baie de ce côté était immense et la côte s'étendait jusqu'à se briser en éclats contre les rayons aveuglants du soleil. Carolina a posé sa tête sur mon épaule et nous l'avons regardée ensemble avec intensité. La mer vue d'en haut était transparente, on pouvait suivre les bancs de poissons argentés. Au large de grands bateaux blancs s'en allaient vers Gibraltar ou bien le Maroc et des plus petits rentraient ou sortaient d'un port miniature.

— On s'installe pour boire un verre… ?

Ils nous a indiqué des gros fauteuils blancs près du bar autour d'une table basse, des petites bougies allumées scintillaient dans des photophores.

— Ils ont du karkadé… vous en voulez ?

— C'est quoi ? a demandé Carolina, moi je n'en avais pas la force.

— De la boisson de fleurs d'hibiscus…

J'ai hoché la tête en signe d'acquiescement, elle devait sentir que je ne tenais plus sur mes guiboles, elle m'a prise par le bras. Une fois sur les fauteuils mous, on ne voyait plus la pinède en dessous et ses maisons cachées, juste la mer et l'horizon. Il nous a donné deux verres de karkadé, c'était bon, tout rouge, après tout c'est normal me suis-je dit, c'est de la fleur d'hibiscus. Deux hommes en blanc sont venus s'asseoir en face de nous, à côté de Jacques, hilares, ils m'ont regardée de près, ils avaient des têtes de chou et des joues rouges. Ils se sont approchés sans vergogne et m'ont ri au nez, l'un d'eux reluquait mes bottes. Il a touché mon haut en lurex.

— C'est de l'or, ah ah ah.

Il a souri à son copain aux oreilles décollées.

— Eh Jacques, tu sais quoi… ? elle a dû être belle quand elle était jeune !

— T'as dix ans, ma parole, vraiment… on dirait pas, hein Jacques ? a continué son copain.

Ils se sont rapprochés.

— Tu te maquilles toute seule ma poule ?

Gêné, Jacques s'est levé brutalement et nous avons dû partir. Sur la route alors qu'il faisait presque nuit et que la lune brillait, illuminant la mer, je me suis retenue de toutes mes forces pour ne pas pleurer. Et puis la raison m'est revenue, me faisant comprendre que j'avais encore de l'amour-propre.

Je devais prendre mon avion le surlendemain mais dans la soirée le téléphone a sonné dans la chambre de Jacques et lorsqu'il en est redescendu, c'était pour me dire qu'Irène paniquait et qu'il fallait me ramener sur-le-champ à Paris. C'était confus et brutal, il s'est emparé de mes valises, il m'a donné des couvertures, m'a remisée à l'arrière de la Jeep et nous avons fui Marbella. Il roulait à 160 sur la route, tandis qu'allongée sur la banquette je regardais les étoiles dans le ciel de Castille puis d'Andorre. Nous avons traversé l'Espagne sans nous parler et la France jusqu'à Poitiers, où exténué d'avoir roulé, il s'est arrêté dans un hôtel au bord de la nationale pour y dormir quelques heures. Dans ma chambre, je n'arrivais pas à trouver le sommeil, agitée par la route. Je me suis collée à la fenêtre, dehors le soleil aveuglant écrasait les routiers. Des représentants de commerce à attachés-cases entraient et sortaient de notre hôtel ou de celui d'en face, l'Oasis, qui faisait restaurant de couscous tajine. Deux camions se sont arrêtés sur le bas-côté de la route, des hommes ont sauté des cabines et ont tendu une bâche à l'arrière d'un des camions puis sont allés se laver les mains à un robinet à côté du restaurant. Tandis que quelques-uns s'introduisaient dans le restaurant, d'autres se sont glissés sous la bâche plastifiée qui s'est soulevée en son milieu pour se transformer en tente à l'aide d'un pieu. Ils se sont assis au sol, ont ouvert des boîtes de métal dont ils ont extirpé des morceaux de viande noircie qu'ils ont mangés avec appétit. Deux ou trois ont remarqué ma présence et j'ai dû me reculer de la fenêtre.

Au passage, je me suis aperçue dans la glace, toute noire sous ma couverture, un Viandox à la main. Le lit était si sale que j'ai préféré m'étendre au sol sur ma couverture et fermer les yeux. Mon Viandox sentait une odeur de fenugrec ou d'anis étoilé, de thé au beurre salé et la voix d'Irène qui revenait :

— Arrête d'espérer voir ton père. Je comprends ton désarroi, moi aussi j'étais très démunie enfant... ne me regarde pas comme ça, je te jure sur la tête de Mamie que c'est lui qui ne peut pas... ! Allez va préparer tes valises pour Marbella...

Ne tenant plus en position couchée avec la voix d'Irène dans ma tête, je suis retournée à la fenêtre pour observer les hommes sur le terre-plein. Ils étaient à présent tous entrés à l'Oasis, peut-être s'y trouvait-il un représentant de commerce en machine à écrire de la fameuse marque IBM, comme papa ?

Je m'étais endormie à l'arrière de la Jeep et Jacques m'a secouée, Irène était là, devant un café-tabac de la porte d'Italie, elle s'est approchée de moi, j'étais encore emmitouflée dans ma couverture.

— Ça s'est bien passé ?

— Très bien ! Jacques était sûr de lui.

Elle m'a regardée émue mais je n'arrivais pas à parler. Elle s'est à nouveau retournée vers Jacques, et a esquissé un sourire approximatif.

— Vraiment, ça s'est bien passé ?

J'ai bondi de la Jeep.

— Tu vois bien qu'elle pète la forme...

Je ne tenais plus sur mes guiboles.

— Elle doit être très fatiguée, elle dit rien, ça va Loulou ?

Je me suis forcée à sourire. Irène avait raison, je n'avais plus envie de parler…

— Voilà un taxi… ohé !

À son signe de main, le taxi s'est arrêté, le chauffeur est sorti de sa voiture pour aider Jacques qui s'était emparé de mes valises. À la façon dont il les a jetées dans le coffre, on aurait dit qu'il se débarrassait de moi.

— Merci de me l'avoir ramenée si vite… on repart demain à Ibiza, encore un périple homérique !

Il est remonté fissa dans son 4 × 4, on aurait dit un baltringue.

— T'as de la chance d'aller à Ibiza, on s'y croisera et on ira danser au Pacha !

J'ai reculé pour me laisser choir sur la banquette du taxi, il m'a fait un petit signe d'au revoir auquel je n'ai pas répondu, elle s'est collée à moi et m'a souri faiblement.

IV

Ibiza

— Jacques t'a touché le zizi, réponds ?

Je n'arrivais plus à m'exprimer.

— Est-ce qu'il t'a touché le zizi oui ou non ? Réponds-moi, réponds à ta mère.

Ses yeux d'huître se rétractaient, frisant la jouissance, les ombres des bambous du restaurant Sol y Mar se baladaient sur son visage blanchi d'écran total, derrière elle la mer était étale.

— Fous-moi la paix !

— S'il t'a touché le zizi, c'est très grave… si c'est ça je lui casse la gueule !

Des gens se retournaient, d'autres s'étaient arrêtés pour nous regarder, elle ne parlait pas, elle criait.

— Je ne crois pas qu'il ait fait ce que tu veux me faire croire !

— Il m'a photographiée… le sexe et moi en train de me toucher et… et…

— Et quoi et rien !... allez je t'écoute ? Tu vois tu n'as rien à me dire, rien à part m'emmerder !

Je n'arrivais pas à réfléchir et encore moins à évoquer mon père absent, enfoui, caché profondément en moi.

— C'est des photos de vacances saines et naturelles... tu divagues... tu veux tout foutre en l'air ?

Le ressac des vagues venant se briser en rythme régulier sur le sable me berçait, mes yeux se fermaient de tristesse.

— Dis-toi que ça t'a appris de vivre avec un homme parce que chez nous il n'y en a jamais eu !!!

Je n'arrivais plus à suivre le fil de ses pensées, je n'arrivais plus à concevoir ma vie, l'avenir n'existait plus, mais avait-il jamais existé ?

Un enfant à tête de courge suçant sa glace à mes côtés m'évoquait les balalaïkas d'un pays qui n'existe pas.

— Là où tu as peut-être raison c'est que c'est un très mauvais photographe... mais bon...

Elle essuyait la sueur de son front à l'aide d'un papier Q qu'elle déroulait depuis son sac en paille.

— Pourquoi tu m'as envoyée chez ce type ?

— Il faut bien vivre...

Je n'arrivais plus à respirer, au loin la mer s'ornait d'un fin trait rose puis bleu ciel, j'ai toujours aimé les couleurs pastel. Elle s'est regardée dans le rétroviseur tombé de la Fiat dont elle se servait pour étaler bien comme il faut l'écran total sur sa gueule, j'étais fatiguée.

— Viens avec nous… Daniel est très gentil, tu ne trouves pas ?

— J'en ai rien à foutre des gens gentils, moi je veux des gens méchants qui te cassent ta sale gueule…

Elle s'est levée et moi j'ai renversé la table en bambou, elle a heurté sans bruit le sable gris. Je l'ai regardée marcher vers la plage, le soleil perçait à travers son ombrelle en papier de riz troué, lui faisant un cercle lumineux sur le front, j'ai pensé c'est le doigt de Dieu et j'ai ri. L'enfant à tête de courge et un des gitans aux cheveux blonds se sont rapprochés de moi pour s'emparer de mon parasol.

— Es mi paraguas !

— Es el tuyo ?

— Sí… Dámelo… Dámelo…

En me le rendant le gitan aux cheveux blonds a plongé ses yeux dans les miens, j'ai cru un moment qu'il allait me donner un coup de boule ou bien m'embrasser sur la bouche, mais ses copains l'ont soulevé de terre et ils sont partis au-delà du restaurant et du parking et des dunes. Un bruit de mobylettes, des jeunes filaient à toute berzingue sur un des canaux des marais salants, j'espérais sans y croire revoir Alvaro, nous étions déjà mi-août.

Daniel s'est assis sur la chaise. Nos têtes l'une en face de l'autre et au loin la mer et l'horizon pastel.

— Tu devrais venir avec nous sur le rocher, ça la calmerait, elle s'inquiète beaucoup, elle t'aime tu sais, elle se sacrifie pour toi, arrêtez de vous disputer merde !

— Ouais ouais c'est ça, t'as raison… Irène et moi on devrait faire la paix !

Daniel m'a tendu la main, je l'ai suivi. Les plages des Salinas bourrées de monde hurlant, se jetant en courant dans la mer, jouant au backgammon, dansant sur la plage, dormant, mangeant, s'embrassant, se tatouant l'épaule. Nous sommes allés au-delà du ponton, au-delà des dunes et de la plage nudiste, vers un rocher s'avançant dans la mer dont le sommet avait été bétonné et cassé par des vandales. Irène discutaillait face à la mer avec Danielleu. Le matin elle avait évoqué toutes sortes de plats roumains qu'elle n'avait jamais faits de sa vie et décrit des gens que je ne connaissais pas, qu'elle faisait passer pour morts, dispersés, tués par la guerre ou détruits par le régime de Ceausescu.

— Allez, viens avec nous Loulou…

Voyant que je n'irais pas sur le rocher mais que je m'étais docilement assise sur le sable à quelques mètres d'eux, Daniel n'a pas arbitré plus avant et m'a lancé en boule ma serviette. Danielleu massait les épaules d'Irène avec de l'huile de monoï, je n'arrivais pas à développer une pensée, je me sentais figée, statue de sel, un deux trois soleil. Irène avait des plans secrets et vagues mais pas si vagues au fond, elle désirait qu'on me remarque pour sa gloire, me faire jouer dans des films érotiques, pornographiques, forcer le scandale comme on force la victoire. Danielleu est venue me voir, je lui ai tourné le dos, je n'arrivais plus du tout à parler. Depuis le début des vacances les Daniels n'avaient pas arrêté de questionner Irène sur sa vie d'artiste, il en ressortait toujours les mêmes histoires décousues, des bouts d'histoires qu'elle reprisait à l'aide de mensonges. Elle n'en revenait pas elle-même que des gens normaux, professeurs de français, écoutent ses élucubrations de mythomane et payent sa location, elle jubilait parce que c'était possible et puisque c'était possible, bien sûr c'était aussi la vérité. Elle jouait à la mère bafouée, détruite par l'agressivité de sa fille et s'amusait à demander de l'aide et des conseils de maman aux deux professeurs nigauds qui la suivaient partout.

— Loulou, Danielleu m'a dit que si tu voulais elle pouvait te donner des cours de français à la maison et te faire rattraper le temps perdu…

Rattraper le temps perdu avec Danielleu ne me paraissait pas du tout une bonne idée. J'ai couru me jeter la tête la première dans le creux d'une vague, l'eau était fraîche, saisissante. J'ai avalé l'air tant que j'ai pu pour plonger en apnée, encaissé derrière ma tête j'entendais le vrombissement des bateaux à moteur et les cris joyeux des vacanciers.

— C'est dangereux, ne va pas trop loin.

— Calme-toi…

Irène, rassurée par Daniel, s'était rassise près de Danielleu qui dépliait un papier d'aluminium contenant des petits pâtés.

— J'ai mangé les mêmes beureks à Tel Aviv… a dit Danielleu.

— Ah ! l'Orient magique, a répondu Irène d'un ton enjoué.

Pour Irène, Tel Aviv n'était qu'une ville de ploucs. Mon corps faisant la planche sur l'eau, partant lentement à la dérive, le long de la côte, je m'imaginais poupée disloquée, démembrée. Au loin, les maisons cubiques de l'île, cachées par d'imposants rochers pointus déjà gris bleu malgré un soleil accablant.

— Ohé Eva, où es-tu ?

— Ooohé ?

— Eva ?

— EEEVAAA ?

Arrivée sur la grève, ils se sont précipités à mon secours.

— Mon Dieu ! a crié Irène.

J'avais percuté des rochers pointus, je saignais des côtes et du visage. Impossible de savoir si mes plaies étaient profondes ou non mais Irène hurlait, pensant que je serais balafrée pour l'éternité. Daniel essayait de la calmer et Danielleu m'a prise dans ses bras.

— Pourquoi tu fais l'enfant, tu ne comprends pas que tu ne dois pas partir à la dérive ?

Les gens du Sol y Mar m'ont allongée sur une de leurs tables et m'ont désinfectée puis pansé l'arcade sourcilière et les côtes. Le ciel perçait les ajours de bambou, j'avais envie de lécher le bleu étale, toujours fidèle le bleu étale. Irène se lamentait sur une chaise en osier et je ne savais plus si c'était elle ou la chaise qui couinait ou bien les fines lattes de bambou rattachées les unes aux autres par des fils de métal au-dessus de ma tête.

— Tu t'inquiètes trop pour ta fille, a dit Daniel, tu vas te rendre malade, Irène.

— Je sais… je ne devrais pas… c'est idiot… mais c'est comme ça…

Oui c'était possible, elle pouvait tomber malade pour sa fille, gémir, pleurer, se lamenter, les éléments jouaient en sa faveur. Derrière le bar du restaurant aux fenêtres voilées de stores en bambou plus compacts, un vieil homme amaigri par l'effort fourni quotidiennement en cuisine m'a longuement souri. Un plafonnier en néons s'est allumé et l'affiche du Pacha Club s'est discrètement teintée d'une pâle lumière phosphorescente.

Notre voiture était garée au bout du sentier broussailleux, le soleil illuminait les buissons, si desséchés que je craignais qu'ils prennent feu en cette fin de journée. Dans la voiture, Daniel m'avait à son tour accueillie dans le creux de son épaule, je n'étais malheureusement pas assez blessée pour qu'on recouse mes chairs, j'aurais aimé qu'Irène s'évanouisse. Mon corps tremblait, j'avais bu la tasse, l'eau de mer me revenait dans la bouche. Sur la route de l'aéroport, des femmes en noir rentraient dans des églises, d'autres achetaient ou vendaient des fruits de cactus. J'ai sorti la tête hors de la fenêtre ouverte, le vent africain qui me fouettait le visage m'empêchait presque de respirer, me donnant une ivresse immédiate, j'ai fermé les yeux.

— Arrête de faire la folle Loulou…

Daniel m'a donné un coup de coude et j'ai roté le vent africain.

— On va l'emmener à la pharmacie… ou à l'hosto, c'est peut-être mieux ?

— À la pharmacie… a suggéré Daniel, diplomate.

Pourquoi la mer qui n'est pas une personne humaine m'avait-elle frappée avec autant de force ? L'eau salée me revenait dans la bouche, se mêlant à la poussière des motards filant à toute berzingue en sens inverse.

Chaque soir la lune toute ronde se dessinait joliment dans le ciel strié de rose et de bleu pâle, les filles chantaient dans des décapotables siglées du Pacha Club et l'odeur du jasmin se faisait entêtante. Nous habitions sous un panneau publicitaire CINZANO. Assise sur la terrasse en attendant que la lune monte dans le ciel, j'avais posé ma tête pansée à côté vers celle de la grande femme buvant le verre de Cinzano, les néons jaunes du panneau d'affichage m'éblouissaient. La fenêtre guillotine était soulevée, j'entendais le jet de la douche, un Daniel après l'autre s'était rincé. Irène s'enduisait les cheveux d'huile d'Alès dans sa chambre. Finalement nous n'avions pas loué de finca mais un simple apartamento à la sortie d'un village. Il y avait un autre balcon, en se penchant, on pouvait voir la mer.

— Eva habille-toi, on sort…

— Tu viens ?

Danielleu en bermuda et sac à dos Lafuma s'est baissée vers moi, sous sa frange noire, deux petites fentes si maquillées que l'œil se fermait pareil à celui d'un bébé chat fatigué. La mer nous avait tous épuisés.

— Tu ne veux plus sortir, si tu préfères je reste avec toi ici ?

Je n'ai pas répondu à Danielleu, elle est repartie à petits pas dans l'appartement. Les conversations d'hommes montaient depuis le rez-de-chaussée en même temps que des volutes de fumées.

Cinzano Bitter, I love you girl, smoke gets in your eyes !

Le port m'a paru gai et si brutalement animé, devant le restaurant de poisson des lutteurs de foire jonglaient avec des massues. J'étais triste parce que la pharmacienne à qui j'avais montré mes plaies m'avait déconseillé de me baigner jusqu'à la fin des vacances.

— Mange tes gambas !

— J'ai pas faim…

— Goûtes-en au moins une…

— T'as qu'à les mettre dans un doggy bag…

— Ça va couler partout dans le doggy bag…

— Alors on ne les met pas dans le doggy bag…

Elle a repris le fil de sa conversation, un musée de Londres voulait acheter une photo de moi, les Daniels l'écoutaient admiratifs.

— Où tu vas ?

— Me promener…

— Si tu n'es pas bien, il vaut mieux que tu restes avec nous…

Je savais qu'au bout du port se trouvait un petit cirque et quelques attractions de foire. Les ruelles menant à la vieille ville étaient grouillantes de monde, attablé en terrasse, devant les magasins, les étals et toujours cette sempiternelle odeur de jasmin. Le cirque et les attractions étaient fermés, en les contournant, j'ai découvert une vieille cabine de plage peinte en bois bleu, vacillant de droite à gauche. La porte ouverte était comme une invitation, à mon approche j'ai entendu le rire des gitans, ils fumaient des clopes assis les uns sur les autres.

— Cómo estás, niña ?

— Niña, a dónde vas ?

— Ven con nosotros.

Au bout de la jetée, la mer et l'horizon suspendu, la pleine lune était encore montée. Le gitan blond qui avait voulu me voler mon parasol m'a peigné les cheveux dans la cabine, le peigne édenté frôlant ma chevelure me faisait frissonner – ils en riaient. Le plus petit d'entre eux se taillait finement le bras à l'aide de la pointe d'un cran d'arrêt puis ce fut au tour de son copain. Dans ce clair-obscur, je n'arrivais pas à voir quelle était la couleur de leur sang. Ils se sont léchés mutuellement leurs bras.

— Ven con nosotros ?

— Dónde ?

Ils ont ri.

— Dónde ?

— Dónde ? ah ah ah…

Ils ont fait semblant de se branler, morts de rire.

— Cabrón…

— Pedazo de mierda… a dit le gitan des Salinas.

— Cabrón…

Il a jeté avec rage son peigne édenté par terre et s'est enfui de la cabine en courant, je l'ai suivi sur le port mais il s'est perdu dans la foule.

En m'approchant du restaurant de poisson, j'ai reconnu au milieu de la salle populeuse et suréclairée les Daniels, ils se tenaient à distance respectueuse d'Irène qui à son habitude avait réussi à capter l'attention du patron, des serveurs, du cuisinier et des dîneurs. Je me suis rassise à notre table en terrasse, deux serveurs retiraient nos assiettes et mes gambas royales. La lune éclairait de ses rayons et la mer et la terre. Aux tables avoisinantes, j'ai reconnu quelques personnes croisées au Mono Desnudo. Des hommes aux cheveux plaqués en arrière, aux chemises ouvertes et fleuries portant en pendentif leur signe du zodiaque.

— Hola niña ! Ven con nosotros…

— Dónde es tu madre ?

Je me suis assise à leur table, j'étais plus bronzée qu'eux.

— No se le ve al Pacha Club ?

— Mi madre no baila…

Irène suivie des Daniels est arrivée en furie pour se pencher sur moi.

— Tu veux ma peau ?

— Laisse-moi…

— T'es dingue de te barrer n'importe où, je vais crever !

J'ai rigolé. Un des gommeux s'est levé pour embrasser la main de ma mère.

— On ne vous voit jamais danser au Pacha ?

Il lui a souri, perfide.

— Pour ça il faut que je sois inspirée.

Elle m'a prise par le bras, suivie des Daniels. Le long du port, sur le pont arrière des yachts, des femmes à la peau noircie par le soleil buvaient du champagne.

La terrasse du Montesol était bondée, des gens debout attendaient que des tables se libèrent, l'intérieur aussi était plein de touristes et de mannequins de l'agence Elite, on disait que dans l'après-midi elles avaient participé à un concours de tee-shirts mouillés. Les serveurs virevoltaient d'une table à l'autre, faisant miroiter des plateaux où reposaient de grands poissons d'argent.

— Attendez-moi là… tu bouges pas Eva.

Irène est partie dans la salle, me laissant en compagnie des Daniels.

Des effluves de fritures s'échappaient des cuisines vers les balcons du Montesol d'où des familles en maillot de bain se penchaient pour admirer le spectacle de la terrasse et le ballet ininterrompu des voitures sur la place. Les filles d'Elite se sont collées contre un homme déclenchant des flashs qui firent reluire les natures mortes de poulpes et de crustacés accrochées sur les boiseries. Le soir nous croisions beaucoup de couples d'hommes âgés et de jeunes femmes, si jeunes qu'elles auraient pu être leurs filles, et pour la première fois cet été cela me faisait mal au point d'en chialer. Je n'avais que dix ans mais j'en paraissais bien treize, elles en avaient seize ou plus mais pouvaient faire entre treize et vingt. Ces hommes les entretenaient, en échange de quoi elles couchaient avec eux. La jeunesse se payait, moi je devais payer de ma personne pour la faire vivre. Quelques-unes de ces filles portaient des bijoux de valeur en diamants, si elles n'avaient pas roulé de palots ou ne s'étaient pas fait peloter l'arrière-train et les nichons on aurait pu croire que c'étaient de riches filles à papa descendues d'un yacht avec leur père pour frimer. Irène les appelait « les pouffiasses », ce qui amusait les Daniels que tout aurait amusés vu qu'ils ne connaissaient la vie qu'à travers les livres. Lorsque c'étaient les hommes qui me regardaient dans la rue et pas elle, parce qu'elle n'invitait pas au plaisir des yeux et qu'ils s'approchaient de moi, pas forcément par intérêt mais par simple amitié, elle tournait de l'œil, s'asseyait par terre, attendant qu'on vienne à son secours, invoquait la chaleur, la soif, la foule, les ploucs, les palpitations ou son flux sanguin et s'urinait dessus. Combien de fois s'est-elle assise par terre avant de se relever le cul mouillé ?

Les Daniels s'impatientaient, ils ont sorti une gourde, Danielleu m'a proposé d'en boire.

— C'est de l'Antésite et de l'eau mélangées, tu en veux ?

Je me suis éloignée d'eux pour mieux apprécier les allées et venues des grands yachts et des « pouffiasses » sur le port. En terrasse, il y avait une blonde décolorée assise à côté d'un homme de presque trente ans son aîné portant une casquette de marin et des mocassins blancs. Il me scrutait et soudain j'ai compris que je ne serais jamais de ces filles-là, pour rien au monde je ne me mettrais avec un homme plus âgé qui remplacerait mon père et à qui on pourrait demander – « C'est votre fille ? »

— Eva ?

J'ai tourné la tête, Daniel m'a tendu un stick anti-moustique.

— Non…

— Fais ce qu'on te dit…

Daniel est venu pour me badigeonner les bras, Danielleu lui refaisait le sac à dos, remettant bien en ordre la gourde, l'Antésite, les chaussettes, le collier fluo, les bonbons au miel. Irène s'était bien gardée de leur faire part de mes aventures à Marbella, elle m'avait mise en garde, « si tu continues ta rébellion et si tu portes préjudice à mon travail d'artiste, d'une manière ou d'une autre, dis-toi que je ne serai plus en mesure de subvenir à tes besoins et que ce sera fini pour toi », je n'avais pas bien compris le sens de cette phrase, et j'ai eu peur un moment que les choses ne me parviennent pas comme aux autres parce que j'avais été élevée devant des miroirs à me regarder. Par contre, ce qui me paraissait très limpide c'était le rapport triangulaire qu'elle avait instauré de façon évidente depuis le jour où le photographe envoyé par un journal à scandale était venu nous photographier ; Irène me photographiant, la photo de Marilyn dans la bouche et montrant mes lèvres. Ce jour-là Irène était passée de la relation fantasmée à la réalité.

Après ce passage à l'acte, elle était longtemps restée enfermée chez elle à déplacer des objets tout en marmonnant des paroles inaudibles devant les miroirs de sa chambre.

Des feux de Bengale ont pétaradé sur la place, illuminant la terrasse, empourprant les visages. Les gens se bousculaient.

— Ras le bol… je vais la chercher, a dit Daniel à Danielleu.

Il est venu vers moi avec ses longues boucles de pâtre qui sentaient l'antimoustique.

— Ta mère veut te mettre en pension, mais elle dit ça parce que tu la pousses à bout… ta Mamie est vieille et ne pourra pas toujours s'occuper de toi. Vivre avec toi dans l'appartement où elle crée lui semble très difficile, mais je suis sûr que vous pouvez y arriver, vous êtes des artistes non ?

— Non.

Je l'ai senti déçu et un peu gêné, je suis entrée au Montesol.

La tablée d'Elite en était aux desserts et aux alcools forts, quelques filles avaient mouillé leur tee-shirt et on voyait en transparence leurs nichons, près d'elles une petite bande que j'avais déjà repérée entre Saint-Germain et la Coupole ainsi qu'une femme ivre qui piquait du nez dans son assiette. Ses lunettes noires n'arrêtaient pas de tomber et un de ses copains chevelu les lui remettait sans cesse sur le nez sans qu'elle s'en aperçoive. Le chevelu avait passé un joint de marijuana à Irène qui tirait dessus sans jamais le rendre, il a dû se lever pour le lui reprendre. On était en bout de table, les Daniels n'avaient pas voulu déranger et s'étaient assis derrière moi.

— T'as vu, c'est Nico là…

Ma mère m'a soufflé sa fumée en pleine tronche.

— Nicolas ?

— Nico, la chanteuse underground… elle est dans un état la pauvre, la drogue dure c'est terrible…

Depuis vingt minutes une femme ronde aux petites lunettes ovales de baba cool parlait avec une Américaine de *La Maman et la Putain* de Jean Eustache, un film formidable.

— Dis bonjour à Edith, Edith est agent de cinéma, son mari est producteur et c'est une copine de Maria Schneider et de Bulle Ogier, ton actrice préférée. Eva n'arrête pas de me parler de Bulle depuis qu'on a vu *Céline et Julie vont en bateau*, elle rêve de faire du cinoche, il faut lui trouver un rôle…

— Je n'ai pas de rôles pour les enfants…

— Ce n'est pas une enfant… à elle il lui faudrait un rôle plus bizarre…

Edith a rigolé en fumant et en buvant.

— Non… je n'ai pas ça…

— En même temps, tu dois pouvoir trouver dans le cinéma intello que tu fréquentes… ?

Edith s'est levée, elle portait une robe ballon, genre la grosse dans les Mamas et les Papas.

— On se parle à Paris, à la rentrée…

Edith s'est assise à l'autre bout de la table pour échapper aux pressions d'Irène. Les Daniels en ont profité pour se barrer, eux aussi en avaient plus que marre. Irène flottait, regardait les filles de chez Elite.

— On va danser au Pacha ?

— Non, tu n'as que dix ans, tu ne pourras pas entrer…

— Mais il y a une piste à l'air libre et des jeunes filles !

Les Daniels attendaient devant le restaurant avec leur sac à dos Lafuma, je les ai rejoints en courant.

— On sort danser au Pacha ?

— On n'a pas très envie…

— On est fatigués.

— Depuis le début des vacances on dit qu'on va danser et on n'y va jamais…

— Tu danseras dans ton lit, a dit Irène.

Habitués à grimper des montagnes corses, les Daniels se sont mis à crapahuter, Irène a eu du mal à nous suivre.

La femme Cinzano se détachait dans la nuit noire et derrière elle, un tronçon de route allumée et puis plus rien, juste les phares des voitures filant au Pacha Club, des filles et des garçons allant danser. Le ventilateur faisait bouffer mon drap préalablement trempé dans l'eau glacée, la chaleur stagnait dans l'appartement. Tandis que les Daniels paquetaient, Irène s'écoutait à la radio « *Yo no soy marinero, soy capitan, soy capitan* », ça captait mal, on entendait à moitié les paroles. Ils partaient et moi je savais qu'on ne les reverrait jamais plus. Je suis allée dans la chambre d'Irène, elle aussi faisait ses valises, un collant noir sur la tête et tout le long derrière ses oreilles, la cicatrice apparente de son lifting et la trace blanche des agrafes.

— Pourquoi tu fais ça, on ne part pas demain… !

— Après-demain, c'est pareil…

— J'ai pas sommeil.

— Prends un peu de Tranxène, ça va te calmer… je t'autorise.

À côté du Tranxène, il y avait son livre, *Ma mère* de Georges Bataille et glissé entre deux pages, un hibiscus que je lui avais ramené de Marbella, un pour elle, un pour Mamie, il avait séché.

Le ciel était d'un bleu azuréen, j'étais à un bout du rocher de béton et elle à un autre. Nous avions éparpillé nos affaires tout du long, pour faire croire qu'il était pris par tout un tas de gens et éviter qu'on nous emmerde. Ne pouvant me baigner à cause de mes plaies, j'essayais de lire Marguerite Duras sous le parasol mais je n'y arrivais pas, je somnolais et elle faisait semblant de lire *Ma mère*. À force de fixer le soleil dans les yeux, il s'impressionne d'un double noir. Des taches partout, des ronds noirs se décuplant dans le ciel bleu, sur la plage, sur mes pieds, à la place de sa tête, le soleil noir, la fin du monde.

— Où tu vas ?

— Pisser… au Sol y Mar.

— Pisse dans l'eau.

— J'ai pas le droit, j'ai mes plaies…

— Pisse dans le sable…

— NON ! Tu me saoules, je vais pisser au Sol y Mar.

— Je viens avec toi…

— Mais pour quoi faire à la fin ?

— S'il t'arrive quelque chose…

Seule avec moi l'angoisse l'étreignait, c'était pénible à voir et encore plus à vivre. Elle me suivait sur la plage, son ombre allongée par le soleil se découpait devant moi. Alors que je m'avançais vers le Sol y Mar, une idée m'a traversée, c'était elle l'ombre hallucinée de moi-même, mon double noir, mon miroir déformant. J'ai bifurqué d'un coup toute habillée dans la mer, pour faire encore une fois la planche. La toile de nylon de ma jupe carioca Fiorucci s'est gonflée faisant parachute, et derrière l'horizon rose pâle et jaune, les maisons cubiques et leur réservoir d'eau miroir, les marais salants et la pinède noire. Une petite femme en blanc s'est approchée d'Irène, j'ai cru reconnaître Rosalba mais ce n'était pas elle, juste une femme qui lui demandait du feu pour sa cigarette.

Le moment tant redouté a fini par arriver, nous nous sommes retrouvées seules dans l'appartement. La chambre des Daniels n'avait plus été refaite et leurs draps tirés sur le matelas à fleurs, la minipoubelle débordant de sacs de plastique, de maillots sans élastique et le savon plein de cheveux collés dessus laissé sur le lavabo me causaient un sentiment de perte et d'abandon profond. Depuis notre retour des Salinas, Irène s'était enfermée dans sa chambre, elle y avait fait brûler du papier d'Arménie, puis elle s'était mise à ronfler et ses ronflements s'étouffaient dans sa poitrine comme ceux d'un chien. J'avais préparé ma valise en attendant que le jour se termine. Un drôle de jour passé sans se parler, rien qu'à somnoler, une dernière détente en somme.

Elle est sortie sur le balcon une tasse de thé fumante à la main emmitouflée de draps enroulés. Elle s'est assise dans son fauteuil en plastique, elle a surélevé ses jambes lourdes sur la rambarde pour mieux faire circuler le sang.

— Hou ça fait du bien quand même les vacances, heureusement qu'on peut s'échapper de Paris… tu crois pas ?

— Tu sais j'ai pas trop envie de rentrer…

— On peut pas faire autrement, si tu crois que ça m'amuse de retourner boulevard Soult dans le capharnaüm… avec Mamie malade qui nous attend et les factures à payer… Demain il ne faut pas se tromper, faut être à midi à l'aéroport…

Elle se massait les yeux clos, les effets secondaires du Tranxène nous avaient amollies mais elle bien plus que moi. Au retour des Salinas, je pensais qu'elle refuserait d'aller danser au Pacha Club pour le dernier soir mais par miracle elle avait dit oui et maintenant je sentais qu'elle allait dire non.

— On sort danser ?

— Non, c'est préférable d'aller manger une petite tortilla en bas au coin de la rue…

— T'as promis… !

— D'accord mais quand on revient à Paris toi aussi tu promets, tu poseras sans me faire d'histoires ?

Penser à danser et rien d'autre, l'odeur entêtante du jasmin et les voitures filant à toute allure dans le vent de la nuit. Je n'avais pas allumé les lumières dans ma chambre pour ne pas attirer les moustiques. J'ai mis mon rouge aux lèvres couleur rouge tomate, juste un trait sur mes lèvres, mon haut blanc bouffant qui me faisait des seins et une longue jupe cachant les talons hauts de mes bottes dorées YSL.

L'eau de la douche coulait, tandis qu'elle se lavait, assise sur son fauteuil en plastique j'ai regardé la route, pour ne pas penser je comptais les voitures, les cars, les taxis, les motos et les bus. Sur la terrasse d'en dessous des marins en marcel repassaient leurs chemises.

— Pourquoi tu me dis allez vas-y dépêche-toi bourrique ?

— J'ai rien dit.

Elle entendait des voix, ce devait être ses démons qu'elle avait laissés entrer en pagaille, démons païens qui avaient élu domicile dans sa veille carne. Elle avait glissé dans son sac de paille son livre, ses lunettes et ses sachets de thé pour lire *Ma mère* et boire son thé tandis que je mangerais des gambas sur la marina.

J'avais mangé toutes les gambas et aussi leurs peaux et toute la mayonnaise avec du pain, elle me regardait de ses yeux chassieux.

— J'ai le droit de bouffer, c'est le dernier jour putain !

— J'ai rien dit, n'anticipe pas toi non plus.

Je l'imaginais sans ses habits excentriques, elle était commune.

— Tu chiales parce que t'as pas de mec et que ça t'arrache la gueule de le dire ?

— Pas du tout, je voudrais te parler de ton père…

— Bah moi j'ai pas envie, j'ai envie d'aller danser… on y va puisque tu ne bouffes pas… je t'attends devant… dépêche !

Je me suis levée d'un seul bond.

— Tu permets, je dois payer, on peut pas s'enfuir en courant…

J'ai marché devant, il y avait des capitaines d'équipage en blanc et doré, ils montaient dans des petits bateaux à moteur pour en rejoindre des plus grands en pleine mer, il faudrait qu'en rentrant je regarde les aventures de Jonas dans la Bible. Nous avons traîné sur le port, il faisait chaud. Nous sommes montées dans la voiture et nous avons roulé jusqu'au Pacha. Là, je l'ai devancée, j'avais si peur qu'elle dise que j'étais une enfant qui voulait s'amuser et qu'on ne me laisse pas entrer mais ils ne m'ont même pas demandé mes papiers.

Je me suis mise à danser sur *Love To Love You Baby*, le tube de l'été, elle ne savait pas où j'étais. Sur la piste, bien plus grande que le Ku, beaucoup de monde même sur le bar et les tables, les canapés et le bassin bleu entourés d'hibiscus. À l'intérieur du Pacha il y avait plusieurs pistes de danse, dont une à l'air libre sous le ciel étoilé. J'ai fini un grand verre posé par terre, elle me cherchait autour du bassin et devant le mur aux hibiscus, tandis que je continuais à danser, elle s'est approchée de moi en sueur. Je me suis échappée vers le bar et j'ai dansé en regardant mes bottes dorées, éculées. Dans un coin, Jacques pelotait une très jeune fille en blanc. Je suis repartie danser à côté des baffles. Elle ne pouvait pas me voir et encore moins venir jusqu'ici dans le tintamarre, j'ai repensé aux pouffiasses, à toutes ces filles des bords de mer entretenues et à la disparition immédiate de la possibilité d'être de celles-là, à la place je voyais une vieille colonne brisée s'effritant et sous l'eau le sable blanc de l'été, un fond de gin curaçao, je l'ai bu. Elle devait me chercher furax, elle allait me passer un de ces savons. Elle m'a repérée, à nouveau je suis repartie en courant, cache-cache party. Je me suis renfrognée parce qu'elle voulait gâcher mon plaisir, je suis allée près du mur d'hibiscus et j'ai dansé, dansé, je n'avais pas vu qu'elle s'était assise par terre derrière moi, elle aussi se secouait le buste en avant et en arrière et à contretemps. Elle s'est levée, la main posée sur la tête pour se protéger ou se cacher, elle s'est avancée.

— J'en ai marre, ça peut pas durer…

— Marre de quoi ?

— Marre de toi, marre de tout !

— J'm'en tape !

— Eva maintenant il faut que tu le saches, ton père est mort.

Je ne pensais pas possible qu'elle me dise ça le dernier soir des vacances, en boîte de nuit.

— Je ne te crois pas...

— C'est la vérité... il est mort !

— Mort de quoi ?

— On ne sait pas, on l'a trouvé étendu devant son frigo...

— Pourquoi devant son frigo ?

— Je ne sais pas... quand on picole...

Je pleurais et elle a plissé son visage en même temps que moi, retroussé son nez, elle m'imitait.

— Je ne te l'ai pas dit avant parce que tu étais trop jeune et que ça t'aurait fait trop de peine... mais maintenant...

J'ai arrêté de pleurer, je ne voulais plus qu'elle voie mes larmes, j'ai serré les dents et elle m'a inspectée plus attentivement encore.

— Tu mens, j'aurais pu aller à son enterrement.

— Pour quoi faire, franchement ?

— Mais et toi... toi, tu y as été ?

— Moi, bien sûr... !

— C'était quand ?

— Il y a plus d'un an... Peut-être deux...

— Et pourquoi je n'ai pas su, pourquoi tu ne m'as rien dit ?!

Elle m'a regardée, l'air ironique.

— Pourquoi je n'ai pas été à son enterrement ?

Elle n'avait rien à me dire, elle attendait que je parle pour combler.

— À cause des gens dangereux qu'il fréquentait ?

— Si tu le sais, pourquoi tu me poses la question… Tu viens on s'en va, tu ne tiens plus debout Loulou !

Sur le chemin du retour, elle conduisait en me jetant des petits coups d'œil à la dérobée, les broussailles fuyaient devant nous. Ses yeux noirs et brillants se perdaient dans sa chair, tout son visage se fermait comme un poing et je ne sais si derrière la douleur mimée ne se trouvait pas l'esquisse d'un pâle sourire. Ses mimiques aventureuses m'évoquaient celles des vieux singes, sans doute avait-elle pris cet aspect parce qu'elle était le fruit d'un inceste. Bientôt je partirais, j'avais toujours su que je m'en irais sur les routes, très jeune et très tôt, plus tôt que tout le monde. Bientôt je la quitterais. Mon cœur ne cessait pas de battre et de grossir dans ma poitrine et plus il grossissait, plus un sentiment d'injustice m'envahissait. La blancheur de la façade de l'immeuble m'aveugla bien qu'elle fût encore minuscule, alors que nous nous approchions de notre appartement la question se posa à ma conscience froidement car l'heure était grave et solennelle, *Peut-on voler la douleur d'un homme ?* et je me souviens d'avoir répondu un oui furtif et intérieur.

— Qu'est-ce que tu as ?

— Rien…

— Tu es si sombre, tu ne dis rien ?

— Non.

Dans l'entrée ses valises étaient prêtes, nous sommes restées dans l'ombre un moment face à face sans rien nous dire. La douleur m'étouffait presque, je la sentais surprise de comprendre enfin que j'aimais mon père, elle s'est retirée sur son balcon. Une fois seule dans ma chambre, sous mes draps, j'ai pleuré de tout mon saoul puis mes larmes se sont taries dans l'aube blanche, immatérielle, aux contours rosés. J'étais en son centre et l'aube me couvait comme un oisillon dans son nid, elle me berçait doucement. Mon père n'était pas mort puisque je n'avais pas assisté à son enterrement et selon d'antiques croyances égyptiennes que j'admettais sans vraiment les connaître, bien qu'il ait une tombe, peut-être était-il toujours vivant et en captivité dans une prison en Allemagne de l'Est ou caché sous une de ses multiples identités. Mon cœur s'est à nouveau mis à battre à tout rompre et un sentiment nouveau m'a envahie, je me suis sentie responsable de papa.

V

Paris, plus tard...

Longtemps j'ai cherché sa trace, j'allais rôder boulevard de Courcelles du côté du parc, là où nous avions habité après ma naissance, dans l'espoir fou de découvrir un indice ou de rencontrer quelqu'un qui le connaisse. Je demandais après lui dans les cafés sans même savoir son vrai nom, Berny ou peut-être Berényi. Irène disait ne détenir aucun de ses papiers d'identité et avait oublié jusqu'à l'orthographe de son nom. Je n'avais que les pierres qu'il m'avait offertes pour le retrouver, elles m'ont guidée aussi bien dans mes rêves que dans la réalité et je suis partie à sa rencontre au-delà de l'aube immatérielle. Dans les chemins perdus et les maisons désolées, n'écoutant que le vent et les signes des temps, le titre d'un journal, la parole d'un enfant, le bâton d'un vieillard, un livre ouvert au hasard, un ticket de métro, l'amas de feuilles pommelées dans les jardins, l'aube crépusculaire et l'écho d'un son devant des néons... et toujours il y avait la mer et les océans sous le ciel étoilé. Lorsque j'ai eu vingt ans, Irène m'a remis en cadeau d'anniverssaire le cahier de moleskine marron avec les photos de papa et moi datant d'avant mes quatre ans à Saint-Tropez chez Sénéquier, en Bretagne devant les menhirs, sur le port de Lorient, à Megève, au jardin du Luxembourg, à la Rose d'Ispahan, mais pas de papiers d'identité. Il me semble, je n'en suis pas sûre, qu'elle avait glissé dans le cahier de moleskine marron une autre carte postale d'Allemagne et l'idée de l'avoir égarée m'a longtemps obsédée parce qu'elle représentait un monument sur une place de Nuremberg, sûrement le chemin de papa lorsqu'il se rendait à ses réunions avec les rose-croix. Mais le plus obsédant était que je ne savais toujours pas où on l'avait enterré, Irène n'avait pas retrouvé l'adresse du cimetière et je n'arrivais toujours pas à croire à sa mort. Parfois je le voyais, point minuscule captif aux confins de la terre flottant entre les eaux du dessus et celles du dessous, mais peut-être aussi n'était-ce là que son double voyageur ?

Plus tard, au cours de ma vingt-cinquième année, Irène s'est décidée à chercher dans sa penderie, parmi les robes anciennes, les objets fétiches, les photographies et les négatifs me représentant enfant et nue, les interviews sur les films pornos qu'elle m'avait obligée à tourner après la mort de papa, les journaux à scandale, l'ordonnance du juge des enfants la destituant de ses droits maternels, me plaçant pour plusieurs années par la DDASS dans divers centres d'accueil pour enfants maltraités, des photos de Mamie au printemps 1978, elle venait de mourir, prises à la morgue, des photographies d'Irène habillée en Eva enfant et bien d'autres choses encore que je ne citerai pas... Elle a fouillé et elle a miraculeusement sorti le passeport de mon père qu'elle avait perdu depuis tant d'années. Elle devait forcément détenir des lettres qu'il m'avait envoyées mais elle décréta une fois de plus qu'elle n'en avait jamais vu la couleur et que si toutes ces belles lettres avaient existé, elle me les aurait données sans hésitation. J'étais quand même bien contente d'avoir le passeport de papa. Sur la photo noir et blanc, il a fière allure et sous son air goguenard on sent qu'on ne la lui fait pas : Miklos Berényi, né le 29 novembre 1926 de Istavan Berényi et de Martha née Szeleky, demeurant au 50 rue du Port à Lorient. Munie de ce document, je suis partie à sa recherche, d'abord à l'Institut hongrois, puis en Hongrie, à Budapest et même en Roumanie, en Transylvanie, dans le Banat à Satu Mare, à la frontière entre les deux pays. Je voulais aussi en savoir plus sur Mamie, j'avais emporté avec moi son acte de naissance, son passeport, des papiers. Lors de mes voyages en Mitteleuropa, j'ai fait de curieuses rencontres mais je n'ai pas trouvé de famille et rien à Caracal où Mamie était née et encore moins à la mairie de Bucarest, pas d'Allavena, de Vasilescq ni même de Ionesco à l'adresse où elles avaient vécu. On aurait dit que Mamie, Margareth et Irène avaient été rayées des registres des mairies.

Leurs noms n'apparaissaient nulle part et j'avais la sensation que rien n'était réel, rien n'avait jamais existé, pas même la guerre, et qu'au bout du compte je n'étais encore une fois qu'un fantasme exubérant. Je montrais le passeport de mon père et les photos de moi avant mes quatre ans dans ses bras (le malheur est que je n'ai pas changé de tête, on me reconnaît), mais les Hongrois suspicieux car je ne portais pas son nom se moquaient de moi et m'envoyaient promener comme une bâtarde prétendant à un trône. Je suis aussi allée faire un tour du côté de Marseille parce que mon père y avait habité avant d'y être interdit de séjour. C'est beau Marseille, surtout les calanques et les petits cafés du port où l'on boit le pastis, puis j'ai poussé mon chemin jusqu'à Aubagne, espérant trouver un légionnaire en képi blanc qui puisse me renseigner. Mon père s'était engagé dans la Légion pour échapper à son destin. Un type m'a conseillé d'écrire à la Légion étrangère, ce que j'ai fait mais je n'ai jamais reçu aucune réponse et même sur les sites internet d'anciens légionnaires son nom ne disait rien à personne. J'ai lu toutes sortes d'aventures se passant dans le désert, j'imaginais mon père vêtu d'une cape blanche sur un dromadaire parmi un escadron méhariste et parcourant le Sahara. J'ai failli me rendre en Algérie, Irène disait que j'avais deux demi-frères aînés qu'il avait eus avec une boulangère d'Oran, mais faute d'argent pour faire le voyage, je me suis contentée de manger des pâtisseries orientales au hammam de la Mosquée de Paris. Assise, solitaire sous les grands arbres, le vent qui s'engouffrait par la grande porte me rappelait celui du Bois froid et le Rocher aux amours lorsque enfant je passais sur le pont menant au Chalet des Îles pour attendre papa qui ne venait jamais. J'aurais voulu engager un détective privé et je ne sais pourquoi, Duluc Détective rue du Louvre me plaisait beaucoup, à cause du charme désuet de sa belle enseigne en néon vert brillant dans la nuit, elle se superposait dans mon esprit aux néons de Pigalle, à ceux des bords de mer, de la Foire du Trône ou des tunnels. Duluc Détective. Mais je n'avais pas les moyens d'engager un détective alors j'ai continué à sillonner le quartier de Monceau les yeux fermés, espérant lorsque je les ouvrirais trouver une réponse et voir mon père ou un espion qui me suivrait. Souvent j'allais me promener aux Champs-Élysées, j'aurais bien voulu faire pute mais même ça je n'y arrivais pas, j'ai michetonné deux trois fois à l'hôtel Plaza, montré mes seins à un Iranien en échange d'une boîte de caviar. L'après-midi j'aimais regarder les acteurs de cinéma et les policiers s'entraîner aux armes à feu chez Gastinne Renette, en face du Théâtre du Rond-Point qui fut jadis la patinoire. J'ai habité boulevard Masséna, sur un autre boulevard de ceinture. J'ai reçu des coups de fil anonymes la nuit me demandant en allemand d'adhérer au parti nazi, je ne comprends pas cette langue et encore une fois il m'a semblé que je délirais. Souvent j'allais seule sur les plages, je voyageais seule et ma tête pareille à des milliards de facettes recevait le monde. Les ombres se déplaçant sur les murs des hôtels n'étaient que le reflet de moi-même.

Rendue hors de moi, j'errais dans Paris en compagnie de deux amis, mon double voyageur et mon psychiatre qui était aussi devenu mon amant. Avant de mourir chez moi, il m'a convaincu que Freud n'avait aucune importance et qu'il n'y croyait pas lui-même. Je n'ai pas eu le temps de lui parler de mon père ni de lui raconter que ma mère m'avait fait interner quelques années auparavant à l'hôpital psychiatrique de Charenton parce que je voulais rejoindre papa en me jetant du haut d'un toit près du parc Monceau. À Charenton je désirais voir mon Astroflash, celui que papa avait fait pour moi galerie des Champs-Élysées mais Irène n'a jamais voulu me le remettre. Plus tard enfin je suis partie pour Berlin dans l'idée de visiter la ville mais aussi d'entamer des recherches, aux archives de la Seconde Guerre mondiale et à celles de la Stasi. Ma logeuse m'a aidée à remplir les papiers, à faire les demandes par écrit à la Stasi et aussi à la ville de Nuremberg. Je suis allée aux archives de la Seconde Guerre mondiale avec pour seuls documents les photos de mon père et de moi enfant en Bretagne et à Saint-Tropez et son passeport. Quelques mois plus tard, j'ai reçu des réponses négatives, les archives de la Stasi ne trouvaient rien au nom de Berényi, la ville de Nuremberg n'avait rien trouvé non plus, quant aux archives de la Seconde Guerre mondiale, le nom de mon père y avait mal été écrit ou recopié, Bernyt. Quoi qu'il en soit ces recherches étaient vaines. Son passeport ne suffisait pas et les photographies de moi dans ses bras ne prouvaient pas officiellement que j'étais sa fille. Quelques mois plus tard, j'ai cherché du côté de l'extrême droite. Un adjoint au chef de la police prétendait pouvoir m'aider à faire des recherches secrètes – peut-être mon père était-il un espion dormant relevant des services français, alors un matin je suis allée à un rendez-vous place Victor Hugo pour remettre sous enveloppe kraft des doubles des photographies de moi et de papa ainsi que la photocopie de son passeport, mais cette personne ne m'a jamais plus donné signe de vie.

Le 6 juillet 2007 j'ai reçu une lettre d'une certaine Colette Bianqui.

Chère Eva,

Mon nom ne signifie rien pour vous, le vôtre beaucoup pour moi car vous êtes la fille de Nicolas Berényi, un ami très cher que j'ai connu en 1972 à Lorient. À cette époque je cherchais le sens de la vie, le devenir des êtres humains mais hélas, j'étais sans foi. Votre père Nicolas, d'un abord assez banal, me fit comprendre beaucoup de choses. D'abord il connaissait toutes mes pensées et y répondait, cela me faisait très peur. Je tombai gravement malade et Nicolas m'apporta un livre, *Les Grands Initiés* d'Édouard Schuré, dédicacé par lui. Plus tard dans mes lectures, je me rendis compte que sa signature témoignait d'un grade chez les rose-croix ! Celui d'adepte, mais il ne m'en a jamais parlé. Au bout d'un certain temps, je me suis sentie attirée vers lui comme vers un aimant. Un grand amour s'est éveillé en moi. Alors que je vaquais à mes occupations et que je réfléchissais, la voix de Nicolas me demandait dans ma tête « Qu'est-ce que tu lis en ce moment ? ». Gênée et surprise je ne pensais à rien. Alors la voix me dit mentalement (et je reconnus son accent hongrois) « Pourquoi tu ne me dis pas ce que tu lis en ce moment ? » et j'ai répondu mentalement. Et là j'ai eu peur que Nicolas me fasse faire des choses que je ne voulais pas faire. En fait il ne l'a jamais fait. Il ne m'a parlé télépathiquement que peu de fois. Lorsque je lui ai demandé comment cela fonctionnait, il m'a dit qu'il me le dirait un jour. Il m'a dit peu de choses mais si importantes ! Ma vie a été bouleversée. Je savais dorénavant qu'il existait autre chose que cette vie concrète, que la vie de l'esprit était une réalité. Puis il est mort brusquement. Je ne l'ai plus revu de son vivant. Je sentais sa présence par une sensation dans ma tête qui pouvait être agréable ou un peu douloureuse. Lorsque Nicolas s'approchait de moi et étendait sa main, je sentais une chaleur intense. Il m'a dit « Tu le sens ou tu ne le sens pas ? » – je le sentais. Je sentais donc sa présence. Je n'ai appris sa mort que trois jours plus tard et merveilleuse surprise je le sentais toujours présent, toujours en vie sans son corps physique. Cela fut une révélation extraordinaire pour moi et je n'en parle qu'à vous sa fille car vous avez peut-être hérité de ses dons spirituels. Je ne l'ai dit à personne d'autre car les gens ne comprendraient pas et me croiraient peut-être folle. Nous ne communions plus par télépathie mais Nicolas fait partie de ma vie. Il me conseille dans tout ce que j'entreprends. Je lui demande si oui, si non. Quelquefois cela est difficile car la réponse n'est pas toujours aussi nette.

Nicolas sait toujours les choses à l'avance et ne se trompe pas. C'est extraordinaire. Mon évolution spirituelle ne me permet pas de le voir et c'est bien dommage. Il me conseille dans mes lectures et grâce à lui, je progresse, je comprends un peu mieux le but de la vie. Nous sommes éternels. Nous revivons souvent car la perfection est encore loin. Les rose-croix pourront vous aider et vous guider. Je pense que Nicolas était rose-croix par sa signature mais il ne m'en a jamais parlé. Un vrai rose-croix est trop humble pour le dire. Quelquefois il sortait des éclairs de lumière des yeux de Nicolas. J'ai vu certains de vos films. J'ai été frappée par la profondeur de votre regard. Le même que celui de Nicolas. Votre père était un être très complexe, un ami merveilleux. Il l'est toujours pour moi et j'espère ne jamais être séparée de lui. Ce savoir m'a donné la force dans les difficultés que j'ai connues.

Chère Eva, je rajoute ces quelques lignes pour vous parler de la concession du cimetière Carnel à Lorient ; Nicolas voulait être enterré dignement. À sa mort il a été mis dans le carré des indigents. J'avais pris une concession pour quinze ans que j'ai renouvelée en 1993 pour quinze ans. Cette concession arrive à échéance en 2008. N'ayant qu'une retraite modeste, cela me gêne de verser le renouvellement de cette concession. Pouvez-vous le faire ? Si pour une raison quelconque vous ne le souhaitez pas ou ne le voulez pas, dites-le-moi. Je ne voudrais pas que ses restes soient perdus dans une fosse commune. Il s'agit d'une concession au cimetière de Carnel à Lorient. Carré 33 pal 12 n 67309, le numéro de téléphone de la mairie de Lorient est le 0297022200.

Merci de me tenir au courant de vos intentions. Il faudrait intervenir vers avril 2008.

Je vous adresse mes meilleurs sentiments et mes souhaits de compréhension à l'égard de ce que je vous ai dit.

Bien cordialement,

Colette Bianqui

Elle avait trouvé mon adresse dans l'annuaire. C'est elle qui à la mort de papa s'est occupée de ses affaires, Irène ne voulait rien recevoir de mon père, Colette a tout fait suivre à des cousins hongrois. Ainsi, j'appris que j'avais de la famille du côté de papa à Budapest. À plusieurs reprises ces cousins ont tenté de rentrer en contact avec moi mais Irène ne leur a jamais communiqué mon adresse. Colette parlait beaucoup de papa, certes elle me le décrivait comme un homme agréable et drôle au fort tempérament mais surtout blessé et triste. Elle disait que le grand regret dans sa vie, c'était sa fille, il m'aimait beaucoup et aurait voulu me voir davantage et que souvent le soir après le travail, il lui montrait des photographies de vacances des rares fois où nous nous sommes vus et lui parlait de moi. Mon absence le faisait souffrir, il m'avait écrit des lettres pensant que je comprendrais un jour son désarroi et lui pardonnerais mais il s'était résigné à ne plus rien m'adresser car Irène réexpédiait tout courrier à Lorient et avait gardé ces photographies et lettres au fond d'une boîte. Comprenant après toutes ces années que ce que j'avais ressenti durant toute mon enfance était juste que papa m'aimait désespérément, j'ai basculé dans l'inquiétude et suspecté

Colette d'avoir gardé à mes dépens cette vieille boîte. Presque fâchée, Colette m'a m'assuré qu'en tant que postière de profession elle avait fait suivre toutes les affaires de mon père à mes cousins. Colette pleurait en évoquant mon père et leur amitié et lorsque je me suis confiée à mon tour pour lui dire à quel point j'aimais papa et qu'il m'avait tant manqué, je pleurais aussi et sans honte, parce qu'il n'y a pas de honte à partager le souvenir d'un être aimé. Au cours de nos discussions téléphoniques, Colette m'apprit que mon père buvait beaucoup de pastis pur et sillonnait la Bretagne en voiture. Parfois il s'endormait dans son automobile du côté de Carnac. Je n'ai pas osé demander à Colette si elle avait été la maîtresse de mon père, non pas parce qu'elle était mariée, mais je préférais ne pas trop en savoir sur sa sexualité, la sexualité des parents est pour moi quelque chose de vulgaire. Intarissable sur l'ésotérisme, Colette m'énumérait la longue liste de livres que papa lui avait conseillé de lire, j'en connaissais une bonne partie pour les avoir lus aussi. J'ai toujours cru en l'existence de l'âme après la mort et mes recherches n'ont fait que confirmer cette certitude. Pour des raisons obscures, j'ai refusé de répondre à Colette quand elle m'a demandé si j'avais hérité des dons de voyance ou de télépathie de mon père, préférant poser des questions sur son activité durant la guerre et son engagement dans la Légion étrangère. Colette ne pouvait rien me dire sur la guerre, mon père n'aimait pas en parler, quant à la Légion étrangère, il lui semblait que c'était plutôt le Maroc mais elle n'était pas sûre. J'ai insisté auprès de Colette, sentant que mon père avait été un espion et même un espion retourné par les Américains, immobilisé en Bretagne à travailler sur des bateaux militaires. Colette s'est contentée de me répondre de façon évasive, m'apprenant qu'à l'époque où elle fréquentait mon père il ne travaillait plus depuis longtemps pour IBM mais s'occupait simplement de réparer des machines à écrire et des photocopieuses dans les bureaux de poste entre Brest et Lorient et sur les chantiers navals. Un certain monsieur Le Fur qui était son patron et ami aurait pu m'en apprendre davantage, malheureusement il était décédé. Colette m'aiguilla vers mon cousin Levente. Levente m'envoya en 2009 divers papiers de papa, sa carte de séjour, l'acte du notaire précisant qu'il avait des dettes, un carnet de change. Nous échangions par mails mais il ne répondait pas à mes questions sur ses activités durant la guerre. C'est seulement en 2010 que mon jeune cousin m'apprit que mon père s'était effectivement engagé très jeune dans les Croix fléchées, puis en novembre 1944 dans la Waffen-SS alors qu'il n'avait que dix-huit ans. Les Croix fléchées sont un parti fasciste progermanique et antisémite qui commit des massacres et des exactions, notamment à la fin de la guerre. Papa était un nazi, ma mère ne m'avait pas menti, mais je voulais en savoir plus, avoir des détails et des précisions.

Quelques mois plus tard, le père de Levente m'envoya cette lettre :

Chère Eva,

Finalement, après 37 ans on arrive enfin à nouer le contact.

En 1973 c'est le maire de Lorient qui a contacté ma femme, Eva, pour lui annoncer le décès de ton père.

À cette époque-là, j'avais écrit quelques lettres à ta mère, et comme il n'y avait pas de réponse, je me suis adressé à ta grand-mère aux États-Unis. Ma lettre est revenue de là-bas aussi.

Mon fils Levente, lors de son passage a Paris il y a quelques années, est allé voir ta mère, et là non plus il n'a pas réussi à prendre contact avec toi. Ils sont malheureusement décédés les anciens de la famille, parmi lesquels ton grand-père István Berényi, un poète, et son frère Mihály Berényi, mon beau-père.

C'est eux qui m'ont raconté l'enfance de ton père en Hongrie, et que sa belle-mère ne l'a jamais apprécié.

Il était jeune lorsque, maltraité par sa belle-mère, il a décidé de s'enfuir du nid familial pendant la guerre, pour rejoindre l'une des unités de combattants hongrois.

Ton père, après l'occupation de la Hongrie par l'armée rouge, s'est retrouvé dans un camp d'otages, où il est tombé tellement malade que les Russes ont été obligés de l'extrader vers un hôpital.

Là, sa santé s'est beaucoup améliorée et dès qu'il fut en état de se déplacer, il a quitté le pays. C'était en 1945, à cette époque-là il n'avait pas vraiment le choix : après avoir combattu contre les armées russes c'était fortement conseillé de s'expatrier (Hunyadi panzer).

Il a fui avec la carte d'identité de mon beau-père, Miklós Berényi, qui pour lui était son oncle.

Ton grand-père possédait une grande et belle maison, que tu aurais pu récupérer partiellement après le changement de régime, mais il est déja trop tard.

On était en 1975, quand les Schönalls, les anciens voisins de Lorient de ton père séjournaient en Hongrie, c'est eux qui nous ont beaucoup parlé de lui.

Ils ont ramené quelques objets personnels qui lui appartenaient : une peluche lion, quelques cartes et ses lunettes aussi.

Il a pensé rentrer en Hongrie, mais finalement il avait trop peur de devoir rendre des comptes à cause de son passé antibolchevique.

Mon cousin me précisa que mon père s'était échappé de Hongrie avec les papiers d'un grand-oncle, un gendarme, qui fut arrêté et emprisonné après la guerre. En 2015 il m'envoya des photographies en noir et blanc, une réunion de travail, sans doute chez IBM mais papa ne figure pas sur les photos. J'ai entrepris des recherches chez IBM mais aucune personne de sa génération ne se souvenait d'un Hongrois ni de son visage. J'attendais toujours de recevoir l'enveloppe avec les photographies de moi et de papa mais elles étaient dans une maison de vacances loin de Budapest où ils n'allaient jamais, il me fallait encore attendre.

Je voulais en savoir plus sur le passé de mon père, j'ai demandé à Levente qu'il entreprenne pour moi des recherches aux archives secrètes hongroises.

Hi Eva,

I think I can solve the authorization question… I will translate it to English and will send it to you soon.

We will see what they found. I suggest to advice them to make a research to Mihály Berényi too. He was my grandfather, and your father emigrated with his documents, so he might be registered in Hungary under this name at State Secret. (My grandfather was in jail after WWII, because he was a « gendarme ».)

I will inform you as soon as possible.
Levente

VI

Bretagne

L'hiver 2015 était sombre et il ne neigeait pas, rien que le froid et les arbres dénudés, les troncs noirs se dressant dans un ciel blanc. Le matin je me levais tôt, il faisait encore nuit, je lisais les livres d'Histoire que Simon m'avait conseillés, je regardais des cartes stratégiques de la Hongrie, j'essayais de comprendre ce qu'avait fait papa pendant la guerre, avait-il tué des gens, quelle avait été la trajectoire de la division Hunyadi en cet hiver 1944-1945. Je bloquais sur les recherches concernant cette division, ne voulant finalement pas savoir craignant le pire, même les recherches les plus simples m'échappaient comme si le mot fin était imprononçable. Alors Simon m'a aidée, il faisait ça facilement, en tout cas bien plus facilement que moi.

Après la destitution du régent Horthy en octobre 1944, Otto Skorzeny forma deux divisions SS hongroises qui furent rassemblées au sud-est de la Hongrie puis transférées en Silésie au camp de Neuhammer où se trouvaient 22 000 hommes en décembre dont mon père. Cet hiver-là, il gèle. La température est de moins vingt. Il n'y a pas assez de lits, une partie des soldats font des exercices de nuit pendant que les autres dorment. La majorité de ces hommes n'ont ni arme ni uniforme, ils attendent des approvisionnements qui n'arrivent pas. À Noël pour leur remonter le moral, ils reçoivent la visite de Sepp Dietrich, l'ancien chauffeur d'Hitler, « le terrible Sepp Dietrich », comme l'appelle Malaparte dans *Kaputt*. Le camp de Neuhammer est évacué en février. Un grand nombre de soldats part en direction de Nuremberg. Beaucoup tentent d'échapper à la captivité en se mélangeant aux réfugiés civils hongrois ou se rendent aux Américains. Les soldats du camp d'entraînement de Neuhammer ne se sont presque pas battus, par manque de moyens et n'ont donc participé à aucun massacre. Je n'en sais pas davantage sur les activités de mon père mais je suis rassurée. Malheureusement mon cousin n'a pas eu le temps de faire les demandes aux archives secrètes, sa femme est malade et son père vient de mourir.

À Lorient il fait un peu froid, le ciel est livide. Simon et moi avons pris une chambre à l'hôtel Mercure. Il est en promotion de son livre *Eva* et s'est rendu chez un libraire à Brest. Nous avons décidé de pousser jusqu'à Lorient pour qu'enfin je voie la tombe de papa. Jusqu'ici je n'ai fait qu'envoyer du courrier pour m'occuper de la concession, mais je ne suis pas encore allée au cimetière. Dans la presse le livre de Simon fait scandale, ce qui ne simplifie pas l'écriture du mien. Dans mon histoire je suis à Prague au château de Mucha et papa est dans la ville, il me surveille et se cache derrière les porches, je sens sa présence. La librairie de Brest a offert à Simon des chocolats, je les mange sans retenue. Assis à une table, il transcrit une interview de Monica Bellucci pour le journal *Lui* à l'occasion de sa prestation à cinquante ans dans *007 Spectre*, le dernier James Bond.

— Je voudrais aller sur la tombe de papa maintenant…

— Comme tu veux, c'est toi qui décides…

— Il va bientôt faire nuit…

— On y va…

Dehors il y a du vent, et le bruit des filins qui tintent, c'est le port, je le reconnais, c'est le port de papa bien qu'il ait changé. Ils l'ont transformé, arrangé, il me semble qu'il est rétréci ou bien c'est moi qui ai grandi, je ne me souviens plus. Il y avait un jeune garçon, il transportait dans un seau des petits poissons d'argent.

— On ira manger des crêpes ce soir ?

— Bien sûr…

Simon me sourit doucement, il me prend la main, nous marchons contre le vent.

Dans la voiture, il fait plus chaud. Lorient ce n'est pas très beau, la ville a été détruite pendant la guerre et mal reconstruite à la différence de Brest. Nous prenons le boulevard Albert Thomas, la circulation est fluide. Nous arrivons tout de suite au cimetière sans avoir eu besoin de le chercher. J'ai peur de ne pas trouver la tombe de papa parce qu'après avoir payé la concession il manquait 150 euros et je ne les ai pas envoyés. Le cimetière est en pente, il fait pauvre comme tous les cimetières. Nous cherchons parmi les allées sans trouver et puis je finis par m'adresser au gardien. Il part regarder son registre dans sa cahute puis revient.

— Quatrième allée, carré 36.

Le gardien pointe du doigt des allées que nous avons déjà arpentées. Mon cœur bat fort dans ma poitrine, il y a dans le carré indiqué une fosse ouverte avec à côté un énorme monticule de sable et de terre. Est-il possible que papa soit au fond de la fosse ouverte justement le jour où je suis venue le voir ? Simon part chercher le gardien et je reste pétrifiée et honteuse devant la terre béante. Le gardien vient vers moi et m'indique une plaque que je n'avais pas vue, derrière le monticule : « Ici repose en paix Miklos Berényi 1926-1973 ». Mon père est enterré sous le monticule de terre recouvrant le voisin et il n'y a pas de croix. Simon et moi allons acheter un bouquet de petites roses fuchsia chez le fleuriste. Je le dépose au pied de la plaque et je reste seule tandis que Simon s'éloigne pour marcher dans les allées de terre mouillée.

Le soir nous ne mangeons ni crêpes ni escargots mais un mauvais poisson dans un restaurant à côté de l'hôtel. La rue du Port n'est pas loin, juste derrière le port. Nous la prenons, elle est devenue avec le temps une rue commerçante et tristement animée. En m'approchant du numéro 50 je reconnais tout de suite le café où jadis papa était assis au milieu de ses copains et jouait au 421. Ce n'est pas le même café plein de marins et d'hommes en bleu de travail mais un genre de brasserie minimaliste avec un faux mur de brique. Il n'y a pas d'escalier au fond de la salle, sans doute l'ont-ils détruit. En face du café se trouve une crêperie, à droite un magasin de bijoux artisanaux et à gauche une boutique de confection. Papa habitait juste à côté du café du Port, je m'étais imaginé un café faisant aussi hôtel. À présent que je suis sur les lieux, je me souviens d'un détail qui m'avait échappé, papa habitait à l'hôtel et attendait que son appartement qui se situait juste à côté se libère pour en prendre possession.

L'immeuble a gardé ses balcons de couleurs primaires rouge, jaune et bleu très 1960. Je pousse les portes en verre. Dans l'entrée se trouvent des boîtes aux lettres mais évidemment le nom de papa n'y figure plus et je reste un bon moment à écouter le silence dans l'obscurité. Simon m'attend dehors, là où jadis il y avait un manège pour enfants, mais le jour où j'étais venue voir papa, il était fermé.

Dans la chambre de l'hôtel Mercure, je me suis mise au lit et Simon a lu Barrès, alors j'ai ouvert la grosse enveloppe kraft que Levente m'avait enfin envoyée. Des séries de photos de moi et de papa avant mes quatre ans. Il y en a beaucoup où il me serre dans ses bras et moi aussi je le serre fort dans les miens. Quelques-unes de ces séries sont les mêmes que dans mon cahier de moleskine, Saint-Tropez Megève Quiberon. Et là il y en a vraiment beaucoup où j'ai à peine deux ans. Papa assis dans un transat devant les vignes à la tombée du jour à Saint-Tropez et moi dans ses bras. Moi jouant sur un lit de plage au milieu de vacanciers. Une série de photos à Megève où papa est passablement saoul, tout rouge et habillé d'une veste tartan. Quelques photos d'un couple, sûrement des amis de papa, peut-être Gergely Boldizsar ? Des récépissés de mandats d'anniversaire – papa m'envoyait de l'argent pour qu'Irène m'achète des cadeaux que je n'ai jamais reçus. Une photo de lui à dix-huit ans, l'été 1944. Papa est allongé sur le sable en compagnie d'une belle jeune fille, il est très beau, très séduisant. Derrière une partie de ces photos de vacances, papa a écrit en hongrois des courts textes que mon cousin m'a traduits.

Derrière une photo où je suis avec ma poupée sur la plage, papa a écrit :

Eva, je me couche au soleil avec ma poupée Szüzy, pour qu'elle bronze comme moi et Papy. À bientôt. J'espère l'été prochain : vous allez venir en 1968, je vous attends beaucoup et nous allons rire beaucoup avec Papy.

Sur une des photos où je suis dans ses bras sur la plage, papa a écrit :

Moi, je suis Eva. Eva Berényi. Je serais 3 le 21 May. Papy m'appelle ma petite princesse. Et moi j'aime beaucoup Papy, qui est le plus beau et meilleur papy au monde. C'est la photo que Papy aime beaucoup et sur laquelle je suis la réelle Eva.

Sur une autre où j'ai un pot de crème Nivea dans les mains, papa a écrit :

Eva. Il faut d'abord bien laver la crème Nivea.

Une autre, je marche au bord de l'eau sur la plage ma crème Nivea à la main, papa a écrit :

Eva. Grâce à Dieu Papy est un « gentleman » Berényi et m'a donné la crème Nivea ! Bien « gentil » Papy, n'est-ce pas ? PS : Est-il vrai que Papy est un : coquin, gibier de potence, faux, menteur, ?????, sournois, vagabond, taulard, tricheur, voleur, voyou, abruti, stupide, sans cervelle, bête, paysan barbare de Cegléd ?

Une autre photo où je suis assise sur le sable, papa a écrit :

Eva. J'aime beaucoup jouer avec la crème Nivea. Papy cherche toujours sa fameuse crème Nivea ! Mais moi je la cache toujours. Partout, parce que j'aime aussi cette crème.

Une autre où je jette mon seau en l'air :

Eva, ouille, ouille ! Papy est « agité ». Sauve qui peut. Prenons nos petits pieds autour de notre cou et fuyons. Parce que si Papy nous attrape ! Ouille,

ouille, ouille ! Il va me frapper mes petites fesses ! Quel mec ce Papy ! Il « remarque » tout. Maintenant je suis déjà sûre que dans sa famille il y avait au moins « un gendarme et un policier » ! Quelle famille ! C'est un miracle que cela soit une famille ! Ouille ! Que m'attend si je fais sa connaissance ! Cette miraculeuse famille Berényi ! Brrr ! Brrr !

Ces textes me gênent. Ce ne sont pas les lettres que j'attendais, d'autres se sont égarées et je n'ai plus la force de les attendre.

Le lendemain nous allons Simon et moi à Carnac. Quelques voitures, des familles, des enfants. L'herbe verte et grasse ploie sous le vent. Les alignements des monolithes forment des sentiers que nous empruntons, Simon se colle à un menhir, je le prends en photo avec mon portable. Au fur et à mesure que nous avançons les menhirs rétrécissent, le site devient sauvage et désertique et je m'imagine entendre le son du vieux biniou. Avant de retourner à Paris nous passons par Quiberon. Sur le chemin nous traversons une digue, Simon me fait remarquer la beauté de la lumière, c'est vrai, l'eau et le ciel se mélangent joliment. À Quiberon je ne reconnais rien, je cherche le café couleur du temps et la pâtisserie en dessous de l'hôtel, en vain. Nous mangeons des moules et des frites et puis nous trempons nos pieds dans la mer, elle est glacée, nous crions. Dans le train, je reste seule au bar à boire, manger des sandwichs et lire Patrick Modiano.

Le 21 décembre 2016 j'ai reçu un mail de mon cousin Levente.

Hi Eva,

Today i was at State Secret Archive, to pick up a document where your father was mentioned.

The file gray page, with hand writing « AMNESZTIÁVAL HAZATÉRT SZEMÉLYEK », is about those persons who could come back to Hungary in 1963. This was the first date when the Kádar regime, let the former revolutionist (1956), whom escape from Hungary come back without penalty.

Ministère de l'intérieur
Subdivision III/y 1-d :
59-3029/1963

Strictement confidentiel

Objet : JANOS SZARADITS
Fait : à l'attention de la Préfecture de police de département de Pest, département III/II.
Numéro d'office : 212-16/446/1963

ANALYSE DE L'ENVIRONNEMENT
Budapest, 30 mars 1963

JANOS SZARADITS

Son hôte :

Veuve ISTVANNE BERÉNYI, nom de jeune fille : Julianna Bodnar, née à Nagyszalonta, le 7 mai 1889, nom de son père : Sandor, nom de sa mère : Zsuzsanna Kelemen, profession : femme au foyer, sans-parti, réside à Cegléd, 13 rue Fatyol à partir du 1942.

Dans le passé, son mari a travaillé à Budapest en tant que commissaire-priseur. Après avoir pris la retraite, ils ont emménagé dans leur propre maison à Cegléd. Son mari est décédé le 16 janvier 1961. Madame Berényi avait reçu une pension de veuvage de 250 forint, cette pension a été augmentée ultérieurement et actuellement, elle reçoit 350 forint. Elle a loué une partie de son logement meublé à la famille Szaradits. Maintenant, cette ressource lui permet de gagner sa vie. Elle a une fille née de son premier mariage, Istvanne Fekeshazi, nom de jeune fille : Ilona Komlodi, dont le mari travaille à Budapest en tant que dirigeant de group fiscal. En ce qui les concerne, on n'a pas pu en dire plus. Né du premier mariage de son mari, son beau-fils Miklos Berényi s'est enfui à l'Ouest il y a 10-12 ans. Il n'y a pas de nouvelles de lui. Du côté de son mari, Berényiné a deux beaux-frères, l'un d'entre eux, Andras Berényi, était agent de police. Mihaly Berényi a rempli les fonctions de gendarme avant 1945. Actuellement, ils sont tous les deux mariés et pères de famille et ils travaillent en tant qu'ouvriers.

-5-

Fait en 2 exemplaires de 5 pages

1 –" – pour la Préfecture de police de département de Pest
1 –" – pour le registre du dép. Hd. III/V 1.
registre : 220/23 NJ/JI-né.

Signature de commandant Janos Juhasz
dirigeant de la subdivision

Ce document des archives secrètes d'État me laisse perplexe, il m'apprend que mon père a dû quitter la Hongrie au début des années cinquante. Mon cousin et le père de mon cousin m'ont affirmé de leur côté qu'il avait fui Budapest juste après la guerre avec l'identité d'un de ses oncles, un gendarme qui s'est fait arrêter et qu'on a emprisonné. Dans la version du père de mon cousin, il porte le même prénom que mon père : Miklos Berényi, et dans celle de Levente mon cousin, il se prénomme Mihály Berényi. Je sais que mon père parlait l'allemand, l'anglais, le russe et même un peu de chinois et qu'il était ingénieur de formation puisqu'il a travaillé chez IBM, sans doute a-t-il suivi des études en Hongrie après la guerre, ou bien il a fui à dix-neuf ans en prenant une fausse identité, mais pourquoi celle d'un gendarme ? Mon cousin ne m'apprendra plus rien, respectant encore un autre secret de famille. Ces recherches sur mon père étaient les dernières. En février 2017 j'ai estimé qu'elles touchaient à leur fin et tandis que nous nous promenions Simon et moi comme chaque jour dans la campagne et qu'il faisait un soleil printanier, j'ai repensé au voyage à Lorient et à la tombe de papa. Cette fois les choses en moi n'étaient pas au même endroit, elles s'étaient déplacées, me communiquant une force paisible, comme lorsqu'on tient des pierres dans ses mains.

Cette liberté, les archives secrètes [illegible] me laiss[illegible] [illegible] [illegible] [illegible] [illegible] Alors [illegible] [illegible] [illegible] [illegible] [illegible] [illegible] [illegible] [illegible] [illegible] [illegible] [illegible] [illegible] [illegible] [illegible] [illegible] Dans la version [illegible] comme lorsqu'il [illegible] [illegible] [illegible] ses mains.

PAPIER À BASE DE FIBRES CERTIFIÉES

Le Livre de Poche s'engage pour l'environnement en réduisant l'empreinte carbone de ses livres. Celle de cet exemplaire est de :
350 g éq. CO_2
Rendez-vous sur
www.livredepoche-durable.fr

Composition réalisée par NORD COMPO

Achevé d'imprimer en France par
CPI BRODARD & TAUPIN (72200 La Flèche)
en mai 2019
N° d'impression : 3033860
Dépôt légal 1re publication : juin 2019
LIBRAIRIE GÉNÉRALE FRANÇAISE
21, rue du Montparnasse – 75298 Paris Cedex 06

76/1560/1